Кюхля

Юрий Тынянов

СОДЕРЖАНИЕ

ВИЛЯ

I

Вильгельм кончил с отличием пансион.

Он приехал домой из Верро изрядно вытянувшийся, ходил по парку, читал Шиллера и молчал загадочно. Устинья Яковлевна видела, как, читая стихи, он оборачивался быстро и, когда никого кругом не было, прижимал платок к глазам.

Устинья Яковлевна незаметно для самой себя подкладывала потом ему за обедом кусок получше.

Вильгельм был уже большой, ему шел четырнадцатый год, и Устинья Яковлевна чувствовала, что нужно с ним что-то сделать.

Собрался совет.

Приехал к ней в Павловск молодой кузен Альбрехт, затянутый в гвардейские лосины, прибыла тетка Брейткопф, и был приглашен маленький седой старичок, друг семьи, барон Николаи. Старичок был совсем дряхлый и нюхал флакончик с солью. Кроме того, он был сластена и то и дело глотал из старинной бонбоньерки леденец. Это очень развлекало его, и он с трудом мог сосредоточиться. Впрочем, он вел себя с большим достоинством и только изредка путал имена и события.

— Куда определить Вильгельма? — Устинья Яковлевна с некоторым страхом смотрела на совет.

— Вильгельма? — переспросил старичок очень вежливо. — Это Вильгельма определить? — и понюхал флакончик.

— Да, Вильгельма, — сказала с тоскою Устинья Яковлевна.

Все молчали.

— В военную службу, в корпус, — сказал вдруг барон необычайно твердо. — Вильгельма в военную службу.

Альбрехт чуть-чуть сощурился и сказал:

— Но у Вильгельма, кажется, нет расположения к военной службе.

Устинье Яковлевне почудилось, что кузен говорит немного свысока.

— Военная служба для молодых людей — это все, — веско сказал барон, — хотя я сам никогда не был военным... Его надо зачислить в корпус.

Он достал бонбоньерку и засосал леденчик.

В это время Устинька-Маленькая вбежала к Вильгельму. (И

мать и дочь носили одинаковые имена. Тетка Брейткопф называла мать Justine, а дочку Устинькой-Маленькой.)

— Виля, — сказала она, бледнея, — иди послушай, там о тебе говорят.

Виля посмотрел на нее рассеянно. Он уже два дня шептался с Сенькой, дворовым мальчишкой, по темным углам. Днем он много писал что-то в тетрадку, был молчалив и таинствен.

— Обо мне?

— Да, — зашептала Устинька, широко раскрыв глаза, — они хотят тебя отдать на войну или в корпус.

Виля вскочил.

— Ты знаешь наверное? — спросил он шепотом.

— Я только что слышала, как барон сказал, что тебя нужно отправить на военную службу в корпус.

— Клянись, — сказал Вильгельм.

— Клянусь, — сказала неуверенно Устинька.

— Хорошо, — сказал Вильгельм, бледный и решительный, — ты можешь идти.

Он опять засел за тетрадку и больше не обращал на Устиньку никакого внимания.

Совет продолжался.

— У него редкие способности, — говорила, волнуясь, Устинья Яковлевна, — он расположен к стихам, и потом, я думаю, что военная служба ему не подойдет.

— Ах, к стихам, — сказал барон. — Да, стихи — это уже другое дело.

Он помолчал и добавил, глядя на тетку Брейткопф:

— Стихи — это литература.

Тетка Брейткопф сказала медленно и отчеканивая каждое слово:

— Он должен поступить в Лицею.

— Но ведь это, кажется, во Франции — Lycee[1], — сказал барон рассеянно.

— Нет, барон, это в России, — с негодованием отрезала тетка Брейткопф, — это в России, в Сарском Село, полчаса ходьбы отсюда. Это будет благородное заведение. Justine, верно, даже об этом знает: там должны, кажется, воспитываться, — и тетка сделала торжествующий жест в сторону барона, — великие князья.

— Прекрасно, — сказал барон решительно, — он поступает в Lycée.

---

[1] Лицей (франц.).

Устинья Яковлевна подумала:

"Ах, какая прекрасная мысль! Это так близко".

— Хотя, — вспомнила она, — великие князья там не будут воспитываться, это раздумали.

— И тем лучше, — неожиданно сказал барон, — тем лучше, не поступают и не надо. Вильгельм поступает в Lycee.

— Я буду хлопотать у Барклаев, — взглянула Устинья Яковлевна на тетку Брейткопф. (Жена Барклая де Толли была ее кузина). — Ее величество не нужно слишком часто тревожить. Барклаи мне не откажут.

— Ни в каком случае, — сказал барон, думая о другом, — они вам не смогут отказать.

— А когда ты переговоришь с Барклаем, — добавила тетка, — мы попросим барона отвезти Вильгельма и определить его.

Барон смутился.

— Куда отвезти? — спросил он с недоумением. — Но Lycee ведь не во Франции. Это в Сарском Селе. Зачем отвозить?

— Ах, бог мой, — сказала тетка нетерпеливо, — по их там везут к министру, графу Алексею Кирилловичу. Барон, вы старый друг, и мы надеемся на вас, вам это удобнее у министра.

— Я сделаю все, решительно все, — сказал барон. — Я сам отвезу его в Lусйе.

— Спасибо, дорогой Иоанникий Федорович. Устинья Яковлевна поднесла платок к глазам. Барон тоже прослезился и разволновался необычайно.

— Надо его отвезти в Lусйе. Пусть его собирают, и я его повезу в Lусйе.

Слово Lусйе его заворожило.

— Дорогой барон, — сказала тетка, — его надо раньше представить министру. Я сама привезу к вам Вильгельма, и вы поедете с ним.

Барон начинал ей казаться институткой. Тетка Брейткопф была maman Екатерининского института.

Барон встал, посмотрел с тоской на тетку Брейткопф и поклонился:

— Я, поверьте, буду ждать вас с нетерпением.

— Дорогой барон, вы сегодня ночуете у нас, — сказала Устинья Яковлевна, и голос ее задрожал.

Тетка приоткрыла дверь и позвала:

— Вильгельм!

Вильгельм вошел, смотря на всех странным взглядом.

— Будь внимателен, Вильгельм, — торжественно сказала тетка Брейткопф. — Мы решили сейчас, что ты поступишь в Лицею. Эта Лицея открывается совсем недалеко — в Сарском

Селе. Там тебя будут учить всему — и стихам тоже. Там у тебя будут товарищи.

Вильгельм стоял как вкопанный.

— Барон Иоанникий Федорович был так добр, что, согласился сам отвезти тебя к министру.

Барон перестал сосать леденец и с интересом посмотрел на тетку.

Тогда Вильгельм, не говоря ни слова, двинулся вон из комнаты.

— Что это с ним? — изумилась тетка.

— Он расстроен, бедный мальчик, — вздохнула Устинья Яковлевна.

Вильгельм не был расстроен. Просто на эту ночь у него с Сенькой был назначен побег в город Верро. В городе Верро ждала его Минхен, дочка его почтенного тамошнего наставника. Ей было всего двенадцать лет. Вильгельм перед отъездом обещал, что похитит ее из отчего дома и тайно с ней обвенчается. Сенька будет его сопровождать, а потом, когда они поженятся, все втроем будут жить в какой-нибудь хижине, вроде швейцарского домика, собирать каждый день цветы и землянику и будут счастливы.

Ночью Сенька тихо стучит в Вилино окно.

Все готово.

Вильгельм берет свою тетрадку, кладет в карман два сухаря, одевается. Окно не затворено с вечера — нарочно. Он осторожно обходит кровать маленького Мишки, брата, и лезет в окно.

В саду оказывается жутко, хотя ночь светлая.

Они тихо идут за угол дома — там они перелезут через забор. Перед тем как уйти из отчего дома, Вильгельм становится на колени и целует землю. Он читал об этом где-то у Карамзина. Ему становится горько, и он проглатывает слезу. Сенька терпеливо ждет.

Они проходят еще два шага и наталкиваются на раскрытое окно.

У окна сидит барон в шлафроке и ночном колпаке и равнодушно смотрит на Вильгельма.

Вильгельм застывает на месте. Сенька исчезает за деревом.

— Добрый вечер. Bon soir, Guillaume, — говорит барон снисходительно, без особого интереса.

— Добрый вечер, — отвечает Вильгельм, задыхаясь.

— Очень хорошая погода — совсем Венеция, — говорит барон, вздыхая. Он нюхает флакончик. — Такая погода в мае бывает, говорят, только в високосный год.

Он смотрит на Вильгельма и добавляет задумчиво:

— Хотя теперь не високосный год. Как твои успехи? — спрашивает он потом с любопытством.

— Благодарю вас, — отвечает Вильгельм, — из немецкого хорошо, из французского тоже.

— Неужели? — спрашивает изумленно барон.

— Из латинского тоже, — говорит Вильгельм, теряя почву под ногами.

— А, это другое дело, — барон успокаивается.

Рядом раскрывается окно и показывается удивленная Устинья Яковлевна в ночном чепце.

— Добрый вечер, Устинья Яковлевна, — вежливо говорит барон, — какая чудесная погода. У вас здесь Firenze la Bella[2]. Я прямо дышу этим воздухом.

— Да, — говорит, оторопев, Устинья Яковлевна, — но как здесь Вильгельм? Что он делает здесь ночью в саду?

— Вильгельм? — переспрашивает рассеянно барон. — Ах, Вильгельм, — спохватывается он. — Да, но Вильгельм тоже дышит воздухом. Он гуляет.

— Вильгельм, — говорит Устинья Яковлевна с широко раскрытыми глазами, — поди сюда.

Вильгельм, замирая, подходит.

— Что ты здесь делаешь, мой мальчик?

Она испуганно смотрит на сына, протягивает сухонькую руку и гладит его жесткие волосы.

— Иди ко мне, — говорит Устинья Яковлевна, глядя на него с тревогой. — Влезай ко мне в окно.

Вильгельм, понурив голову, лезет в окно к матери. Слезы на глазах у Устиньи Яковлевны. Видя эти слезы, Вильгельм вдруг всхлипывает и рассказывает все, все. Устинья Яковлевна смеется и плачет и гладит сына по голове.

Барон еще долго сидит у окна и нюхает флакончик с солями. Он вспоминает одну итальянскую артистку, которая умерла лет сорок назад, и чуть ли не воображает, что находится в Firenze la Bella.

II

Барон надевает старомодный мундир с орденами, натягивает перчатки, опираясь на палку, берет под руку

---

[2] Прекрасная Флоренция (итал.).

Вильгельма, и они едут к графу Алексею Кирилловичу Разумовскому, министру.

Они входят в большую залу с колоннами, увешанную большими портретами. В зале человек двенадцать взрослых, и у каждого по мальчику. Вильгельм проходит мимо крошечного мальчика, который стоит возле унылого человека в чиновничьем мундире. Барон опускается в кресла. Вильгельм начинает оглядываться. Рядом с ним стоит черненький вертлявый, как обезьяна, мальчик. Его держит за руку человек в черном фраке, с орденом в петличке.

— Мишель, будьте же спокойны, — картавит он по-французски, когда мальчик начинает делать Вильгельму гримасы.

Это француз-гувернер Московского университетского пансиона пришел определять Мишу Яковлева.

Неподалеку от них стоит маленький старичок в парадной форме адмирала. Брови его насуплены, он, как и барон, опирается на палочку. Он сердит и ни на кого не смотрит. Возле него стоит мальчик, румяный, толстый, с светлыми глазами и русыми волосами.

Завидев барона, адмирал проясняется.

— Иоанникий Федорович? — говорит он хриплым баском.

Барон перестает сосать леденец и смотрит на адмирала. Потом он подходит к нему, жмет руку.

— Иван Петрович, cher amiral[3].

— Петр Иванович, — ворчит адмирал, — Петр Иванович. Что ты, батюшка, имена стал путать.

Но барон, не смущаясь, пускается в разговор. Это его старый приятель — у барона очень много старых приятелей — адмирал Пущин. Адмирал недоволен. Оп ждет министра уже с полчаса. Проходят еще пять минут. Вильгельм смотрит на румяного мальчика, а тот с некоторым удивлением рассматривает Вильгельма.

— Ваня, — говорит адмирал, — походите по залу. Мальчики неловко идут по залу, пристально смотрят друг на друга. Когда они проходят мимо Миши Яковлева, Миша быстро показывает им язык. Ваня говорит Вильгельму:

— Обезьяна. Вильгельм отвечает Ване:

— Он совсем как паяс.

Адмирал начинает сердиться. Он стучит палкой. Одновременно стучит палкой и барон. Адмирал подзывает дежурного чиновника и говорит ему:

_____

3 Дорогой адмирал (франц.).

6

— Его превосходительство намерен сегодня нас принять?

— Простите, ваше превосходительство, — отвечает чиновник, — его превосходительство кончает свой туалет.

— Но мне нужен Алексей Кириллович, — говорит выходя из себя адмирал, — а не туалет его.

— Немедля доложу, — чиновник с полупоклоном скользит в соседний зал.

Через минуту всех зовут во внутренние комнаты. Прием начинается.

К адмиралу подходит щеголь в черном фраке и необыкновенном жабо, крепко надушенный и затянутый. Глазки у него живые, чуточку косые, нос птичий, и, несмотря на то что он стянут в рюмочку, у щеголя намечается брюшко.

— Петр Иванович, — говорит он необыкновенно приятным голосом и начинает сыпать в адмирала французскими фразами.

Адмирал терпеть не может ни щеголей, ни французятины и, глядя на щеголя, думает: "Эх, шалбер" (шалберами он зовет всех щеголей) ; но почет и уважение адмирал любит.

— Вы кого же, Василий Львович, привезли? — спрашивает он благосклонно.

— Племянника, Сергей Львовичева сына. Саша, — зовет он.

Саша подходит. Он курчавый, быстроглазый мальчик, смотрит исподлобья и ходит увальнем. Увидя Вильгельма, он смеется глазами и начинает за ним тихо наблюдать.

В это время из кабинета министра выходит высокий чиновник; он держит в руках лист и выкликает фамилии:

— Барон Дельвиг, Антон Антонович!

Бледный и пухлый мальчик с сонным лицом идет неохотно и неуверенно.

— Комовский!

Крохотный мальчик семенит аккуратно маленькими шажками.

— Яковлев!

Маленькая обезьяна почти бежит на вызов.

Чиновник вызывает Пущина, Пушкина, Вильгельма.

У министра жутковато. За столом, покрытым синей скатертью с золотой бахромой, сидят важные люди. Сам министр — с лентой через плечо, толстый, курчавый, с бледным лицом и кислой улыбкой, завитой и напомаженный. Он лениво шутит с длинным человеком в форменном мундире, похожим не то на семинариста, не то на англичанина. Длинный экзаменует. Это Малиновский, только что назначенный директор Лицея. Он задает вопросы, как бы отстукивая молоточком, и ждет ответа, склонив голову набок. Экзамен кончается поздно. Все разъезжаются. Яковлев на прощанье делает такую гримасу, что Пушкин скалит белые зубы и тихонько толкает Пущина в бок.

III

19 октября Вильгельм долго обряжался в парадную форму. Он натянул белые панталоны, надел синий мундирчик, красный воротник которого был слишком высок, повязал белый галстук, оправил белый жилет, натянул ботфорты и с удовольствием посмотрел на себя в зеркало. В зеркале стоял худой и длинный мальчик с вылупленными глазами, ни дать ни взять похожий на попугая.

Когда в лицейском коридоре все стали строиться, Пушкин посмотрел на Вильгельма и засмеялся глазами. Вильгельм покраснел и замотал головой, как будто воротник ему мешал. Их ввели в зал. Инспектор и гувернеры, суетясь, расставили всех в три ряда и сами стали перед ними, как майоры на разводе.

Между колонн в лицейском зале стоял бесконечный стол, покрытый до пола красным сукном с золотой бахромой. Вильгельм зажмурил глаза — столько было золота на мундирах.

В креслах сидел бледный, пухлый, завитой министр и разговаривал с незнакомым старцем. Он осмотрел тусклым взглядом всех, потом сказал что-то на ухо бледному директору, отчего тот побледнел еще больше, и вышел.

Тишина.

Открылась дверь, и вошел царь. Голубые глаза его улыбались на все стороны, щегольской сюртук сидел в обтяжку на пухлых боках; он сделал белой рукой жест министру и указал на место рядом с собой. Нескладный и длинный, шел рядом с ним великий князь Константин. Нижняя губа его отвисла, он имел заспанный вид, горбился, мундир сидел на нем мешком. Рядом с царем, с другой стороны, двигалась белая кружевная пена -императрица Елизавета, и шумел на всю залу ломкий шелк — шла старая императрица.

Уселись. Со свертком в руке, дрожа от волнения и еле передвигая длинными ногами, вышел директор и, запинаясь, глухим голосом, стал говорить про верноподданнические чувства, которые надлежало куда-то внедрить, развить, утвердить. Сверток плясал в его руках. Он как завороженный смотрел в голубые глаза царя, который, подняв брови и покусывая губы, его не слушал. Адмирал Пущин стал громко кашлять, Василий Львович чихнул на весь зал и покраснел от смущения. Только барон Николаи смотрел на директора с одобрением и нюхал свой флакончик.

"Его величество", — слышалось среди бормотания, потом опять: "его величество", и опять бормотание. Директор сел, адмирал отдышался.

За директором выступил молодой человек, прямой, бледный. Он не смотрел, как директор, на царя, он смотрел на мальчиков. Это был Куницын, профессор нравственных наук.

При первых звуках его голоса царь насторожился. — Под наукой общежития, — говорил Куницын, как бы порицая кого-то, — разумеется не искусство блистать наружными качествами, которые нередко бывают благовидною личиной грубого невежества, но истинное образование ума и сердца.

Протянув руку к мальчикам, он говорил почти мрачно:

— Настанет время, когда отечество поручит вам священный долг хранить общественное благо.

И ничего о царе. Он как бы забыл о его присутствии. Но нет, вот он вполоборота поворачивается к нему:

— Никогда не отвергает государственный человек народного вопля, ибо глас народа есть глас божий.

И опять он смотрит только на мальчиков, и голос его опять укоризненный, а движения руки быстрые.

— Какая польза гордиться титлами, приобретенными не по достоянию, когда во взорах каждого видны укоризна или презрение, хула или нарекание, ненависть иди проклятие? Для того ли должно искать отличий, чтобы, достигнув оных, страшиться бесславия?

Вильгельм не отрываясь смотрит на Куницына. Неподвижное лицо Куницына бледно.

Царь слушает прилежно. Он даже приложил белую ладонь к уху: глуховат. Его щеки слегка порозовели, глаза следят за оратором. Министр с кислым, значительным выражением смотрит на Куницына — и искоса на царя. Он хочет узнать, какое впечатление странная речь производит на его величество. Но царские глаза не выражают ничего, лоб нахмурен, а губы улыбаются.

И вдруг Куницын как бы невольно взглянул в сторону министра. Министр прислушивается к напряженному голосу профессора:

— Представьте на государственном месте человека без

познаний, которому известны государственные должности только по имени; вы увидите, как горестно его положение. Не зная первоначальных причин благоденствия и упадка государств, он не в состоянии дать постоянного направления делам общественным, при каждом шаге заблуждается, при каждом действии переменяет свои силы. Исправляя одну погрешность, он делает другую; искореняя одно зло, полагает основание другому; вместо существенных выгод стремится за посторонними.

Бледные, отвисшие щеки министра вспыхивают. Он закусывает губы и уже больше не смотрит на оратора. Барон Николаи в публике усиленно нюхает флакончик. Василий Львович сидит, приоткрыв рот, отчего лицо его необыкновенно глупеет.

Голос Куницына звучен; и он больше не смотрит на мальчиков, он смотрит в пустое пространство, чтобы не смотреть на министра и царя:

— Утомленный тщетными трудами, терзаемый совестью, гонимый всеобщим негодованием, такой государственный человек предается на волю случая или делается рабом чужих предрассудков. Подобно безрассудному пловцу, он мчится на скалы, окруженные печальными остатками многократных кораблекрушений. В то время, когда бы надлежало пользоваться вихрями грозных туч, он предается их стремлению и, усмотрев разверзающуюся бездну, ищет пристанища там, где море не имеет пределов.

Спокойный, прямой, как струна, молодой профессор садится. Щеки его горят. Министр смотрит косвенным взглядом на царя.

Вдруг рыжеватая голова склоняется с одобрением: царь вспомнил, что он первый либерал страны.

Он небрежно склоняется к министру и говорит громким шепотом:

— Представьте к отличию.

Министр, выражая на своем лице радость, склоняет голову.

В руках директора опять список, и опять список пляшет в этих руках. Их вызывают.

— Кюхельбекер Вильгельм.

Вилли, подавшись корпусом вперед, путаясь ногами, подходит к страшному столу. Он забывает церемониал и кланяется так нелепо, что царь подносит к блеклым глазам лорнет и с секунду смотрит на него. Только с секунду. Рыжеватая голова терпеливо кивает мальчику.

Барон говорит адмиралу:

— Это Вильгельм. Я его определил в Lycee.

Потом их ведут в столовую. Старшая императрица пробует суп.

Она подходит к Вильгельму сзади, опирается на его плечи и спрашивает благосклонно:

— Карош зуп?

Вильгельм от неожиданности давится пирожком, пробует встать и, к ужасу своему, отвечает тонким голосом:

— Oui, monsieur[4].

Пущин, который сидит рядом с ним, глотает горячий суп и делает отчаянное лицо. Тогда Пушкин втягивает голову в плечи, и ложка застывает у него в воздухе.

Великий князь Константин, который стоит у окна с сестрой и занимается тем, что щиплет ее и щекочет, слышит все издали и начинает хохотать. Смех у него лающий и деревянный, как будто кто-то щелкает на счетах.

Императрица вдруг обижается и величественно проплывает мимо лицеистов. Тогда Константин подходит к столу и с интересом, оттянув книзу свою отвисшую губу, смотрит на Вильгельма; Вильгельм ему положительно нравится.

А Вильгельм чувствует, что сейчас расплачется. Он крепится. Его лицо с выкаченными глазами багровеет, а нижняя губа дрожит.

Все кончилось, однако, благополучно. Его высочество уходит к окну — щекотать ее высочество.

19 октября 1811 года кончается.

Вильгельм — лицеист.

---

4 Да, сударь (франц.).

БЕХЕЛЬКЮКЕРИАДА

I

" — Вы знаете, что такое Бехелькюкериада?

Бехелькюкериада есть длинная полоса земли, страна, производящая великий торг мерзейшими стихами; у нее есть провинция Глухое Ухо, и на днях она учинила большую баталию с соседнею державою Осло-Доясомев; последняя монархия, желая унизить первую, напала с великим криком на провинцию Бехелькюкериады, называемую Глухое Ухо, но зато сия последняя держава отомстила ужаснейшим образом..."

Вильгельм не читал дальше. Он знал, что драка его с Мясоедовым даром не пройдет, что "Лицейский мудрец" распишет ее, что опять целый день, визжа от радости, вырывая друг у друга листки, будут читать Бехелькюкериаду.

Лисичка-Комовский, маленький, аккуратный фискал, который жаловался Кюхле на товарищей, товарищам на Кюхлю и обо всем конфиденциально вечерком доносил гувернеру, посмотрел на него с жадным участием.

— Илличевский сказал, — зашептал он, — что еще и не то будет, ей-богу, они собираются на тебя такое написать...

Вильгельм не дослушал. Он побежал к себе наверх и заперся.

Он сел за стол и закрыл лицо руками.

В Лицее его травили. Его глухота, вспыльчивость, странные манеры, заикание, вся его фигура, длинная и изогнутая, вызывали неудержимый смех. Но эту неделю его донимали как-то особенно безжалостно. Эпиграмма за эпиграммой, карикатура за карикатурой. "Глист", "Кюхля", "Гезель"!

Он вскочил, длинный, худой, сделал нелепый жест и вдруг успокоился.

У него оставались стихи, сочинительство. Ему не нужно людей. Он подумал об этом и вдруг почувствовал, что друг ему очень нужен. Вздохнув, он взял свою балладу об Альманзоре и Зульме, которую вот уже две недели писал, перечеркивал, переписывал и начинал снова. Он задумался. Показать разве Пушкину? — Нет, Француз непременно напишет эпиграмму, довольно он уже на него написал эпиграмм.

Странное дело, Кюхля не мог как следует, до конца рассердиться на Пушкина. Что бы Француз ни сделал, Кюхля ему все прощал. Сердился, бесновался, но любил. Когда

Француз останавливался вдруг в углу залы и глаза его загорались, а толстые губы надувались и он мрачно смотрел в одну точку, — Вильгельм робко и с нежностью его обходил: он знал, что Француз сочиняет.

Его тянуло к нему.

Но Француз быстро на него вскидывал коричневые бегающие глаза и вдруг с хохотом начинал беготню и возню; самым важным для его самолюбия было вовсе не то, что он писал хорошо стихи, а то, что он бегал быстрее всех и ловчее всех перепрыгивал через стулья. Стихи Пушкина в Лицее любили за то же, за что и стихи Илличевского, — за гладкость. А Кюхле в них нравилось совсем другое. Кюхля говорил о стихах Илличевского: "Может быть, это хорошо, но это не стихи".

— А что такое стихи? — задумчиво спрашивал у него Дельвиг.

— У тебя, брат, небось лучше, — говорил ему, подмигивая, Пушкин.

Кюхля знал, что у него хуже, но писать, как Илличевский, не хотел. Пусть хуже — все равно, и он писал свои баллады и народные песни. Стихи его звали в Лицее клопштокскими. "Клопшток" — что-то толстое, что-то дубоватое, какой-то неуклюжий ком. Единственный человек в Лицее, который понимал Кюхлю, был, в сущности, Дельвиг. Этот ленивый, полусонный мальчик слушал по часам Кюхлю, когда тот диким голосом читал Шиллера. Тогда за очками у Дельвига пропадала та усмешечка, которой как огня боялся Кюхля.

Вильгельм принялся за балладу. В дверь постучались. Это был опять Комовский. В руках у него был все тот же номер "Лицейского мудреца". Вздыхая, но жадно смотря на Кюхлю — для него втайне было большим удовольствием видеть, как Кюхля свирепеет, — Лисичка сказал самым жалостным голосом:

— Вильгельм, ты всего не прочел, там еще есть. Вильгельм развернул журнал: ту самую балладу, над которой он в полной тайне ото всех сидел уже вторую неделю, переписали почти целиком, а рядом бисерным почерком была написана на каждое слово ужасная критика!

Кюхля вскочил, рассвирепев.

— Кто украл у меня со стола балладу? — сказал он, задыхаясь. — Кто посмел красть у меня со стола балладу?

О балладе знали только Комовский да Дельвиг. Лисичка съежился, но с удовольствием посмотрел на Кюхлю.

— Кажется, Дельвиг, — сказал он, вздыхая.

13

— Дельвиг? — Кюхля выкатил глаза.

Это было самым гнусным предательством в мире — пусть бы это сделал Яковлев, кто угодно, — но Дельвиг!

Кюхля, не смотря на Комовского и не слушая его, побежал по коридору.

Он влетел в комнату Дельвига. Дельвиг лежал на кровати и смотрел в потолок. Так он пролеживал целыми днями — в Лицее сложились легенды о его лени.

— Виля?

— Мне с тобою нужно поговорить, — задыхаясь, проговорил Кюхля.

— Что с тобой? — спокойно спросил Дельвиг, — ты объелся, Вильгельм, или новую песню написал?

— Ты еще можешь так со мной говорить? — сказал Кюхля и шагнул к нему.

— А почему бы и нет? — Дельвиг зевнул. — Послушай, — сказал он, потягиваясь, — знаешь что, не ходи сегодня к директору в гости — Пушкин сегодня зовет гулять.

Он посмотрел на Вильгельма и вдруг удивился:

— Да что с тобой, Виля, ты болен, у тебя живот болит?

Вильгельм дрожал.

— Ты бесчестный человек, ты подлый человек, — сказал он, — я тебе больше не друг. Если бы ты не был Дельвиг, я бы тебя избил. И я тебя еще изобью.

— Ничего не понимаю, — сказал Дельвиг, остолбенев.

— Ты притворялся мне другом, — завопил Вильгельм, — чтобы выкрасть мою балладу и надругаться надо мной. Это подлость интригана.

— Ты сошел с ума, — спокойно сказал Дельвиг и поднялся наконец с кровати. — Я одно понимаю, что ты сошел с ума. Забавно!

Когда что-нибудь его сильно задевало или ему становилось грустно, он всегда говорил: "забавно".

В дверь без стука вскочил Пушкин, волоча за собой Комовского.

Он был весел и сердит. Комовский отбояривался от него руками и ногами.

— Фискал опять подслушивает у дверей, — объявил он и дал подзатыльник Комовскому. — Если ты, Лиса, пойдешь об этом докладывать гуверсеру, — обернулся он к нему, — он тебе, пожалуй, лишнюю порцию за обедом даст.

Увидев Вильгельма, стоящего со сжатыми кулаками, Пушкин подошел к нему и боком толкнул его. Вильгельм зарычал...

— Ого, — сказал Пушкин и захохотал. Дельвиг вдруг загородил дверь.

— А ну, Лиса, иди сюда, — сказал он. — Кто это Вильгельму сказал, что я его балладу украл?

Глазки у Комовского забегали. Пушкин насторожился.

— Понимаешь, — сказал ему Дельвиг, и голос его задрожал, — этот сумасшедший говорит, что я его балладу для "Мудреца" украл, пользуясь дружбой. Забавно!

Пушкин принял серьезный вид.

— Сейчас учиним суд, — сказал он важно, — тащу сюда типографщика. Лису арестовать.

Типографщик был Данзас, который переписывал журнал. Пушкин побежал и через минуту приволок с собой дюжего Данзаса.

Вильгельм стоял, ничего не понимая.

— Слушай, Обезьяна с тигром, — сказал Комовский Пушкину заискивающе, — мне нужно выйти, я сейчас приду.

Пушкина звали в Лицее и "Француз", и "Обезьяна с тигром". Второе прозвище было почетнее. Лиса вилял.

— Нет. Сейчас выясним дело. Данзас, говори. Данзас, смотря прямо на всех, сказал, что три дня тому назад Лиса передал ему балладу Кюхли.

Комовский сжался в комочек.

Кюхля стоял, сбитый с толку.

На Комовского он забыл рассердиться. Тот, сжавшись, ускользнул из комнаты.

Тогда Пушкин, взяв за талию Кюхлю и Дельвига и толкнув их друг на друга, сказал повелительно:

— Мир.

II

Ах, этот мир был недолог. Этот день был несчастным днем для Кюхли.

Перед обедом Яковлев паясничал. Яковлев был самый любимый паяс в Лицее. Их было несколько, живых и вертлявых мальчиков, которые шутили, гримасничали и стали под конец лицейскими шутами. Но Миша Яковлев сделал шутовство тонкой и высокой профессией. Это был "паяс 200 номеров"; он передразнивал и представлял в лицах двести человек. Это была его гордость, это было его место в Лицее.

Черненький, живой и верткий, с лукавой мордочкой, он

преображался у всех на глазах, когда давал "представление", становился то выше, то ниже, то толще, то тоньше, и, раскрыв рты, лицеисты видели перед собою то Куницына, то лицейского дьячка, то Дельвига. Он так подражал роговой музыке, что раз гувернер произвел специальное расследование, откуда у лицеистов завелись рожки. Так же подражал он флейте, а раз сыграл на губах добрую половину Фильдова ноктюрна — он был хороший музыкант. Впрочем, он натуральнейшим образом хрюкал также поросенком и изображал сладострастного петуха.

Сегодня был его бенефис. Паяс приготовил какой-то новый номер.

Все сбились в кучу, и Яковлев начал. Чтобы разойтись, он хотел, однако, исполнить несколько старых номеров. Он остановился и посмотрел на окружающих. Он ждал заказов.

— Есаков.

Есаков был тихий мальчик с румянцем во всю щеку, застенчивый, с особой походкой: он ходил вразвалочку, поматывая головой. Он очень любил Кюхлю и, после Дельвига, был первым его другом. Яковлев сжался, крякнул, стал меньше ростом, как-то особенно покорно начал поматывать головой и вдруг прошелся той особой застенчивой походкой, которая была у Есакова. Есаков улыбнулся.

— Броглио.

Это был быстрый номер. Яковлев скосил правый глаз, прищурил его, откинул назад голову и стал вертеть пальцами у борта мундира: он как бы искал ордена. (Броглио привезли недавно из Италии какой-то орден, он был итальянским графом.)

— Будри.

Яковлев выпятил вперед живот, щеки его надулись и обвисли, он нахмурил лоб, глаза полузакрыл и начал тихонько завывать, потряхивая головой. Давид Иваныч де Будри, учитель французского языка, любитель декламации, стоял перед лицеистами.

— Попа, попа!

— Дьячка с трелями!

Яковлев вытянул шею, глаза его стали унылыми и при этом быстро и воровато забегали по сторонам, щеки втянулись, и дьячок, очень похожий на лицейского, начал выводить "трели":

— Господи, помилуй, господи, помилуй, господи, помилуй.

— Обезьяну.

Для Яковлева этот номер был легче всего. Он и сам был похож на обезьяну. Он присел на пол, раскорячив ноги, и начал

16

быстро, не по-человечьи, почесывать под мышками. Глазки Яковлева забегали по всем сторонам с тем бессмысленным и спокойным выражением, которое он уловил у обезьяны странствующего итальянца, как-то заглянувшего в Лицей.

— Теперь новый.

— Новый, — сказал Яковлев, — это Минхен и Кюхля. Вильгельм растерялся. Это была тайна, которую он доверил только Дельвигу: обручение с Минхен.

Он смотрел на Яковлева.

Яковлев стал выше ростом. Шея его вытянулась, рот приоткрылся, глаза выпучились. Вихляя и вертя головою, прошел два шага и, брыкнув ногой, остановился. Верная и злая копия Кюхли.

Лицеисты покатились со смеху. Пушкин хохотал отрывисто, лающим смехом. Дельвиг, забыв все на свете, стонал тоненьким голосом.

Яковлев присел теперь таким образом, как будто под ним была скамеечка. Он сделал губки бантиком, поднял глазки к небу, головку опустил набок и начал перебирать пальцами воображаемую косу, свесившуюся на грудь. Потом "Кюхля" тянет шею, как жираф, вытягивает губы и, свирепо вращая глазами, чмокает воздух, после чего, неожиданно брыкнув, отлетает в сторону, точно обжегшись. "Минхен" вытягивает губки самым жалостным образом, тоже чмокает воздух и, дернув головкой, закрывает личико руками.

Рев стоял в дортуаре.

Вильгельм, побагровев, двинулся было к Яковлеву, но этого уже ждали. Его быстро подхватили за руки, впихнули в его келью, приперли дверь.

Он завизжал и бросился на нее всем телом, он колотил в нее кулаками, кричал: "Подлецы!" — и наконец опустился на пол.

За дверью два голоса пели:

Ах, тошно мне
На чужой скамье!
Все не мило, все постыло,
Кюхельбекера там нет!
Кюхельбекера там нет —
Не глядел бы я на свет.
Все скамейки, все линейки
О потере мне твердят.

И тотчас дружный хор отвечал:

Ах, не скучно мне
На чужой скамье!
И все мило, не постыло,
Кюхельбекера здесь нет!
Кюхельбекера здесь нет —
Я гляжу на белый свет.
Все скамейки, все линейки
Мне о радости твердят.

Вильгельм не плакал. Он знал теперь, что ему делать.

III

Звонок к обеду.

Все бегут во второй этаж — в столовую.

Вильгельм ждет.

Он выглядывает из дверей и прислушивается. Снизу доносится смутный гул — все усаживаются.

Его отсутствия пока никто не заметил. У него есть две-три минуты времени.

Он сбегает вниз по лестнице, минует столовую и мчится через секунду по саду.

Из окна столовой его заметил гувернер. Перед Вильгельмом мелькает на секунду его изумленное лицо. Времени терять нельзя.

Оп бежит что есть сил. Мелькает "Грибок" — беседка, в которой он только вчера писал стихи.

Вот наконец — и Вильгельм с размаху бросается в пруд.

Лицо его облепляют слизь и тина, а холодная стоячая вода доходит до шеи. Пруд неглубок и еще обмелел за лето. В саду — крики, топот, возня. Вильгельм погружается в воду.

Солнце и зелень смыкаются над его головой. Он видит какие-то радужные круги — вдруг взмах весла у самой его головы, и голоса, крики.

Последнее, что он видит, — смыкающиеся круги радуги, последнее, что слышит, — отчаянный чей-то крик, кажется, гувернера:

— Здесь, здесь! Давайте багор!

Вильгельм открывает глаза. Он лежит у пруда на траве. Ему становится холодно.

Над ним наклонилось старое лицо в очках — Вильгельм узнает его, это доктор Пешель. Доктор подносит к его лицу какой-то сильно пахнущий спирт, Вильгельм дрожит и делает усилие что-либо сказать.

— Молчите, — говорит доктор строго.

Но Вильгельм уже сел. Он видит испуганные лица товарищей — рядом стоят Куницын и француз Будри. Куницын о чем-то вполголоса говорит Будри, тот неодобрительно кивает головою. Энгельгардт, директор, растерянно сложил руки на животе и смотрит на Кюхлю бессмысленным взглядом.

Кюхлю ведут в Лицей и укладывают в больницу.

Ночью в палату к нему прокрадываются Пушкин, Пущин, Есаков.

Есаков, застенчивый, румяный, улыбается, как всегда. Пушкин сумрачен и тревожен.

— Вильгельм, что ты начудил? — спрашивает его шепотом Есаков. — Нельзя так, братец.

Вильгельм молчит,

— Ты пойми, — говорит рассудительно Пущин, — если из-за каждой шутки Яковлева топиться, так в пруду не хватит места. Ты же не Бедная Лиза.

Вильгельм молчит,

Пушкин неожиданно берет Вильгельма за руку и неуверенно ее пожимает.

Тогда Вильгельм срывается с постели, обнимает его и бормочет:

— Я не мог больше, Пушкин, я не мог больше.

— Ну, вот и отлично, — говорит спокойно и уверенно Есаков, — и не надо больше. Они ведь тебя, братец, в сущности, любят. А что смеются — так пускай смеются.

IV

А впрочем, жизнь в Лицее шла обычным порядком.

Обиды забывались. Старше становились лицеисты. После истории с прудом один Илличевский издевался над Кюхлей по-прежнему. У Кюхли даже нашлись почитатели: Модя Корф, аккуратный, миловидный немец, утверждал, что хоть стихи у Кюхли странные, но не без достоинств и, пожалуй, не хуже Дельвиговых.

Учился Кюхля хорошо, у него появилась новая черта — честолюбие. Засыпая, он воображал себя великим человеком. Он говорил речи какой-то толпе, которая выла от восторга, а иногда он становился великим поэтом — Державин целовал его голову и говорил, обращаясь не то к той же толпе, не то к лицеистам, что ему, Вильгельму Кюхельбекеру, передает он свою лиру.

У Кюхли была упорная голова: если он в чем-нибудь был уверен, никто не мог заставить его сойти с позиции. Математик Карцов записал о нем в табель об успехах, что он "основателен, но ошибается по самодовольствию". Хорошо его понимали трое: учитель французского языка Давид Иванович де Будри, профессор нравственных наук Куницын и директор Энгельгардт.

Куницын видел, как бледнел Кюхля на его уроках, когда он рассказывал о братьях Гракхах и о борьбе Фразибула за свободу. У этого мальчика, несмотря на его необузданность, была ясная голова, а его упорство даже нравилось Куницыну.

Директор Энгельгардт, Егор Антонович, был аккуратный человек; когда он говорил о "пашем милом Лицее", глаза его принимали едва ли не набожное выражение. Он все мог понять и объяснить и, когда встречал какое-нибудь неорганизованное явление, долго над ним бился, чтобы "определить" его; но если ему наконец удавалось это явление определить и человек получал свой ярлык — Энгельгардт успокаивался.

Все было в порядке, да и в каком еще порядке: весь мир был хорошо устроен. Сплошное добродушие было в основе всего мира.

Пушкин Энгельгардта ненавидел, сам не зная почему. Он разговаривал с ним, опустив глаза. Он грубо хохотал, когда у Энгельгардта случались неприятности. И Энгельгардт терялся перед этим неорганизованным явлением. Он в глубине души тоже ненавидел и — что было хуже всего — боялся Пушкина. Сердце этого молодого человека было пусто, ни одной искры истинного добродушия не было в нем, одна беспорядочная ветреность да какие-то звуки в голове, и при этом нерадивость, легкомыслие и — увы — безнравственность! За этого воспитанника Егор Антонович не отвечал ни в коем случае: он никак не мог подыскать для него ярлыка.

Но Кюхель, неорганизованный Кюхель (Егор Антонович звал Вильгельма "Кюхель", а не "Кюхля": это было по-лицейски и все же немножко не так, как у лицеистов, у мальчиков), Кюхель, также подверженный крайностям и легкомыслию, — Егор Антонович понимал его. Да, да, Егор Антонович понимал этого безумного молодого человека из хорошей немецкой фамилии. Это был донкихот, крайне необузданный, но настоящая добродушная голова. Егор Антонович знал твердо, что Кюхель — неорганизованная голова, которую в жизни

20

ожидают большие неприятности, — но притом добродушная голова. И этою было для него достаточно: добродушия, лежавшего в основе всего мира, Кюхель не портил.

Пушкина Энгельгардт боялся, потому что не мог понять, но Кюхельбекера он любил, потому что понимал его, — хотя оба они были неорганизованные существа.

Давид Иванович Будри был коротенький, толстенький старичок в насаленном, слегка напудренном парике, с черными острыми глазами, строгий и даже придирчивый. Он бодро и быстро бросал слова, шутил язвительно — и весь класс хохотал от его шуток. Но самым его большим наслаждением была декламация. Когда, полузакрыв глаза, он декламировал "Сида", протяжно завывая, — лицеисты замирали на своих местах, что не мешало им после хохотать, когда Яковлев его передразнивал.

Кюхля относился к нему с особым чувством; он не любил его, но смотрел на Будри с непонятным удивлением, почти ужасом: Куницын сказал ему под большим секретом, что Давид Иванович родной брат Марата, того самого: его только заставили переменить фамилию. Маленький старичок ничем не напоминал того страшного, но чем-то для Кюхли обольстительного Марата, портрет которого он видел в какой-то книжке.

Однажды он решился и подошел тихонько к Давиду Ивановичу.

— Давид Иванович, — сказал он тихо, — расскажите мне, прошу вас, о вашем брате.

Де Будри живо обернулся и посмотрел на Кюхлю пронзительно.

— Мой брат, — спокойно сказал он, — был великий человек, он был, помимо всего, замечательный врач. — Де Будри задумался и улыбнулся. — Раз, желая предостеречь меня от развлечения юности — вы понимаете? — он повел меня в госпиталь и показал там язвы человечества. — Он пошевелил губами и нахмурился. — О нем иного неверного пишут, — сказал он быстро и не смотря на Вильгельма. И вдруг, окинув его взглядом, добавил совершенно неожиданно: — А вы тщеславны, мой друг. Вы честолюбивы. Это вам не предвещает ничего хорошего.

Вильгельм посмотрел на него удивленно.

Де Будри был прав. Вильгельм недаром перед сном воображал какую-то воющую толпу.

V

Скоро для тщеславия Вильгельма случай представился. Это было в декабре четырнадцатого года. Приближался переводной экзамен. Переводные экзамены в Лицее были всегда большим событием. Наезжали из города важные персоны, и начальство перед экзаменами испытывало лихорадку честолюбия, стараясь блеснуть как можно более.

На этот раз по лицею разнеслась весть, что приедет Державин. Весть подтвердилась.

Галич, учитель словесности, добрейший пьяница, приняв самый торжественный вид, сказал однажды на уроке:

— Господа, предупреждаю: на переводных экзаменах будет у нас присутствовать знаменитый наш лирик, Гаврила Романович Державин.

Он крякнул и особенно выразительно посмотрел при этом в сторону Пушкина:

— А вам, Пушкин, советую особенно принять это в соображение и встретить Державина пиитическим подарком.

Пушкин болтал в это время с Яковлевым. Услышав слова Галича, он неожиданно побледнел и закусил губу.

Кюхля, напротив, раскраснелся необычайно.

После классов Пушкин стал сумрачен и неразговорчив. Когда его спрашивали о чем-нибудь, отвечал неохотно и почти грубо. Кюхля взял его таинственно под руку:

— Пушкин, — сказал он, — как ты думаешь — я тоже хочу поднести Державину стихи.

Пушкин вспыхнул и выдернул руку. Глаза его вдруг палились кровью. Он не ответил Вильгельму, который, ничего не понимая, стоял разинув рот, — и ушел в свою комнату.

Назавтра все знали, что Пушкин пишет стихи для Державина.

Лицей волновался.

О Вильгельме забыли.

День экзаменов настал.

Пушкин с утра был молчалив и груб. Он двигался лениво и полусонно, не замечая ничего вокруг, даже наталкивался на предметы. Вяло пошел он в залу вместе со всеми.

В креслах сидели мундиры, черные фраки; жабо Василия Львовича Пушкина заметно выделялось своей белизной и пышностью — "шалбер" аккуратно ездил на экзамены и интересовался Сашей больше, чем брат Сергей Львович.

Дельвиг стоял на лестнице и ждал Державина. Надо было

давно уже идти наверх, а он все стоял и ждал его. Певец "Смерти Мещерского" — увидеть его, поцеловать его руку!

Дверь распахнулась; в сени вошел небольшой сгорбленный старик, зябко кутаясь в меховую широкую шинель.

Он повел глазами по сторонам. Глаза были белесые, мутные, как бы ничего не видящие. Он озяб, лицо было синеватое с мороза. Черты лица были грубые, губы дрожали. Он был стар.

К Державину подскочил швейцар. Замирая, Дельвиг ждал, когда он начнет подыматься по лестнице. Эта встреча уже почему-то не радовала его, а скорее пугала.

Все же он поцелует руку, написавшую "Смерть Мещерского".

Державин сбросил на руки швейцара шинель. На нам был мундир и высокие теплые плисовые сапоги. Потом он повернулся к швейцару и, глядя на него теми же пустыми глазами, спросил дребезжащим голосом:

— А где, братец, здесь нужник?

Дельвиг оторопел. По лестнице уже звучали шаги — директор бежал встречать Державина. Дельвиг тихо поднялся по лестнице и пошел в залу.

Державина усадили за стол. Экзамен начался. Спрашивал Куницын по нравственным наукам. Державин не слушал. Голова его дрожала, он уставился мутным взглядом на кресла. Жабо Василия Львовича привлекло его внимание. Василий Львович завертелся в креслах и отвесил ему глубокий поклон. Державин не заметил.

Так сидел он, дремля и покачиваясь, подперши голову рукой, отрешенный от всего, рассеянно смотря на белое жабо. Губы его отвисли.

Кюхля с непонятным содроганием смотрел на Державина. Это страшное, с сизым носом, старческое лицо напомнило ему как-то пруд, заросший тиной, в котором он хотел утопиться.

Начался экзамен по словесности.

Галич сказал, запинаясь:

— Яковлев, произнесите оду на смерть князя Мещерского, творение Гавриила Романовича Державина.

Державин снял руку со стола. Губы его сомкнулись. Он вглядывался белесыми глазами в лицеиста.

Яковлев был хороший чтец. Уроки де Будри не пропали для него даром. Он читал, немного завывая, не оттеняя смысла, но налегая на звучные рифмы.

Глагол времен! металла звон!

Твой страшный глас меня смущает.

Державин закрыл глаза и слушал.

Сей день иль завтра умереть,
Перфильев! должно нам, конечно.

Державин поднял голову и слегка кивнул не то с одобрением, не то отвечая на что-то себе самому.

— Кюхельбекер.

Вильгельм подошел к столу ни жив ни мертв.

— Отвечайте о сущности поэзии одической. Вильгельм начал отвечать по учебнику Кошанского, Державин рукой остановил его.

— Скажите, — сказал он разбитым голосом, — что для оды более нужно, восторг пиитический или ровность слога?

— Восторг, — сказал Вильгельм восторженно, — восторг пиитический, который извиняет и слабости и падение слога и душу стремит к высокому.

Державин с удовольствием взглянул на него.

— Простите, — сказал не своим голосом Вильгельм, — дозвольте прочесть стихотворение, Гавриле Романовичу посвященное.

Галич смутился. Кюхельбекер ему ничего не сказал о своих стихах. Нет, это будет опасно. Вероятно, наворотил чего-нибудь.

— Первую строфу, если Гаврила Романович разрешит.

Державин сделал жест рукой. Жест был неожиданно изящный, широкий.

Вильгельм прочел дрожащим голосом:

Из туч сверкнул зубчатый пламень.
По своду неба гром протек,
Взревели бури — челн о камень;
Яряся, океан изверг
Кипящими волнами
Пловца на дикий брег.
Он озирается — и робкими очами
Блуждает ночи в глубине;
Зовет сопутников, — но в страшной тишине
Лишь львов и ветра вопль несется в отдаленьи.

Он окончил и растерянно взглянул перед собой.

— Громко. Есть движение, — сказал Державин. — Огня бы

больше. Державина, видно, читали, — добавил он, бледно улыбаясь.

Галич тоже улыбнулся, видя, что все сошло благополучно.

Кюхля вернулся на место, опустив голову.

— Пушкин.

Пушкин вышел вперед бледный и решительный.

Галич знал о "державинских" стихах Пушкина. Весь Лицей знал их наизусть.

Пушкин начал читать.

С первой же строки Державин пришел в волнение. Он впился глазами в мальчика. В белых глазах под насупленными бровями забегали темные огоньки. Крупные ноздри его раздулись. Губы приметно двигались, повторяя за Пушкиным рифмы.

В зале была тишина.

Пушкин сам слышал звонкий, напряженный свой голос и сам ему повиновался. Он не понимал слов, которые читал он, — звуки его голоса тянули его за собою.

Державин и Петров героям песнь бряцали
Струнами громозвучных лир.

Голос звенит — вот-вот сорвется.

Державин откинулся в кресла, закрыл глаза и так слушал до конца.

Была тишина.

Пушкин повернулся и убежал.

Державин вскочил и выбежал из-за стола. В глазах его были слезы. Он искал Пушкина.

Пушкин бежал по лестницам вверх. Он добежал до своей комнаты и бросился на подушки, плача и смеясь. Через несколько минут к нему вбежал Вильгельм. Он был бледен как полотно. Он бросился к Пушкину, обнял его, прижал к груди и пробормотал:

— Александр! Александр! Горжусь тобой. Будь счастлив. Тебе Державин лиру передает.

VI

А над Илличевским Кюхля одержал победу.

Алеша Илличевский — по-лицейски Олосинька — был умный мальчик; он хорошо учился, дружил со всеми и ни с кем, был себе на уме.

25

В Лицее он считался великим поэтом.

И правда — "стихом он владел хорошо", — так, по крайней мере, говорил о нем учитель риторики Кошанский. Стихи у него были гладкие, без сучка, без задоринки, почерк мелкий, косой, с нарядными росчерками. Писал он басни: этот род ему нравился как самый благоразумный; басни Илличевского были нравоучительны. Он и псевдоним себе придумал не без ехидности: "—ийший". Над Кюхлей он смеялся, Дельвигу покровительствовал, а Пушкина готов был считать равным, но втайне остро ему завидовал. Он был осторожен, расчетлив и в товарищеские заговоры никогда не вступал. Олосинька был первый ученик. После того как Кюхля тонул в пруду, Олосинька нарисовал в "Лицейском мудреце" очень хорошую картинку-карикатуру; на картинке было изображено, как Кюхлю с закинутым назад бледным лицом (нос на рисунке был у Кюхли огромный) тащат багром из воды. Кюхля карикатуру видел, но — странное дело — не рассердился: он слишком его не любил, чтоб на него сердиться.

Илличевский знал это и, в свою очередь, не переносил Кюхлю. Он сочинил на него довольно злую эпиграмму и назвал ее, не без изящества, "Опровержением":

Нет, полно, мудрецы, обманывать вам свет
И утверждать свое, что совершенства нет,
На свете, в твари тленной,
Явися, Вилинька, и докажи собой,
Что ты и телом и душой
Урод пресовершенный.

Но пресовершенный урод с его уродливыми стихами больше привлекал Пушкина и Дельвига, чем совершенный Олосинька. И однажды урод одержал над ним победу. Он напал на Илличевского с пеной у рта.

— Я могу нанять учителя чистописания, — кричал он, наступая на Илличевского, — и он меня в три урока выучит писать, как ты!

— Сомневаюсь, — криво улыбнулся Олосинька.

— Ты никогда не ошибаешься, ты безупречен, ты без ошибок пишешь — дело, ей-богу, не важное. После Батюшкова разве трудно писать чисто?

— Ты вот доказываешь, что трудно, — язвил Олосинька и посматривал вокруг искательно, приглашая посмеяться.

Никто, однако, не смеялся.

26

— Лучше в тысячу раз писать с ошибками, чем разводить, как ты, холодную водицу! — кричал Кюхля. — Я не стыжусь своих ошибок. К черту правильность мертвеца! Пушкин, — обернулся он с неожиданным вызовом к Пушкину, — если ты пойдешь, как Илличевский, я от тебя отрекаюсь!

Все повернулись к Пушкину. Пушкин стоял и покусывал губы. Он был нахмурен и серьезен.

— Успокойся, Вилинька, — сказал он, — что ты развоевался? Каждый идет своим путем.

Он схватил Кюхлю за рукав и потащил его за собою. — Он, кажется, обиделся? — спросил Кюхля Пушкина и тяжело вздохнул. — Пускай обижается.

VII

А между тем дух лицейский менялся. Старше ли они становились, или кругом что-то менялось, — но появилась в Лицее "вольность".

По вечерам шли разговоры о том, кто теперь правит Россией — царь, Аракчеев или любовница Аракчеева, крепостная его наложница, Настасья Минкина. И эпиграммы лицеисты писали уже не только на Кюхлю и на повара.

От войны 12-го года у лицеистов сохранилось воспоминание о том, как проходили через Царское Село бородатые солдаты, угрюмо глядя на них и устало отвечая на их приветствия. Теперь время было другое. Царь то молился и гадал у Криднерши, имя которой шепотом передавали друг другу дамы, то муштровал солдат с Аракчеевым, о котором со страхом говорили мужчины. Имя темного монаха Фотия катилось по гостиным. Ходили неясные толки о том, кто кого свалит — Фотий ли министра Голицына, Голицын ли Фотия, или Аракчеев съест их обоих. Что было бы лучше, что хуже, не знал никто. Начиналась глухая борьба и возня за места, деньги и влияния; все передавали фразу Аракчеева, сказанную среди белого дня при публике генералу Ермолову, которого он боялся и ненавидел:

— С вами, Алексей Петрович, мы не перегрыземся. И это шло волнами, кругами по всей стране — и эти волны доходили и до Лицея.

Лицей был балованным заведением — так устроилось, что в нем не секли и не было муштры.

— Les Lycencies sont licencieux⁵, — говорил великий князь Мишель чужую остроту о них.

Но и Лицей скоро почувствовал на себе то, что чувствовали все.

Однажды царь вызвал Энгельгардта и спросил у него — благосклонно, впрочем:

— Есть ли у вас желающие идти в военную службу? Энгельгардт подумал. Желающих было так мало, что, собственно говоря, их и совсем не было. Но ответить царю, который с утра до ночи занимался теперь муштрой в полках и таинственными соображениями об изменениях военной формы, — ответить ему просто было не так-то легко.

Энгельгардт наморщил лоб и сказал:

— Да чуть ли не более десяти человек, ваше величество этого желают.

Царь важно кивнул головой:

— Очень хорошо. Надо в таком случае их познакомить с фрунтом.

Энгельгардт обомлел. "Фрунт, казарма, Аракчеев — Лицей пропал, — пронеслось у него в голове. — Конец нашему милому, нашему доброму Лицею". Он молча поклонился и вышел.

На совете Лицея, о котором знали все лицеисты, на цыпочках ходившие в эти дни, шло долго обсуждение.

Де Будри щурился.

— Значит, переход на военное положение? Куницын, бледный и решительный, сказал:

— В случае муштры и фрунта — слуга покорный, подаю в отставку.

Энгельгардт наконец решил отшутиться. Это иногда удавалось. Шутка пользовалась уважением при дворе еще при Павле, который за остроумное слово награждал чинами. Великий князь Мишель из кожи лез вон, чтобы прослыть острословом.

Энгельгардт пошел к царю и сказал ему:

— Ваше величество, разрешите мне оставить Лицей, сели в нем будет ружье.

Царь нахмурился.

— Это отчего? — спросил он.

— Потому что, ваше величество, я никогда никакого оружия, кроме того, которое у меня в кармане, не носил и не ношу.

— Какое ото оружие? — спросил царь.

---

⁵ Игра слов: лиценциаты — беспутники (франц.).

Энгельгардт вынул из кармана садовый нож и показал царю.

Шутка была плохая и не подействовала. Царь уже свыкся с мыслью, что из своего окна он будет видеть лицейскую муштру. Это было для него легким отдыхом, летним развлечением. Его тянуло к этой игрушечной муштре, как когда-то его деда Петра III тянуло к игрушечным солдатикам. Они долго торговались, и с кислой улыбкой царь наконец согласился, чтобы для желающих был класс военных наук. На том и поладили.

В другой раз, летом, царь вызвал Энгельгардта и холодно сказал ему, чтобы лицеисты дежурили при царице, — Елизавета Алексеевна жила тогда в Царском Селе.

Энгельгардт помолчал.

— Это дежурство, — сказал, не глядя на него, Александр, — приучит молодых людей быть развязнее в обращении.

Чувствуя, что сказал какую-то неловкость, он добавил торопливо и сердито:

— И послужит им на пользу.

В Лицее сообщение о дежурстве вызвало переполох. Все лицеисты разбились на два лагеря. Саша Горчаков — князь, близорукий, румяный мальчик с прыгающей походкой и той особенной небрежностью манер и рассеянностью, которые он считал необходимыми для всякого аристократа, — был за дежурства.

Надо было начинать карьеру, и как было не воспользоваться близостью дворца.

— Это удачная мысль, — сказал он снисходительно, одобряя не то царя, не то Энгельгардта.

Корф, миловидный немчик, который тянулся за Горчаковым, и Лисичка-Комовский решительно заявили, что новая должность им нравится.

— Я лакейской должности не исполнял и не буду, — спокойно сказал Пущин, но щеки его разгорелись.

— Дело идет не о лакеях, но о камер-пажах, — возразил Корф.

— Но камер-паж и есть ведь царский лакей, — ответил Пущин.

— Только подлец может пойти в лакеи к царю, — выпалил Кюхля и побагровел.

Корф крикнул ему:

— Кто не хочет, может не идти, а ругаться подлецом низко.

— Иди, иди, Корф, — улыбнулся Есаков, — там тебе по две порции давать будут. (Корф был обжора.)

— Если от нас хотят развязности в обращении, — заявил

Пушкин, — лучше пусть нас научат ездить верхом. Верховая езда лучше, чем камер-пажество.

Горчаков считал совершенно излишним вмешиваться в спор. Пускай Корф спорит. Для Горчакова это было прежде всего смешно, ridicule. Он вскидывал близорукими глазами на спорящих и спокойно улыбался.

Обе партии пошли к Энгельгардту.

Энгельгардт, видя, что в Лицее есть какие-то партии, опять пошел к царю. Царь был на этот раз рассеян и почти его не слушал.

— Ваше величество, — сказал Энгельгардт, — придворная служба, по нашему верноподданнейшему мнению, будет отвлекать лицеистов от учебных занятий.

Царь, не слушая, взглянул на Энгельгардта и кивнул ему головой. Энгельгардт, подождав, поклонился и вышел.

Лицеистов забыли и оставили в покое.

Зато Яковлев, паяс, представлял уже не только дьячка с трелями. Он однажды показал "загадочную картинку".

Начесав вихры на виски, расставив ноги, растопырив как-то мундир в плечах, он взглянул туманными глазами на лицеистов — и те обмерли: чучело императора!

В другой раз он показал с помощью ночного сосуда малоприличную картинку: как Модинька Корф прислуживает государыне.

Был в Лицее дядька Зернов, Александр Павлович, собственно не дядька, а "помощник гувернера" по лицейской табели о рангах, — редкий урод, хромой, краснокожий, с рыжей щетиной на подбородке и вдобавок со сломанным носом. И вот по всему Лицею ходила эпиграмма:

ДВУМ АЛЕКСАНДРАМ ПАВЛОВИЧАМ

Романов и Зернов лихой,
Вы сходны меж собою:
Зернов! хромаешь ты ногой,
Романов головою.
Но что, найду ль довольно сил
Сравненье кончить шпицем?
Тот в кухне нос переломил,
А тот под Аустерлицем.

Вскоре в Лицее произошли два политических случая: с Вильгельмом и с медвежонком.

VIII

Медвежонок был довольно рослый, с умными глазами, с черной мордой, и жил оп в будке на лицейском дворе. Принадлежал он генералу Захаржевскому, управляющему царскосельским дворцом и дворцовым садом. Каждое утро лицеисты видели, как, собираясь идти в обход, генерал трепал по голове медвежонка, а тот порывался сорваться с цепи и пойти вслед за ним. Пушкин особенно любил медвежонка, часто с ним здоровался. Медвежонок подавал ему толстую лапу, смотрел в лицо Пушкину, прося сахара.

И вот однажды на глазах у всех лицеистов произошло событие, которое внесло медвежонка в политическую историю Лицея.

Медвежонок сбежал,

Генерал Захаржевский, проходя однажды мимо будки, к ужасу своему обнаружил, что будка пуста: медвежонок таки сорвался с цепи. Начали искать — безуспешно: ни на дворе, ни в саду медвежонка не было. Генерал потерял голову: в двух шагах был дворцовый сад — что, если... Генерал беспокоился.

И действительно, было из-за чего.

Царь прогуливался по саду. Расстегнув мундир, заложив руку за обшлаг жилета, он медленно шел по саду — лицеисты знали куда: он собирался к "милой Вельо", молоденькой баронессе, свидания с которой у Александра бывали регулярно в Александровском парке, в Баболовском дворце.

Дело было к вечеру.

У дворцовой гауптвахты играла полковая музыка. Лицеисты в дворцовом коридоре слушали ее.

Вдруг царь остановился. Кудрявый шарло, который всегда с ним гулял, отчаянно, пронзительно залаял. Царь шарахнулся и от неожиданности вскрикнул. Навстречу ему шел молодой медведь. Медведь встал на задние лапы. Он просил сахара. Шарло, визжа, набрасывался на него и отскакивал.

Тогда царь молча повернулся и побежал мелкой рысцой обратно ко дворцу. Медвежонок неторопливо заковылял вслед за ним.

Лицеисты разинув рты смотрели. Яковлев присел от восторга. Фигура молчаливо потрухивающего по дорожке императора поглотила его внимание. Следя за удаляющимся царем, он, приоткрыв рот, невольно поматывался из стороны в сторону.

Царь скрылся.

Вдруг со всех сторон с шумом и криком набежали сторожа, унтера, а впереди всех, с пистолетом в руке, бежал потрясенный генерал.

Выстрел — и медвежонок, глухо зарычав, растянулся на земле.

Пушкин обернулся к товарищам:

— Один человек нашелся, да и то медведь.

Вечером Яковлев исполнил в лицах "злодейское покушение на жизнь его величества", представлял медведя на задних лапах, потрухивающего по дорожке царя и спасителя-генерала.

Таков был политический случай с медвежонком.

Происшествие, героем которого был Вильгельм, слегка напоминало происшествие с медвежонком.

Однажды Вильгельм гулял в саду; он вспоминал Павловск, Устиньку, глаза матери и ее сухонькие руки — и его потянуло домой. Навстречу ему попался молоденький офицер в щегольском сюртуке.

— Дядя Павел Петрович! Oncle Paul![6]— воскликнул Вильгельм, узнав материна кузена Альбрехта, того самого, который участвовал в семейном совете, когда Вилли определяли в Лицей. — Как, вы здесь? Не ожидал вас встретить.

Он обнял его.

Офицер холодно отстранил его. Вильгельм этого сгоряча не заметил.

— Давно ли вы здесь?

— Н-да, — промямлил офицер.

— В Павловске давно не бывали?

— Н-да, — процедил сквозь зубы офицер.

— Давно ли матушку видели?

— Н-да, — сказал офицер, со злостью глядя на Вильгельма.

Дядя Павел Петрович едва удостоивал его ответом. Вильгельм обиделся. Он принужденно и с достоинством откланялся. Офицер не ответил, посмотрел вслед удаляющемуся Кюхле, пожал плечами и продолжал путь.

Кюхля наткнулся на лицеистов, которые с ужасом на него смотрели.

— Что с тобой стряслось, Вильгельм? — спросил его Пущин. — Ты великих князей останавливаешь и, кажется, обнимаешь.

— Каких великих князей?

— Ты только что с Михаилом Павловичем объяснялся и за рукав его держал.

---

[6] Дядя Павел (франц.).

— Это Павел Петрович Альбрехт, — бормотал Вильгельм, — это дядя, какой это Михаил Павлович?

— Нет, — захохотал Пушкин. — Павел Петрович был папа, а это сынок — Михаил Павлович.

Таков был политический анекдот с Вильгельмом — медвежонок напал на царя, Вильгельм обнял великого князя.

IX

Однажды Пушкин сказал Вильгельму:

— Кюхля, что ты сидишь сиднем? Пойдем сегодня к гусарам, они, право, о тебе слыхали и хотят с тобой познакомиться.

Кюхля согласился не без робости.

Вечером, сунув многозначительно на чай дежурному дядьке, они вышли за лицейские ворота и прошли к Каверину.

Окна у Каверина были раскрыты; слышна была гитара и смех. Высокий тенор пел: "Звук унылый фортепьяно".

Пушкина с Кюхлей встретили радостно.

Каверин в расстегнутом ментике, в белоснежной рубашке, сидел в креслах. На коленях лежала у него гитара. Глаза Каверина были бледно-голубые, льняные волосы вились по вискам. Перед Кавериным стоял высокий черный гусар, смотрел мрачно на него в упор и пел высоким голосом романс. Он был слегка пьян. За столом было шумно, пьяно и весело.

Низенький гусар с широкой грудью встал, бренча шпорами, из-за стола, бросился к Пушкину и поднял его на воздух. Пушкин, как обезьяна, вскарабкался ему на плечи, и гусар, не поддерживая его руками, побежал вокруг стола, прямо расставляя крепкие небольшие ноги.

— Уронишь! — кричали за столом.

Пушкин спрыгнул на стол между бутылок. Гусары захлопали.

— Пушкин, прочти свой ноэль.

И Пушкин, стоя на столе, начал читать:

> *Узнай, народ российский,*
> *Что знает целый мир:*
> *И прусский и австрийский*
> *Я сшил себе мундир.*
> *О, радуйся, народ: я сыт, здоров и тучен;*
> *Меня газетчик прославлял;*

33

Я ел и пил, всех посещал —
И делом не замучен.

Черный гусар, который давеча пел романс, резко захохотал. Пушкин легко спрыгнул со стола. Ему налили вина.

Все чокнулись. Кюхле, как новому, налили огромную чашу пунша. Каверин закричал ему:

— За вольность, Кюхельбекер! До конца!

Вильгельм осушил чашу, и голова у него закружилась. Все казалось ему прекрасным. Неожиданно для самого себя он потянулся к Каверину и обнял его. Каверин крепко его поцеловал. Кругом засмеялись.

— Он влюблен, — сказал низенький гусар, подмигивая. — Я всегда их узнаю: когда влюбленный выпьет, тотчас целуется.

Черный гусар спросил у Пушкина:

— Это твой бонмо[7], что в России один человек нашелся, да и то медведь, — про вашего медвежонка?

— Мой, — самодовольно тряхнул головой Пушкин.

— Может, и человек найдется, — важно сказал черный гусар.

Пушкин поднял высоко стакан:

— За тебя и за медвежонка. Черный гусар нахмурился.

Но Пушкин уже хохотал, вертелся вокруг него, щекотал его и тормошил. Он всегда был таким, когда немного смущался.

— Пьер, — кричал он Каверину, — Пьер, будь моим секундантом! Сейчас здесь будет дуэль.

Каверин засмеялся глазами, потом мгновенно сделал "гром и молнию": перекосил лицо и открыл рот. "Гром и молния" был его любимый фокус.

Он вышел из-за стола. Пьяный, он держался на ногах крепко, но слишком прямо. В полуулыбке приоткрылись его белые зубы. Так он прошелся вокруг комнаты легкой танцующей походкой. Остановился и запел грустно, и весело, и лукаво:

Ах, на что было огород городить,
Ах, на что было капусту садить.

И присел и начал выкидывать ногами. Черный гусар забыл о Пушкине и тянулся к Каверину:

— Эх, Пьер, Пьер, душа ты моя геттингенская. А Каверин подошел и хлопнул его по плечу:

---

[7] Острота, словцо (франц. bon mot).

34

— Тринкену задавай! Шамбертень пей — хорош! Кюхля охмелел. Ему было грустно необыкновенно.

Он чувствовал, что сейчас расплачется.

— Влюблен, влюблен, — говорил, глядя на него, низенький широкоплечий гусар. — Сейчас плакать начнет.

Он незаметно подливал ему вина.

Кюхля плакал, говорил, что презирает вполне низкую вещественность жизни, и жаловался, что его никто не любит. Низенький на него подмигивал. Кюхля видел это, и ему было немного стыдно. Огни свеч стали желтыми — рассветало. За столом гусары задумались.

Пушкин уже не смеялся. Он сидел в углу и разговаривал тихо с бледным гусаром. Лоб гусара был высокий, глаза холодные, серые. Улыбаясь язвительно тонкими губами, он в чем-то разуверял Пушкина. Пушкин был сумрачен, закусывая губы, поглядывал на него быстро и пожимал плечами. Кюхля только теперь заметил гусара. — Это был Чаадаев, гусар-философ. Он хотел подойти к Чаадаеву, поговорить, но ноги его не держали, а в голове шумело.

Пора было расставаться: Каверин налил всем по последнему стакану.

— За Кюхельбекера. Принимаем в нашу шайку. Выпьем за дело общее, res publica...[8]

Он выпил, потом вынул вдруг саблю из ножен и пустил ее в стену.

Клинок вонзился в дерево, трепеща. Каверин засмеялся счастливо.

На улице было прохладно и сыровато. Деревья аллей были свежи и мокры. Хмель довольно быстро прошел. Было утро, легкая пустота в голове и усталость. Пушкин спросил Кюхлю:

— Правда хорошо?

— Слишком пьяно, — мрачно ответил Кюхля. — Они насмешники.

Он помнил, как низенький гусар подмигивал, и ему было тяжело. Пушкин остановился с досадой. Он посмотрел на бледное, вытянутое лицо друга и со злостью сказал, прижимая руку к груди:

Тяжелый у тебя характер, брат Кюхля.

Кюхля посмотрел на него с упреком. Пушкин говорил жестко, как старший:

— Люблю тебя, как брата, Кюхля, но, когда меня не станет,

---

[8] Общее дело (лат.); отсюда: республика.

вспомни мое слово: ни друга, ни подруги не знать тебе вовек. У тебя тяжелый характер.

Вильгельм вдруг повернулся и побежал прочь от Пушкина. Тот растерялся, поглядел ему вслед и пожал плечами.

Больше к гусарам Кюхля не ходил.

X

Последний месяц перед окончанием Лицея все чувствовали себя уже по-иному, жили на месяц вперед; появилась даже некоторая отчужденность. Князь Горчаков был изысканно обходителен со своими товарищами, его легкая прыгающая походка стала еще развязнее, он уже воображал себя в великосветской гостиной и, прищурясь, сыпал бонмо, репетируя свое появление в свете. Пушкин ходил встревоженный, Корф был деловит, и только обезьянка Яковлев был все тот же, паясничал и пел романсы.

В саду вечером разговаривали о будущем — о карьере.

— Ты, Лисичка, куда собираешься после окончания? — спросил покровительственно Корф. Корф все это время вертелся около Горчакова и перенял у него снисходительный тон.

— В Департамент народного просвещения, — пискнул Комовский. — Мне обещано место столоначальника.

— А я в юстицию, — сказал Корф. — В юстиции карьера легче всего.

— Особенно если польстить где надо, — сказал Яковлев.

Горчаков молчал. Все в Лицее знали, что он идет по иностранным делам. Связи у Горчакова были высокие.

— Эх вы, столоначальники, — сказал быстро Пушкин. — Я в гусары пойду. Охота за столом сидеть. А вот Илличевский, верно, по финансовой части пойдет.

Все захохотали. Илличевский был скуп. Он ответил обиженным голосом:

— Не всем же гусарами быть. Кой-кому придется и потрудиться.

Молчали только Пущин и Кюхля.

— А куда же ты, Пущин? — спросил Корф, все так же покровительственно.

— В квартальные надзиратели, — сказал Пущин спокойно.

Лицеисты засмеялись.

— Нет, серьезно, — приставал Корф, — ты куда определиться думаешь?

— Я и говорю серьезно, — ответил Пущин, — я иду в квартальные надзиратели.

Все засмеялись. Вильгельм с недоумением смотрел на Пущина.

— Всякая должность в государстве, — медленно сказал Пущин и обвел всех глазами, — должна быть почтенна. Нет ни одной презренной должности. Нужно своим примером показать, что не в чинах и не в деньгах дело.

Корф растерянно смотрел на Пущина, ничего не понимая, но Горчаков, прищурясь, сказал ему по-французски:

— Но, значит, и должность лакея почтенна, и, однако же, вы не захотели бы быть лакеем.

— Есть разные лакеи, — сухо ответил Пущин. — Лакеем царским почему-то не почитается быть обидным.

Горчаков усмехнулся, но промолчал.

— А вы? — обернулся он к Вильгельму несколько иронически. — Вы куда собираетесь?

Вильгельм посмотрел растерянно на Горчакова, Пушкина, Комовского и пожал плечами:

— Не знаю.

XI

8 июня 1817 года. Ночь. Никому не спится. Завтра прощание с Лицеем, с товарищами, а там, а там... Никто не знает, что там.

За стенами Лицея какой-то темный воздух, тонкая розовая заря горит, звуки, что-то сладкое и страшное, мелькает женское лицо.

Кюхля не спит, как все, он сидит один. Сердце его бьется. Глаза сухи. Неясный страх тревожит его воображение.

Стук в дверь. Входит Пушкин. Он не смеется, как всегда. Глаза его почему-то полузакрыты.

— Я тебе на память написал, Вильгельм, — говорит он тихо. — "Разлуку". — Голос его тоже другой, глуховат и дрожит.

— Прочти, Александр, — оборачивается к нему Кюхля и смотрит на него с непонятной тоской.

Александр читает тихо и медленно:

В последний раз, в сени уединенья,
Моим стихам внимает наш пенат.

Лицейской жизни милый брат,
Делю с тобой последние мгновенья.
Прошли лета соединенья;
Разорван он, наш верный круг.
Прости! Хранимый небом,
Не разлучайся, друг,
С свободою и Фебом!
Узнай любовь, неведомую мне,
Любовь надежд, восторгов, упоенья!
И дни твои полетом сновиденья
Да пролетят в счастливой тишине!
Прости! Где б ни был я: в огне ли смертной битвы,
При мирных ли брегах родимого ручья,
Святому братству верен я.
И пусть (услышит ли судьба мои молитвы?),
Пусть будут счастливы все, все твои друзья!

Он кончил; Кюхля закрыл глаза. Он заплакал, потом порывисто вскочил, прижал к груди Пушкина, который был ниже его на две головы, — и так они стояли с минуту, ничего не говоря, растерянные.

Кончился Лицей.

ПЕТЕРБУРГ

I

"Добрый директор", Егор Антонович Энгельгардт, писал о Кюхле в письме к Есакову:

"Кюхельбекер живет как сыр в масле; он преподает русскую словесность в меньших классах вновь учрежденного благородного пансиона при Педагогическом институте и читает восьмилетним детям свои гекзаметры; притом исправляет он должность гувернера; притом воспитывает он Мишу Глинку (лентяй, но очень способный к музыке мальчик) и еще двух других; притом читает он французскую газету "Conservateur Impartial";[9] притом присутствует очень прилежно в Обществе любителей словесности и при всем этом еще в каждом почти номере "Сына отечества" срабатывает целую кучу гекзаметров. Кто бы подумал, когда он у нас в пруде тонул, что его на все это станет".

Тетка Брейткопф была тоже довольна. Когда длинный Вилли приезжал к ней в Екатерининский институт вечерком, с литературного собрания, тетка смотрела на него с удовольствием и накладывала в кофе столько сливок, что рассеянный Вилли давился.

В самом деле, кто бы мог думать, что у Вилли окажутся такие способности, что мальчик будет в первых рядах, печататься, несмотря на свои Dummheiten[10], в лучших журналах и вести дружбу с Жуковским и еще там разными литературными лицами, которые, однако, иногда имеют значение!

Устинья Яковлевна могла наконец успокоиться, сама тетка Брейткопф поверила в Вилли. Молодой человек пойдет далеко, и вообще дети, благодаря бога, устроены: младший, Миша, служит во флоте, в Гвардейском экипаже, и тоже подвигается по службе, Устинья вышла замуж за Глинку, Григория Андреевича. Григорий Андреевич хоть и со странностями, но любит Устиньку без памяти, и тетка непременно в этом же году поедет летом к ним в Смоленскую губернию, в Закуп. Небольшая, но превосходная усадьба.

Вильгельм пил сливки с усердием.

---

9 "Беспартийный консерватор" (франц.).
10 Глупости (нем.).

Столь же усердно писал он стихи, столь же усердно воспитывал Мишу Глинку, который был отъявленным лентяем, и неуклонно появлялся во всех гостиных, возбуждая перемигивания. К прозвищу "Глист", которое дал ему когда-то Олосинька Илличевский, присоединилось теперь в гостиных еще "Сухарь". Последнее было даже обиднее, потому что глист бывает у всех национальностей, а сухари пекли по преимуществу немцы-булочники. Но задирать его боялись, потому что Сухарь сразу вспыхивал, глаза его наливались кровью, и неосторожному обидчику грозили большие неприятности. Этот Сухарь, помимо всего прочего, был еще и бретер. Даже с друзьями он был вспыльчив до беспамятства. Так, раз он вызвал на дуэль одного писателя, перед которым преклонялся. Писатель был живой, вертлявый человек, вечно кипевший, как кофейник. В пылу разговора он ничего не замечал, и раз, подливая всем вина, он забыл подлить Кюхле, который сидел за столом и жадно его слушал. Тотчас же Кюхля встал из-за стола и потребовал сатисфакции. Писатель вытаращил на него глаза и долго не мог понять, почему Кюхля развоевался. Насилу дело уладили. Понемногу создалась у Вильгельма репутация "отчаянного", и светские франты посмеивались над ним с осторожностью.

Жил Вильгельм в двух комнатах со своим Сенькой, которого теперь звали Семеном. Семен был веселый человек. Он тренькал на балалайке в передней, а Вильгельм, который писал стихи, стеснялся ему сказать, что он мешает. Служба у Семена была сравнительно легкая, потому что Вильгельм Карлович исчезал с утра, а приходил к ночи и, облачившись в халат, садился за стол — смотреть на звезды и писать стишки. Семен раз читал эти стишки, когда Вильгельма Карловича дома не было, и они ему очень понравились; были длинные, жалостные, про любовь и звезды, и задумчивого содержания. У Семена было обширное знакомство. Раз он прочел даже — в любовном случае — стихи Вильгельма Карловича за свои — ничего, сошло, понравились, хоть до конца и не пришлось дочитать. От Устиньи Яковлевны Семен имел приказание беречь Вильгельма Карловича и в случае чего писать ей. От писания Семен воздержался, но беречь — берег: он знал Вильгельма с детства и видел, что тот без него обойтись не может и пропадет в первый же день.

Скоро Вильгельму предложили перебраться в помещение Университетского благородного пансиона, у Калинкина моста. Ему предложили жить в мезонине, для того, чтобы там, на месте, воспитывать Мишу Глинку и Леву Пушкина, младшего брата Александра. Семен перебрался вместе с ним.

II

Александра Вильгельм видел редко. Пушкин завертелся бешено. Днем его видели скачущим на дрожках с какими-то сомнительными красавицами, вечером он бывал непременно в театрах, где простаивал в первых креслах, шутя и язвя направо и налево; или же дулся в карты до утра с гусарами. Эпиграммы его ходили по всему городу. Наконец от веселой жизни он слег и начал доканчивать "Руслана и Людмилу" — вещь, которая, по мнению Вильгельма, должна была произвести переворот в русской словесности. Кюхля и не думал осуждать друга. Он относился к нему, как влюбленный к девушке, которая шалит и вместе дичится — и наконец закружилась в вальсе, которого не остановишь. Когда Пушкин был болен, он каждый день ходил к нему. Пушкин, обритый, бледный и безобразный, кусал перо и читал Вильгельму стихи. Вильгельм слушал, приложив ладонь к уху (слух у него портился, что страшно беспокоило тетку Брейткопф, а самого его тревожило мало). Он наконец не выдерживал, вскакивал и лез целоваться к Пушкину. Тот смеялся не без удовольствия.

Как только Пушкин выздоровел, они поссорились.

Виноват был, собственно, Жуковский.

Кюхля привык уважать Жуковского. Он знал наизусть его "Светлану" и нередко меланхолически повторял из "Алины и Альсима":

> *Зачем, зачем вы разорвали*
> *Союз сердец?*
> *Вам розно быть! вы им сказали —*
> *Всему конец.*

Жуковскому Кюхля в эту пору посвящал свои стихи и одобрения Жуковского жадно ждал. Поэтому он ходил к нему очень часто, приносил кипу своих стихов и зачитывал ими Жуковского.

Жуковский жил в уютной холостой квартире, ходил в халате, курил длинный чубук. С ним жил только слуга Яков, спокойный и опрятный, неопределенных лет, с серыми мышиными глазками, который неслышно похаживал по комнатам в мягких туфлях. Жуковский был еще не стар, но уже располнел бледной полнотой от сидячей жизни. Небольшие глаза его, кофейного цвета, заплыли. Он был ленив, мягок в движениях, лукаво вежлив со всеми и, когда ходил по комнате, напоминал сытого кота.

Одобрение свое давал не сразу, а подумав. Кюхля его чем-то безотчетно тревожил, а Жуковский не любил, когда его кто-нибудь тревожил. Поэтому принимал он Кюхлю не очень охотно.

Раз Пушкин спросил у Жуковского:

— Василий Андреевич, отчего вы вчера на вечере не были? Вас ждали, было весело.

Жуковский лениво отвечал:

— Я еще накануне расстроил себе желудок. — Он подумал и прибавил: — К тому же пришел Кюхельбекер, вот я и остался дома. Притом Яков еще дверь запер по оплошности и ушел.

Слово "Кюхельбекер" он при этом произнес особенно выразительно.

Пушкин захохотал. Он несколько раз повторил: — Расстроил желудок... Кюххельбеккеррр...

Вечером на балу он встретил Кюхлю и лукаво сказал ему:

— Хочешь, Виля, новые стихи? Кюхельбекер жадно приложил ладонь к уху.

Тогда Пушкин сказал ему на ухо, не торопясь и скандируя:

За ужином объелся я,
Да Яков запер дверь оплошно.
Так было мне, мои друзья,
И кюхельбекерно и тошно.

Кюхля отшатнулся и побледнел. Удивительное дело. Никто так не умел смеяться над ним, как друзья, и ни на кого он так не бесился, как на друзей!

— За подлое искажение моей фамилии, — просипел он, выкатив глаза на Пушкина, — вызываю тебя. На пистолетах. Стреляться завтра.

— Подлое? — побледнел в свою очередь Пушкин. — Хорошо. Мой секундант Пущин.

— А мой — Дельвиг.

Они тотчас разыскали Пущина и Дельвига. Пущин и слушать не хотел о дуэли.

— Кюхля сошел с ума, вспомнил старые штуки, не достает только, чтобы он теперь в пруд полез топиться. Да и ты хорош,

— сказал он Пушкину, но тут же проговорил: — И кюхельбекерно и тошно, — и захохотал.

А Вильгельм с ужасом слышал в это время, как один молодой человек, проходя мимо него и его не заметив, сказал другому:

— Что-то мне сегодня кюхельбекерно... Стреляться! Стреляться!

Назавтра они стрелялись. Поехали на санях за город, на Волково поле, вылезли из саней. Стали в позицию. Пущин сказал в последний раз:

— Пушкин! Вильгельм! Бросьте беситься! Пушкин, ты виноват, проси извинения — вы с ума сошли!

— Я готов, — сказал Пушкин, позевывая. — Ей-богу, не понимаю, чего Вилинька рассвирепел.

— Стреляться! Стреляться! — крикнул Кюхля. Пушкин усмехнулся, тряхнул головой и скинул шинель. Скинул шинель и Вильгельм.

Дельвиг дал им по пистолету, и они стали тянуть жребий, кому стрелять первому.

Первый выстрел достался Кюхле.

Он поднял пистолет и прицелился. Пушкин стоял равнодушно, вздернув брови и смотря на него ясными глазами.

Кюхля вспомнил "кюхельбекерно", и кровь опять ударила ему в голову. Он стал целить Пушкину в лоб. Потом увидел его быстрые глаза, и рука начала оседать. Вдруг решительным движением он взял прицел куда-то влево и выстрелил.

Пушкин захохотал, кинул пистолет в воздух и бросился к Вильгельму. Он затормошил его и хотел обнять.

Вильгельм опять взбесился.

— Стреляй! — крикнул он. — Стреляй!

— Виля, — сказал ему решительно Пушкин, — я в тебя стрелять не стану.

— Это почему? — заорал Вильгельм.

— А хотя бы потому, что пистолет теперь негоден все равно — в ствол снег набился.

Он побежал быстрыми, мелкими шажками к пистолету, достал его и нажал собачку — выстрела не было.

— Тогда отложить, — мрачно сказал Вильгельм. — Выстрел все равно за тобой.

— Ладно, — Пушкин подбежал к нему, — а пока поедем вместе, выпьем бутылку аи.

Он подхватил упирающегося Вильгельма под руку, с другой стороны подхватил Вильгельма Пущин; Дельвиг стал подталкивать сзади — и наконец Вильгельм рассмеялся:

— Что вы меня тащите, как барана?

В два часа ночи Пушкин отвез к себе охмелевшего Вильгельма и долго ему доказывал, что Вильгельм должен послать к черту все благородные пансионы и заниматься только литературою.

Вильгельм соглашался и говорил, что Александр один в состоянии понять его.

III

И в самом деле, учительство начинало надоедать Вильгельму. Дети вдруг ему опостылели, он все чаще запирался в кабинете, облачался в халат и сидел у стола, ничего не делая, бессмысленно глядя в окна. Это стало даже беспокоить Семена, который собирался написать Устинье Яковлевне письмо с предостережением, "как бы чего с Вильгельмом Карловичем не вышло".

В один из таких вечеров он вспомнил, что сегодня четверг, и поехал к Гречу. Он бывал на четвергах у Греча. Греч, плотный, небольшой человек в роговых очках, был приветливым хозяином. На своих четвергах он угощал всю петербургскую литературу, и как-то незаметно так случилось, что один гость отдавал Николаю Ивановичу стихи (подешевле), другой прозу (тоже не дорожась). Два центра были в гостиной Греча — одним был сам Греч, все время зорко посматривавший на слуг (когда слуга ловил такой Гречев взгляд, он сразу же мчался с оршадом либо шампанским именно к тому литератору, который Николаю Ивановичу был нужен), другим же центром был Булгарин. Он был круглый, плотный, на нем как бы лопалось платье, сшитое в обтяжку. Пухлые руки у него потели, он их беспрестанно потирал и, посмеиваясь, перебегал от одного гостя к другому. Когда Вильгельм приехал, у Греча было уже много народа.

С Булгариным разговаривали двое каких-то незнакомых. Один был прекрасно одет, строен, черные волосы были тщательно приглажены, узкое лицо изжелта-бледно, и небольшие глаза за очками были черны, как уголь. Говорил он тихо и медленно. Другой, некрасивый, неладно сложенный, с пышно взбитыми на висках темными волосами, с задорным коком над лбом, с небрежно повязанным галстуком, был быстр, порывист и говорил громко.

Греч подвел к ним Кюхлю.

44

— Кондратий Федорович, — сказал он человеку с коком, — рекомендую, тот самый Вильгельм, о котором вы давеча спрашивали. (Кюхля подписывал свои стихи "Вильгельм".)

Кондратий Федорович? Тот, который написал и напечатал послание "К Временщику", где печатно самому Аракчееву сказал: "Твоим вниманием не дорожу, подлец!"

Кюхля боком рванулся вперед и судорожно пожал руки Рылееву.

Тотчас второй, в очках, с недоумением и испугом откинулся назад в креслах.

— Александр Сергеевич Грибоедов, — отрекомендовал хозяин.

Грибоедов с опаской пожал руку Вильгельму и шепнул на ушко Гречу совсем тихо:

— Послушайте, это не сумасшедший? Греч рассмеялся:

— Если хотите — да, но в благородном смысле. Грибоедов посмотрел поверх очков на Кюхельбекера.

— И сколько времени будет это продолжаться, — говорил Рылеев, и ноздри его раздувались, — этот вой похоронный в литературе? Жеманство это? Плач по протекшей юности безостановочный? Вы посмотрите, Вильгельм Карлович, — он схватил за руки Кюхлю, который даже не знал, в чем дело, — что в литературе творится. Элегии, элегии без конца, мадригалы какие-то, рондо, чтоб их дьявол побрал, игрушки, безделки — и все это тогда, когда деспотизм крепчает, крестьяне рабы, а Аракчеев и Меттерних шпицрутенами Европу хлещут.

— Да, — потирал потные руки Булгарин, — вы все правду, бесценный мой друг, говорите, ни одного словечка фальши, но скажите мне, мой дорогой друг, — Булгарин прижал обе руки к груди и склонил голову набок, — скажите, где лекарство? Да, да, да, где лекарство от этого?

Он посмотрел на Рылеева ясными выпуклыми глазами; глаза были веселые, с неуловимой наглецой.

— Лекарство есть, — медленно сказал Грибоедов, — надобно в литературе произвести переворот. Надобно сбросить Жуковского с его романтизмом дворцовым, с его вздохами паркетными. Простонародность — вот оплот. Язык должен быть груб и неприхотлив, как сама жизнь, только тогда литература обретет силу. А не то она вечно в постели валяться будет.

Вильгельм насторожился. Новые для него слова раздались. Он вскочил, что-то хотел сказать, раскрыл рот, потом посмотрел на Рылеева и Грибоедова.

45

— Разрешите мне у вас побывать, — сказал он в волнении, — у вас, Кондратий Федорович, и у вас, Александр Сергеевич. Мне обо многом с вами поговорить надобно.

И, не дожидаясь ответа, раскланялся неловко и отошел. Рылеев пожал плечами и улыбнулся. Но Грибоедов, наклонив вперед голову, задумчиво смотрел из-за очков на забившегося в угол Вильгельма.

После этого вечера Вильгельм часто езжал к Рылееву и Грибоедову. В особенности к последнему, потому что Грибоедов должен был скоро уехать в Персию. В два месяца они подружились.

Они были однолетки, но Вильгельм чувствовал себя гораздо моложе. Сухой голос и невеселая улыбка Грибоедова были почти старческие. Но иногда, особенно после какой-нибудь слишком желчной фразы, он улыбался Вильгельму почти по-детски. Вильгельм влюбленными глазами глядел, как Грибоедов неторопливо двигается по комнате. У Грибоедова была эта привычка — он беспрестанно ходил во время разговора по комнате, как бы нащупывая твердое место, куда бы можно стать безопаснее. Движения его были изящные и легкие.

— Александр, — спросил однажды Вильгельм о том, что давно уже было у него на душе, — отчего ты с Булгариным так дружен? Он, конечно, журналист опытный. Но он ведь шут, фальстаф, существо низменное.

— За то и люблю, — отвечал, улыбаясь, Грибоедов. — Я людей, дорогой друг, не очень уважаю. А Фаддей весь тут, как на ладони. Калибан, и вся недолга. Почему бы мне с ним и не дружить?

Вильгельм покачал головой.

А с Рылеевым было совсем по-иному. Рылеев взрывался ежеминутно. Словами он сыпал, как пулями, и, нервно наклонясь вперед, спрашивал блестящими глазами собеседника, согласен ли он, вызывал на спор. Он не любил, когда с ним соглашались быстро и охотно. Он оживал только в споре, но спорить долго с ним было невозможно. Самые звуки его голоса убеждали противника.

Были имена, при которых его лицо подергивалось, — так не мог он слышать имени Аракчеева. Так же оно подергивалось, когда он говорил с Вильгельмом о крестьянах, которых изнуряют барщиной, и солдатах, которых засекают насмерть.

Тихая злость Грибоедова действовала на Кюхлю почти успокаивающе, вспышки Рылеева волновали его. Он от Рылеева уходил, теряя голову.

Однажды у Рылеева Кюхля застал Пущина. Пущин о чем-то неторопливо и внушительно говорил Рылееву вполголоса. Тот, не отрываясь, молча, смотрел в глаза Пущину. Завидя Кюхлю, Пущин сразу замолчал, а Рылеев, встряхнув головой, заговорил о том, что и "Сын отечества" и "Невский зритель" просто никуда не годятся и что надо основывать собственный журнал. Вильгельму показалось, что от него что-то скрывают.

IV

С некоторых пор тетка Брейткопф, когда Вильгельм к ней приезжал, не так уж радовалась, как прежде. И хотя сливок она ему накладывала в кофе по-прежнему в обилии, вид Вильгельма ее начинал смущать. Вильгельм изменился — это было ясно для тетки Брейткопф. Он что-то опять затевал, чем-то был встревожен. Тетка Брейткопф, положа руки на стол и смотря величаво на Вильгельма, ломала голову, что с ним такое творится. Вильгельм рассеянно пил ее кофе, рассеянно уничтожал печенье и отвечал тетке невпопад. Наконец тетка решила: Вильгельм влюблен, и нужно ожидать глупостей.

Тетка была права: Вильгельм был действительно влюблен, и от него действительно можно было ожидать глупостей.

Влюбился он сразу, в один вечер, и, как ему показалось, навсегда.

Однажды его зазвал Дельвиг в салон к Софье Дмитриевне Пономаревой.

Вильгельм слышал уже про этот веселый салон и про красивую хозяйку. Салон оказался небольшой уютной гостиной; за круглым столом, заваленным книгами, тетрадями и листами, в матовом свете лампы сидели собеседники. Кюхля сразу заметил большое лицо Крылова с нависшими бровями, такое неподвижное, будто он отроду слова не вымолвил; здесь же сидел и Греч, в своих роговых очках имевший вид не то канцеляриста, не то профессора; маленький человек с розовым лицом и маслеными глазками — Владимир Панаев, идиллий которого терпеть не мог Кюхля; одноглазый Гнедич и белобрысый, с широким веснушчатым лицом, баснописец Измайлов. На Кюхлю и Дельвига они обратили мало внимания. Вообще в гостиной была простота отношений: входили, уходили, кто с кем хотел, тот с тем и разговаривал. Да и обстановка была простая, и мало ее было — для свободы движения. Кюхля сразу почувствовал себя легко, весело и спокойно. Дельвиг подвел его к хозяйке. Софи сидела на большом диване, рядом с ней человек пять литераторов, которые за ней безбожно ухаживали. Ей было всего лет двадцать, она была очень хороша — ямки на щеках, небольшие темные глаза с косым разрезом — китайские — и родинка над верхней губой. Она говорила быстро, весело и много смеялась. На Кюхлю она сразу же произвела необыкновенное впечатление. Он не заметил, как наступил на лапу большого пса, который сидел в ногах у Софи. Пес зарычал, оскалил зубы и бросился на Вильгельма. Услышав его рычание, из другого угла комнаты бросилась на Вильгельма вторая собака. Произошла суматоха.

— Гектор, Мальвина! — кричали кругом.

Софи от смеха не могла выговорить ни слова. Наконец она кое-как извинилась перед Кюхлей. Дельвиг сел подле хозяйки, он, видимо, был своим человеком. Сел он очень близко к Софи и, как Вильгельм заметил, прижался к ней довольно нескромно. Вильгельму это показалось немного странно, но Софи, по-видимому, считала это совершенно натуральным. К большому своему неудовольствию, Кюхля увидел Олосиньку Илличевского, который в это время входил в гостиную и которого хозяйка встретила радостно. Алексей Дамианович за три года успел приобрести вид человека основательного, отращивал брюшко, и лицо его уже было зеленовато-бледное, как по большей части у всех петербургских чиновников.

Софи затормошила Кюхлю певучими быстрыми вопросами, на которые он отвечал принужденно и робко.

К концу вечера Кюхля сидел унылый, мало говорил и мрачно смотрел на Дельвига и Илличевского, весьма нескромно ухаживавших за Софи. На остальных он совсем не обращал внимания и забыл даже заинтересоваться Крыловым. Уходил он вместе с Измайловым. Дельвиг и Илличевский засиделись. Толстый и неуклюжий Измайлов в синем долгополом сюртуке рядом с высоким и тонким Кюхлей в черном фраке, удаляющиеся рядком из гостиной, были забавны. Софи засмеялась им вслед. Кюхля услышал этот смех и болезненно поморщился. Измайлов взглянул на него сквозь серебряные очки и лукаво подмигнул.

В сенях они наткнулись на странную картину: двое слуг не впускали в гостиную мертвецки пьяного человека. Одежда пьяного была в беспорядке: галстук развязан, ворот рубахи расстегнут и залит вином. Пьяный посмотрел на Измайлова и Вильгельма мутными глазами.

— А, щелкоперы, — сказал он, — насиделись?

И потом, как бы сообразив что-то, забормотал вдруг учтиво:

— Милости прошу, милости прошу.

Вильгельм разинул рот, но Измайлов увлек его на улицу.

— Софьи Дмитриевны супруг, — сказал он, улыбаясь. — Она его в черном теле держит, вот он и попивает, бедняга.

Вильгельм пожал плечами. Все в этом доме было необычайно.

Он провел бессонную ночь, а назавтра послал Софи цветы. На третий день он к ней поехал. Софи сидела одна. Кюхлю она тотчас приняла, пошла ему навстречу, взяла за руку и усадила рядом с собой на диван. Потом сбоку на него посмотрела:

— Вильгельм Карлович, я вам рада. Вильгельм сидел не шевелясь.

— Отчего вы так всех дичитесь? Говорят, вы нелюдим и мизантроп ужасный? Альсест?

— О нет, — пробормотал Кюхля.

— Про вас говорят тысячу ужасных вещей — вы дуэлист, вы опасный человек. Право, вы, кажется, страшный человек.

Кюхля смотрел в ее темные глаза и молчал, потом он взял ее руку и поцеловал.

Софи быстро на него посмотрела, улыбнулась, поднялась и потащила к столу. Там она развернула альбом и сказала:

— Читайте и пишите, Вильгельм Карлович, а я на вас буду смотреть.

Не сознавая, что он делает, Вильгельм вдруг обнял ее.

— О, — сказала удивленно Софи, — но вы, кажется, совсем не такой мизантроп, как мне говорили.

Она рассмеялась, и рука Вильгельма упала.

— Вы меня заставляете испытывать страдания... — бормотал Вильгельм.

— Мне о вас Дельвиг намедни, — быстро меняя разговор, сказала Софи, — целый вечер рассказывал.

— Что же он обо мне говорил?

— Он говорил, что вы человек необыкновенный. Что вы будете когда-нибудь знамениты... и несчастливы, — добавила Софи потише.

— Не знаю, буду ли я знаменит, — сказал Вильгельм угрюмо, — но я уже сейчас несчастлив.

— Пишите же, Вильгельм Карлович, в альбом: вы несчастливы, а в будущем знамениты — это для альбома очень интересно.

Вильгельм с досадой начал перелистывать альбом. На первой странице аккуратным почерком Греча было написано:

IV. СОВРЕМЕННАЯ РУССКАЯ БИБЛИОГРАФИЯ
НОВЫЕ КНИГИ
1818

София Дмитриевна Пономарева, комической, но и чувствительной роман с маленьким прибавлением. Санкт-Петербург, с малую осьмушку, в типографии мадам Блюмер, 19 страниц.

(Начав читать сию книжку, я потерял было терпение: мысли автора разбегаются во все стороны, одно чувство сменяет другое, слова сыплются, как снежинки в ноябре месяце; но все это так мило и любезно, что невольно увлекаешься вперед; прочитаешь книжку и скажешь: какое приятное издание! Жаль только, что в нем остались некоторые типографские ошибки!)

— Как? — спросил с негодованием Вильгельм. — А разве он читал эту книгу? И что за "прибавление"?

— Дорогой мизантроп, — сказала Софи, покраснев, — вы становитесь, кажется, дерзки. У вас вовсе нет терпения.

— Остроумие Николая Ивановича канцелярское, — пробормотал Вильгельм.

На второй странице угловатым старинным почерком было написано:

> *Чем прекраснее цветочек,*
> *Тем скорее вянет он.*
> *Ах, на час, на мал часочек*
> *Нежный Сильф в него влюблен.*
> *Как увянет,*
> *Он престанет*
> *В нем искать утехов трон!*

Под этим стихотворением, игривым и неуклюжим, как пляшущий медведь, стояло имя одного знаменитого ученого.

Вдруг в глазах Кюхли потемнело. Пиитический кондитер, Владимир Панаев, написал Софи нескромные стишки:

> *Блажен, кто на тебя взирать украдкой смеет;*
> *Трикрат блаженнее, кто говорит с тобой;*
> *Тот полубог прямой,*
> *Кто выманить, сорвать твой поцелуй сумеет.*
> *Но тот завиднейшей судьбой,*
> *Но тот бессмертьем насладится,*
> *Чьей смелою рукой твой пояс отрешится!*

— А вы зачем этого куафера к себе в альбом впустили? — спросил грубо Вильгельм и побледнел.

— Альбом открыт для всех, — сказала Софи, но посмотрела в сторону.

И вот наконец парадный почерк самого Олосиньки Илличевского:

При виде вас, нахмуря лица, Все шепчут жалобы одни: Женатые — зачем не холосты они, А неженатые — зачем вы не девица.

Кюхля захлопнул альбом.

Тогда Софи своими белыми пальцами разогнула его упрямо посередине и сказала настойчиво:

— Пишите.

Вильгельм посмотрел на нее и решился.

Он сел и написал:

I was well, would be better, took physic and died[11].

Потом встал, шагнул к Софи и обнял ее.

V

Почва уходила из-под ног Вильгельма. Часто ночью он вскакивал, садился на постели и смотрел, выкатив пустые глаза, на спящий как бы в гробу Петербург. Хладная рука сжимала его сердце и медленно — палец за пальцем — высвобождала.

То была Софи? Или просто хандра гнала его от уроков, от тетки Брейткопф, от журналов?

Он не знал. Да и все кругом начинало колебаться. Подземные толчки потрясали жизнь, и Вильгельм их болезненно ощущал.

Каждый день эти толчки раздавались во всей Европе, во всем мире.

В 1819 году блеснул кинжал студента Занда, и кинжал этот поразил не одного шпиона Коцебу, вся Европа знала, что Зандов удар падает на Александра и Меттерниха: Коцебу был русским шпионом, которому Александр, с благословения Священного союза, отдал под наблюдение немецкие университеты, единственное место, где еще отсиживались немцы от Меттерниха, в длинных руках которого плясал, как картонный паяц, русский царь.

---

[11] Я чувствовал себя хорошо, мог бы чувствовать себя еще лучше, принял лекарство и умер (англ.).

Вслед за кинжалом Занда засверкал стилет Лувеля: в феврале был убит герцог Беррийский. Волновало не только то, что убит герцог, поражала самая картина убийства; в гостиных передавали подробности: весь французский двор был в опере; при выходе один человек властно растолкал толпу, спокойно взял герцога за ворот и вонзил ему в грудь стилет, на конце изогнутый. Его схватили. Это был Лувель. На допросе он заявил надменно, что стремится истребить все племя Бурбонское.

Троны королей снова закачались. Среди многолюдной толпы, чуть не на глазах Людовика Желанного, проткнули наследника престола.

В Испании дело было, пожалуй, еще серьезнее: король, трусливый и загнанный, как заяц, уступал кортесам шаг за шагом. Министром юстиции по требованию народа был сделан бывший каторжник, сосланный самим королем на галеры. Народ, предводимый вождями Квирогой и Риэго, глухо волновался и требовал голов, а король выдавал одного за другим прежних своих куртизанов.

В мае 1820 года узнали подробности казни Занда. Он умер, не опустив глаз перед смертью. Народ макал платки в его кровь, уносил кусочки дерева с эшафота, как мощи. Казнь Занда была вторым его торжеством: правительство боялось его казнить, экзекуция была произведена ранее обыкновенного часа, его казнили крадучись. И все-таки перед эшафотом теснилась тысячная толпа, а студенты обнажили головы, когда Занд спокойно взошел на помост, и запели ему на прощанье гимн вольности.

15 сентября 1820 года корабль, пришедший из Лисабона в Петербург, привез известие, что в Португалии революция. Тамошние жители приняли конституцию испанскую.

В Греции началась война за освобождение от ига Турции. Дух древней Эллады воскрес в новых этериях.

Таков был календарь землетрясений европейских.

Почва колебалась не только под ногами Вильгельма. Пушкин, как бомба, влетал к нему в комнату, тормошил Вильгельма, быстро говорил, что нужно всем бежать в Грецию, читал злые ноэли на царя, целовал Вильгельма и куда-то убегал. Ему не сиделось на месте. Он пропадал по театрам, у гусаров, волочился, и, глядя на друга, Вильгельм удивлялся, как это Пушкин всюду успевает, как он не разорвется от постоянного кипения. Его запретные стихи ходили по всей России, их читали захлебываясь, дамы списывали их в альбомы, они обходили Россию быстрее, чем газета.

И наконец Пушкина метнуло. Раз, сидя в опере, он небрежно протянул соседу портрет Лувеля, на котором четко его рукой было написано: "Урок царям". Портрет пошел гулять по театру. Высокий черный человек в покошенном фраке, до которого портрет дошел, сунул его в карман и шепотом спросил у соседа:

— Кто писал?

Сосед пожал плечами и отвечал, улыбаясь:

— Должно быть, Пушкин-стихотворец.

Высокий черный человек дождался конца действия, а потом исчез тихо и незаметно. Это был Фогель, главный шпион петербургского генерал-губернатора графа Милорадовича, его правая рука.

Назавтра граф Милорадович имел продолжительную конфиденцию с царем.

Царь отдыхал в Царском Селе. После доклада Милорадовича царь вышел в сад и в саду столкнулся с Энгельгардтом. Выражение его лица было брезгливое и холодное. Он подозвал Энгельгардта и сказал ему:

— Пушкина надобно сослать в Сибирь: он наводнил Россию возмутительными стихами; вся молодежь наизусть их читает, он ведет себя крайне дерзко.

Энгельгардт пришел в ужас и тотчас написал Дельвигу и Кюхле письма, в которых заклинал их не знаться с Пушкиным. "Благоразумие, благоразумие, добрый Вильгельм", — писал Энгельгардт; он перепугался страшно и сам хорошенько не знал, за кого: то ли за Лицей, то ли за самого себя.

Пушкина в мае сослали — хоть не в Сибирь, так на юг.

Добрый же Вильгельм утешил Энгельгардта. Егор Антонович развернул в июне новый нумер "Соревнователя просвещения и благотворения", журнала почтенного, и с удовольствием убедился, что Кюхля и летом не перестает работать: на видном месте было напечатано Кюхлино стихотворение под названием "Поэты".

Егор Антонович надел очки и начал читать. По мере того как он читал, рот его раскрывался, а лоб покрывался потом.

Кюхля писал:

> *О Дельвиг, Дельвиг! что награда*
> *И дел высоких и стихов?*
> *Таланту что и где отрада*
> *Среди злодеев и глупцов?*
> *В руке суровой Ювенала*
> *Злодеям грозный бич свистит*

И краску гонит с их ланит,
И власть тиранов задрожала.
О Дельвиг! Дельвиг! что гоненья?
Бессмертие равно удел
И смелых, вдохновенных дел,
И сладостного песнопенья!
Так! не умрет и наш союз,
Свободный, радостный и гордый,
И в счастьи и в несчастьи твердый,
Союз любимцев вечных муз!

И наконец, в скромном "Соревнователе просвещения и благотворения" обычнейшим типографским шрифтом было напечатано:

И ты — наш юный Корифей —
Певец любви, певец Руслана!
Что для тебя шипенье змей,
Что крик и Филина и Врана!

— И филина и врана, — растерянно повторил Энгельгардт тонким голосом.

Как пропустила цензура? Как бумага выдержала? Кюхля погиб, и бог с ним, с Кюхлей, но Лицей, Лицей! Падает тень на весь Лицей. Он погибнет, Лицей, без всякого сомнения. А кто виною? Два неорганизованных существа, два безумца — Пушкин и Кюхельбекер.

Энгельгардт снял очки, аккуратно положил их на стол, вынул из кармана огромный носовой платок, уткнулся в него и всхлипнул.

VI

Однажды пришел к Вильгельму Пущин, посидел у него немного, посмотрел ясными глазами вокруг и сказал, морщась:

— Какой у тебя беспорядок, Вильгельм.

Вильгельм рассеянно огляделся и заметил, что в комнате действительно страшный беспорядок: книги валялись на полу, на софе, рукописи лежали грудами, табачный пепел покрывал стол.

Пущин посмотрел на друга внимательно. Он сразу же разгадывал истинное положение вещей и сразу же разрешал все вопросы. Он вносил порядок во все, с чем соприкасался.

— Милый, тебе необходимо нужно дело.

— Я работаю, — сказал Вильгельм, на которого Пущин всегда действовал успокаивающе.

— Не в этом суть: тебе не работа, а дело нужно. Пора себя взять в руки, Виля. Ты завтра вечером свободен ли?

— Свободен.

— Приходи к Николаю Ивановичу Тургеневу, там поговорим.

Больше разговаривать он не стал, улыбнулся Вильгельму, обнял его немного неожиданно и ушел.

Назавтра у Тургенева Вильгельм встретил знакомых — там уже сидели Куницын, Пущин и еще кое-кто из лицейских.

Тургенев, прихрамывая, пошел к Вильгельму навстречу. У него были пышные белокурые волосы, правильные, почти античные черты лица, розового и большого; взгляд его серых глаз был необыкновенно жесткий. Он протянул Вильгельму руку и сказал отрывисто:

— Добро пожаловать, Вильгельм Карлович, — мы вас поджидаем.

Вильгельм извинился и сразу же насупился. Ему показалось, что Тургенев был недоволен тем, что он запоздал.

Пущин кивнул ему по-лицейски, и Вильгельм понемногу успокоился.

За столом сидело человек пятнадцать. Маленькое худое лицо Федора Глинки, с добрыми глазками, приветливо Вильгельму улыбалось. В углу, заложив ногу на ногу и скрестив руки на груди, стоял Чаадаев, блестящий его мундир выделялся среди черных и цветных сюртуков и фраков. Белесоватые его глаза равнодушно скользнули по Вильгельму. Все ждали речи Тургенева.

Тургенев начал с жестом привычного оратора. Он говорил холодно, и поэтому речь его казалась энергической.

— Вряд ли я ошибусь, господа, — говорил Тургенев, — если скажу, что все мы, здесь находящиеся, связаны одним: желанием немедленных перемен. Жить тяжело. Невежды со всех сторон ставят преграды просвещению, шпионство усиливается со дня на день. Общество погружено в частные, мелкие заботы; бостон лучший опиум для него, он действует вернее всех других мер. Всем душно. И вот основное различие, которое отделяет нас от людей, прибегающих к бостону: мы надеемся изменить общество. Конечно, здравомыслящий человек, — Тургенев иронически протянул, — может думать, что все на свете проходит. Доброе и злое не оставляет почти никаких следов после себя. Казалось бы, очевидно? — обвел он глазами общество. — Что пользы теперь для греков и римлян, что они были республиканцы? И, быть может, эти причины должны побудить человека находиться всегда в апатии? — И он посмотрел полувопросительно на Чаадаева.

Чаадаев стоял, скрестив руки, и ни одна мысль не отражалась на его огромном блестящем лбу.

— Человек создан для общества, — отчеканил Тургенев. — Он обязан стремиться к благу своих ближних, и более, нежели к своему собственному благу. Он должен всегда стремиться, — повторил он, — даже будучи не уверен, достигнет ли он своей цели, — и Тургенев сделал жест защиты, — даже будучи уверен, что он ее не достигнет. Мы живем — следовательно, мы должны действовать в пользу общую.

И опять, обернувшись к Чаадаеву, как будто он был не уверен, согласен ли Чаадаев с ним:

— Можно увериться легко в ничтожестве жизни человеческой, — сказал он, — но ведь эта самая ничтожность заставляет нас презреть все угрозы и насилия, которые мы неминуемо, — он отчеканил слово, — на себя навлечем, действуя по убеждению сердца и разума.

И, как бы покончив со своей мыслью, заключил резко:

— Словом! как бы цель жизни нашей ни была пуста и незначительна, мы не можем презирать этой цели, если не хотим сами быть презренными.

Он оглядел собравшихся. Голос его вдруг смягчился, он неожиданно улыбнулся:

— Может быть, то, что я сейчас говорил, и лишнее... Но дело, к которому я хочу вам предложить приступить, — дело тяжелое, и лучше сказать лишнее, чем не договорить. Я продолжаю. Двадцать пять лет войны против деспотизма, войны, везде счастливо законченной, привели к деспотизму худшему. Европа своими правителями отодвигается на задворки варварства, в котором она долго блуждала и из которого новый исход будет тем труднее. Тираны всюду и везде уподобились пастухам старых басен.

— У нас в России — и по степени образованности, — процедил из угла Чаадаев.

Тургенев как бы не расслышал его.

— Пастухам, гоняющим овец по своему капризу туда и сюда, — продолжал он. — Но овцы не хотят повиноваться. Пастух натравливает на овец собак. Что должны делать овцы? — Он улыбнулся надменной улыбкой. — Овцы должны перестать быть овцами. Деспоты, которые управляют овцами посредством алгвазилов, боятся волков. Грабительству, подлости, эгоизму поставим препоной твердость. Станем крепко, по крайней мере без страха, если даже и без надежды.

Он говорил непреклонно, так говорил бы памятник на площади, если б получил дар речи.

— Я подхожу к самой цели нашей. Мы год от году приближаемся к развязке. Самовластие шатается. Если не мы казним его, его казнит история. Когда развязка будет? Будет ли она для нас? Мы не знаем. Но все чувствуют, что это — начало конца. Не будем же в недвижной лености ждать нашего часа. Перейдем немедля к целям ближайшим.

Серые глаза Тургенева потемнели, а лицо побледнело. Голос стал глухим и грубым.

— Первая цель наша — уничтожение нашего позора, галерного клейма нашего, гнусного рабства, у нас существующего. Русский крестьянин, как скот, продается и покупается.

Тургенев приподнялся в креслах.

— Позор, позор, которому причастны мы все здесь! — закричал он и потряс костылем.

Все молчали. Тургенев, отдышавшись, откинулся в креслах. Он обвел глазами присутствующих:

— Крестьяне русские должны быть освобождены из цепей во всем государстве немедля.

И вдруг, рассеянно глядя, сказал со странным выражением, как бы отвечая самому себе на сомнение:

— Вопрос этот даже так первенствует перед всеми, что от него зависит весь образ правления, к которому надлежит стремиться. В этом все дело. Бесспорны выгоды правления республиканского. При нем отличительный характер людей и партий гораздо яснее (он сказал это по-французски: plus prononcû), и здесь человек выбирает без всякой... нерешимости, duplicitû, свой образ мышления и действий, свою партию. А в монархическом правлении человек всегда обязан, хотя и против своей воли, ставить свечу и ангелу и черту. Твердое намерение для него часто вредно и всегда бесполезно. Царя всегда окружали и будут окружать великие подлецы. Подлость — от царя понятие неотделимое. Выгоды республики неоспоримы. Но, с другой стороны, опасно терять, — продолжал он раздумчиво, — самодержавную власть прежде уничтожения рабства.

Он опять рассеянно обвел глазами всех присутствующих и медленно докончил:

— Ибо пэры-дворяне, к коим неминуемо перейдет самодержавная власть, не только его не ограничат, но и усилят.

Наступило молчание.

— И все же не могу согласиться с Николаем Ивановичем, — заговорил тогда Куницын, как бы продолжая какой-то давнишний спор. — Сословные интересы не могут быть поставлены выше государственных; строй государственный на всей жизни общественной отражается. Крестьяне в республике вольными гражданами будут.

— Если их заблагорассудят освободить дворяне, коим будет всей республики власть принадлежать, — сказал холодно Тургенев. — Во всяком случае, все мы, кажется, согласны, что крепостное право, иначе бесправие, должно быть искоренено. И нахожу одно средство для сего — вольное книгопечатание. Я предлагаю издавать журнал без одобрения нашего цензурного комитета. Целью журнала должна быть борьба против крепостного права и за вольности гражданские. Прошу, господа, делать по сему поводу указания.

Первым заговорил Федор Глинка, маленький человек с кротким и печальным взглядом:

— Полагаю, господа, что первое — это журнал должен быть дешев настолько, чтобы и мещане, и даже класс крестьян мог его покупать.

Тургенев радостно закивал головой:

— И я, как экономист, подскажу, любезный Федор Николаевич, что для этого требуется: наибольший расход книжек, вдвое, втрое противу обычного.

Пущин сказал безо всякой официальности, по-домашнему:

— Нужно устроить типографию где-нибудь подале, в деревне, что ли, чтобы пастухи или там алгвазилы не пронюхали.

Все рассмеялись. Вильгельм сказал, запинаясь и волнуясь:

— С журналом трудно обращаться, выход может быть замедлен, продавать его затруднительно. Лучше бы надо в народ, на толкучих рынках, пускать листы. И в армию тоже, и по губерниям.

Тургенев пристально вгляделся в Вильгельма:

— Мысль блестящая. И можно карикатуры на царя и Аракчеева пускать. Смех бьет чувствительнее ученых исканий. Предлагаю, господа, выбрать редакторов.

— Тургенев, — сказали все. Тургенев слегка кивнул головой.

— Кюхельбекер, — сказал Пущин.

Вильгельм покраснел, встал и неловко поклонился.

— А что же вы, Петр Яковлевич, не подаете голоса? — спросил Тургенев Чаадаева, посмеиваясь.

— Рад, — сказал тихо Чаадаев, — рад участвовать в незаконнорожденном журнале.

Тургенев улыбнулся.

Когда все расходились, он сказал Вильгельму дружески и вместе снисходительно:

— Я испытываю почтение к мечтам моей юности. Опытность часто останавливает стремление к добру. Какое счастье, что мы еще неопытны!

VII

Но дело заглохло. Раза два приходил к Вильгельму Пущин, говорил о типографии, что не устраивается все типография, места подходящего не сыскать. Тургенев скоро уехал за границу. Так незаконнорожденный журнал на свет и не появился.

А Вильгельм, сам не понимая себя, тосковал. Он даже не знал хорошенько, любит ли он Софи. Он не знал, как это называется: тоска по ночам, задыхания, желание увидать сейчас же, сию же минуту, темные китайские глаза, родинку на щеке, — а потом, при встречах, молчание, холодность. Потому ли он тосковал, что был влюблен, или потому влюбился, что тосковал? Он готов был ежеминутно погибнуть — за что и как, он и сам пока не мог сказать. Участь Занда волновала его воображение.

Софи вошла в него, как входят в комнату, и расположилась там со всеми своими вещами и привычками. Это было для нее немного смешное, неудобное помещение, очень забавное и странное. Вильгельм растерянно смотрел, как китайские глаза перебегают с розового Панаева на бледного Илличевского, а потом на томного Дельвига и даже на кривого Гнедича.

Журнал Тургенева не клеился, служба в Коллегии иностранных дел, уроки в Университетском благородном пансионе, возня с детьми начали утомлять Вильгельма. Даже вид на Калинкин мост, который открывался из его мезонина (он жил в доме Благородного пансиона, в крохотном мезонинчике) его раздражал. Миша Глинка целыми днями играл на рояле, и это развлекало Вильгельма. У этого встрепанного маленького мальчика с сонными глазами все пьесы, которые уже когда-либо слышал Вильгельм, выходили по-новому. Лева Пушкин, белозубый курчавый мальчик, отчаянный драчун и повеса, вызывал неизменно нежность

Вильгельма. Но он был такой проказник, подстраивал Вильгельму столько неприятностей, так неугомонно хохотал, что Вильгельма брала оторопь. Он уже и не рад был, что переехал в пансион.

Однажды Вильгельм встретил у тетки Брейткопф Дуню Пушкину. Она только что кончила Екатерининский институт, ей было всего пятнадцать лет. Она была дальней родственницей Александра, а Вильгельм любил теперь все, что напоминало ссыльного друга. Дуня была весела, движения ее были легки и свободны. Он стал бывать у тетки — и Дуня бывала там часто. Раз, когда Вильгельм был особенно мрачен, она дотронулась до его руки и сказала робко:

— Зачем же так грустить?

Когда Вильгельм вернулся домой и на цыпочках прошел к себе в комнату (мальчики в соседней комнате давно уже спали), он долго стоял у окна, смотрел на спящую Неву и вспоминал:

"Зачем же так грустить?"

VIII

Вильгельм засиделся у Рылеева. За окном была осень, очень ясная ночь. Рылеев был сегодня тише и пасмурнее, чем всегда, — у него были какие-то домашние неприятности. Но Вильгельму не хотелось уходить.

Вдруг под окном раздался несколько необычный шум голосов. Рылеев быстро взглянул в окно и схватил за руку Вильгельма: кучки взволнованных людей бежали по улице. Потом шаги марширующих солдат, громыхание пушек и снарядных ящиков, конский топот. Проскакал верхом на лошади какой-то офицер с взволнованным лицом.

— Пойдем посмотрим, что случилось.

Они торопливо вышли и присоединились к бежавшим. Они спрашивали на ходу:

— Что случилось?

Никто хорошенько не знал. Один молодой офицер ответил нехотя:

— В Семеновском полку замешательство.

Рылеев остановился и перевел дух. Он побледнел, а глаза его заблестели.

— Бежим, — сказал он глухо Вильгельму. Так они добежали до Семеновского плаца.

Перед госпиталем стояла черная масса солдат в полном

боевом снаряжении. Перед ними метались растерянные, перепуганные ротные командиры, о чем-то просили, размахивая руками, перебегали от одного фланга к другому — их никто не слушал.

Было темно.

Вильгельму казалось, что в темноте стояла тишина, а в тишине непрерывное жужжание и крики. Крик начинался в одном месте, одинокий и несильный, потом перебегал, усиливаясь, по двум-трем рядам и наконец становился ревом:

— Роту!

— Роту назад!

— Шварца сюда!

В Семеновском полку давно было неладно. Полковой командир Шварц был выученик аракчеевской школы. Он был любимцем великого князя Михаила Павловича. Великий князь любил строгих начальников. У него самого была крепкая рука. Для солдат Шварц создал небывалую каторгу — с утра до ночи фрунт бесконечный, репетиции парадов чуть не каждую неделю. Он перестал пускать солдат на работу, говоря, что они, поработав, теряют солдатскую стойку, но денег у солдат не было, а аракчеевский ученик требовал чистоты необыкновенной. В два месяца первая рота истратила свои артельные деньги, определенные на говядину, — на щетки, мел и краги. Вид у солдат был изнуренный. В довершение всего начались Шварцевы десятки. Он приказал, чтобы каждый день роты по очереди присылали к нему по десяти дежурных. Он их учил, для развлечения от дневных своих трудов, в зале. Их раздевали донага, заставляли неподвижно стоять по целым часам, ноги связывали в лубки, дергали за усы и плевали в глаза за ошибки, а полковник командовал, лежа на полу и стуча руками и ногами в землю. На полу было удобно следить линию вытянутых носков.

Донимало в особенности то, что Шварц был зверь не простой: он издевался, кривлялся, передразнивал солдат и офицеров; его били судороги, и он кричал тонким голосом в лицо бессмысленную ругань. Он был не простой зверь, а зверь-актер. Может быть, он кривлялся, подражая Суворову.

С 1 мая по 3 октября 1820 года Шварцем было наказано сорок четыре человека. Им было дано от ста до пятисот розог. В общей сложности это составляло четырнадцать тысяч двести пятьдесят ударов — по триста двадцать четыре удара на раз.

Первая рота потеряла терпение. Она принесла петицию. В ней поднялся ропот.

Тогда командующий корпусом Васильчиков сделал инспекторский смотр роте.

Он кричал бешеным голосом, осаживая коня перед ротой, что каждого, кто осмелится рот разинуть, он прогонит сквозь строй.

Он потребовал от командира списки жалобщиков.

Он спрятал батальон павловских гренадеров с заряженными ружьями в экзерциргаузе. Потом послал в полк приказ привести роту в полуформе и без офицеров в экзерциргауз для справки амуниции.

При входе в манеж Васильчиков встретил роту.

— Ну что, все еще недовольны Шварцем? — закричал он, почти наезжая белым храпящим жеребцом на солдат.

Рота ответила, как на параде:

— Точно так, ваше превосходительство!

— Мерзавцы! — крикнул Васильчиков. — Шагом марш в крепость!

И рота пошла в крепость. Это было в десять часов утра. Полк не знал, что роту отвели в крепость. О ней ничего не было известно.

Наступил полдень — роты не было. Офицеры не приходили. Офицеры предпочитали отсиживаться дома. Ропот шел из казармы в казарму. Всюду собирались кучками солдаты, кучки росли, потом таяли, потом опять возникали.

Наступила ночь, и полк заволновался.

Всю ночь солдаты не спали. Они разбрасывали вещи, разнесли нары, выбили стекла, разрушили казармы.

Они вышли на площадь в полном составе. Чувство, ими никогда не испытанное, охватило их — чувство свободы. Они поздравляли друг друга, они целовались. Наступал праздник — бунт. Они требовали роты и выдачи Шварца.

— Роту!

— Шварца!

— Смерть Шварцу!

Они отрядили сто тридцать человек казнить Шварца. Солдаты прошли, маршируя, к нему в дом. Шварца не было. Они ничего не тронули. На стене висел семеновский мундир Шварца; один солдат сорвал с него воротник: Шварц был недостоин мундира. Сын Шварца, подросток, попался им на дворе. Они арестовали его. По дороге они бросили его в воду. Один унтер-офицер, кряхтя, разделся и вытащил его на глазах у роты.

— Вырастет да в отца пойдет, тогда успеем сладить. Рота не сердилась.

Рылеев и Вильгельм протискивались в толпу, когда посланные возвращались.

— Главное дело, как в воду канул, — говорил молодой гвардеец, разводя руками. — В сенях искали, в чулане искали, в шкап залезли — как сквозь землю провалился.

— Эх, вы бы в хлеву поискали, — сказал старый гвардеец со шрамом на лице, — беспременно он в хлеву, в навоз закопавшись, сидит.

Кругом засмеялись. (А солдат был прав: Шварц, как потом оказалось, действительно спрятался в хлеву, в навозе.)

Вильгельм и Рылеев жадно расспрашивали у солдат, как все произошло. Солдаты их осматривали без особого доверия, но отвечать — отвечали.

Появился молодой генерал на коне, с высоким белым султаном. За ним ехали ординарцы. Он поднял руку в белой перчатке и сказал звонким голосом:

— Мне стыдно на вас смотреть!

Тогда тот самый солдат, который говорил о Шварце, что он спрятался в хлеву, подошел к генералу и спокойно сказал ему:

— А нам ни на кого смотреть не стыдно.

Генерал что-то хотел возразить, но из задних рядов крикнули ему:

— Проваливай!

Он повернул лошадь и ускакал. Вдогонку раздался хохот. Подъехали Милорадович и великий князь Михаил Павлович. Милорадович был мрачен.

— Что вы, ребята, задумали бунтовать? — Он говорил громко, хриплой армейской скороговоркой, видимо стараясь взять солдатский тон.

— Шварца, ваше превосходительство, убить хотим, — весело сказал из глубины молодой голос.

— Довольно мучениев! — крикнул кто-то пронзительно.

Михаил начал говорить громко и отрывисто, выкрикивая слова. Он был приземистый молодой человек с толстым затылком и широким круглым лицом.

Солдаты молчали.

Вильгельм вдруг почувствовал бешенство.

— Аракчеев le petit[12], — сказал он.

Михаил вдруг заметил их. Он что-то сказал Милорадовичу. Тот пожал плечами.

Потоптавшись на месте, Михаил начал о чем-то просить

_____

[12] Маленький, младший (франц.).

солдат и даже приложил руку к груди. Слов не было слышно. Солдаты молчали. Потом сзади надорванный голос крикнул:

— Мучители! Пропасти на вас нет!

Милорадович что-то тихо сказал Михаилу, тот побледнел. Они повернули лошадей и уехали.

Показался адъютант, держа над головой бумагу. Он прокричал:

— Полковник Шварц отрешается от командования, назначается генерал Бистром.

С минуту молчание, потом перекличка отдельных голосов, потом грохот:

— Выдать Шварца!

— Роту!

Подъехал седой Бистром и отдал честь полку. Он сказал просительно:

— Пойдемте в караул, ребята. Выступил старый гвардеец:

— В караул идти не можем, роты одной не хватает. Пока не скажете, где рота, ничего не будет.

Бистром опустил голову. Потом посмотрел на солдат:

— Она в крепости.

— Ну вот, — сказал спокойно старик, — нам без нее в караул невозможно. И мы в крепость пойдем: где голова, там и хвост.

Ротные командиры стали собирать роты. Батальонные командиры стали во главе батальонов. Команда и батальоны пошли.

— Куда они идут? — шептал Вильгельм в лицо Рылееву.

Тот отвечал нетерпеливо:

— Разве вы не слышите — в крепость.

Они пошли за полком. Неподалеку от крепости Рылеев остановился. Вильгельм посмотрел на него задумчиво и сказал:

— Только первый шаг труден. Рылеев молчал.

Вильгельм вернулся домой под утро. Заспанный Семен сказал ему:

— К вам тут один господин давеча приходил.

— Кто такой?

— Не сказался. Много о вас выспрашивал. С кем водитесь, где бываете.

— Зачем? — недоумевал Вильгельм.

— Вот какое дело, Вильгельм Карлович, — сказал вдруг решительно Семен, — видно, нам с вами приходится уезжать. Господин этот мне даже довольно большие деньги сулил, чтобы я каждый день ему о вас докладывал. А кто он, так не иначе, как сыщик. Черненький из себя.

— Болтовня, — сказал, подумав, Вильгельм. — Просто чудак какой-нибудь, ложись спать.

Сам он не ложился. Он развернул тетрадь и стал писать в ней быстро крупными крючками. Марал, переписывал, вздыхал.

IX

Раз Семен протянул Вильгельму молча письмо. Вильгельм взглянул рассеянно на конверт и побледнел: конверт был траурный, с черной каймой.

— Кто приносил? — спросил он.

— Человек чей-то; чей — не сказывался, — отвечал Семен, пожимая плечами.

На листе английской траурной бумаги было написано топким почерком с завитушками (где-то Вильгельм уже видал его):

"Иоаким Иванович Пономарев с глубочайшим прискорбием имеет честь уведомить вас, Милостивый Государь, о скоропостижной кончине супруги его Софии Дмитриевны, последовавшей волей божиею 1-го сего ноября. Заупокойное служение имеет состояться сего 1-го дня ноября. Погребение совершено быть имеет 4-го сего ноября".

Вильгельм заломил руки. Вот что ему судьба готовила! Слезы брызнули у него из глаз, и лицо перекосилось, стало сразу смешным и страшным, безобразным. Он судорожно скинул халат, надел черное новое платье, руки его не хотели влезать в рукава.

Он вспомнил китайские глаза Софи, ее розовые руки и вскрикнул. Сразу выскочили из головы и пьяный муж, и Илличевский, и Измайлов. Он хотел сказать Семену, который смотрел на него почтительно и боязливо, чтобы тот его не ждал, но вместо этого постучал перед ним челюстями, что окончательно испугало Семена. Вильгельм не мог вымолвить ни слова.

Вошел он к Пономаревым запинаясь, ничего по сторонам не видя. В сенях никого не было. Девушка, пискнувшая при его появлении и шмыгнувшая в какую-то дверь, не остановила его внимания. Он вошел в комнаты. Там толпились люди, но из-за набежавших слез Вильгельм не приметил лиц, кроме розового Панаева, который почему-то держал платок наготове. Увидя Вильгельма, окружающие как по команде подняли платки к глазам и громко зарыдали. Вильгельм вздрогнул: ему почудилось, что среди общего плача кто-то рассмеялся.

Он смотрел на гроб.

Гроб, нарядный, черный, стоял на возвышении. Белая плоская подушка в кружевах выделялась на нем ослепительно. Сквозь слезы, застилавшие все, Вильгельм смотрел на подушку.

Лицо Софи было совсем живое, точно она сейчас заснула. На нем был легкий румянец; черные ресницы как будто еще вздрагивали.

С громким плачем, не обращая внимания на окружающих, Вильгельм бросился к гробу. Он вгляделся в лицо Софи, потом прикоснулся губами ко лбу и руке. Вдруг сердце его остановилось: когда он целовал руку, показалось ему, что покойница дала ему легкого щелчка в губы. Он хотел подняться с колен, но покойница обвила его шею руками. Вильгельму стало дурно. Тогда Софи вскочила из гроба и стала его тормошить. Он смотрел на нее помутившимися глазами.

— Это я друзей испытываю, — говорила, хохоча, Софи, — искренно ли они меня любят.

В зале стоял хохот. Особенно надсаживался розовый Панаев. Он даже присел на корточки и носом издавал свист. Вильгельм стоял посреди комнаты и чувствовал, как пол колеблется под ногами.

Потом он шагнул к Панаеву, схватил его за ворот, приподнял и прохрипел ему в лицо:

— Если бы вы не были так мне мерзки, я бы вас пристрелил, как зайца.

Софи, испуганная, дергала его за руку:

— Вильгельм Карлович, дорогой, это я виновата, я хотела, чтобы вышло весело, — не сердитесь же.

Вильгельм наклонился к ней, посмотрел в ее лицо бессмысленным взглядом и пошел вон.

— Monsieur, qui prend la mouche[13], — презрительно пробормотал оправившийся Панаев.

X

А Семен был прав. Действительно, пришла пора уезжать. Жизнь выметала Вильгельма, выталкивала его со всех мест. Он очень легко и незаметно перестал посещать службу в коллегии,

---

[13] Господин, который сердится из-за пустяков (франц.).

потом подумал и отказался от журнальной работы. Как-то само собою вышло, что стал запускать уроки в пансионе, перестал обращать внимание на Мишу и Леву — и вскоре снова съехал с мезонина вместе со своим Семеном. Началась суетливая и странная жизнь. То он пропадал из дому целыми днями, а то ходил, не вылезая из халата, по комнате. Семена он совершенно перестал замечать.

Мать писала ему нежные письма. Вильгельм с трудом заставлял себя отвечать на них. Здоровье расшаталось: ныла грудь и стало заметно глохнуть правое ухо. Раз он заехал к тетке Брейткопф. Тетка поставила торжественно перед ним кофе и долго на него смотрела. Потом сказала:

— Вилли, ты должен отсюда уехать. Мы с Justine все уже обдумали. Ты должен быть профессором. Уезжай в Дерпт. Дерпт хороший город. Там ты отдохнешь. Господин Жуковский, несомненно, знает тебя с самой лучшей стороны и сможет тебя устроить.

Вильгельм прислушался.

— В самом деле, может быть, в Дерпт?

Профессура в Дерпте, зеленый садик, жалюзи на окнах и лекции о литературе. Пусть проходят годы, которых не жалко. Осесть. Осесть навсегда. Он вскочил с места и поблагодарил тетку.

Послушно пошел к Жуковскому, разузнал все, что надо. Дело складывалось блестяще: дерптский профессор Перевощиков, который преподавал русский язык в университете, собирался в отставку.

Жуковский переговорил с графом Ливеном, а Кюхля написал немецкое письмо к его Magnifizenz[14] ректору. И стал собираться к отъезду.

На вечере у Софи он написал в альбом прощальную, очень грустную, но холодную заметку:

Человек этот всегда был недоволен настоящим положением, всегда он жертвовал будущему и в будущем предвидел одни неприятности; его многие почитали человеком необыкновенным и ошибались; другие... Верьте, что он был лучше и хуже молвы и суждений о нем людей, знавших только его наружность.

В. К.

Днем, однако, он заехал к ней проститься еще раз. Он никак не мог так просто уехать. Он вошел без доклада,

---

14 Превосходительству (нем.).

оттолкнув слугу. Софи сидела на диване. Ее обнимал розовый, припомаженный Панаев.

Вильгельм, не сказав ни слова оторопевшей хозяйке, повернулся и ушел.

Софи больше для него не существовала. В Дерпт он все же ехать не хотел. Уж совсем расквитаться с Россией, с Петербургом, с теткой Брейткопф, хлебнуть нового воздуха. Море было нужно Вильгельму.

Он пошел к Дельвигу посоветоваться. Дельвиг сказал очень спокойно и даже лениво:

— Нет ничего проще. Мне предлагают место секретаря у этого толстобрюхого Нарышкина. Он едет за границу на несколько лет. Рассердился, что жене не дали екатерининской ленты, и хочет расплеваться с Россией. Я ехать ленив. Завтра я с ним переговорю — и в путь-дорогу. Всех разбросало: Пушкин в ссылке, ты уезжаешь. Забавно!

Вильгельм первый раз за полгода свободно вздохнул.

Назавтра же сговорился он с Нарышкиным. Александр Львович был необычайно учтив. Он прищуренными глазами осмотрел Кюхлю. Чудаковатая фигура его будущего секретаря ему очень понравилась. В ней было нечто оригинальное. С таким не соскучишься в пути. Они условились о дне отъезда. Вильгельм должен получить отставку, уладить все дела, выхлопотать паспорт. Маршрут: Германия — Южная Франция ("прекраснейшие места, — сказал Нарышкин, — лучше Италии"), Париж. В Париже Александр Львович собирался осесть на более продолжительное время.

Когда Вильгельм возвращался домой, его окликнул голос девушки, он посмотрел: мимо проехала Дуня. Она радостно ему улыбнулась. Вильгельм приподнял цилиндр и несколько минут смотрел ей вслед.

Вечером этого дня Вильгельм долго ходил взад и вперед по комнате. Он думал о Пушкине, о Софи, о Рылееве, раз вспомнил Дунино лицо, — но сквозь них уже мелькали какие-то новые поля, моря, Европа. Кого он оставлял? Друзья его забудут скоро. Пушкин не пишет — что ж, он далеко... Мать? Он ей радостей не принес. "Ни подруги, ни друга не знать тебе вовек", — вспомнил он Пушкина. Он поглядел на его портрет и стал укладываться.

ЕВРОПА

I

Свобода, свобода!

Как только захлопнулся за ними шлагбаум, Вильгельм все забыл: и Софи, и Панаева, и даже тетку Брейткопф. Ему было двадцать три года, впереди лежала родина Шиллера, Гёте и Занда, и загадочный Париж с еще не остывшей тенью великого переворота, с Латинским кварталом, шумный и ласковый, Италия с небывалым небом и воздухом, который излечит его грудь. Вперед, вперед!

Александр Львович Нарышкин, кося иронически заплывшими глазками на Вильгельма, был поражен его словоохотливостью. Длинный сухарь был положительно любопытным собеседником и, что еще больше нравилось старому остряку, наполовину утратившему вкус ко всему, даже к остротам, "ужасным оригиналом". Александр Львович прожил большую жизнь. Был и придворным куртизаном (чин его был обер-гофмаршал), и директором театров, и знаменитым петербургским хлебосолом, и как-то не удержался ни тут, ни там, не осел нигде — и ехал сейчас за границу дошучивать свободное время, которого, кстати, было много. По каким причинам, — было неясно никому, в том числе, верно, и самому Александру Львовичу, чуть ли не действительно потому, что его жену, Марию Алексеевну, обошли екатерининской лентой. Настроений у Александра Львовича за день менялось до десятка. Порция крупных острот и каламбуров за завтраком, недовольное, важное и оппозиционное настроение к вечеру, а в промежутке тысяча неожиданных решений и удивительных поступков. Если Александр Львович решал за завтраком в "этом городишке" ни часу лишнего не сидеть, то это означало, что он засядет в нем на неделю. Если Александр Львович был доволен всеми служащими с утра, это был верный признак того, что за обедом он будет всех бранить. Разговоры его были не только остры, у него была прекрасная память, и Вильгельм с удивлением иногда открывал в своем толстом патроне образованность, которой раньше в нем и не подозревал. Анекдотов о двух дворах Александр Львович знал такое множество, что Вильгельм не раз спрашивал его, почему он не запишет, —

получилась бы презанимательная книга. Александр Львович отмахивался и говорил:

— Напишешь, а потом скажут, что сочинил, — к чему мне это?

Нарышкин был богат бесконечно, и это, видимо, его тяготило, потому что он ухитрялся тратить там, где это было, казалось бы, невозможно. Покупал по дороге решительно все: и роскошные ткани, и ковры, и вазы, и камни, и книги — лишь бы все это было "оригинально".

Он был уже стар, полупотух, и Вильгельм только догадывался, каким фейерверком был этот человек в молодости.

Чудак старого света полюбил нового чудака. Когда Вильгельм соскакивал с коляски, чтобы сорвать по дороге полевой цветок, Александр Львович смотрел на него с удовольствием. Суждения нового чудака занимали его, как какая-нибудь модная безделушка в Лейпцигской лавке.

Немного ливонской скуки по дороге. Но она восхитила Вильгельма. Огромные ели, темно-зеленые сосны, непроходимые болота напоминали ему те места, в которых он провел раннее детство: мрачное Ульви, Авинорм, изрезанный ручьями, песчаный Неннааль. Вильгельм столько наговорил романтической чертовщины о ливонских замках, что Александр Львович, суеверный, как всякий истый русский вольтерианец, был немного даже смущен.

Прекрасный возок несет Александра Львовича и Вильгельма. Мелькают тракты, версты, запыленные листы придорожных дерев.

Дальше!

И Вильгельм в Германии.

II

*Дорогой между Гурцбергом и Грозенгаймом.
27/15 октября 1820 г.*

Мы оставили Берлин и Пруссию. В Берлине я, между прочим, посетил фарфоровую фабрику. Механические работы, машины, горны и прочие предметы, для многих очень занимательные, не только не возбуждают во мне любопытства, они для меня отвратительны; нечистота и духота, господствующие в них, стесняют, стук оглушает меня, пыль приводит в отчаяние, а сравнение ничтожных, но столь тяжелых трудов человеческих с бессмертными усилиями природы будит во мне какое-то смутное негодование.

Только тогда чувствую себя счастливым, когда могу вырваться и бежать под защиту высокого и свободного неба; чувствую себя счастливым даже под завыванием бурь и грохотом грома: он оглушает меня, но своими полными звуками возвышает душу.

Дрезден. 30/18 октября.

Елиза фон дер Реке, урожденная графиня Медем, величественная, высокая женщина, она некогда была из первых красавиц в Европе, ныне, на шестьдесят пятом году своей жизни, Елиза еще пленяет своею добротою, своим воображением. Фон дер Реке была другом славнейших особ, обессмертивших последние годы Екатеринина века: ее уважали особенно, потому что она умела бороться с гибельным суеверием, которое Калиостро и подобные обманщики начали распространять в последние два десятилетия минувшего, осьмнадцатого века. Ныне это суеверие не встречает даже между мужчинами столь просвещенных противников, какова была в прошедшем столетии смелая женщина-автор; в наше время оно быстро распространяется, воскрешая старинные, давно забытые сказки наших покойных матушек и нянюшек и находя покровителей высоких! Все мы смеемся над привидениями, домовыми, предсказаниями и волшебниками; но как не признать власть черных и белых магов, говорящих самым отборным и темным языком о возможности соединиться с душами, отлученными от тела, о существовании элементарных духов, о тайных откровениях и предчувствиях? Зато господа Калиостро нашего времени одеваются в самое лучшее английское сукно, носят карманные часы, от них пахнет ароматами, их руки украшены кольцами, а карманы нашими деньгами; они все знают, везде бывают, со всеми знакомы, наши жены находят, что они ловки и любезны, а мы, что они премудры! И как высоко эти господа порою забираются! Но возвратимся к женщине, которая сорвала личину с их предшественника. — Калиостро в свою бытность в Митаве успел воспламенить молодое тогда воображение госпожи фон дер Реке и сестры ее герцогини Курляндской. Впрочем, Елиза не долго могла быть в заблуждении; она вскоре открыла всю гнусность обманщика и почла своею обязанностью пожертвовать собственным самолюбием для спасения других

71

от сетей подобных извергов: она отпечатала описание жизни и деяний графа Калиостро в Митаве. Я никогда не забуду этой величавой, кроткой любимицы Муз: вечер дней ее подобен тихому, прекрасному закату солнца, ее обожают все окружающие.

III

Комната небольшая, загроможденная книжными шкапами, рукописи лежали на столе.

Смотря на Вильгельма глубокими, впалыми глазами, Тик явно скучал. Смуглое лицо его имело брюзгливое выражение, и цыганский, бегающий взгляд был грустен,

Вильгельм чувствовал себя неловко с этим беспокойным, скучающим человеком. Они говорили о друге Тика, необычайном Новалисе, который так рано и так загадочно умер и сочинения которого Тик издал.

— Нельзя не пожалеть, — говорил Вильгельм, — что при большом даровании и необыкновенно пылком воображении Новалис не старался быть ясным. Он совершенно утонул в мистических тонкостях. Его удивительная жизнь и прекрасная поэзия прошли без явного следа. В России его никто не знает.

— Новалис ясен, — сухо сказал Тик. Он спросил Вильгельма, помолчав:

— А кого же из нас в России знают?

Это "нас" прозвучало почти неприязненно.

— Виланда, Клопштока, Гёте, — смущенно перебирал Вильгельм. — И в особенности Шиллера. Шиллера больше всех переводят.

Тик нервно прошелся по комнате.

Виланда, Клопштока, — повторил он насмешливо. — Старая сладострастная обезьяна и писатель, в котором нет ни одной высокой мысли.

— У кого нет высокой мысли?

— У Клопштока, — отвечал Тик. — Писатель тяжелый и нечистый, с распаленным воображением. Писатель опасный, скептик.

Вильгельм смотрел на него в изумлении.

— Но Шиллер? — пробормотал он.

— Шиллер, — задумчиво протянул Тик. — Это тот фальцет, в котором всегда есть фальшь. В его высоте есть что-то двусмысленное. Он набивает оскомину, как недозрелый плод.

Всю жизнь писал о любви, а любил безобразных женщин. Самые патетические монологи он писал тогда, когда дышал запахом гнилых яблок. Когда на вас смотрит человек со слишком ясными голубыми глазами, — сказал он, остановившись перед Вильгельмом, — не доверяйте ему. Это почти всегда лжец.

Вильгельм внезапно вспомнил голубые глаза царя, и ему стало не по себе.

Тик прохаживался по комнате.

— Не хотите ли, я почитаю вам? — спросил он вдруг Вильгельма.

Он взял Шекспира в своем переводе и стал читать "Макбета".

Он почти тотчас забыл о Вильгельме.

Перед Вильгельмом было трое, четверо людей. Напряженный, гортанный голос Макбета и навстречу матовый, ужасно гибкий, как бы сонный голос леди Макбет. Она идет со свечой. Тик взял со стола свечу. Его взгляд остановился, как у сумасшедшего. Вильгельм вздрогнул. Тик смотрел на свою протянутую вперед желтоватую руку. Слова выходили вне смысла, вне значения, страшные и голые, как желтоватая рука, освещенная свечой.

Тик опустился тяжело в кресла и опять скучно взглянул на Вильгельма. Тот был бледен.

— Я не забуду вашего Макбета никогда. Я его теперь буду переводить на русский язык.

— Очень рад, — сказал равнодушно Тик, — я уверен, что вам это удастся лучше, чем мне.

Вильгельм откланялся и выбежал на улицу.

Вот она, страшная Европа, Европа романтических видений, подобных грезам пьяного, уснувшего в подземелье.

На воздух!

IV

Дрезден. 3 ноября/22 октября.

Познакомился с молодым человеком, которого полюбил с двух первых свиданий: его имя Одоевский, он в военной службе и теперь находится в Дрездене для своей матери, коей здоровье несколько расстроено. Вы себе можете вообразить, друзья мои, как часто я бываю у Одоевского, можете вообразить, что мы разговариваем только и единственно о России и не можем наговориться о ней: теперешнее состояние нашего Отечества, меры, которые правительству надлежит принять для удаления злоупотреблений, сердечное убеждение, что святая Русь достигнет некогда высочайшей степени благоденствия, что не вотще дарованы русскому народу его чудные способности, его язык, богатейший и сладостнейший между всеми европейскими, что предопределено россиянам быть великим, благодатным явлением в нравственном мире, — вот что придает жизнь и теплоту нашим беседам, заставляющим меня иногда совершенно забывать, что я не в Отечестве. В постоялом доме Hфtel de Pologne, где ныне живем, нашел я еще несколько человек русских; один говорил мне про Пушкина, с которым обедал в Киеве; я был чрезвычайно рад, что мог их познакомить с новой поэмой "Руслан и Людмила".

Дрезден. 9 ноября/28 октября.

Я видел здесь чудеса разного разбора: двух великанов, восковых чучел, морского льва, благовоспитанного, умного, который — чудо из чудес — говорит немецким языком и, как уверяют, даже нижнесаксонским наречием. Люблю вмешиваться в толпу простого народа и замечать характер, движения, страсти моих братьев, коих отделяют от меня состояние и предрассудки, но с коими меня связывает человечество; их нигде не увидишь в большей свободе, как при зрелищах; здесь занятое их любопытство раскрывает в речах нрав их; они обнаруживают здесь все свои познания, свои чувства, свой образ мыслей. Саксонец вообще в таком случае тих, молчалив, внимателен, глубокомыслен; дети и старики, мужчины и женщины безмолвствовали с каким-то благоговением; они, казалось, в самом деле видели перед собою безмолвных правителей Европы, с которыми знакомила их быстрым, свистящим голосом обладательница их карикатурных изображений; казалось, хотели броситься к "безумному Занду", который при них убивал Коцебу, смотрели на госпожу Сталь и на морского льва, на великаншу и на всех присутствующих важно, пристально, спокойно, с величественною осанкою.

Лейпциг. 20/8 ноября.

Сюда, в Лейпциг, приехали мы вчера поутру.
Лейпциг пригожий, светлый город; он кипит жизнью и

деятельностью; жители отличаются особенною ток-костью, вежливостью в обращении; я здесь ничего не заметил похожего на провинциальные нравы: Лейпциг по справедливости заслуживает название Афин Германии. В окрестностях оного, как вообще в Саксонии, почти нет следов минувшей войны; жители зажиточны и говорят обо всем бывшем, как о страшном сновидении: с трудом могу вообразить, что здесь, в мирных полях Лейпцигских, за несколько лет перед тем решалась судьба человечества. Счастлива земля, в которой сила деятельности живет и поддерживает граждан и подает им способы изглаживать следы разрушения!

Здесь в наше время два раза бились народы за независимость: здесь были наконец расторгнуты их оковы! Святая, незабвенная война! Раздор не разделял еще граждан и правителей, как ныне; тогда еще во всех была одна душа, во всех билось одно сердце! Ужели кровь, которая лилась в полях Лейпцигских, лилася напрасно?

Веймар. 22/10 ноября.

Вчера вечером приехали мы в Веймар, в Веймар, где некогда жили великие: Гёте, Шиллер, Гердер, Виланд; один Гёте пережил друзей своих. — Я видел бессмертного. Гёте росту среднего, его черные глаза живы, пламенны, исполнены вдохновения. — Я его себе представлял исполином даже по наружности, но ошибся. — Он в разговоре своем медлен; голос тих и приятен: долго я не мог вообразить, что передо мною гигант Гёте; говоря с ним об его творениях, я однажды даже просто его назвал в третьем лице по имени. — Казалось, ему было приятно, что Жуковский познакомил русских с некоторыми его мелкими стихотворениями.

Веймар. 24/12 ноября.

Я здесь также навестил доктора де Ветте, известного по письму своему к Зандовой матери. В де Ветте ничего не нашел я похожего на беспокойный дух и суетность демагога. Он тих, скромен, почти застенчив; в обращения и разговоре умерен и осторожен. Письмо к де Ветте я получил от Ф., старинного моего знакомого: он знал меня еще в Верро; — тогда мне было с небольшим двенадцать лет; и я, ученик уездного пансиона, с большим почтением смотрел на гимназиста Ф., когда приезжал он из Дерпта к нашему доброму воспитателю; мы с того времени не виделись. — В Лейпциге нашел я его человеком умным, основательным, ученым. — Так-то соединенные в детстве и молодости расходятся и, если встречаются в другое время и под иным небом, даже удивляются, что могли опять встретиться. — Счастливцы еще те, которым, по крайней мере, удается увидеться с товарищами весны своей; но как часто мы разлучаемся с нашими милыми и не узнаем даже, когда расстаются они с жизнью!

V

Вильгельм шел от доктора де Ветте как в тумане. Мягкий взгляд из-за очков и пепельные длинные волосы подействовали на него неотразимо. Взгляд доктора! Это был тот понимающий взгляд, которого Вильгельм до сих пор не видал еще. И в этом взгляде Вильгельму ясно почудилось сожаление к нему. Это немного взволновало Вильгельма, но день был солнечный, чужая улица шумела музыкально, не так, как в России. Вильгельм шел, смотря в голубое зимнее небо, ни о чем не думая.

Молодой человек коснулся его руки.

Вильгельм вздрогнул. Это был студент Леннер, с которым он уже два дня как познакомился, покупая книжки в лавке. Он сказал Вильгельму, улыбаясь:

— Какой чудесный день! Не правда ли?

Потом, сразу изменив тон:

— Могу ли надеяться, что сегодня вечером вы сможете посетить мое жилище? Я бы никак не посмел утруждать вас, если бы не одно обстоятельство, которое окажется, надеюсь, интересным для вас.

Вильгельм слегка удивился, но поблагодарил и обещал.

Леннер жил на окраине в узком переулке, черепичные пологие кровли почти сходились над головой.

— Nannerl! — кричал где-то вдали строгий голос.

Вильгельм поднялся по шаткой деревянной лесенке в комнату Леннера. Студент ждал уже его. Беднота его комнаты поразила даже Вильгельма. Тощий матрац в углу, круглый столик с зажженной свечой, этажерка со стопкой книг — вот и вся мебель.

У Леннера сидел другой человек, маленький, плотный, с выпуклыми черными глазами, с толстыми губами. Оба пожали Вильгельму горячо руки, а маленький пристально на него поглядел.

Разговор шел о литературе, о России, Steppen и Sibirien которой студенты довольно плохо представляли себе; настала минута перерыва. Вильгельм чувствовал себя неловко. Визит был бесцельный. Тогда маленький, плотный, глядя в упор на Вильгельма, сказал ему:

— Мой друг Леннер сказал мне, что вы интересуетесь нашим Карлом.

Леннер тихо приоткрыл дверь и посмотрел, не подслушивает ли кто.

Вильгельм вопросительно взглянул на него.

— Карлом, Карлом Зандом, — повторил маленький и, не дожидаясь ответа, заговорил-забулькал:

— Мы вам доверяем совершенно — я знаю от Леннера, о каких книгах вы спрашивали. Вы были неосторожны. Слушайте же. Дело Карла не погибло. Югендбунд растет не по дням, а по часам. Кровь Карла не пролилась даром. Организация рассыпана по всей стране. Но мы бессильны против всей гидры — остается Меттерних, остается ваш император. Скажите одно — когда? Есть ли надежда?

Вильгельм сидел слегка испуганный. Он развел руками:

— Все кипит, но непонятно, как и к чему.

— Значит, положение неясно? — формулировал маленький, плотный.

— Да, неясно, — колебался Вильгельм.

Он стеснялся, у него было чувство, как будто его принимали за кого-то другого.

— Ну, — сказал маленький, взглянув на Леннера, — мы верим, Фридрих, не правда ли?

Он быстро распростился с Вильгельмом, с Леннером и выбежал.

— Кто этот ваш друг? — спросил Вильгельм у Леннера.

— Это наш секретарь, — сказал Леннер, почему-то неохотно, — он был лично знаком с Зандом.

— Могу я вас попросить о принятии скромного подарка, — спросил он Вильгельма немного погодя, и голубые глаза его потемнели, — от бедного человека, каков я? Примите на память. Бог весть, встретимся ли еще.

Он выдвинул ящик у стола, огляделся кругом и, удостоверившись, что их никто не видит, протянул Вильгельму овальный портрет Занда.

Вильгельм пожал ему руку, и они бросились друг другу в объятия. Это была внезапная дружба, которая между людьми старше двадцати пяти лет не завязывается. Она, как солнечный день, неверна, ее забывают, и если она иногда вспоминается, то от этого становится внезапно больно, но без таких дружб жизнь была бы неполной.

VI

Царь второй раз перечитывал записку. Эту записку ему передал всегда вежливый, всегда сияющий Бенкендорф. Царь не очень любил его; этот молодой генерал быстро и ловко шел вверх, он был уже начальником штаба гвардейского корпуса, но излишняя старательность его раздражала Александра. Голубые глаза Бенкендорфа глядели необыкновенно искательно. Он был чрезмерно близок к великому князю Николаю, чего ревнивый к власти царь не переносил. Говорили, что Бенкендорф похож лицом на царя. Царь отлично понимал качество доброты, сиявшей в голубых глазах Бенкендорфа и пленявшей женщин (Бенкендорф был бабник).

И вот эта записка тоже удручала царя. Было начало июня. Он только что вернулся из Лайбаха в Царское Село, и ему хотелось одного — отдыха. Царскосельские липы, белые женские руки, полковая музыка, небольшой парад и смотр — вот и все, что ему было нужно сейчас. И он с некоторой досадой склонился во второй раз над запиской не в меру старательного Бенкендорфа, который мог бы с ней подождать.

А записка была чрезвычайно неприятная.

Несомненно, завелось в России какое-то весьма подозрительное тайное общество. Это уже не были масоны, с которыми, конечно, тоже было неладно, которые тоже совались не в свои дела и были неприятны. Но общество, о котором писал Бенкендорф, было откровенно разбойничье, политическое, с очень опасными чертами, с какими-то чуть ли не карбонарскими приемами: какие-то тройки, десятки, заседания...

И все-таки Бенкендорф ошибается. Есть там какое-то общество, но не революционное. Зачем произносить слово "революционное" в отношении к России? Может быть, оно заражено критическим духом, но в России революции нет и быть не может. Царь не хотел читать слово "революционный". Он боялся этого слова и досадовал на Бенкендорфа: "Критическое, критическое направление, никакой революции нет".

Промелькнуло воспоминание о Семеновском полке, его

полке, его лейб-гвардии, которая так бессовестно обманула его ожидания. Он боялся этого воспоминания, как личной обиды. Он рассыпал семеновцев, он уничтожил полк, стер их память с лица земли. Полно, стер ли? Да, да, их тогда же перевезли в Свеаборг, говорят, была буря — в это время суда уже не ходят — они чуть не погибли — и хорошо бы, если б погибли, пусть, пусть не бунтуют.

Сколько хлопот! А как хорошо бы все устроилось, если бы весь этот полк погиб там где-нибудь, на пути в Свеаборг! А то пришлось перекинуть его на юг, во второй и третий корпус. И бог один ведает, чего они там еще натворят. Все это, конечно, дело рук умников, тех самых, о которых ему вот и Бенкендорф пишет, и полусумасшедший Каразин писал.

И все-таки Бенкендорф ошибается: никакой революции в России быть пока не может. Умников надо изъять — и критическое направление прекратится. Он опять принялся читать. Общей части записки он не читал, пробегал ее глазами с неясным страхом, и слово "революция", промелькнувшее еще раз, заставило его снова поморщиться. Генерал перестарался. Не следует повышать его. Зато с величайшей аккуратностью царь читал имена, соображал, записывал их в книжку.

"...Николай Тургенев, который нимало не скрывает своих правил, гордится названием Якобинца, грезит гильотиною и, не имея ничего святого, готов всем пожертвовать в надежде выиграть все при перевороте..."

"...брался с профессором Куницыным издавать журнал по самой дешевой цене для большого расхода, полагая издержки за счет общества, в котором бы помещались статьи, к цели общества относящиеся. Содействовать сему обязаны были все члены; также брались: Чаадаев (испытывавшийся еще для общества), Кюхельбекер (молодой человек с пылкой головою, воспитанный в Лицее, теперь за границей с Нарышкиным) и другие..."

Не угодно ли?

Царь выглянул в окно и посмотрел на Лицей. Отогрел змей на своей груди, на своей собственной груди... Лицей, Куницын и этот сын маменькиной фрейлины, псмец. Прямо под боком, возмутительно. Стихотворения Пушкина. И все это творится у самого его дома. А ведь он сам, сам открывал этот Лицей.

Он подошел к шифоньерке с секретным замком и достал еще одну бумагу. Это был донос Каразина. Да, да — и этот вот предупреждает о Лицее. Стихотворец Пушкин... портрет

Лувеля... Это прямо галерник какой-то, brigand...[15] И вот стихи возмутительные этого немца:

Злодеям грозный бич свистит
И краску гонит с их ланит,
И власть тиранов задрожала.

— Не угодно ли? — Александр не без изящества поклонился...

"...Поелику эта пьеса была читана в обществе непосредственно после того, как высылка Пушкина сделалась гласною, то и очевидно, что она по сему случаю написана".

Без всякого сомнения...

"...Все это пишут и печатают бесстыдно не развратники, запечатленные уже общим мнением, но молодые люди, едва вышедшие из царских училищ, и подумайте о следствиях такого воспитания!"

Александр невольно выглянул в окно.

...Несомненно, разврат под боком. Отрицания благого промысла всюду... И всюду критический дух... Надо Аракчеева повидать, что-то нужно опять предпринять непременно...

"И власть тиранов задрожала".

Он усмехнулся.

...Мальчишка. Теперь за границей? — Он поморщился. — Не следовало пускать.

И записал: "Кюхельбекер. Поручить под секретный надзор и ежемесячно доносить о поведении".

VII

Лион. 21/9 декабря 1820 г.

Германцы доказали в последнее время, что они любят свободу и не рождены быть рабами, но между их обыкновениями некоторые должны показаться: унизительными и рабскими всякому, к ним не привыкшему. К сему разряду в особенности принадлежит употребление качалок (портшезов). — Признаюсь, что в Дрездене, где нет извозчиков, в худую погоду, полубольной, я несколько раз принужден был пользоваться ими; но как воображу, что еду

---

[15] Разбойник (франц.).

или, что все равно, несусь на плечах мне подобных, я всегда готов был выпрыгнуть. — Еще менее показался мне обычай заставлять за деньги петь на улицах сирот, воспитывающихся за счет общественный: больно видеть этих бедных детей в их длинных черных рясах и в огромных шляпах, каковые у нас при похоронах носят могильщики! Вечером они поют при факелах: тогда их напевы, томные, протяжные, ужасны при тишине, повсюду царствующей; вступая в жизнь, они уже должны быть проповедниками смерти, суда и разрушения. В Дрездене, на новой площади, всякий раз встречал я хор этих певчих; они казались мне привидениями или усопшими, которые оставили кладбище, чтобы напомнить живым о превратности всего земного.

Когда мы между Килем и Страсбургом с Александром Львовичем переходили пешком через мост, который соединяет и разделяет Германию и Францию, в сердце моем ожило воспоминание о моей разлуке с отечеством: зеленые воды Рейна шумели у ног наших; утро было ясно, тепло и тихо. Дельвиг поручил мне вспомнить о нем на берегах Рейна; с ним все друзья мои предстали моему воображению. Я вспомнил наши добрые вечерние беседы, где в разговорах тихих, полных чувства, и мечтаниях вылетали за рейнским вином сердца наши и сливались в выражениях, понятных только в кругу нашем, в милом семействе друзей и братии.

VIII

Как только приехали в Париж, Вильгельм совсем забросил дела и почти не видал Александра Львовича. Правда, Александр Львович не очень обременял его занятиями, и секретарство Вильгельма больше ограничивалось разговорами да рассуждениями на самые разнообразные темы. Приходилось иногда и писать письма, полуофициальные и довольно курьезные. В конце каждого письма Александр Львович неукоснительно справлялся о том, что играют сейчас в петербургских театрах и каковы сейчас погоды в Петербурге.

В Париже они прожили зиму. Вильгельм бродил по Парижу. В Лувре он простаивал перед Венерой Милосской по часам вместе с дюжиной приезжих англичан и англичанок, шатался без цели по бульвару Капуцинов и пил дешевое вино в кабачках Латинского квартала. О своем здоровье он и думать забыл. Грудь дышала необычайно легко. Париж был не весел.

В нарядной толпе сновали шпионы: Людовик XVIII боялся заговоров.

С некоторых пор по пятам за Вильгельмом всюду ходил маленький неопрятный человек, белокурый, с водянистыми глазами. Человек был терпелив, заходил за Вильгельмом в кабачки и рассматривал в Лувре старые картины.

Однажды, когда Вильгельм шатался по бульвару, какой-то человек в широкополой шляпе оглянулся на него и остановился. Огромный рост Вильгельма, странная наружность, блуждающие глаза часто останавливали внимание французов и, что особенно было больно Вильгельму,— француженок. Он отлично знал свое безобразие и к удивленным взглядам привык. Но человек смотрел слишком пристально. Это было дерзостью. Вильгельм вспыхнул и шагнул к нему. Знакомые косые глаза посмотрели вдруг на него, и человек сказал изумленно:

— Guillaume! Кюхля вгляделся.

— Сильвер!

Черт возьми! Это был Броглио.

Броглио возмужал, располнел и хотя был косоглаз, но выглядел совершенным красавцем. С тех пор как они кончили Лицей, он словно в воду канул, никто о нем ничего не знал.

Они зашли в кофейню. В кофейне было много народу. Белокурый человек с водянистыми глазами, не то парикмахер, не то приказчик, сидел в углу.

Рядом был пустой столик. Друзья уселись, заказали "вдову Клико" и начали вспоминать.

— Помнишь, как я боролся с Комовским? — говорил Сильвер и смеялся.

Он смеялся не потому, что в его воспоминании о Комовском было что-нибудь смешное. Просто он был здоров, весел, красив и молод, он встретил старого товарища — и они оба хохотали над каждым пустяком, который вспоминали.

— А Яковлев, паяс, — помнишь? — подсказывал Броглио.

С этим человеком, ладным, красивым и веселым, Вильгельм чувствовал себя тоже здоровым, простым и, пожалуй, красивым.

Они сидели за "вдовой Клико".

— Друг, — сказал Броглио, хмелея и охорашиваясь, что очень шло к нему, — мы, верно, видимся в последний раз. Выпьем же дружнее.

— Отчего ты так грустен? — спросил Вильгельм. Броглио вздохнул, и, кажется, непритворно.

— Так и быть — я тебе открою. Я филэллэн, то есть я — за борьбу греков. Все наши за греков, за их независимость.

— Кто это ваши? — спросил Вильгельм.

Сильвер оглянулся вокруг. Он сказал важно и довольно громко:

— Неаполитанские карбонарии. Вильгельм жадно всматривался в Броглио,

— Неужели, Сильвер? Ты не шутишь?

— Не шучу, — ответил Сильвер, покачивая головою. — Я скоро отправляюсь в Грецию командовать отрядом.

Он немного помрачнел, но взглянул на товарища с видом превосходства.

— Да — и, когда придет весть о моей гибели, ты, друг, должен меня помянуть "вдовой Клико".

Он заметно рисовался: "вдову" сменил уже резвый аи. Вильгельм смотрел на друга с удивлением и даже страхом. Этот беззаботный Броглио, оказывается, гораздо больше пользы человечеству приносит, чем сам Вильгельм.

Вильгельм начал жаловаться;

— Сильвер, мне не везет. Меня всюду окутывают какие-то тяжелые пары. Отовсюду кто-то меня выживает. Это судьба, Сильвер. Я хочу многое совершить... Я поэт, настоящий поэт. И что же? Женщины меня дичатся; они меня выгнали из России. (Вильгельм был пьян и как-то все немного преувеличивал; ему было очень хорошо и грустно.) Я не знаю, где мне и на чем остановиться...

Сильвер слышал только его последние слова.

— Guillaume, — сказал он очень веско и просто, — ты тоже должен поехать в Грецию.

Вильгельм почти протрезвился.

Он быстро взглянул на Броглио и задумался. Как это просто! Разрешить все одним ударом! Ехать в Грецию! Сразиться там и умереть! Он протянул руку Броглио.

— Неаполь. Trattoria marina[16]. Приезжай. Вызовешь "младшего".

Вильгельм посмотрел на него жадно и радостно.

Когда они выходили из кофейни, с соседнего столика сорвался маленький человечек, парикмахер или приказчик, и пошел в двух шагах от друзей, еле переставляя ноги и бормоча под нос песенку, так что прохожие со смехом на него указывали пальцами. Но когда прохожие не попадались, а друзья не

---

[16] Морской кабачок (итал.).

оглядывались, походка у человека внезапно становилась ровной, а песенка обрывалась.

Он прислушивался.

IX

Утром Вильгельм быстро оделся и заходил по комнате. Мысль о Греции не покидала его. Неаполь, Греция. О я знал, что если поедет туда, то назад не вернется. Поехать в Грецию — значило поехать умереть. Смерть его не пугала. Он стоял под пулями, он двадцать раз мог умереть на каждой глупой дуэли. Его останавливало другое. Сколько несведенных счетов, сколько начатых трудов. Ехать в Грецию было геройством, и вместе с тем это было похоже на бегство. Он почему-то вспомнил, как Дуня посмотрела на него тогда у тетки Брейткопф. Он шагал по комнате. Слишком просто разрешалось все — и тоска и неудачи, одним махом. Это слишком короткий путь. Он вспомнил Пущина. Что бы сделал Пущин на его месте? И он никак не мог себе представить Пущина в Греции. Пушкин — тот бы непременно сбежал в Грецию.

Как ужасно, что нельзя ни с кем посоветоваться, как нужен теперь был бы ему Грибоедов.

В дверь постучали.

Вошел слуга: — Александр Львович просят вас к себе.

Вильгельм прошел в апартаменты Александра Львовича. Нарышкин снял себе отель в Париже, большой, нелепый и неудобный. У Александра Львовича был особый талант — он нигде и никогда не мог устроиться удобно. Может быть, поэтому судьба ему послала такого секретаря, как Вильгельм.

Александр Львович только что получил дурное письмо от Марьи Алексеевны. Так как сердитые письма от Марьи Алексеевны приходили часто, то Вильгельм сразу по выражению лица старика догадался об этом. Марья Алексеевна была лет тридцать назад красавицей и до сих пор никак не могла простить этого своему мужу. Ее вечно обходили наградами, муж тоже недостаточно ее ценил. Она была большая политиканка, знаменитая сплетница и держала в страхе весь светский Петербург. Марья Алексеевна, собственно, и настояла на поездке за границу, но в последний момент вдруг заупрямилась и осталась одна в Петербурге. Теперь она терроризировала Александра Львовича своими письмами.

Александр Львович смотрел на Вильгельма жалобно.

— Вильгельм Карлович, родной, — заговорил он, брюзжа, — тут отношения два-три надобно написать — князь Иван Алексеичу да еще кой-кому. Винюсь, что обеспокоил.

Вильгельм развернул бумаги, приготовился слушать Александра Львовича, но тот и не думал говорить о делах,

— А то отложим, — сказал он вдруг нерешительно. — Отложим, — решился он окончательно.

Он смотрел на Вильгельма грустно.

— Я ведь вас люблю, Вильгельм Карлович, — неожиданно сказал он, — бог с вами, прямо люблю.

Вильгельм в замешательстве поклонился.

— Я тоже вас люблю, Александр Львович, — пробормотал он.

— И знаете ли что? — сказал Нарышкин. — В Россию брюхом хочется. Я, пожалуй, здесь до весны не досижу. Я к себе в Курск поеду. Я французами, батюшка, тридцать лет назад еще объелся. Если б не Марья Алексеевна, я б с места не скрянулся. — Александр Львович задумался.

— И знаете ли, государь мой, — сказал он Вильгельму, — едемте вместе ко мне. Мой оркестр рожковый вы услышите — вам тошна Grand Opera[17] станет.

Вильгельм слушал с каким-то тайным удовольствием. Он знал, что на сумасбродного Александра Львовича просто стих нашел, а через час он выедет диковинным цугом в Булонский лес, будет грассировать, как природный парижанин, и к вечеру благополучно забудет Россию, Курск и рожковый оркестр. Но Александр Львович в такие минуты бывал ему очень приятен.

— И по совести, — лукавствовал, склонив толстую голову, Александр Львович, — я даже, убейте меня, не могу понять, что за бес нас с вами в настоящее время в этот отель засадил, в котором даже понять ничего нельзя, так все разбросано, когда в России и удобно, и тепло, и, главное, все понять можно.

— Все? — улыбнулся вопросительно Вильгельм.

— Все, — с удовольствием отвечал старый куртизан. — Здесь, скажем, что теперь поют: Faridondaine? — И он запел, потряхивая головой, с вызывающим либерализмом новую песню Беранже:

La faridondaine Biribi... Biribi[18].

— Ничего не понять: biribi-biribi, — повторил он, отлично

---

17 Оперный театр в Париже.
18 Непереводимый припев без смысла; бириби — род карточной игры.

грассируя и любуясь словечком. — А у нас все понятно: баюшки-баю.

Вильгельм захохотал. Александру Львовичу тоже его шутка необычайно понравилась, и он повторил еще несколько раз, с торжеством глядя на Вильгельма:

— Biribi-biribi. То-то и есть. — И потом добавил скороговоркой, отвечая себе уже на какую-то другую мысль (чуть ли он не проигрался накануне в biribi): — С пустой головой сюда можно, с пустыми руками — никак.

Когда Вильгельм вернулся к себе, решимость его поколебалась. Греция его манила, но красавца Броглио он вспомнил даже с некоторым неудовольствием. Все было не так просто. В Грецию вел какой-то окольный путь. "С пустыми руками" туда ехать нельзя было. "Biribi", — вспомнил он Александра Львовича и рассмеялся. Он выглянул в окно. Весенний Париж был сер и весел. Толпы гуляли по улицам, и слышался порою женский смех. Где теперь Пушкин? Каково Александру в грязных южных городишках? Что Дельвиг поделывает? И Вильгельм сел ему писать письмо. Завтра у него был важный визит — к Бенжамену Констану, который взялся устроить Вильгельму чтение лекций о русской литературе.

X

Дядя Флери, друг Анахарсиса Клоотца, оратора рода человеческого, одинокий и сумрачный математик, обломок 93-го года, писал свой труд о всемирной революции. Только в общности всех народов было спасение революции от гнилой XVIII обезьяны (так дядя Флери называл "Желанного Людовика"). Дядя Флери долго изучал все угнетенные страны, в которых мог вспыхнуть пожар.

Пока жив хоть один тиран, свобода не может быть обеспечена ни для одного народа. Неаполь раз, Испания два, Штаты три, Греция четыре. В Германии только что упала голова Занда, во Франции снова растет дух убитой вольности.

Оставались Англия и Россия.

Россия была загадкой для дяди Флери, а загадок он не любил: труд его о всемирной революции был написан в форме аксиом, лемм, теорем.

В России не народ убивал тиранов, а тираны спорили между собою. Там было рабство. Два имени привлекали внимание дяди Флери: Стефан Разэн, страшный казак, который грозил опрокинуть деспотический старый порядок, и в особенности Эмилиан Пугатшеф, вождь рабов, организатор высокого полета, русский Спартак, удовлетворявший дядю Флери прямолинейностью военной тактики. Рабы — это было тело революции. Тело нуждалось в голове. Дядя Флери не видел этой головы. Русская его теорема отдела II за No 5 была недописана.

Дядя Флери зорко следил за русскими сведениями. Поэтому, когда он узнал, что молодой русский профессор и поэт читает в Атенее лекции о русской литературе, он постарался пробраться туда. У поэта была странная фамилия, дядя Флери никак ее не мог запомнить: Бюккюк, что-то вроде Кюкельберг. Когда дядя Флери увидел и услышал русского поэта, он еще больше удивился.

Длинная, согбенная фигура, вытянутое лицо, кривящийся рот, огромные руки с лихорадочно двигающимися пальцами, тонкий и хриплый голос — все это кого-то напоминало дяде Флери. Он где-то уже слышал этот голос.

На лекции он ходил аккуратно. Зал Атенея был переполнен, в первых рядах сидели литературные знаменитости — дядя Флери видел сухой профиль белокурого Констана, бледное лицо и горящие глаза Жульена, толстое, крупное лицо Жуи. Рядом сидел какой-то бесцветный человек с мутными глазами, который усердно записывал лекции и жадно всматривался во все лица, — может быть, газетчик, журналист.

Две первые лекции понравились дяде Флери. Поэт начал с истории, и притом древнейшей. Древняя Россия с ее простодушными правами, мужественным духом простонародия, интригами бояр и отсутствием возможности организоваться в единое, сколько-нибудь крепкое государство, развитие частного быта и несовершенство государственного механизма, — все это было важно для дяди Флери. По отдаленным предкам он имел возможность приблизиться к разрешению русского вопроса. Впрочем, и вся зала внимательно слушала поэта, может быть пораженная его необычайной внешностью.

Но на кого похож этот длинный, восторженный поэт? Дядя Флери никак не мог припомнить.

И только в третий раз, во время третьей лекции этого странного поэта — он вспомнил. Поэт говорил о древней простонародной русской поэзии. Он утверждал, что народ русский умеет быть в сказках и пословицах удивительно веселым и остроумным. Кто слышит и знает простонародную сказку, тот бывает поражен радушием, мягкосердием, остроумием и непамятозлобием безыменных авторов. Удальство витязей русских необыкновенно. Но песни, старинные песни русские, самые напевы их и самое стихосложение — заунывны.

— Почему? — спросил поэт. Он стоял бледный, выпуклые глаза его сверкали. Голос его вдруг охрип.

— Не дурной ли это знак, что, начиная с древней истории русской, есть у народа что-то, что мешает ему стать великим, благодатным явлением в мире нравственном, среди всех других народов? — сказал он задыхаясь.

— Рабство, — сказал он глухо, — рабство, которым пахнет хлеб, посеянный рабом, рабство, в коем поется песня. О, какая ненавистная картина, как распространяется рабством развращение! Что может сравниться с ежедневным рабством народа, создавшего веселые сказки и создающего грустные песни, и каково думать, что все это подавляется, все это вянет, что все это, быть может, опадет, не принесши никакого плода в нравственном мире? Да не будет!

И, задыхаясь, не владея собою больше, он пошатнулся и, желая удержаться, задел графин с водой и стакан.

Графин полетел вниз и разбился вдребезги.

В изнеможении Вильгельм упал в кресло, и голова его откинулась.

Зала ревела от восторга.

И тогда Флери понял: эта откинутая голова была похожа на голову его друга, Анахарсиса Клоотца, оратора человеческого рода, — дядя Флери помнил, как палач поднял ее за волосы.

Вокруг Вильгельма толпились. Он уже оправился и, бледный, отвечал на рукопожатия. Констан взволнованно и почтительно говорил ему что-то. Вильгельм с трудом слушал.

Дядя Флери протеснился к оратору. Он пожал ему руку и сказал, строго на него глядя:

— Молодой человек, берегите себя, вы нужны своему отечеству.

Когда Вильгельм выходил одним из последних из зала Атенея, два человека шли вместе с ним: дядя Флери и маленький белокурый человек с водянистыми глазами. Человек сразу же за дверью метнулся в сторону и исчез.

Дядя Флери взял Вильгельма за руку:

— Мой молодой друг, если мы пройдем с вами в одну небольшую кофейню Латинского квартала, где мне необходимо будет вам сказать несколько слов, от которых многое для меня зависит, — я буду счастлив.

Вильгельм поклонился с любопытством и готовностью. Голова его еще горела, и идти домой он все равно не мог.

Через час дядя Флери проводил Вильгельма до дому. Он долго смотрел ему вслед. Потом он пробормотал с сожалением:

— Нет, это не то. Это еще не голова. Он подумал и прибавил с удивлением:

— Но это уже сердце.

XI

Едва Вильгельм оделся, в дверь постучали: Александр Львович звал к себе немедля.

Вильгельм застал его в большом волнении: он ходил по комнате мелкими шагами. На поклон Вильгельма ответил сухо.

— Прошу садиться, — сказал он, нахмурясь и продолжая бегать по комнате. — Весьма сожалею, но нахожусь принужденным откровенно с вами объясниться. Вы, государь мой, ведете себя неосторожно и подвергаете себя всем опасностям, с этим сопряженным. Сейчас я получил приглашение из консульства сегодня же посетить консула, дабы иметь объяснение по вашему поводу. И догадываюсь — имею основание догадываться, — что причиною всему ваши лекции, что вы вчерась в Атенее публично читали. И, видимо, о вас уже парижский префект в известность поставлен.

Вильгельм выпрямился в креслах.

Александр Львович бегал по комнате и не смотрел на Вильгельма. Изъяснялся он на сей раз в высокой степени официально.

— Само собою разумеется, государь мой, что я в мыслях не держу как-либо осудить ваше поведение, но вы сами довольно знаете, что, состоя у меня на службе, вы тем самым подвергаете неприятностям и даже опасностям людей, нимало в том не виновных.

Вильгельм, бледный, улыбаясь, посмотрел на Александра Львовича:

— Итак, расстанемся, Александр Львович. Александр Львович продолжал бегать, ничего не говоря. Вдруг он остановился перед Вильгельмом.

— Что же это вы натворили, друг мой? — сказал он, с тоской и с испугом глядя на него. Официальность с него разом соскочила.

— Я был, вероятно, неосторожен в выборе выражений.

Итак, разрешите мне поблагодарить вас. Я сейчас же съезжаю с отеля.

— Ну, вот видите, друг мой, — сказал с видимым облегчением Александр Львович, — ах, до чего вас неосторожность доводит.

Он подошел к Вильгельму, рассеянно потряс его и обнял.

— Бог с вами, я к вам привык, жалко, друг мой, расставаться, — сказал он скороговоркой.

Съезжать с отеля Вильгельму пришлось даже скорее, чем он думал.

В его комнате сидело двое людей с унылыми лицами.

Один из них протянул ему пакет.

Префект парижской полиции извещал коллежского асессора Кюхельбекера, что, по распоряжению его, парижского префекта, он, Кюхельбекер, должен покинуть Париж в срок, не превышающий двадцать четыре часа, и о маршруте своем поставить префектуру в известность.

Другой молча вручил ему вторую бумагу, где было указано, что настоящим предписывается произвести осмотр вещей и бумаг коллежского асессора Кюхельбекера, а будет нужно — и выемку.

Они стали рыться в его бумагах.

Один из них вытащил портрет Занда.

— Кто это? — спросил он подозрительно.

— Мой покойный брат, — отвечал Вильгельм.

Через час, перерыв вещи Вильгельма, оба раскланялись и попросили записать маршрут, коим г. Кюхельбекер намеревается следовать. Вильгельм записал: Париж — Дижон — Вилла-Франка — Ницца — Варшава.

Он хотел написать "Неаполь", но написал: "Варшава". Должно было соблюдать осторожность.

— Мы еще явимся засвидетельствовать ваш отъезд, — проговорил один из префектовых послов.

На следующее же утро Вильгельм сел в дилижанс. Людей в дилижансе ехало немного: англичане, двое французских купцов да маленький неопрятный человек с бледно-голубыми глазками.

Где он видел эти глаза, этого человека? На лекции? На улице? Забавно, это, вероятно, случайность, но маленький человек все время попадался ему на пути.

Англичанин сошел в Дижоне. Маленькому человеку было по пути с Вильгельмом до самой Вилла-Франки.

XII

Вилла-Франка был белый городок, прижавшийся к утесам. Большая пристань была неприступна для бурь, крепость Монт Альбано так тонко врезывалась в голубой воздух.

Вокруг белых домиков были сады агрумиев, смоковниц, маслин, плакучих ветел и миндальных дерев. Дряхлый камень был покрыт плющом, желтые скалы обросли тмином, дикими анемонами, лилиями, гиацинтами.

Вильгельм то и дело натыкался на цветы алоэ, росшие среди расселин.

Поодаль рыбаки тянули сети, пыхтя короткими трубочками и перекидываясь словами. Дальше виднелись верфи, оттуда несся шум.

Вильгельм спустился к бухте и зашел позавтракать в прибрежную тратторию. Вместе с ним зашел и его спутник, тот самый маленький, и уселся за столик, поодаль от Вильгельма. Он был скромен, но смотрел выжидательно и тревожно.

Что-то удержало Вильгельма от того, чтобы кивнуть человечку, попросить его присесть к своему столику.

Вильгельму дали бутылку местного вина, молодого и крепкого, и устриц.

Ночь, как всегда на юге, упала сразу, без предупреждения, без сумерек. Зажгли фонарь. За столиками сидело несколько гондольеров, среди них один красивый, с черными глазами. Вильгельм подозвал его и начал сторговываться в Ниццу.

Гондольер выглянул в окно, посмотрел на небо и лениво сказал:

— No, signore. Будет буря.

Вильгельмов спутник посмотрел на гондольера и медленно закрыл правый глаз. Гондольер подумал.

— Хорошо, — он вдруг согласился, но заломил цену. Вильгельм ужаснулся. Спутник Вильгельма опять подмигнул гондольеру, и гондольер, подумав, равнодушно сбавил.

Вильгельм распростился с ними и вышел.

Только огненные точки фонариков на гондолах колебались вверх и вниз по воде, шары фонарей так и оставались светлыми шарами и не освещали тьмы. Было очень темно. Гондольер немного задержался в траттории. Он вышел, не глядя на Вильгельма, и, надвинув на голову свой колпак, пошел к берегу.

— Луиджи, — окликнул он негромко.

— Ао, — отозвался детский голос.

Мальчик причалил к берегу, выпрыгнул и живо заговорил, указывая рукой на небо. Гондольер махнул рукой.

Согнувшись под тесной крышей гондолы, Вильгельм задыхался. Гондола лезла с волны на волну.

Гондольер молчал. Началась гроза. Они уже не скользили по волнам, а шли вверх и вниз, лил дождь, в гондоле было душно, как в земле.

— Гребите к берегу, — сказал Вильгельм гондольеру, — гребите к берегу, черт возьми! Нет ли у вас второго весла?

— No, signore.

Гондола неслась у берега, каждую минуту ее относило.

Так прошло с четверть часа. Наконец гроза прекратилась.

Духота сразу прошла. Гондольер тяжело дышал, он положил весло и отдыхал.

Далеко впереди замаячил огонь, другой — верно, рыбачьи лодки. Гондольер шагнул к кабинке, в которой сидел Вильгельм, и сел рядом с ним. Он молчал. Его молчание и осторожные движения встревожили Вильгельма.

Вдруг гондольер схватил Вильгельма за горло и повалил на дно. Вильгельм своими громадными руками обхватил шею гондольера. Оба они лежали на дне гондолы. Вильгельм задыхался. Он почувствовал, что слабеет, и в последний раз сдавил гондольеру горло. Тотчас стало свободнее дышать. Он высвободил голову, привстал и придавил коленом грудь гондольера. Тот тяжело дышал и смотрел на Вильгельма выкатившимися глазами. Вильгельм обшарил его и нашел за поясом стилет. Стилет он бросил в воду. Он был в бешенстве. Ему хотелось убить гондольера и бросить его с размаху в море. Но он только хрипел ему в лицо:

— Греби сейчас же.

Вдруг незаметным движением ноги гондольер бросил Вильгельма на дно гондолы. Вильгельм крикнул и ударился о борт головой. Потом ему показалось, что лодку сильно качнуло. Он очнулся и увидел: рыбаки держали крепко гондольера, бледного и растерянного, и вопросительно смотрели на них обоих.

— Почему ты хотел меня убить? — спросил Вильгельм.

Гондольер махнул рукой по направлению к Вилла-Франке.

— Деньги, — пробормотал он.

Какие деньги? Вильгельм ничего не понимал. Вдруг он вспомнил о своем спутнике с водянистыми глазами, который мельтешил у него перед глазами еще в Париже. Он с любопытством посмотрел на гондольера.

— Этот маленький — шпион? — спросил он у гондольера.

Гондольер не отвечал. Рыбаки крепко держали его за руки. Вильгельм пожал плечами.

— Отпустите его, — сказал он рыбакам, — и помогите мне добраться до Ниццы.

Только добравшись до Ниццы, Вильгельм обнаружил, что из трех пачек ассигнаций, которые ему всунул Александр Львович при прощании, осталась одна, самая жиденькая. Две, вероятно, вывалились при свалке в гондоле или их успел-таки вытащить гондольер.

Нечего было и думать о Неаполе, Броглио и Греции.

XIII

Везде носились слухи. На улицах шептались. В Пьемонте карбонарии, друзья вольности, восстали против иезуитов, судей, против короля. Король призвал ненавистных австрийцев. Австрийские войска, по слухам, приближались, чтобы раздавить вольность народную. Австрийцы, тудески[19], были всем ненавистны.

Вильгельм ненавидел их вместе со всеми и, проходя по улицам, чувствовал себя пьемонтцем.

XIV

...Я оставил Италию в грустном расположении духа. ...Слухи, распространившиеся в последние дни моей бытности в Ницце, о движениях Пиэмонтских Карбонариев, бунт Александрии и ропот армии, предчувствие войны и разрушения удвоили мое уныние... Гром завоет; зарев блески Ослепят унылый взор; Ненавистные тудески Ниспадут с ужасных гор: Смерть из тысяч ружей грянет, В тысяче штыках сверкнет; Не родясь, весна увянет, Вольность, не родясь, умрет!

...Здесь я видел обещанье Светлых, беззаботных дней: Но и здесь не спит страданье, Муз пугает звук цепей!

XV

И вот опять Петербург.
В Петербурге Вильгельм заметался.

---

[19] Тудески — немцы, австрийцы.

Прежде всего, у него не было ни гроша денег. Устинья Яковлевна сама перебивалась бог знает чем, из каких-то пенсионных крох. Между тем — Вильгельм ясно чувствовал — все его сторонились. Двое-трое постарались его и вовсе не заметить при встрече. Модест Корф еле кивнул ему. Зато Рылеев обнял его и крепко поцеловал.

— Слыхал, все о тебе слыхал, о тебе чудеса рассказывают. Расскажи о Германии, о Франции. Лекция твоя где? Записана? О Греции, о Греции что там слышно?

Вильгельм рассказывал охотно. Конспект его парижских лекций брали нарасхват и Вяземский, и Александр Иванович Тургенев, и даже болтун Булгаков. А голод смотрел ему в глаза.

Он пробовал сунуться по-прежнему в Университетский пансион, но там его приняли холодно и сказали, что нужно подождать. Он начал подумывать — не издавать ли журнал, но для этого нужны были деньги.

Наконец Вяземский и Александр Иванович Тургенев взялись хлопотать о нем.

Пока о нем хлопотали, Вильгельм уныло ездил к тетке Брейткопф. Там уже не бывало Дуни, она в этот год жила с матерью в Москве. К Софи он не ходил. Раз он встретил ее на улице — она ехала с кем-то в фаэтоне и громко смеялась; Вильгельм быстро, с бьющимся сердцем, свернул в переулок. Эту ночь он плохо спал. Он получил письмо от Софи, веселое, душистое. Как ни в чем не бывало Софи выговаривала ему, что он приехал и носа не кажет. Или он возгордился? Теперь о нем так много говорят... Вильгельма покоробило. Софи нынче к нему относилась как к занятной фигуре, теперь его можно показывать в салоне. Он порвал письмо, уткнулся в подушку, заплакал, но к Софи не пошел.

Зато часто бывал он у брата Миши. Брат Миша все больше привлекал его. Сухощавый, со строгим лицом, угрюмым видом, неразговорчивый, он и теперь, как в детстве, был полной противоположностью Вильгельма — отцовская натура, кровь старого немца Карла Кюхельбекера. Брата он любил нежно, но ничем старался этого не обнаружить. Жил он в Гвардейском морском экипаже, в офицерских казармах, ел и пил, как простой матрос, и уже начал дичиться всех окружающих. Он слегка прихрамывал: сломал себе ногу во время учебного плаванья. Матросы его любили, и часто Вильгельм заставал брата в разговорах с ними, когда они приходили за распоряжениями. Вильгельм и сам вступал с ними в разговоры. Матрос Дорофеев, рыжий веселый человек со вздернутым носом, полюбил с ним разговаривать — общих тем было много:

путешествия. Дорофеев ходил в кругосветное плавание, бывал и в Марселе и Гамбурге.

С каждым разом Вильгельм все больше убеждался, что прав был в любви своей к простонародности. Этот матрос с умными глазами, его товарищ Куроптев, приземистый, мрачный, знали уйму вещей и, верти цигарки в руках, неторопливо обдумывали ответы. Это были истинно серьезные люди. Серьезнее, чем Модя Корф.

Миша, как и Вильгельм, чуждался света. Свет был закрыт для обоих братьев — для одного по причине характера, для другого по причине его скромной карьеры. И, отторженные от света, в заботах о куске хлеба на завтрашний день, с трясиной вместо почвы под ногами, — потому что и деятельность одного, и служба другого зависели каждый день, каждый час от каприза какого-нибудь генерала или полицейского, — братья могли уйти только либо в себя, либо в какое-нибудь дело, которое бы их поглотило целиком. И это их сближало.

Александр Иванович Тургенев хлопотал. Он намекнул о Кюхельбекере своему патрону князю Голицыну. Князь Голицын, против всякого ожидания, отнесся к имени Кюхельбекера внимательно и прямо-таки удивил Тургенева готовностью устроить молодого человека. Через неделю он сказал Тургеневу, что единственный выход для Кюхельбекера — это поступить на службу к генералу Ермолову, который как раз теперь в Петербурге, только что прибыл с конгресса и скоро едет в Грузию.

Тургенев сказал об этом Вильгельму.

— Ах, ведь в Грузии теперь Грибоедов. Конечно, согласен. Хоть сию минуту.

И он внезапно спросил Тургенева:

— А скажите, Александр Иванович, ведь Ермолов должен был идти помогать Греции?

— Не вышло, — сказал Тургенев, — Меттерних угомонил царя.

Вильгельм задумался и повторил:

— Согласен и благодарен.

Новый план созрел у него в голове.

Ермолов был единственный генерал, который пользовался "народностью", популярностью среди молодежи. Он был "генералом молодежи". Правительство его подозревало в "честолюбивых замыслах" — попросту царь боялся, что Ермолов столкнет его как-нибудь с престола, и, пока что, отдал ему Кавказ — благо подальше. От Кавказа до Греции —

естественный путь. Что, если... Что, если Ермолов решится и сам пойдет в Грецию? Вся молодая Россия встанет за него.

Голова у Вильгельма закружилась.

Вот это значило идти в Грецию не с пустыми руками. Это уже было не "biribi" Александра Львовича.

Он крепко потряс руку слегка озадаченному Александру Ивановичу и выбежал от него.

— Как обрадовался, бедняга, — пробормотал Тургенев.

Голицын заинтересовался Кюхельбекером недаром. Он слышал это имя и имел основания полагать, что этим именем интересуется и еще кое-кто, чьим именем князь Голицын дорожил в тайниках души более, чем именем бога, которому молился не менее трех раз в день.

И имя Ермолова выплыло недаром. Князь Голицын заговорил о Вильгельме при встрече с министром иностранных дел Нессельроде. Нессельроде, сухой маленький немец, насторожился.

Назавтра он доложил царю:

— Ваше величество, коллежский асессор Кюхельбекер прибыл из-за границы и просит определиться на службу.

Царь вопросительно посмотрел на министра:

— А разве он не в Греции?

— Никак нет — пока еще нет.

— Я полагал по докладам, что он в Греции.

— Ваше величество, вследствие некоторых причин, которые вам известны, его, по моему крайнему мнению, следовало бы, подобно его другу Пушкину, подержать некоторое время подале.

Царь слушал с удовольствием.

— Как раз на днях князь Голицын передавал мне, что у него просили за Кюхельбекера. Я бы осмелился предложить следующее: здесь в настоящее время находится генерал Ермолов. Как ваше величество отнеслись бы к мысли направить этого беспокойного молодого человека в столь же беспокойную страну?

Министр смотрел ясными глазами в ясные глаза царя.

Царь склонил сияющую лысину.

— Да, только в Грузию — и никуда более. Подержать в Грузии и не выпускать. Переговорите, будьте добры, с Алексеем Петровичем.

19 сентября 1821 года коллежский асессор Вильгельм Карлович Кюхельбекер был официально зачислен на службу при канцелярии наместника кавказского, но еще 31 августа, не дожидаясь утверждения, он выехал с Ермоловым на Кавказ.

КАВКАЗ

I

Вильгельм в Владикавказе отстал от Ермолова. Он заболел и провалялся несколько недель на жестком тюфяке в плохой гостинице. В Тифлис он приехал в октябре 1821 года.

Встреча с Грибоедовым была радостная. Целую ночь друзья не спали и говорили обо всем сразу — о Европе, царе, Ермолове, карбонариях, Пушкине. Сидя в тонком архалуке, накинутом на белье, с рукой на перевязи (она была прострелена ранее на дуэли, а по дороге в Тифлис он сломал ее), Грибоедов расспрашивал друга, говорил медленно, смотрел на загорелое, исхудавшее лицо Вильгельма и улыбался ему.

— Что в Петербурге слышно?

— Все то же, милый, городские сплетни, мелкие пересмешники, я осмеян и презрен всеми — только ты да Пушкин. Я к тебе надолго приехал, я устал, нигде не могу осесть.

— Всенепременно, любезный друг, давай вместе жить. Здесь, по крайности, пунктум. Край забвенья. (Последние слова Грибоедов произнес почти с удовольствием.) Осмотришься здесь — полюбится.

— А кто здесь живет из любопытных людей? С кем ты водишься?

— Люди разные, как везде. Меня здесь не слишком любят. Завтра увидишь. Из любопытных кто же? Алексей Петровича знаешь, старик чудесный, хоть и с обманцем. Ты не очень от его любезностей распаляйся. Он как старая дама любезничает. Якубович еще здесь, да ведь ты знаешь, я с ним не вожусь.

Грибоедов невольно посмотрел на свою простреленную руку. (Руку эту прострелил Якубович на дуэли.)

Под конец Вильгельм нерешительно сказал Грибоедову:

— Знаешь, Александр, какой у меня план созрел: надо Алексей Петровича в Грецию двинуть.

— Как в Грецию? — спросил Грибоедов изумленно.

— Царь в Лайбахе продал греков. Нужно без царя справляться. Если Алексей Петрович в Грецию сам двинется, вся Россия с ним будет.

Грибоедов помолчал.

— Нет, — заговорил он недовольно, — ты это оставь. Дела в Европе плохи, у нас и того хуже. Знаешь, что Меттерних написал после Лайбаха? "Я обожаю ругательства тех людей, которым наступаю на ноги". Наступил на ноги Неаполю, карбонариев душит, зарежет и Грецию. Да и Алексей Петрович не пойдет. Ему не то надобно.

Вильгельм вскочил.

— О нет, Александр, как ты ошибаешься, я ведь всю Европу изъездил. Все колеблется. В Германии югендбунд растет, в Иене, Штутгарте умы кипят, в Париже карбонарии. Там я одного старика чудесного видел. Они на все готовы. Что там Меттерних, гнилой сластолюбец, перед вольностью!

Грибоедов смотрел на Вильгельма не отрываясь. На его смуглых, обтянутых щеках появился румянец. Вдруг одним движением он откинулся на подушки.

— Возмущение народа, дружок, — сказал он сухо, — не то, что возмущение в театре против дирекции, когда она дает дурной спектакль.

— Ах, Александр, поверь, — прижимал руки к сердцу Вильгельм.

Он стоял в одном белье посередине комнаты.

— Верю, — равнодушно сказал Александр, — верю, что тебе надобно немного остыть. Не то, несмотря на парижских карбонариев, тебя в колодки успеют посадить. Спи, дружок, — рассмеялся он, глядя на нескладного Кюхлю, который стоял огорченный и пылающий, в нижнем белье. — Завтра солнце рано разбудит.

II

Утром, после завтрака, который подал им, шаркая туфлями на босу ногу, слуга Грибоедова (его по странной случайности звали Александр Грибов), друзья отправились к Ермолову.

Странное зрелище являл Тифлис. Это была куча камней. На двух-трех главных улицах шла работа. Около широкого нового здания арсенала полураздетые солдаты вносили на леса кирпичи и плитняк, оседая под тяжестью носилок. Головы у солдат были покрыты мокрыми мешками — осеннее солнце еще пекло в Тифлисе; Тифлис — Тбилиси — жаркий город. Звук кирки, отбивавшей и выравнивавшей кирпичи, был в утреннем воздухе необыкновенно тонк.

— Здесь солдаты работают? — спросил Вильгельм у Александра.

— Здесь все солдаты, — ответил Грибоедов, — военнорабочие. Алексей Петрович нашим полковым командирам разрешил употреблять в работу своих солдат, скоро у всех командиров чудесные домики будут. Статским не угнаться — где ты дарового работника найдешь?

Они прошли мимо строящегося нового штаба. Рядом с плоскими домиками уже вытянулись новые дома. Плоские домики казались придавленными, обиженными.

— Как он смело новую столицу строит, — сказал Вильгельм.

"Он" — это был Ермолов. Когда Кюхля бывал в кого-нибудь влюблен, он по имени не называл. А он был всегда влюблен в кого-нибудь. На этот раз — в Ермолова.

— Да, пожалуй, слишком смело, — усмехнулся Грибоедов, — ни людей и ни денег не жалеет, а плана нет, да и многие новизны ни к чему, только жителей раздражают, ни удобства, ни красоты. Например, запретил строить крытый балкон вокруг всего дома. А навес доставляет тень. Разве здесь, в этом аду, без тени можно жить? Здесь без навеса кирпич растекается от жары.

— Так почему же он запретил?

— Да так, с маху все ломает.

Было еще рано к Ермолову. Они погуляли. Чем дальше от крепости, тем все тише становилось. Кривые, узкие улицы пересекали друг друга в полном беспорядке. Вонь от нечистот и отбросов стояла в воздухе. Стали попадаться пустые дома.

— Ну, дальше идти не стоит, дальше пустыри, — сказал Грибоедов.

— Отчего ж это? — слегка оробел Вильгельм.

— Боятся набегов; выселились поближе к крепости, она их, по крайности, выстрелами прикрывает. Тут чечня раз ворвалась. Резня была страшная. Теперь тише: Ермолов запугал. Собирает здешних или кабардинских князей, драгоманы у него наметанные, слова не смеют проронить, он их и пугает палками, виселицами, пожарами, казнями.

— Словами зверства смиряет, — сказал Вильгельм с удовольствием.

— Ну, — улыбнулся криво Грибоедов; неприятная черта легла вокруг его рта, — не только словами, но и вправду вешает и жжет. Здесь на прошлой неделе громкое дело было. Князь Койхосро-Гуриел полковника Пузыревского убил. Старик написал указ: не оставить камня на камне. И не оставили. И всех в селении вырезали.

Вильгельм смутился.

— Что ж делать, — торопливо сказал другим тоном Грибоедов, искоса взглянув на него. — По законам я не оправдываю иных его самовольных поступков, но вспомни, что он в Азии, здесь каждый ребенок хватается за нож.

Дом Ермолова был за крепостной стеной. Во дворе крепости шла обычная жизнь — перетаскивали недавно возвратившиеся орудия, строилась рота, а у крыльца ординарец отдавал распоряжения.

Вильгельм обратил внимание на кучу полуголых мальчиков лет двенадцати — пятнадцати. Одни играли, гонялись друг за другом с гортанным воплем. Другие понуро сидели и степенно о чем-то разговаривали.

— Кто это? — спросил Вильгельм.

— Это аманаты, заложники. У нас здесь так водится — отбирать аманатами детей, все дети лучших фамилий.

— Детей аманатами?

— Война, — усмехнулся невесело Грибоедов. — Старик раз захватил чеченцев — лучших пленниц выдал за имеретин, а прочих продал в горы по рублю за штуку.

Вильгельм опустил голову. То, что Александр рассказывал ему о "старике", пугало его. Тот любезный, остроумный, насмешливый Ермолов, в которого он влюбился по пути, был здесь, по-видимому, совсем другим.

Они вошли в дом. Ермолов занимал три небольшие комнаты. В передней комнате было уже несколько человек. Потолки были низкие, мебель сборная. У стены стоял огромный турецкий диван. Высокий немолодой офицер, с острым лисьим лицом и чахоточными взлизами черных волос на висках, разговаривал с равнодушным артиллерийским капитаном в чрезмерно длинном форменном сюртуке.

Александр познакомил их. Высокий был Воейков, капитан — Лист.

Из второй комнаты вышел молодой человек, очень стройный, гладко причесанный и приятный. Он сразу подлетел к Грибоедову и почтительно раскланялся.

— Александр Сергеевич, о вас уже Алексей Петрович изволил справляться. Алексей Петрович без вас скучает.

— Николай Николаевич Похвиснев, — представил Вильгельму молодого человека Александр.

Похвиснев жал руку Кюхле с усердием.

— А что, Алексей Петрович нас может теперь принять? — спросил Александр.

— Вам всегда можно, Александр Сергеевич, — обязательно ответил Похвиснев, — дозвольте только справиться.

И он опять скрылся во внутренние комнаты.

— Кто это? — спросил вполголоса Вильгельм.

— Чиновник приближенный, — поморщился Александр, — пикуло-человекуло.

Через минуту Похвиснев попросил их к Ермолову.

Ермолов сидел за столом. На столе лежали ведомости, исчерченная карта, приходо-расходная книга, а сбоку какой-то эскиз.

На стенах висели карты; бесконечное количество серых штрихов, сгущавшихся в темные круги; горы были пересечены голубыми и красными линиями.

Ермолов не был похож в эту минуту на тот портрет, который писал с него Доу. Мохнатые брови были приподняты, широкое лицо обмякло, а слоновьи глазки как будто чего-то выжидали и на всякий случай смеялись. Он сидел в тонком архалуке, распахнутом на голой груди; по груди вился у него курчавый седеющий волос. Он был похож немного на Крылова.

Завидя друзей, он встал и сразу оказался огромным. Он пожал добродушно руку Грибоедову, а Вильгельма обнял.

— Добро пожаловать, — сказал он глуховатым, но приятным голосом, — прошу покорно садиться.

— Как доехали, братец? — спросил он Вильгельма. — Здоровье как? — и с явным удовольствием посмотрел на него. — В Дариеле не испугались? Место ужасной наружности. Вот не угодно ли, рылся в старых бумагах и croquis[20] давний нашел — вот мое мастерство.

Рисунок Ермолова был верен, теней на нем почти не было, горы рисованы одними линиями.

— А я и не знал, что вы художник, Алексей Петрович, — сказал, улыбаясь, Грибоедов.

— Да вот поди ж ты, я и сам сначала не знал. — Он засмеялся. — Есть неожиданности в каждом человеке. Вот вы, поди, думаете, Вильгельм Карлович, что Жуковский поэт. И я это, положим, думаю, но уж, верно, не знаете, что Жуковский и бюллетени превосходно писал.

Вильгельм открыл рот:
— Какие бюллетени?

— Скобелевские, в двенадцатом году. Превосходные бюллетени. Писал, да по скромности скрывал. А тот и воспользовался незаслуженной славой. Ну-с, так как же насчет Греции? — лукаво спросил он Вильгельма, по-видимому поддразнивая и продолжая давнишний разговор.

— Это мы все у вас, Алексей Петрович, должны бы спрашивать.

---

[20] Эскиз (франц.).

101

— Не угодно ли, — сказал шутливо Ермолов Грибоедову, — друг ваш меня соблазнить до Владикавказа пытался. Перебросьте, говорит, войска в Грецию, Алексей Петрович, — вся Россия с вами. Ну, отвечаю, братец, тогда меня самого перебросят. — А ведь почти что и соблазнил, пожалуй, — засмеялся он вдруг открыто. — Еле отбоярился: что вы, говорю, братец, у меня на Кавказе хлопот много, где мне. Ведь вот с поэтами как.

Все трое смеялись. С Ермоловым было легко и свободно. Вильгельм смотрел на него влюбленными глазами.

— Но в чем меня Вильгельм Карлович до конца убедил, — сказал с хитрецой Ермолов, — так это в русской народности. Да, в русской народности, в простонародности даже, — и для поэзии, видимо, клады кроются. Эта мысль презанятная, и помнится, что и вы, Александр Сергеевич, что-то в этом духе говорили.

Грибоедов улыбнулся:

— Вильгельм Карлович, видимо, вас, Алексей Петрович, не только греком, но и поэтом по пути сделал, — сказал он.

—Нет, я стихотворений не пишу, где мне. Суворов и то какие дрянные стишки писал. Реляции могу. Ну, а как ваша рука, Александр Сергеевич? — сказал он, меняя разговор.

— Да все болит, лекарь хочет второй раз ломать.

— И ломайте, господь с вами. В Персию мы вас не отпустим, разве сами захотите. Я Нессельроду уже письмо написал. Будьте у нас здесь секретарем по иностранной части, и баста, и школу восточную заведете. — А что, персиян все изучаете? — опять заулыбался он. — Поди, изъясняетесь уже лучше шейхов? Давний у нас спор, — обратился он к Кюхельбекеру. — Не люблю Персию, и обычаев их не люблю, и слог ненавижу. А Александр Сергеевич защищает. Ведь у персиян требуется, чтобы все решительно, все до конца дописано было. Мы, европейцы, поставим несколько у места точек a la ligne, в строку, — и как будто есть уже какой-то сокровенный смысл, а у них письмо простое десять страниц займет.

Вильгельм насторожился.

— Как вы хорошо это сказали, Алексей Петрович. Ведь так Пушкин пишет: точки a la ligne.

Ермолов почти грациозно наклонил шалаш своих полуседых волос.

— Однажды я Садр-Азаму такое письмо написал, — грудь Ермолова заколыхалась от смеха. — "Со дня разлуки, — пишу ему, — солнце печально освещает природу, увяли розы и припахивают полынью, померк свет в глазах моих, и глаза мои желают переселиться в затылок". А терпеть друг друга не могли.

Друзья улыбнулись.

— А знаете их арабески, живопись? — спросил он и опять заколыхался. — Нарисуют, что у человека из зада дуб растет, он с него зубами желуди хватает. Глупо как, господи!

Вильгельм засмеялся и сказал:

— Ну, нет, Алексей Петрович, я с вами тоже не соглашусь. У Рюккерта персидские поэты прекрасны.

— Так то Рюккерт. Одно дело Восток неприкрашенный, с грязью и вонью, а другое дело, что мы из него делаем и как его понимаем. Европейцы и в поэзии и в политике Азию на свой лад перелаживают.

Вошел Похвиснев с делами.

Вильгельм и Александр стали откланиваться.

— Ну, на сегодня, к сожалению моему, не задерживаю. Дела, — сказал уже серьезно и вежливо Ермолов, — но милости прошу в любое время. Службою, надеюсь, у нас переобременены не будете. А стихи о кавказской природе, верно, скоро услышим.

Он взглянул в окно. На дворе стоял визг: двое аманатов передрались.

Вильгельм решился.

— Алексей Петрович, — сказал он тихо, — а где родители этих детей?

Ермолов живо обернулся и посмотрел на Кюхельбекера:

— Вы насчет аманатов? Друг мой, это дело не столько военное, сколько экономическое. Аманаты взрослые стоили прежде ужасно дорого; иной получал три рубля серебром в день. Я и начал брать ребятишек. Они у меня играют в бабки, а родители приезжают наведываться. Я их пряниками кормлю, и те, право, предовольны, и еще просеки мне заодно расчищают.

Он лукаво улыбнулся Вильгельму. Тот в ответ тоже улыбнулся ему смущенной улыбкой. Когда дверь за друзьями закрылась, Ермолов, перестав улыбаться, сел за стол. Перед ним стоял Похвиснев и выжидательно смотрел ему в глаза.

— Странный человек, — задумчиво сказал Ермолов, — Вильгельм Карлович Кюхельбекер — славянофил. Тогда уже не Кюхельбекером надо бы ему называться, а Хлебопекарем. — Он ухмыльнулся. — Василий Карпович Хлебопекарь. Так складнее, а не то противоречие получается.

Похвиснев почтительно смеялся у стола.

— Хлебопекарь, — повторил он тонким голосом, в восторге.

— Тут для вас пакет от князя прибыл, — сказал он осторожно, — от князя Волконского. Совершенно секретное.

Ермолов взял пакет.

— Можешь идти, мой друг, — сказал он Похвисневу рассеянно и насупил брови.

Начальник Главного штаба писал длинные реляции о транзитной торговле и учреждении нефтяных промыслов в Баку, а также о ходе мероприятий по усмирению Абхазской области, почтительнейше ставя в известность его высокопревосходительство о дальнейших видах правительства.

— Да, тебе там виднее, — проворчал грубо Ермолов и еле дочитал до конца.

В конце начальник штаба осведомлялся о молодом человеке, Вильгельме Карловиче Кюхельбекере, не сочтет ли возможным его высокопревосходительство употребить сего гражданского чиновника в делах, наиболее с риском сопряженных, ибо горячность сего молодого человека всем достаточно известна.

Ермолов встал из-за стола. Он знал, что это значило, и вспомнил разговор с Нессельроде. Он походил по комнате, раздумывая, потом подошел к столу. Так, задумавшись, постоял он с минуту. Брови его сдвинулись, нижняя челюсть выдалась вперед.

— Накося, выкуси, — сказал он вдруг и сделал кому-то гримасу. Лицо его прояснилось. — Так я тебе его под пулю и подведу. Наказателем никогда не был.

И сел писать ответ.

"Совершенно секретно.

Ваше высокопревосходительство,

любезный князь, —

писал Ермолов крупным, но изящным почерком, — секретное отношение ваше за No 567 получил, на каковое спешу уведомить вас, что касательно замирения Абхазской области выработан мною особый план, коего за недостатком места, а также совершенно особой секретности излагать не полагаю возможным...

...Учреждение нефтяных промыслов как предприятие первой важности государственной...

...Что же относится до г. Кюхельбекера, то он только сегодня по болезни, приключившейся с ним во Владикавказе, прибыл. Полагаю, вследствие недостаточной опытности, сего чиновника в делах наиболее важных пока не употреблять, как требующих наиболее хладнокровия".

Ермолов посмотрел на письмо и полюбовался:

Вот и разбирайся, любезный князь. И подписался:

"Преданный вашего сиятельства слуга

Ермолов".

Он положил бумагу Волконского в папку "Секретные", потом вздохнул, застегнулся и вышел из комнаты.

Когда Похвиснев зашел через полчаса в комнату, таи никого не было. Крадучись, он подошел к столу, разыскал папку, прочел письмо Волконского и задумался.

III

И Александр и Вильгельм слушались совета Ермолова и не очень обременяли себя работой. По утрам ездили кататься, вечерами ходили в собрание или сидели на балконе, смотрели на кавказские предгорья и слушали, как внизу быстро и картаво говорили между собою хозяйки, рассказывая тифлисские новости за день. Неслышно шаркал туфлями слуга Александр и, переставляя что-то, напевал себе под нос. Ночью Грибоедов подходил к фортепиано, начинал наигрывать, а потом присаживался и играл Фильда часами. Фортепиано было особого устройства, потому что правая рука Грибоедова была прострелена на дуэли. Якубович нарочно прострелил ее, чтобы Грибоедов не мог больше играть.

Раз Грибоедов сказал Вильгельму, смущаясь:

— В собрание идти рано, хочешь, почитаю тебе из своей новой комедии.

По тому, как Грибоедов часами стоял задумавшись у окна, грыз перо в нетерпении за какими-то таинственными бумагами, по его бессоннице Вильгельм знал, что Александр сочиняет. Но теперь он заговорил в первый раз с Вильгельмом об этом.

— Моя комедия — "Горе уму", комедия характерная. Герой у меня наш, от меня немного, от тебя побольше. Вообрази, он возвращается, как ты теперь, из чужих краев, ему изменили, ну, с кем бы, ну, вообрази Похвиснева хотя бы, Николая Николаевича. Аккуратный, услужливый и вместе дрянь преестественная — вот так. Отсюда и катастрофа, смешная, разумеется.

Он прошелся по комнате, как бы недовольный тем, что говорил.

— Но не в этом дело, — сказал он. — Характеры — вот что главное. Портреты. Пора растрясти нашу комедию, где интрижка за интрижку цепляется, а человека нет ни одного — все субретки французской комедии. Ты понимаешь, в чем дело, — остановился он перед Вильгельмом, — не действия в комедии хочу, а движения. Надоела мне завязка, развязка, все винтики вываливаются из комедии нашей. Портреты, и только портреты, входят в состав комедии и трагедии. Я столкну героя с противоположными характерами, я целую галерею портретов выведу, пусть на театре живет.

Вильгельм напряженно слушал.

— Какая простота замысла, — сказал он, — как просто ты этим революцию на театре сделаешь. Но как ты се сделаешь? Я долго думал и о комедии, и о лирике нашей. Ведь надоело же и мне без конца писать воздыхательные элегии. Сам знаю, что все их на один манер пишут. Да как французской субретке не быть на сцене, когда язык наших пьес изнежен, он только для субретки и годится. И я рад бы элегию бросить, не все же вздыхать о потерянной молодости, а начнешь писать — выйдет элегия. Сам язык так и подсказывает элегию.

— А Крылов? — спросил вдруг Грибоедов. Вильгельм не понял.

— А Крылов, — повторил Грибоедов, — а Державин? Разве у них язык нежный? — Глаза у него загорелись. — Друг мой, пока мы будем эту карамзинскую канитель тянуть, толку не будет. Язык наш должен быть либо грубым и простым — с улицы, из передней, — либо высоким. Середины ни в чем не терплю. Алексей Петрович, я знаю, говорит, что у него от моих стихов скулы болят. Пускай лучше скулы поболят, чем литература. Даже излишняя точность в стопосложении — то же жеманство. Писать надо как жить: свободно и свободно.

Вильгельм радостно слушал.

— Я сам об этом уж думал, брат, — сказал он тихо. — О, как я понимаю это. Они все пишут у нас, как иностранцы, слишком правильно, слишком красиво. В Афинах древних одна торговка признала иностранца только потому, что он говорил слишком правильно. — Я все понял! — крикнул он и вскочил. — Я теперь знаю, как мне писать мою трагедию!

— А ты пишешь трагедию? — спросил Грибоедов внимательно.

— Да, но только не для печати. У меня в трагедии — убивают тирана. Цензуре не по зубам.

— В моей комедии я тоже, кажется, убиваю тирана, — сказал медленно Грибоедов, — любезное мое отечество — драгоценнейшую Москву. Там ведь дядюшка мой балы задает, а впрочем, большего и не желает.

106

Он начал читать.

Вильгельм сидел как прикованный. Щеки его горели. Молодой человек на балу, которого никто не слушал, яд которого был растрачен впустую в залах, — Кюхля видел то Александра, то самого себя. Грибоедов читал спокойно и уверенно, легким жестом сопровождая стихи.

Когда говорил Чацкий, голос Грибоедова становился глуше, напряженнее, он декламировал Чацкого и читал остальных.

— Как? — спросил он.

Вильгельм бросился его обнимать, растроганный, с растерянным взглядом.

Грибоедов был доволен. Он подошел к фортепиано и стал что-то наигрывать. Потом снял очки и вытер глаза.

Когда он обернулся, лицо его было светло.

— Ты понимаешь, Вильгельм, — сказал он, — у меня это было задумано все гораздо великолепнее, и все имело высшее значение; но что делать, люблю театр, разговоры театральные, суетню — смертная охота видеть мое "Горе" на сцене — и кое-где уже порчу, подгоняю к сцене. Вот. что, хочешь кататься?

IV

Когда Вильгельм входил в собрание, насмешливые взгляды провожали его. Долговязый немец, сгорбленный, с выпуклыми, блуждающими глазами, резкими движениями и быстрой, путаной речью, был загадкою для Николая Николаевича Похвиснева.

Посмеиваясь над Вильгельмом в его отсутствие, Похвиснев вел себя особенно сдержанно и учтиво при встречах и почему-то не смотрел прямо в глаза. Присутствие Грибоедова, натянутого, как струна, всех сдерживало.

Раз в собрании появился высокий полный майор с большими черными усами. Глаза его, огромные и неподвижные, и все лицо, желто-смуглое, как маска, были необычайны. Он вежливо и слегка небрежно поздоровался с Грибоедовым и быстро прошел во внутренние комнаты, где шла игра.

— Кто это? — спросил Вильгельм Александра. — Якубович, — неохотно ответил Грибоедов.

Так вот он, Якубович, герой воображения Пушкина и его, этот дуэлист безумный, храбрец мрачный!

— Что, "роковой человек"? — криво усмехаясь, проговорил Александр. — Хочешь, расскажу тебе его последний подвиг? Тут у Баксана войско заходило в тыл горцам, пришлось им пройти горную щель, здесь очень узкие горные щели. Поодиночке проходили. Якубович спуститься спустился, а в щели застрял. За ноги пришлось тянуть. Изодрали на нем сюртук, пуговиц почти не осталось. Представляешь картину? — Он с удовольствием засмеялся. — Теперь эту щель дырой Якубовича зовут.

Вильгельм не мог привыкнуть к этой манере Александра. У Вильгельма с детства были герои воображения, он "влюблялся" то в Державина, то в Жуковского, то в Ермолова. И каждый раз, когда приходилось Вильгельму, по модному выражению, "разочаровываться" в герое воображения, это было для него больно и трудно; Александр же, как только замечал, что Вильгельм "влюблен", тотчас обливал его, как холодной водой, насмешкой. Вильгельм слышал иногда, как стонет Александр во сне, он видел по вечерам его сухие, без слез глаза — и прощал ему все, но при каждой насмешке Александра становился грустен. Александр знал, как действуют охлаждающие речи на Вильгельма, но говорить иначе о людях не хотел и не мог. Ему доставляло даже тайное удовольствие слегка мучить беззащитного перед ним друга. Чувства его быта неизменны, как всегда, и, как всегда, видимые поступки им противоречили.

В собрание вошел Ермолов с Похвисневым и двумя военными. При Ермолове все подбирались, военные ходили особенно ловко, статские были особенно остроумны. Ермолов был на этот раз не в духе. Он с учтивою улыбкой пожимал руки направо и налево, но улыбка показалась на этот раз Вильгельму почти неприятной и, пожалуй, неестественной. Ермолов быстро прошел в свою комнату. В собрании была небольшая комната с турецкой оттоманкой, широкими креслами и круглым столиком, в которой Ермолов игрывал в карты с молодежью.

Он сел и насупился. Похвиснев, задержавшись на секунду в первой комнате, уже успел шепнуть о каком-то рескрипте, не очень милостивом, который Алексей Петрович получил. И сразу же скользнул за Ермоловым.

— Зови, дружок, Грибоедова, Воейкова, — сказал Ермолов брюзгливо, — и Хлебопекаря пригласи.

— Вы, господа великолепные, — сказал он все с той же сегодняшней неприятной улыбкой, обращаясь к входящим, — не хотите ли со мной поскучать?

Он был слегка тревожен, и шутка не удавалась.

— А вы торжествовать можете, — обратился оп к Грибоедову, — рескриптец получил насчет Персии — беречь ее пуще России. Пускай, мне не жалко. Это там Дибич и Паскевич советчики. Посмотрим, куда Россия на двух ваньках уедет.

Каламбур удался, все засмеялись, и Ермолов повеселел. И Паскевича и Дибича звали Иванами.

Грибоедов поморщился. Паскевич приходился ему свойственником, и покровительством его он пользовался, хоть и неохотно.

— А разве вы их, Алексей Петрович, ровнями считаете? — спросил он недовольно.

— Ах, батюшка, — захлопотал Ермолов, — да ведь я с молодости обоняния лишен: для меня что роза, что резеда — все едино. Нет, в самом деле, чего они от меня хотят ("они" у Ермолова было и правительство, и царь, и Петербург вообще), — я ничего не прошу, ничего не требую, забрался в глушь, все им предоставил и наград не прошу, только бы меня в покое оставили.

— Вот вы, Николай Павлович, — обернулся он к Воейкову, — мемуары будете писать — так обо мне и запишите: дескать, ничего не хотел, только бы в покое оставили.

Похвиснев раздал карты. Ермолов держал карты, сощуря правый глаз; когда бил карту, щурил его еще больше. Он любил выигрывать.

— А жаль, — вдруг лукаво повернулся он к Грибоедову, — ей-богу, жаль, Александр Сергеевич, что рескриптцы мне пишут. Повоевать бы с Персией, Турцией да Хиву с Индией прихватить — ей же богу, недурно было бы.

Он поддразнивал Грибоедова.

— Алексей Петрович, — сказал Грибоедов, — вы только по недоразумению не Петр Алексеевич, греческий проект его вы хорошо усвоили.

— И недурная, братец, мысль, — сказал почти равнодушно Ермолов, — торговля, торговля восточная нужна нам, без нее зарез. Вы поглядите, сколько англичан в Тифлисе копошится. Не для моих глаз наехали. Персия, Турция, Хива, а там Индия — пойдем, братец, — как полагаете? Надо колеи поглубже нарезать.

— Не жертвуйте нами, ваше превосходительство, ежели вы объявите когда-нибудь войну Персии, — сказал, холодно улыбаясь, Грибоедов.

Ермолов пожал плечами:

— Эх, братец, все равно ничего не будет, не извольте беспокоиться.

— "Они"? — поддразнил Грибоедов.

— "Они", — сказал Ермолов, притопывая ногой, — "они", скучни тягостные. В Тильзите я напротив "него" сидел. Что вы, говорит, Алексей Петрович, такой вид имеете, будто порфиру вам надевать? — Так, отвечаю, и должно бы быть. Гляжу — побледнел, и сразу закончил: при всяком другом государе.

Он любил при молодежи эти шутки. Царь, который боялся его и ненавидел, был обычным их предметом. Воейков, пристально, глядя на Ермолова, сказал:

— Государство восточное — величайшая идея, вся Азия тогда с нами. Но воображаете ли вы, Алексей Петрович, "коллежского асессора по части иностранных дел" в порфире царя восточного?

"Коллежским асессором" называл Пушкин царя. Это словцо ходило по всей России.

— Отчего же? — сказал Ермолов и прищурился. — Из порфиры можно мундир сшить. А вы, Вильгельм Карлович, — переменил он вдруг разговор, обратясь к Кюхельбекеру, — что же невеселы?

Вильгельм сказал глухим голосом:

— Человечество устало от войн, Алексей Петрович.

— Вот тебе на, — сказал Ермолов и развел руками, — а сам меня в Грецию звал.

— То Греция, то другое дело. Война за освобождение Эллады не то, что война за приобретение выгод торговых.

Ермолов нахмурился.

— А я вам говорю, — жестко сказал он, — что за Грецию воевать только для того бы стоило, чтоб Турцию к рукам прибрать. Что греки? Греки торгуют губками.

И Эллады особой нигде не вижу. Эллада — рифма хорошая, Вильгельм Карлович: Эллада — лада. А может, и — не надо.

Вильгельм вскочил:

— Вы шутите, Алексей Петрович. Но грекам, бьющимся за освобождение, сейчас не до шуток.

Ермолов улыбнулся:

— Горячи вы, Вильгельм Карлович. Каждый делает, что может. Я вот, например, смеяться могу и смеюсь, а то бы, верно, плакал.

Все замолчали, и бостон начался. Вильгельм и Александр шли домой молча.

— Не люблю я этих особ тризвездных, — сказал Александр.

— Захотелось ему пойти войной на Персию — изволь расплачиваться.

Вильгельм шел понуро. Он думал о своем.

"Греция" не удавалась.

Их догнал Воейков, он был взволнован.

— Я вас провожу немного, — сказал он и заговорил тихо и как будто смущаясь: — У вас, Вильгельм Карлович, проект насчет Греции. У меня тоже есть один проект. Вот Алексей Петрович говорит насчет Хивы, Бухары, Индии. Не кажется ли вам эта мысль великою?

— Нет, — резко ответил Грибоедов, — должно соблюдать границы государственные. Нельзя воевать вечно.

— Восток, великое государство восточное, — говорил тихо Воейков, и чахоточное лицо его было бледно, — это мысль Александра Великого. Разумеется, не нашего Александра, не Первого. Я вам довериться могу, — добавил он волнуясь, — нужно восточное государство под властью Алексея Петровича.

Грибоедов остановился пораженный.

— Династия Ермоловых?

— Династия Ермоловых, — выдержал его взгляд Воейков.

Они прошли несколько шагов молча. Потом Грибоедов сказал спокойно:

— А как же с наследником будет? Нужно Алексея Петровича женить спешно.

V

Вильгельм больше не ходил к Ермолову. Ему стала неприятна его улыбка, он боялся услышать глуховатое и приятное "братец". Дел было мало, и друзья много гуляли и катались. Вильгельм свел дружбу с Листом. Когда серый капитан смотрел на него умными глазами, Вильгельм вспоминал туманно отца, тоже высокого немца в сером сюртуке, строгого и грустного. Капитан жил за городом, и Вильгельм часто скакал к нему на горячем жеребце, которого обязательно ему достал услужливый Похвиснев. Похвиснев последнее время непрестанно терся около Вильгельма, искал его общества, услуживал ему. Это стало казаться подозрительным Грибоедову. Он предупреждал Вильгельма:

— Милый, не водись ты с этим пикуло-человекуло. Он тебя при случае задешево продаст.

Но Вильгельм, мнительный во всем, что касалось

насмешек, был к людям доверчив. А впрочем, дело, по-видимому, объяснялось тем, что Похвиснев и вообще любил услужить. Александр подумал и бросил предупреждать Вильгельма. Он тоже ездил с Вильгельмом к Листу. Там были хорошие, уединенные места. На Куре, версты три-четыре вниз по течению, был островок, на островке сад, огромный, запутанный, с лабиринтами виноградных аллей. Сад принадлежал старому пьянице Джафару. Джафар встречал их с большим достоинством. С утра он был трезв и важен, как владетельный принц. Рылся в саду, где работали его сыновья, но больше для виду. Грибоедова он уважал потому, что Грибоедов знал арабский язык, Листа за то, что тот был военный, а на Вильгельма обращал мало внимания. Когда приятели появлялись, Джафар широким жестом приглашал их к каштану.

Под каштаном, огромным, вековым, было прохладно, водопровод журчал вблизи однообразно.

Вот он, истинный край забвенья.

Здесь Лист забывал о своей невеселой солдатской жизни, о старухе матери, которая жила на Васильевском острове в Петербурге; пыхтя неизменной трубкой, он рассказывал друзьям о походах. Он вспоминал, как отбивался от десяти человек Койхосро-Гуриел, как отрубил ему офицер правую руку и как убил себя старик левой рукой. Вильгельм слушал его невеселые рассказы с содроганием. Капитан рассказал раз, как Ермолов образумил немецких сектаторов. Сектаторы жили в Вюртемберге. Они верили, что второе пришествие приближается, что бог придет через Грузию, из Турции или из Персии. Их выселили в Россию и поселили на Кавказе. Тогда Ермолов предложил им выбрать доверенных, отправить в Персию и Турцию и удостовериться, началось ли там пришествие. Через месяц депутаты вернулись, измученные, ободранные, голодные. С тех пор в немецкой колонии в пришествие больше не верили.

Капитан сидел с друзьями мало, у него была хлопотливая служба. Раз Грибоедов сказал Вильгельму, сидя под старым каштаном:

— Не могу я так дольше жить, я в обыкновенные времена, милый, совсем не гожусь. Знаешь, Ермолов говорит, что я на Державина похож — во всем, в стихе и в жизни. Это у него комплимент лукавый. Он Державина считая самым беспокойным и негодным человеком во всей России. Люди мелки, дела их глупы, душа черства.

В это утро Грибоедов был тревожен, раздражителен, о чем-то думал.

— Чувствую, — ответил Вильгельм, — что и мне здесь не усидеть. У меня есть один признак, он никогда меня не обманывал: тоскую по родным. Как ты думаешь, Александр, — зашептал он, тревожно глядя на Грибоедова, — а нельзя ли отсюда бежать в Грецию? Милый, помнишь Пушкина: "Жаждой гибели горел". Как Пушкин это понимает.

Грибоедов повторил глухо:

— Жаждой гибели. А время летит, в душе горит пламя, в голове рождаются мысли, и между тем я не могу приняться за дело, ибо науки идут вперед, а я не успеваю даже учиться, не только работать. Что за проклятие над нами, Вильгельм? Словно надо мной тяготеет пророчество: и будет тебе всякое место в предвижение.

— Едем домой, — заговорил Вильгельм, — едем на север, здесь от бездействия погибнем. Не все же шататься по большим дорогам.

— Хочешь — скажу, отчего гибну, — не слушал его Грибоедов. — Милый, я гибну от скуки. Толстобрюх Шаховской мне раз сказал: "Голубчик, все, что пишешь, превосходно, но скука движет твоим пером". Как скучно! Какой результат наших литературных трудов по истечении года, столетия? Что мы сделали и что могли бы сделать?

Вильгельм вскочил, заходил взад и вперед. Вдруг оп остановился перед Грибоедовым. Слезы стояли у него на глазах.

— Я готов на преступление, на порок, но только не на бессмысленную жизнь. Куда бежать?

Грибоедов тоже поднялся с травы.

— Бежать некуда. Край забвенья — и то хорошо. Проживем как-нибудь. Не в Москву же ехать, на вечера танцевальные, не в журналы же идти, в сплетни и дурачества литературные. — Он усмехнулся. — У меня дядюшка на Москве спит и видит, когда уж я статским советником стану.

VI

Однажды Вильгельм и Александр услышали на улице необычайный шум. Они выглянули в окно. Люди бежали к крепости. Хозяйский мальчик, полуголый, отчаянно выворачивая пятки, бежал что есть духу. Грибоедов спросил:

— Что такое случилось?

— Джамбот, — крикнул ему пробегавший армянин. — Джамбот приехал, — оскалил зубы другой.

Грибоедов молча и серьезно стал застегиваться.

— Пойдем поскорее, — сказал он Вильгельму, — будет серьезное дело.

Кучук Джанхотов был самый богатый владелец — от Чечни до Абахезов его имя гремело. Старый Кучук был большой дипломат, он вовсе не хотел рисковать скотом и пастбищами. Поэтому он был в дружбе с Ермоловым. Его ясыри, когда им встречался отряд чеченов, с понурыми головами переносили насмешки. Кучук отлично помнил, как Ермолов преспокойно угнал пятнадцать тысяч голов скота из соседнего аула за то, что тот пропустил закубанцев. Поэтому он и сына своего Джамбулата всячески старался приблизить к Ермолову. Джамбулат, или, как все черкесы его звали, Джамбот, был его единственным наследником. Но Джамбот был из другого теста. Он, правда, был у Ермолова в персидском его посольстве, но повел себя с персами так таинственно, у них завязались какие-то такие переговоры, что Ермолов его из Персии должен был выслать. И когда закубанцы снова вторглись, — Джамбот оказался одним из их главарей. Это была большая неприятность. Он был знаменит по всей Чечне, по всей Абхазии. На скаку он попадал в орла и шашкой срубал голову молодому быку. Слава Джамбота росла. Все кабардинские девушки знали песню о нем, и сам Ермолов имел удовольствие в последний свой проезд слышать, как одна стройная девушка в сакле пела песню, каждое второе слово которой было "Джамбот". С тех пор как закубанцы были разбиты, Джамбот жил у отца.

Ермолов уже с неделю послал Кучуку очень ласковое письмо, в котором просил самого Кучука с Джамботом, сыном его, приехать к нему для переговоров об одном чрезвычайно важном деле, причем обещал мир Кучуку. Посмотреть на молодого Джанхотова хотелось всем — поэтому и бежали.

Друзья поспели как раз в тот момент, когда Кучук с сыном въезжали в крепость. У крепостных ворот стояла толпа, которую в крепость не пропускали. Кучук и Джамбот ехали медленно. На старике была огромная белая чалма — он был в Мекке и Медине; другие, не столь знатные владельцы ехали поодаль, простые уздени впереди. Джамбот ехал рядом с отцом. Одет он был великолепно: цветная тишла покрывала его панцирь, сбоку — кинжал и шашка, седло богатое, за спиною был колчан со стрелами.

Вильгельм жадно смотрел на него. Лицо Джамбота было длинное, узкое, почти девичье, глаза живые, коричневые. Он ехал легко и лениво.

Перед воротами они спешились и отдали коней узденям. Вильгельм и Грибоедов протеснились во двор. Ермолов стоял у крыльца со свитой. Лицо его было насуплено, он несколько понурил слоновью шею и опирался одной рукой на шашку. Перед ним стоял толмач, робкий человек в меховой шапке. Направо выстроилась рота крепостных солдат. Завидев Кучука и Джамбота, Ермолов сделал шаг вперед и остановился.

Кучук низко ему поклонился, приложив руку ко лбу, губам, груди. Ермолов наклонил голову. Начались приветствия. Толмач переводил старательно. Потом Кучук отошел в сторону. Место его занял Джамбот. Походка его тоже была гибкая, как у девушки, он чуть поклонился Ермолову и произнес обычное приветствие.

Ермолов стоял неподвижно.

— Скажи ему, — сказал он толмачу, — мне приятно видеть сына моего друга, Кучука Джанхотова, но мне приятнее было бы его видеть у себя два месяца назад, когда он был у закубанцев.

Толмач перевел. Джамбот что-то сказал, легко и быстро, как все, что он делал.

— Он говорит, — сказал толмач, — что надеется на дружелюбие генерала.

Ермолов насупился.

— Очень рад раскаянью, — сказал он глуховатым голосом, — но за старое должен расчесться. Пусть отдаст кинжал и шашку.

Толмач задрожал мелкой дрожью и еле слышно сказал что-то.

Джамбот сделал полшага вперед. Шея его вытянулась, тело подалось вперед. Лицо медленно и густо начало краснеть.

Грибоедов, разговаривавший с Кучуком, ловко повернулся и спиною заслонил от него и Ермолова и Джамбота. Старик говорил медленно и важно, почти спокойно, но глаза его, смотрящие на Грибоедова, были полузакрыты, а лицо побледнело.

Вильгельм протиснулся и стал рядом со свитой. Неподалеку стоял Якубович, неподвижный, как статуя, поблескивая черными глазами.

Джамбот сделал одно резкое, короткое движение: он схватился за рукоять кинжала. Рядом с Вильгельмом стоял Воейков. Он выхватил пистолет и взвел курок. В тот же миг

115

двое-трое из свиты обнажили сабли. Ермолов вскинул на них глаза и остановил их движением руки. Он стоял тяжело, неподвижно опираясь на длинную шашку правой рукой.

Джамбот змеиным движением тянулся к нему. Лицо его было изжелта-бледно, белые зубы оскалились. Узкими коричневыми глазами он тянулся к холодным серым глазкам Ермолова.

Потом вдруг одним движением он задвинул кинжал и крикнул какое-то слово. Голос был пронзительный и сдавленный. И, вытянув худую руку по направлению к кавказским предгорьям, он стал кричать в лицо Ермолову.

— Переводи, — сказал Ермолов бледному толмачу.

Толмач замялся.

— Переводи! — рявкнул Ермолов, и ноздри его раздулись. — Все переводи.

— Он называет ваше превосходительство, — бормотал толмач, — шакалом и трусом, он говорит о подлости вашего превосходительства.

Джамбот кричал.

Кучук машинально схватил за руку Грибоедова, слушал, и голова его тряслась.

— Взгляни, — кричал Джамбот, — на горы, вспомни, что это те самые места, на которых в прах растерли наши предки Надир-шаха. А Надир-шах — это не ты, шакал, это не ты, собака!

Толмач переводил, запинаясь.

— Это не русская погань, трусы, поджигатели! — кричал Джамбот. — Кто трусливее, тот начальник у вас, кто подлее — паша. Самый большой трус и самый подлый человек — ваш слабосильный повелитель. Мы вас столкнем с гор, как засохшую грязь.

Толмач замялся.

— Переводи.

Он перевел кое-как, бормоча, пропуская слова.

Ермолов молчал, насупясь. Вдруг он кивнул ротному командиру. Тот отделился от роты и вытянулся во фронт.

— За оскорбление публичное верховной власти, — сказал Ермолов, — застрелить.

Пять солдат со штыками вперед двинулись на Джамбота.

Легкий вздох пронесся над свитой. У ворот кто-то закричал пронзительно. Вильгельм взвизгнул. На миг перед ним промелькнуло неподвижное лицо Якубовича с остановившимися глазами. Он бросился между Джамботом и солдатами. Он поднял руку вверх и что-то закричал не своим, чужим голосом.

Тогда Ермолов, вдруг ощетинясь, шагнул к нему, схватил его за руку и просипел в лицо:

— Вы с ума сошли. Прочь отсюда.

Он обхватил огромной ладонью руку Вильгельма и быстро повлек за собой на крыльцо. За ним двинулись Воейков, Похвиснев. Ермолов закрыл за собой дверь, толкнул Вильгельма на диван, быстро и ловко налил воды и поднес ко рту. Зубы у Вильгельма стучали, глаза, дико вылупленные, озирались. Ермолов сказал, отчеканивая слова и глядя в упор на Похвиснева и Воейкова:

— Господин Кюхельбекер подвержен нервическим припадкам.

Во дворе раздался залп.

Вильгельм, отстранив Ермолова, выскочил. Грибоедов, белый как мел, с трясущейся челюстью, обнимал старика. Старик был почти спокоен. Голова его свесилась на грудь, он что-то шептал беззвучно, может быть молился.

В углу двора копошились солдаты. Перед крепостью не было ни одного человека.

Ночью Грибоедова разбудил странный, лающий звук. Вильгельм рыдал, лая и всхлипывая, вцепившись в железо кровати.

VII

Ермолов ничего никому не доложил о поведении Вильгельма. Только кланялся ему быстрее да улыбался принужденнее. Зато Похвиснев стал к Вильгельму особенно внимателен. Он был услужлив без меры. Он показал Вильгельму отличные места для прогулок. Пустынные, молчаливые, неприступные. Эх, когда жизнь не дается, — пустить коня и лететь во весь опор, предавая буре дух, — какая радость!

Лист однажды сказал Вильгельму:

— Не катались бы вы по этой дороге, Вильгельм Карлович.

— Отчего?

— Чечен подстрелит.

— У меня пистолеты. Лист покачал головой.

Выезжая однажды, Вильгельм встретил Якубовича. С Якубовичем, к большому неудовольствию Грибоедова,

Вильгельм в последнее время часто встречался. Якубович приехал из Карагача в командировку и отчего-то в Тифлисе задержался. Он тоже частенько катался и, мрачный, громадный, на своем черном карабахском жеребце, напоминал Вильгельму какой-то монумент, виденный им в Париже. Якубович внимательно посмотрел на Вильгельма и сказал отрывисто:

— Провожу вас, вы куда?

— Сам не знаю.

— Джигитуете?

Они пустили лошадей рысью. У ног горная дорога обрывалась, внизу была долина.

— Я вас в крепости наблюдал, — сказал медленно Якубович. — О вас ходят разные слухи. Я люблю людей, о которых ходят слухи. Но вы не правы. Война и казнь — еще не худшее.

Вильгельм вскинул на него глаза.

— Что вы хотите сказать, Александр Иванович?

— Война в нашем обществе — это отдых. Можно ни о чем не думать.

Он покрутил черные усы.

— Я в России жить не могу, — сказал он и нахмурил густые брови. — Я только на губительной войне оживаю. Свист свинца один заставляет забывать притеснения. Вот почему я рад, что меня на Кавказ сослали. Не все ли равно мне, где пуля поразит мою грудь?

— Вы озлоблены, Александр Иванович, — робко сказал Вильгельм.

Якубович круто повернулся в седле.

— Я озлоблен? — сказал он и сверкнул глазами. — Не озлоблен, а задыхаюсь от жажды мщения. Я приказ о разжаловании всегда с собой ношу.

Он вынул из бокового кармана потрепанную бумагу и потряс ею в воздухе.

— Если бы царь знал, что он себе готовит этою бумагою, он бы меня из гвардии сюда майором не перевел. Вильгельм Карлович, — сказал он, меняя разговор, но все с тем же выражением лица, — я решаюсь открыть тайну.

Вильгельм весь обратился во внимание.

— Я пишу одну записку, имеющую некоторую цель. Единственный человек, которому можно бы показать ее и который бы ее понял, — мой враг. Вы знаете, о ком я говорю.

Вильгельм кивнул головой. (Якубович говорил о Грибоедове.)

— О ней знает только Воейков, — продолжал таинственно Якубович. — Я пишу о притеснениях крестьянства, разврате чиновников, невежестве офицеров и высочайше. предписываемом убиении моральном солдат.

Черные глаза Якубовича налились кровью, крупные ноздри раздулись. Он вдруг пустил коня вскачь, некоторое время ехали молча.

— Александр Иванович, — заговорил Вильгельм, — я сам долго об этом думая, я каждую слезу простонародную замечаю, но я выхода никакого не могу сыскать.

Они проезжали по крутому обрыву. Якубович остановил коня.

— Мне надо возвращаться, Вильгельм Карлович, — медленно сказал он. — Вы хотите знать выход? — Ноздри его опять раздулись. — Надобно лечить с головы. Джамбот давеча правду сказал о слабосильном повелителе. Первый выход, мною открытый, — полное уничтожение императорской фамилии. Прощайте.

Он повернул коня и ускакал рысью.

Вильгельм долго смотрел ему вслед. Потом, как будто его кто-нибудь подстегнул, он дал шпоры коню и понесся вперед, не смотря, не думая, ловя открытым ртом ветер.

Он скакал долго. Уже темнело. Конь вдруг запнулся и шарахнулся. Вильгельм огляделся. Перед ним были незнакомые места. У обрыва шли пески. За кустом мелькнуло дуло винтовки, и над головой его просвистала пуля.

Потом раздался хриплый голос, на дорогу выскочил человек в высокой шапке и прицелился в Вильгельма. Вильгельм вытащил пистолет из-за пояса.

VIII

Грибоедов сидел на балконе, дверь в комнату оставалась открытой. Сумерки опускались. Перед его глазами меркли предгорья — балкон выходил на север. Он сидел без очков, взгляд у него был растерянный, потом он обернулся и посмотрел в глубь темной комнаты. В глубине комнаты возился слуга со свечами. Медленно и лениво он устанавливал их в шандалы, чиркал огнивом, зажигал и шаркал туфлями. Меньше всего он интересовался самим Грибоедовым. Он напевал потихоньку:

Да какова, братья, неволя, Да и кто знает про нее.

Грибоедов смотрел на него в упор. Александр Грибов был его молочный брат. Пятнадцать лет человек этот жил с ним, пятнадцать лет они не замечали друг друга. Но они знали друг друга безошибочно. Александр Грибоедов знал, например, что если Александр Грибов напевает про неволю, то это значит, что он сейчас прифрантится и уйдет на вечеринку куда-нибудь в Саллалаки. Но он, верно, удивился бы, если бы ему сказали, что Александр Грибов знает, что сейчас сделает Александр Грибоедов. Грибоедов сегодня не ездил верхом, не играл на фортепиано, не говорил ни слова. Это значило, что он сейчас спросит склянку чернил, бумаги и скажет поострее очинить перо. Грибов прифрантился, подошел к фортепиано, открыл его и сел на табурет. Потом он стал тихонько наигрывать. Александр Грибоедов смотрел на Александра Грибова. Он был немного удивлен.

— Ты что, играешь на фортепиано? — спросил он недовольно.

— Играю, — отвечал равнодушно Грибов. Грибоедов подошел к нему. Грибов привстал.

— Что ж ты играешь?

— Разное играю, — неохотно отвечал Грибов. — Барыню играю.

— А ну, сыграй.

Грибов со скучным лицом сел на табурет и начал подбирать.

Барыня-сударыня, Протяните ножку,

Грибоедов внимательно слушал.

— Ничего не понимаешь, — вдруг сморщился он, — франт ты. Играть не умеешь, только мой фортепиано портишь. Играй лучше в бабки. Пош-шел. Так надо играть.

Он сел и сыграл. Грибов был недоволен.

— По-вашему так, — сказал он уклончиво.

— Ах ты, франт, — сказал Грибоедов, глядя на него удивленно, — а по-твоему как?

Грибов ничего не отвечал.

Грибоедов заходил по комнате. Тоска гнала его из угла в угол, поворачивала вокруг стола, та самая, знакомая, которая гнала его из Петербурга в Грузию, из Грузии в Персию, заставляла стравливать людей на дуэли и говорить грубости женщинам.

— А где Вильгельм Карлович? — спросил он Грибова.

— Кататься уехали.

— Что так поздно? Куда — не знаешь?

— Не сказывали. Грибоедов встревожился.

— Сказали — не беспокоиться. Сегодня позднее приедут.

Грибоедов сел за стол и начал писать записку Воейкову:

"Я умираю от ипохондрии, предвижу, что ночь всю проведу в волнении беспокойного ума, сделайте одолжение, любезный Николай Павлович, пришлите мне полное число номеров прошлогоднего Вестника, хоть и нынешнюю последнюю тетрадь, авось ли дочитаюсь до чего-нибудь приятного.

Ваш усердный Грибоедов.

Коли эта записка не застанет вас дома, то, когда назад придете, пришлите со своим человеком".

— Снеси к Восйкову, — протянул он Грибову.

Прошло еще полчаса. Было уже совсем темно. Напротив по улице скользящим шагом прошел Похвиснев. Грибоедов узнал его по походке. Он вдруг встревожился не на шутку.

— Куда Вильгельм запропастился? Он выбежал, оседлал коня и поскакал.

IX

Когда человек прицелился, Вильгельм быстро в него выстрелил и дал шпоры коню. На скаку, пригибаясь к луке, он обернулся. Человек гнался за ним. Он, не целясь, выстрелил снова. — Черт, промах.

И тотчас прожужжала пуля у самого уха. Конь прянул. Вильгельм несся над обрывом, над бездной, по прямой нитке дороги, крепко сжимая повод. Сзади бежал необыкновенно легко и быстро человек. Опять пуля. Конь вдруг заржал, дрогнул, захрипел и, пошатнувшись, рухнул. Вильгельм не успел вытащить ногу из стремени, нога запуталась. Падая, он сильно ушибся.

Так он пролежал с минуту, корчась от боли, стараясь высвободить ногу из-под коня.

Через две минуты человек в высокой шапке будет здесь. Вильгельм рванулся изо всех сил и выволок ногу из-под коня. Он попробовал встать, застонал и пополз, как длинная ящерица, неожиданно и быстро, волоча больную ногу и мерно, как будто нарочно, стоная.

Имеет ли смысл ползти дальше?

Он все равно не уйдет.

Шагов еще, однако, не было слышно. Вильгельм посмотрел вперед. Шагах в пяти от него был огромный дуб. Он вырос на

121

самом склоне дороги, нижние ветки его были в уровень с обрывом.

Секунда — и Вильгельм решился. Он быстро подполз к дереву. Дуб был точно такой, как в царскосельском саду. Вильгельм прекрасно лазал по деревьям. Корчась от боли, он повис на ветке.

Он почти терял сознание, но сжимал ветку крепко, как прежде повода. Усилие — вторая ветка, еще усилие — третья.

Дальше было дупло, огромное, в человеческий рост.

Вильгельм не смотрел вниз, внизу была бездна. Он сделал движение ногой, закричал от боли и упал в дупло.

Сразу пахнуло прохладной гнилью.

На секунду стало темно, как в холодной и темной реке, волна кружила его, водоворот засасывал ногу.

Он открыл глаза. Дупло, темное, сухое, прохладное, над головой поет комар. Легкий звон сверху, и мимо Вильгельма пролетела ветка.

Вильгельм выглянул.

Внизу стоял чечен и стрелял в дуб. Он его заметил. Он хотел снять его с дуба спокойно и безопасно, как птицу.

Вильгельм ощупал пояс, за поясом был один пистолет.

Он прицелился.

Рука его дрожала.

Выстрел — промах, еще один выстрел — снова промах. Надо стрелять медленно. Вильгельм почувствовал тоску.

Сидеть в дупле и ждать смерти!

Он еще раз прицелился и снова выстрелил. Чечен закричал, схватился за ногу и быстро приложился. Вильгельм нагнул голову. Пуля вонзилась в дупло над самой его головой. У него оставался один заряд.

X

Грибоедов скакал долго. Никого не было. Он подумал, повернул коня и поскакал по самой опасной дороге, вдоль обрыва. Было уже очень темно.

"Убежал, убежал, отчаянная голова, — почти плакал он. — Хочет в Грецию попасть — попадет в плен, насидится в подвале. Эх, Вильгельм, донкихот, франт ты милый..."

Конь захрапел и шарахнулся. Поперек дороги лежал труп коня. Грибоедову вдруг стало страшно. Машинально он повернул коня и поскакал назад. Потом его желтое лицо порозовело. Он со злостью дернул поводья и снова поскакал вперед. Доехал до павшей лошади, спешился я подошел к ней. Похвисневский жеребец. Стало быть, Вильгельм... где же Вильгельм? Он дошел до обрыва и посмотрел вниз — убит, сброшен в пропасть? Он растерянно смотрел в темноту, ничего не было видно. Над самой его головой раздался стон.

— Это еще что такое? Кто здесь? — закричал Грибоедов, и опять ему стало страшно.

Кто-то опять застонал. Стон шел с дерева. Грибоедов взвел курок и подошел к дубу.

— Кто здесь? — закричал он.

— Будьте добры, помогите мне выйти из дупла, — сказал голос.

— Что за чертовщина, — сказал Грибоедов. — Это ты, Вильгельм?

— Александр, — обрадовался в дупле голос. Грибоедов вдруг начал хохотать. Он никак не мог сдержать смеха.

— Что же ты в дупло забрался, милый?

В дупле тоже раздался смешок, очень слабый. — Я отстреливался. Потом, немного погодя:

— У меня, кажется, нога сломана.

Грибоедов стал серьезен. Он полез по веткам и стал спиною к дуплу.

— Садись ко мне на крюкиши.

Он выволок Вильгельма. Тут он заметил, как тот бледен и слаб. Он усадил его на коня.

— А кто же в тебя стрелял? Где он? Вильгельм показал на пропасть.

XI

Пришлось пролежать недели три в постели. Александр ухаживал за ним нежно. Был у него раза два Ермолов, но сидел мало и хмурился. Шутки не удавались, и Вильгельм как-то сразу ощутил, что Ермолов перестал быть героем его воображения.

Раз Грибов доложил:

— Николай Николаевич Похвиснев.

Грибоедов спокойно повернул голову и сказал, не вставая:

— Вильгельм Карлович принять господина Похвиснева сейчас не может.

Все три недели Александр был сумрачен, по вечерам куда-то уезжал и возвращался поздно. Вильгельм так и не узнал, куда он ездил. Грибоедов не мог простить себе страха, который он испытал тогда, ночью, разыскивая Вильгельма. Он ездил каждый день по той же дороге и подолгу простаивал у дуба, ожидая нападения.

Когда Вильгельм поправился, жизнь пошла старая: сад Джафара, беседы с Листом, собрание.

Раз, входя в собрание, он в сенях вспомнил, что забыл дома книжку, которую обещал Воейкову. В передней комнате разговаривали и смеялись.

— Нет, воображаю себе этого Хлебопекаря в дупле, — говорил чей-то прыгающий от смеха голос.

Вильгельм покраснел и прислушался.

— О нет, вы его не знаете, — говорил другой, — Вильгельм узнал голос Похвиснева. — Поверьте, наш Хлебопекарь знает, что делает. Он своей простотой в доверие кому надо очень ловко влезает.

— Ну? — спросили недоверчиво.

— Конечно, — тянул чем-то обиженный Похвиснев, — как он к Алексею Петровичу втерся. Я даже выговор на днях получил, после дупла этого, — "что вы, говорит, его подстрекаете в такие места ездить". А по секрету вам скажу... — Голос перешел в шепот, Вильгельм его не дослушал.

Он закрыл глаза и прислонился к стене. Дверь отворилась, и в сени вышел Похвиснев. Тогда Вильгельм шагнул к нему и, не глядя, ударил по лицу. Похвиснев беззвучно схватился за щеку и выбежал вон. Вильгельм пошел домой.

Грибоедов был дома. Увидя Вильгельма, он быстро спросил:

— Что с тобой? Вильгельм помолчал.

Потом он ударил себя в грудь и затрясся.

— Этот подлец говорил, что я простотою в доверие к Ермолову втираюсь. Не откажись быть секундантом.

Александр с интересом откинулся в креслах. Лицо его приняло важное выражение. Он заставил Вильгельма рассказать все.

— Милый, — сказал он внушительно, — Похвиснев с тобой драться не будет. Ты его один на один оскорбил. Он за сатисфакцией не погонится. Ему жизнь дороже.

— Неужели он так низок, что откажется? — вылупил глаза Вильгельм.

— Без сомнения, я этого франта до тонкости знаю. Он на картель не пойдет. Он нажалуется Алексей Петровичу на тебя, тот вас обоих позовет, разыграет комедию — тем дело и кончится.

— Ну, нет, — сказал Вильгельм и вдруг стал страшен. Пена выступила у него на губах, — Он у меня не отыграется. Я ему снова пощечину дам.

— Только публичную, — сказал деловито Грибоедов. Вильгельм ждал два дня. Вызова не было. Ермолов, по-видимому, тоже ничего не знал. Через два дня он пошел в собрание. Александр ему сказал, что Похвиснев будет сегодня там. Когда он вошел, в собрании шла обычная игра. Дым висел в комнате. Лист стоял у окна одиноко; серый артиллерист не играл в карты. Похвиснев сидел у ломберного столика с Воейковым и двумя офицерами. Увидя Вильгельма, он побледнел и передернул плечами. Вильгельм прямыми шагами подошел к нему.

— Милостивый государь, я прошу у вас объяснения, — сказал он звонким голосом и задохнулся.

Похвиснев привстал, глаза его забегали. Он был бледен и не смотрел на Вильгельма. В комнате стало тихо.

— Я прошу вас, — сказал Вильгельм неестественно тонко, — повторить при всех то, что вы изволили говорить обо мне два дня тому назад в собрании.

— Я ничего не говорил, — пробормотал Похвиснев, отступая.

— Так я вам припомню, — закричал Вильгельм, — а те, при ком это было сказано, верно, не откажутся подтвердить. Вы сказали, что я своей простотой в доверие к Алексею Петровичу влезаю.

Их обступили.

Тогда Вильгельм ударил наотмашь Похвиснева.

— Вот вам мой ответ. И ударил его еще раз.

Их растащили. Похвиснев стучал зубами и кричал:

— Дурраак...

Потом он заплакал и засмеялся. Вильгельм стоял, тяжело переводя дыхание. Его глаза были красны и блуждали.

Грибоедов, спокойный и деловитый, подошел к Листу:

— Василий Францевич, вы не откажетесь, конечно, быть секундантом у Вильгельма Карловича.

Лист грустно поклонился.

XII

Похвиснев стоял со своим обычным докладом у стола. Ермолов был не в духе. Он крепко сжимал в зубах чубук и пыхтел.

Он едва просмотрел два дела.

Потом искоса взглянул на Похвиснева:

— У вас больше ничего нет ко мне, Николай Николаевич?

Похвиснев замялся:

— Я бы хотел вам жалобу принести, Алексей Петрович.

— На кого? — невинным голосом спросил Ермолов.

— На господина Кюхельбекера, — осмелел Похвиснев. — Он меня тяжело оскорбил, Алексей Петрович, безо всяких с моей стороны поводов.

— Как же это он вас оскорбил, Николай Николаевич? — удивился Ермолов. — Какую же причину он изъявил?

Похвиснев пожал плечами:

— Вы сами знаете, Алексей Петрович, его нрав необузданный. Он причиной изъявил, будто я о нем отозвался, что он простотою в доверие входит.

— А? — важно спросил Ермолов. — Ну, и что же? Но вы ведь этого никому не говорили?

Похвиснев переминался с ноги на ногу.

— А где же произошло оскорбление? — с интересом осведомился Ермолов.

— В собрании, давеча, — неохотно отвечал Похвиснев.

— Черт знает что такое! — вдруг рассердился Ермолов и насупил брови. — Я этого дела так не оставлю. — Он был действительно сердит. — Так, — продолжал он веско, обращаясь к Похвисневу. — Ну, и что же вы, Николай Николаевич, желаете предпринять?

Похвиснев криво усмехнулся:

— Сперва, Алексей Петрович, я хотел непременно драться; но после рассудил, что как господин Кюхельбекер подвержен припадкам, что и вам, Алексей Петрович, известно, и за человека здорового почесться не может, то, может быть, дело это лучше на рассмотрение суда представить.

Ермолов равнодушно кивал головою.

— Хорошо, подите, друг мой, — сказал он без всякого выражения.

Когда Похвиснев ушел, Ермолов встал и прошелся по комнате. Потом сел, затянулся из чубука, пыхнул дымом и улыбнулся невесело. Он сел за стол и начал писать письмо:

"Великолепный господин
Николай Николаевич!

Забыл совсем по делу вам, дружок, напомнить, что отношения, к нам чинимые гражданскими частями, особою нумерациею должны быть обозначены как входящие. Писаря, канальи, путают бесперечь, что сильно отчетность затрудняет. Вот и все дело, простите меня, что беспокою. Насчет же тяжелого оскорбления, учиненного вам г. Кюхельбекером, полагаю, что для сатисфакции гражданской части мало будет, а непременно подраться вам придется. Прощайте.

Ермолов".

Он позвонил. Вошел случайный писарь: дежурный отлучился. Ермолов велел ему снести письмо к Похвисневу. На писаря он смотрел внимательно.

— М-да, — проворчал он, когда остался один, — не токмо аудиторы, но даже писаря мечтают, что они особенно сотворенные существа.

XIII

Завтра дуэль. Может быть, блеснет завтра неверный свет дня — и он будет уже в могиле. Ну, что же, холодная Лета — приходит пора и для нее. Промелькнуло лицо матери, Устиньки — Вильгельм закрыл лицо руками. Они перенесут. Он мысленно поцеловал сухую руку матери. Он вспомнил Дуню и вздрогнул. Да, пусть этот случайный негодяй его убьет — все сразу разрешится, незачем будет возиться с самим собой и с ребяческим сердцем, которое задает загадки.

Он начал писать письма. Одно коротенькое, немецкое — матери. Другое — Пушкину.

Второй Александр здесь, он все, что нужно, сообщит, вот и все расчеты бедные покончены. Так вот куда жизнь шла. Вдруг он вспомнил дядю Флери. — Греция? Или... или Петербург? Но что в Петербурге, кроме насмешек, тоски, покровительства Александра Ивановича, воркотня Егора Антоновича?

Он прислушался. В соседней комнате звук за звуком, сначала неуверенно, потом увереннее, раздался вальс. Раньте его Вильгельм не слыхал. Это Александр сочиняет.

Вдруг он понял: если завтра он останется жив, — он должен сгореть все равно где, — по без остатка, сейчас же, скорей. Он должен погибнуть, но так, чтобы жизнь стала после в тот же день другая, чтобы друзья его всю жизнь поминали.

XIV

Пять часов утра, солнце уже показалось. Зеленая Артачилахская долина, на ней четыре человека. Один в сером военном сюртуке, аккуратный и грустный, отмерил десять шагов, наметил барьер. Другой, коротенький, возится с пистолетами.

В пятнадцати шагах от Вильгельма стоит человек, бледный, гладко причесанный, до которого Вильгельму нет никакого дела. Он опустил глаза и не смотрит на Вильгельма.

Рядом с лицом Вильгельма зеленая ветка. Он жадно, со вниманием смотрит на нее. Если его убьют — последнее воспоминание будет темная и сочная зелень на ветке.

Серый артиллерист остановился перед дуэлянтами.

— Господа, предлагаю вам последний раз кончить миром.

Молчание.

Вильгельм отрицательно качает головой. Похвиснев машет рукой.

Первый выстрел за оскорбленным.

Бледный и неуверенный, Похвиснев делает шаг вперед. Перед Вильгельмом маленькое дуло. Дуло, дрожа, поднимается. Он стоит вполоборота. Ах, черт, в лоб. Нет, видно, не хочет портить карьеры. Дуло ползет вниз. Целит в ногу.

Курок щелкает — осечка. Похвиснев смотрит растерянным взглядом.

Выстрел за Вильгельмом.

Вильгельм обводит глазами небо, зеленые деревья, горы, еле намеченные солнцем, глубоко вздыхает, видит перед собой бледного человека и стреляет в воздух.

XV

Ермолов курил чубук и писал аттестат Кюхельбекеру. Он написал форму, насупившись, и вдруг неожиданно для самого себя прибавил: "И исполнял делаемые ему поручения с усердием при похвальном поведении".

Он откачнулся в креслах и подумал с минуту. Решительно отказывалась рука написать правду старой бабе — министру — про этого Хлебопекаря. Он вспомнил, насупившись, лицо с выкаченными глазами и стучащими зубами, вспомнил крик Кюхельбекера, его Грецию, поморщился и вычеркнул последнюю фразу. Он подумал еще секунду.

Потом быстро написал: "По краткости времени его здесь пребывания мало употребляем был в должности, и потому собственно по делам службы способности его не изведаны".

— С рук долой, — махнул он с досадой не то на Кюхельбекера, не то на аттестат.

XVI

— Александр, — сказал вдруг Грибову Грибоедов, глядя рассеянно на сборы Вильгельма, — Александр, складывай вещи, я тоже с Вильгельмом Карловичем еду.

Вильгельм быстро к нему обернулся:

— Саша, неужели? Грибов не двигался.

— Ты слышал, что я приказываю?

Грибов спокойно ушел. Через три минуты он вернулся с охапкой шуб.

— Что ты шубы несешь? — изумился Грибоедов.

— А может, в Расее еще холодно, — равнодушно сказал Грибов.

Грибоедов неожиданно содрогнулся.

— Нет, нет, — быстро сказал он оторопевшему Вильгельму, — бог с тобой, голубчик, будь здоров, поезжай. Не могу отважиться в любезное отечество, — и махнул с ужасом на шубы.

— Трупы — лисица, чекалка, волк. Воздух запахом заражают. Непременно надобно растерзать зверя и окутаться его кожею, чтобы черпать роскошный отечественный воздух.

— Саша, дорогой, а то едем, — пристально посмотрел на него Вильгельм.

Грибоедов вдруг поднял шубу и надел ее.

— Тяжелая, — сказал он с растерянной улыбкой. — Плечи к земле гнетет. — Он сбросил ее с непонятным омерзением.

— Поезжай, Вильгельм, поезжай, родной, — где мне, не могу я, — сказал он Вильгельму и обнял его.

— Александр, — сказал он строго Грибову и указал на шубы, — убери это.

За окном уныло прогудел колоколец: мул устал ждать и переминался с ноги на ногу.

ДЕРЕВНЯ

I

"Дорогой друг и брат, — писала Устинька, — прошу тебя, ради всего святого, оставь Петербург, который весьма вреден твоему здоровью, и приезжай к нам, в Закуп. И Григорий тоже об этом тебя неотступно просит. Дети от нетерпения тебя увидеть сами не свои, — тебе пе будет скучно с нами, — Митя, говорят, напоминает тебя сильно если не талантом, то душою. В Закупе тебя ждет твоя любимая роща, в которую уже прилетели соловьи. Любезный брат, не мешкай, приезжай и поживи у нас, да не день и не месяц, не то знаю, как тебе быстро вез приедается. Как поживает Миша?"

Дело было здесь не без хитрости. Тетка Брейткопф долго размышляла, что делать с Вильгельмом, который, вот уже месяц, решительно не мог нигде устроиться. Увы — она уже не расспрашивала Вильгельма ни о чем — ей по секрету передавали, какие слухи ходят о Вильгельме. Вильгельм стал опасным человеком. Его погубило заграничное путешествие с этими злосчастными лекциями. Кавказ тоже не пошел ему на пользу: сумасбродный Вилли там кого-то бил и с кем-то стрелялся — тетка даже знать об этом не хотела. И теперь Вилли, разумеется, нигде не принят, и его карьера, так хорошо начинавшаяся, прервана.

Тетка догадывалась о гибельном влиянии какой-то преступной страсти — без женщины такое дело не могло обойтись. И она написала Устиньке, которая, слава богу, мирно живет со своим Глинкой в смоленском имении, что если она не выпишет к себе Вилли, то тетка более ни за что не ручается, — и у бедного мальчика даже нет карманных денег.

Как бы то ни было, у Вильгельма оказался неожиданно кров, почти родной. Времени теперь у него было много. Через три дня он был в Смоленске, а к вечеру четвертого в селе Закупе, Духовщинского уезда.

Устинька жила тихо. Закуп было имение небольшое, но с хорошим заливным лугом, с рощей, которую, как писала Устинька, любил Вильгельм, и с тысячею десятин пахотной земли, не очень плодородной, суглинистой. Господский дом стоял на пригорке, окруженный столетними березами. Дом был старый, деревянные колонны на фасаде облупились порядком; комнаты были с низкими потолками. Зато они были просторны, летом прохладны, а зимою, когда докрасна накаливали камин, жарки. Увешаны они были портретами Глинок. Вильгельма привлекал из них в особенности один, времен Анны Иоанновны, толстый, с тяжелой челюстью, хищным носом и необычайно умными, неприятными глазами. Он находил в нем нечто демоническое. Вильгельму отвели комнату небольшую, очень светлую и чистую. На стенах висели красочные гравюры — история Атала. На одной из них был изображен юноша, переносящий на руках томную девицу через ручей, на другой — умирающая девица с большими глазами, несколько косящими, из которых падали крупные, как бобы, слезы.

Из окна открывался вид на веселую, извилистую, хоть и мелководную речку и деревню с низкими домишками, окруженную садиками, в которых росла рябина.

Вильгельма встретили все с радостью. Григорий Андреевич Глинка, муж Устиньки, был человек во многом примечательный. Карьера его была несколько необычна. В молодости он был блестящим пажом, потом гвардейским офицером, вел широкую жизнь и быстро шел вверх. Потом в один прекрасный день его смутило, он заперся, захандрил, подал в отставку и уединился. С удивлением друзья узнали, что этот веселый гвардеец сидит, как школьник, за книгами, а через некоторое время услышали странную новость: Григорий Глинка стал профессором русской словесности в Дерптском университете, должность более подходящая для подьячего, чем для настоящего дворянина, к тому же и гвардейца.

Потом Григория Андреевича пригласили к великим князьям воспитателем, "кавалером", а теперь он жил на покое, был в меру молчалив, любил свой сад и цветник и в особенности свою тихую жену.

К Вильгельму он приглядывался с некоторым удивлением, с его литературными мнениями, вероятно, не соглашался, но в споры вступать не любил. Покой ему был дороже всего; энтузиазм казался ему всегда смешон. Впрочем, с той широтой, которая бывает у людей, испытавших в жизни крутой перелом, он и Вильгельма любил по-своему, вернее, любовался им, как любовался детьми, женой, цветами и лесом.

Из детей обрадовался Вильгельму больше всех Митя, робкий, застенчивый мальчик с восторженными глазами и тонкой шеей, который благоговел перед дядей и ни на шаг от него не отставал. Это даже сердило Устиньку, которая боялась, что он надоест Вильгельму. Но Вильгельм по часам читал девятилетнему Мите "Шахразаду", которую сам любил без памяти, и делал ему великолепные луки.

Еще один человек обрадовался Вильгельму почти так же, как Митя: Семен за время странствий Вильгельма по Европе и Кавказу жил у Устиньки. Он по-прежнему был тот же веселый и беспечный малый, хотя его дворовые обязанности, видимо, ему очень приелись. Он в первый же вечер явился к Вильгельму и стал его упрашивать взять с собою при отъезде.

Дворня была у Глинок довольно большая. Выделялась в ней и ростом и значением ключница Аграфена, которой Вильгельм терпеть не мог.

Из девичьей доносилось иногда пение.

— Девки! — слышался ее голос, и пение обрывалось на полуслове, только жужжали веретена.

Вильгельм спросил раз с неудовольствием Устиньку: — Отчего она мешает несчастным девушкам петь? Устинька широко раскрыла глаза:

— Но, Вильгельм, они забывают о деле за песнями, и потом, они вовсе не несчастные.

Вильгельм промолчал и больше к этому не возвращался.

Он завел один и тот же порядок: утром езда верхом, потом работа, после обеда чтение, вечером игры с Митей и гулянье по окрестностям.

Ездил он отлично, но дороги были ровные, плоские, совсем лишенные кавказского ужасного романтизма. Скоро, однако, Вильгельм нашел и здесь романтизм; тонкий как дым, утренний туман (он выезжал рано — часов в семь), сыроватые листья берез, с которых падала еще роса, облака, застывшие на небе, — все это, ему казалось, имело свою цену.

Изредка по дороге попадалась старуха с кринкой молока или девка с лукошком и боязливо кланялись. Вильгельм страдал от этих поклонов, быстрых и низких, точно людей стегнули кнутом по шее. Он вежливо приподнимал шляпу и еще больше пугал старух и девушек. К соседям он не ездил; раз Устинька предложила ему проехать за десять верст к соседям, у которых очень весело, есть барышни, и которые будут ему душевно рады, — но Вильгельм изобразил на лице испуг и отвращение, и Устинька оставила его жить нелюдимом.

Потом — работа и чтение. Работал Вильгельм усердно — над своей трагедией. Трагедию он правил, исчеркивал и опять правил. Его трагедия должна была произвести переворот в театре российском, если... если ее напечатают. В этом Вильгельм сомневался. Героем его трагедии был Тимолеон, суровый республиканец, убийца собственного брата тирана.

Рядом со слабым, хоть и великодушным тираном он поставил простого Тимолеона. Вождь восстания, простой, мудрый, не останавливающийся перед убийством республиканец, — когда Вильгельм писал его, он вспоминал жесткие глаза Тургенева. По Тимолеону, сидя за Плутархом и Диодором, Вильгельм учился тому же, чему учился у Тургенева и Рылеева. Он сам удивлялся своему герою; он наконец так ясно увидел его перед собою, что почувствовал даже настоящую тоску, — если бы Тимолеон был жив!

И Вильгельм читал Митеньке, который сидел неподвижно, как статуя, монологи Тимолеона:

> *Сколь гибелен безвременный мятеж!*
> *И если вы, не проливая крови,*
> *Воистину желаете отчизне*
> *Свободу и законы возвратить, —*
> *Умейте, юноши, внимать мужам,*
> *Избравшим вас для подвига святого,*
> *Они рекут в благую пору вам:*
> *"Ударил час восстанья рокового!"*

Древних героев Вильгельм любил почти как Пушкина и Грибоедова. Он, задыхаясь от волнения, читал письма Брута к Цицерону, в которых Брут, решившийся действовать против Октавия, упрекал Цицерона в малодушии. И после этого чтения Вильгельм садился на коня и мчался как бешеный.

Слезы душили его: ему двадцать шесть лет — что совершил он для отечества? И в Закупе, среди доброй семьи, становилось ему тяжело.

Рабство, самое подлинное, унижающее человека, окружало его.

Эта милая сестра, этот ее ученый муж были прекрасные люди, и без них Вильгельм был бы одинок как перст; они не очень притесняли дворовых и не особенно отягощали мужиков. Но раз он увидел, как кучер вел на конюшню старика дворового. Провинность старика была тяжелая: он выпил лишнее, попался навстречу барам и нагрубил. Старик шел, опустив голову и нахмурив брови; он не смотрел по сторонам. Кучер был плотный, остриженный в скобку мужик и вел его равнодушно.

Он поклонился барынину брату. Вильгельм остановил их:

— Вы куда?

Кучер неохотно отвечал:

— Да вот за провинность наказать Лукича следует.
Вильгельм сказал твердо:

— Идите домой.

Кучер почесал в затылке и пробормотал:

— Да уж не знаю, ваша милость, как тут быть. Велено.

— Кто велел? — спросил Вильгельм, не глядя на кучера.

— Григорий Андреевич велели давеча.

— Домой немедленно! — крикнул Вильгельм и в бешенстве двинулся к кучеру.

— Старика отпустить! — крикнул он опять тонким голосом.

— Это нам все едино, — бормотал кучер, — можно и отпустить.

Дома Вильгельм к обеду не вышел. Григорий Андреевич, узнав обо всем, имел серьезное объяснение с Устиньей Карловной.

— Так нельзя. Вильгельм должен был ко мне обратиться. Это называется подрывать в корне всякую власть дворянскую.

Два дня отношения были натянуты, и за обедом молчали. Потом сгладилось.

Через неделю Вильгельм призвал к себе Семена. Семен пришел в своем кургузом синем фраке. Вильгельм с отвращением оглядел его одежду.

— Семен, у меня к тебе просьба. Сделай милость, позови ко мне деревенского портного. Он сошьет тебе и мне русскую одежду. Ты шутом гороховым ходишь. Сапоги добудь мне.

Через пять дней Вильгельм и Семен ходили в простых крестьянских рубахах и портах. Они сшили себе и армяки.

Григорий Андреевич пожимал плечами, но не говорил ничего.

— Барин чудачит, — фыркала девичья.

Вильгельм не смущался.

Скоро Вильгельм стал ходить на деревню. Глинкам принадлежали две деревни: в двух верстах от усадьбы лежало Загусино, деревня большая, опрятная, а верстах в пяти, в другую сторону, Духовщина. Вильгельм ходил в ближнюю, Загусино. Староста, высокий и прямой старик, Фома Лукьянов, завидев барынина брата, выходил на крыльцо и низко кланялся. Фома был умный мужик, молчаливый. Устинья Карловна звала его дипломатом. К Вильгельму относился оп почтительно, но глаза его, маленькие и серые, были лукавы. Деревня пугливо шарахалась от барина. Только один старик встречал его ласково. Это был Иван Лотошников, старый деревенский балагур и пьяница. Ивану было уже под семьдесят, оп помнил еще хорошо Пугачева и раздел Польши.

Жил он плохо, бобылем, был плохим крестьянином. С ним Вильгельм подолгу беседовал. Старик пел ему песни, а Вильгельм записывал их в тетрадь. Уставив глаза в окно, Иван заводил песню. Пел он, что ему приходило в голову. Раз он пел Вильгельму:

> *А у нас по морю, морю,*
> *Морю синенькому,*
> *Там плывет же выплывает*
> *Полтораста кораблей.*
> *Вот на каждом корабле*
> *По пятисот молодцов,*
> *Гребцов-песенников;*
> *Хорошо гребцы гребут,*
> *Славно песенки поют,*
> *Разговоры говорят,*
> *Все Ракчеева бранят...*

Иван огляделся по сторонам, хитро подмигнул Вильгельму и понизил голос:

> *Во, рассукин сын Ракчеев,*
> *Расканалья дворянин;*
> *Всю Расею погубил,*
> *Он каналы накопал,*
> *Березки насажал...*

— Откуда ты эту песню взял? — удивился Вильгельм.

— А сам не знаю, — отвечал Иван, — солдат нешто проходил, сам не знаю, кто такой из себя.

"Вот тебе и листы тургеневские, — подумал Вильгельм. — Сами обходятся".

— Хочешь, я тебе про Аракчеева скажу стихи? — спросил он Ивана.

И он прочел ему протяжным голосом:

> *Надменный временщик, и подлый и коварный,*
> *Монарха хитрый льстец и друг неблагодарный,*
> *Неистовый тиран родной страны своей,*
> *Взнесенный в важный сан пронырствами злодей!*
> *Что сей кимвальный звук твоей мгновенной славы?*
> *Что власть ужасная и сан твой величавый?*

Ивану стихи понравились.

— Кимвальный звук, — повторил он и покачал головой. — Верно, что так. Ты, што ль, сам сложил иль где слыхал?

— Это мой друг сочинил, — сказал гордо Вильгельм, — Рылеев его фамилия.

Стихи заняли Ивана чрезвычайно.

— В Ракчееве главная сила, — таинственно сказал он Вильгельму. — Однова человек проходил, говорил, что Ракчеев царя опоил и всю Расею на поселение пустил. И будто у царя зарыт указ после смерти всем крестьянам делать освобождение, ну, — место один Ракчеев знает. Все одно пропадет.

— Аракчеев, это верно, влияет на царя, — сказал Вильгельм. — Это его злой демон; но сомнительно, чтобы царь имел такое завещание.

— Мы ничего не знаем, — сказал Иван, — люди говорят. Все одно. Может, и нет завещания. Ты, я знаю, — Иван хитро ему подмигнул, — все про хрестьян бумажки пишешь. Для чего пишешь? — спросил он его, сощуря глаза с любопытством.

Вильгельм пожал плечами:

— Я простой народ люблю, Иван, я вам завидую,

— Ну? — сказал Иван и покачал головой. — Неужели завидуешь? Что так?

Вильгельм никак не мог ему растолковать, почему он завидует.

— Нет, — строго сказал Иван, — ты барин хороший, но завидовать хрестьянству это смех. Нешто солдат еще — тот может завидовать, да клейменный, каторжный. Те на кулаке спят. А тебе завидовать хрестьянству обидно. Это все одно, что горбатому завидовать. Нет хрестьянству хода. А тебе што? Чего завидуешь?

— Я не то сказал, Иван, — проговорил задумчиво Вильгельм, — мне совестно на рабство ваше глядеть.

— Погоди, барин, — подмигнул Иван, — не все в кабале будем. Пугачева сказнили, а глядь — другой подрастет.

Вильгельм невольно содрогнулся. Пугачев пугал его, пожалуй, даже более, чем Аракчеев.

— А ты Пугачева помнишь? Расскажи о нем, — спросил он, насупясь, Ивана.

— Не помню, — неохотно ответил Иван, — что тут помнить? Мы ничего не знаем.

II

Однажды вечером Григорий Андреевич слишком пристально смотрел на Вильгельма, как бы не решаясь начать разговор о чем-то важном. Наконец он взял Вильгельма за руку и сказал ему с той особой учтивостью, по которой Вильгельм догадывался, каким любезным гвардейцем был некогда этот человек.

— Mon cher Guillaume[21], мне нужно с вами поговорить.

Они прошли в небольшой кабинет, увешанный портретами писателей и генералов. На видном месте висел портрет Карамзина с его собственноручной надписью. На столе в чрезвычайном порядке лежали книги, какая-то рукопись и стояли портретики великих князей в военных костюмчиках, с неуклюжими детскими надписями. Григорий Андреевич опустился в кресла и минуты с две думал. Потом, посмотрев на Вильгельма смущенно, он сказал, чего-то робея:

— Я давно наблюдаю за вами, mon cher Guillaume, и прихожу к заключению, что вы на ложном пути. Я не хуже вас знаю, что дальше так продолжаться не может, но ваше поведение по отношению к крестьянам меня серьезно смущает.

Вильгельм нахмурился:

— В своенародности русской, Григорий Андреевич, я вижу обновление и жизни, и литературы. В ком же сохранилась она в столь чистом виде, как не у доброго нашего народа?

Григорий Андреевич покачал головой:

— Нет, вы ошибаетесь, вы огнем играете. Я отлично Знаю, что троны шатаются, и не этому господину, — он махнул рукой на портрет Константина, стоявший на столе, — удержаться после смерти Александра, а о мальчиках, — он указал на портреты Николая и Михаила, — я и не говорю. Я понимаю вас. После семеновской истории для меня все ясно. Но, mon cher, не обманитесь: для того чтобы создать вольность, о которой ваш Тимолеон мечтает, должно на аристократию опираться, а не на чернь.

Вильгельм с изумлением смотрел на Григория Андреевича. Этот тихий человек, любивший цветы, молчаливый и замкнутый, оказывался совсем не так прост, как думал Вильгельм раньше.

— Но ведь я о черни ничего в трагедии не говорю, — пробормотал он. — А крестьян я за своенародность люблю и их крепостное состояние нашим грехом почитаю.

---

[21] Мой милый Вильгельм (франц.).

— Я о своенародности не говорю, mon cher frère[22], — улыбнулся Григорий Андреевич, — но если люди, подобные вам, будут сближаться с чернью, — глаза Григория Андреевича приняли жесткое выражение, — то в решительный день, который, может быть, не столь далек, сотни тысяч дворовых наточат ножи, под которыми погибнем и мы и вы.

Вильгельм вдруг задумался. У него не было ответа Григорию Андреевичу, он никак не ожидал, что вольность и своенародность как-то связаны с ножами дворовых.

Григорий Андреевич сказал тогда, видимо довольный:

— Но я, собственно, не за тем вас сюда пригласил. Я о деле литературном хочу с вами посоветоваться.

Вильгельм все более удивлялся.

— А я думал, Григорий Андреевич, что вы уже давно труды литературные оставили.

Глинка махнул рукой:

— Бог с ними, с литературными трудами. Я записки

писать задумал. Вот рылся сегодня в старых записках: вижу, много наблюдений, для историка будущего небесполезных, ускользнет, коли их не обработаю.

Вильгельм насторожился:

— Полагаю, Григорий Андреевич, что мемуары ваши будут не только для историков любопытны.

Глинка опять улыбнулся.

— Да, жизнь я прожил, благодаря бога, немалую. Был близок с царями, с солдатами, с литераторами русскими. Однако же самое любопытное, как думаю, для всякого историка есть характеры, и вот хочу спросить у вас, mon cher, совета: оставлять все мелочи или иные вычеркивать?

— Мелочи — самое драгоценное в обрисовке характеров, — сказал Вильгельм уверенно.

— Благодарствую, — сказал Глинка. — Я так все мелочи и оставлю. Вот, переходя ныне к характерам великих князей, Николая и Михаила, которых я воспитывал, я и сам заметил, как человек обрисовывается из мелочей. Помню, — сказал оп, задумавшись, — как Николай, тринадцати лет, ласкаясь ко мне, вдруг укусил меня в плечо. Я посмотрел на него. Он весь дрожал и, в каком-то остервенении, стал мне на ноги наступать. Не правда ли, черта живописная?

— Неужели Николай Павлович таков? — протянул Вильгельм. — Я знал, что он командир жестокий, но вот этой черты в нем не знавал.

---

[22] Дорогой брат (франц.).

— Я ведь много лет наблюдал, — сказал Глинка, — характер был пугающий: в играх груб, сколько раз товарищей ранил, бранные слова говорил. Но вот что примечательно: не только вспыльчив, но во гневе и на отца похож: рассердится, бывало, и начнет рубить своим топориком барабан, игрушки ломает, и при этом еще кривляется и гримасничает. — Глинка вдруг засмеялся. — Я ему раз о Сократе рассказывал, о жизни его и смерти, а он мне в ответ: "Какой дурак".

— А Константин Павлович? — спросил Вильгельм с интересом. — Вы его тоже близко знавали?

Григорий Андреевич поморщился.

— Не будемте о Константине говорить, — сказал он глухо. — Подумать боюсь, как человек, деяния коего по закону каторгой караться должны, сядет на престол.

Он вдруг замолчал, насупился и как бы недовольный тем, что сказал, стал учтиво благодарить Вильгельма. Как Вильгельм ни просил его рассказать еще что-нибудь, Григорий Андреевич упорно отмалчивался.

III

Раз Вильгельм, катаясь верхом, обогнал дорогой коляску. В коляске сидели пожилая барыня и молодая девушка. Увидя Вильгельма, девушка вдруг захлопала в ладоши и засмеялась.

Это была Дуня. Она со своей теткой ехала гостить к Глинкам. Григорий Андреевич приходился ей двоюродным дядей, а все Глинки любили родню и жили дружно.

С приездом Дуни у Вильгельма весь порядок дня изменился; и деревня и трагедия отошли на задний план. Вильгельм ничего, кроме Дуни, не видел и не слышал. Она понимала его как никто. Гуляя в роще, они говорили часами обо всем, и Вильгельм поражался, как Дуня в свои семнадцать лет верно понимает людей и, почти не задумываясь, говорит о них то, о чем Вильгельм только догадывался. А может быть, она говорила и неверно о людях, но необычайно как-то занимательно и лукаво. Пушкина она знала хорошо, Грибоедова видела раза два, с Дельвигом была дружна. Она сказала раз Вильгельму о Пушкине:

— Мне кажется, что Александр Сергеевич никого в жизни не любил и не любит, кроме своих стихов.

Вильгельм изумился.

— Странно, что об этом мне уже раз говорил кто-то,

139

кажется Энгельгардт или Корф. Но ведь вы, следственно, совсем не любите Александра?

Дуня улыбнулась и переменила разговор. Она была полгода до встречи с Вильгельмом влюблена в Пушкина, и об этом никто не знал. В другой раз она сказала неожиданно о Григории Андреевиче:

— Должно быть, oncle Gregoire[23] когда-то сделал очень злое дело. И поэтому он так любит tante[24].

Вильгельм рассказывал ей обо всем. Он вспоминал о Грибоедове, Ермолове, много говорил о Париже, который сделал на него неотразимое впечатление.

По вечерам он читал ей свою трагедию, и суждения ее были неожиданно верны. Она сказала ему о Тимолеоне:

— Я боюсь, что тиран выйдет у вас более привлекательным, чем герой, который его убивает. Чтобы можно было полюбить человека, он должен иметь хоть один порок. — И добавила лукаво: — Вот у вас их много.

С нею Вильгельму становилось все ясным. Самое важное решение, от которого зависела вся жизнь, можно было сделать, не мучась, в полчаса, просто и не задумываясь, как ход в роббер. Самый страшный поступок оказывался понятным и только что неприятным. Мучиться было незачем, решаться было легко, а жить было необыкновенно радостно. Ей было семнадцать лет. Они ездили кататься верхами. Дуня держалась в седле крепко и просто и любила быструю езду. Она снимала шляпу. Ее белокурые волосы развевались. Сгорбленный, огромный Вильгельм скакал рядом и не видел ни неба, ни дороги, ни дальнего леса — только белокурые волосы.

В роще произошло через неделю объяснение. То есть даже и объяснения не было, а просто они поцеловались. Холодок ее губ был для Вильгельма чертой, за которой начиналась новая жизнь. Они поклялись друг другу в вечной, вечной, по гроб любви. Но тут для Вильгельма начались сомнения, которые ему не давали спать по ночам: он был нищ, бездомен, гол, у него не было своего угла. Звание литератора русского было скорее проклятием, чем званием. Такого сословия не существовало вовсе. Что будет делать Дуня в его прокопченной табаком петропольской келье? Надо было на что-то решаться, Дуне он ничего не говорил. Когда она уезжала, они простились в роще. Прощались долго, и Дуня плакала. Потом он принял решение: он будет работать день и ночь, он одолеет нищету, чтобы не

---

[23] Дядя Григорий (франц.).
[24] Тетку (франц.).

обрекать Дуню на бродяжничество и голод. Он дал себе сроку год. Через год начнется новая жизнь. Вильгельм подумать боялся об этой жизни, такая это была радость. И он стал писать письма. Написал Энгельгардту, потом подумал и написал Комовскому. Лисичка был все-таки хорошим товарищем. Он теперь быстро шел по службе, может быть, он чем-нибудь ему поможет. Вильгельм написал ему нечто и о своих планах — он хотел издавать большой журнал. Лисичка ответил сразу. Письмо было, в сущности, забавное, но Вильгельм пришел от него в бешенство. Это письмо как-то вдруг напомнило ему Петербург, нужду, неверность его положения и сразу лишило его бодрости. Лисичка называл Вильгельма сумасбродом, советовал послужить, а впрочем, заканчивал указанием, что Вильгельм сам виноват в своих злоключениях: почему он не остался в С.-Петербурге, когда это было ему выгодно, почему читал лекции в Париже, когда их читать нужно было очень и очень осторожно, а то и совсем не нужно, — и, наконец, отчего не ужился с Ермоловым на Кавказе, а, напротив, даже кого-то там обидел? И в заключение Лисичка советовал Вильгельму непременно жениться, что будто бы должно немедленно очистить его душу.

Пересчитывал он грехи Вильгельма с сладострастием, и Вильгельм живо вспомнил, как Комовский фискалил под дверьми. Он ответил ему:

"Комовский! Чего ты хочешь от меня? — быть правым... Хорошо, если ото тебя утешает, будь прав. Даю тебе право называть меня сумасбродом и чем угодно. Потому что, кажется, тебе нравится это выражение.

Я не хотел тебе уже более писать в первом пылу: беру перо, чтоб доказать, что если я не ужился с людьми, то не потому, что не хотел, но потому, что не умел. Жестоко, бесчеловечно несчастного упрекать его несчастьем: но ты оказал мне услуги; говорят, что ты любишь меня. Верю и надеюсь, что ты не понял, что значило говорить со мной в моих обстоятельствах твоим языком. Но кончим: заклинаю тебя всем, что может быть для меня священным, не заставь меня бояться самих услуг твоих, если они тебе могут дать право растравлять мои раны. Вы, счастливцы! Еще не знаете, как больно душа растерзанная содрогается от малейшего прикосновения. Еще раз! Кончим! Дай руку: я все забываю; но не пиши ко мне так, не пиши вещей, которые больнее смерти.

Вильгельм.

Ты говоришь мне о женитьбе — верь, и мне наскучила бурная, дикая жизнь, которую вел по необходимости. Тем более, что, скажу тебе искренне, сердце мое не свободно, в я любим — в первый раз, — любим взаимно. Но ничего не говорите об этом родственникам, je ne veux pas, que cette nouvelle leur cause des nouvelles inquiïtudes[25]. Боюсь за самое счастье свое. Волосы мои седеют на двадцать шестом году, надежды не льстят мне; радости были в моей жизни, но будут ли — бог весть? Желаю тебе, друг мой, во всем успехов — и в свете, и в службе, и в счастье семейственном. Сестра поручила мне тебе кланяться и сказать, что ты любезный, приятный молодой человек".

IV

Устинька видела, как Вильгельм озабочен. Подумала и решила написать Грибоедову, с которым сама была знакома мало, но, по рассказам Вильгельма, любила.

Она писала Грибоедову, что будущность брата страшит ее — не потому, что его несчастья преследуют, а потому, что самый характер брата влечет его к несчастьям.

Грибоедов долго не отвечал.

Наконец Устинька получила от него письмо.

"Милостивая государыня! — писал Грибоедов. — Замедля столь долгое время ответом на ваше приветливое письмо, ломаю себе голову, чтобы придумать какую-нибудь увертку в оправдание моего поступка; но ведь вас не проведешь. Подумайте о пространствах, нас разлучающих, о вечных моих разъездах, занимающих пять шестых моего пребывания в этой стране: письма тех, которые меня помнят, томятся целый век на почте, пока мне удастся их оттуда получить. Одно, что меня успокаивает, — это то, что мой, да и ваш достойный друг хорошо знает все свойства моего характера. Он, вероятно, предупредил вас, что во всех обычных мне уклонениях от обычаев и приличий не виновны ни мое сердце, ни недостаток во мне чувства.

Рассчитывая на ваше снисхождение, я хочу поговорить с вами о человеке, который во всех отношениях лучше меня и который равно дорог как вам, так и мне. Что он поделывает, наш добрый Вильгельм, подвергшийся несчастью, прежде

---

[25] Я не хочу, чтобы эта новость причинила им новые беспокойства (франц.).

нежели успел воспользоваться столь немногими истинными удовольствиями, доставляемыми нам обществом; мучимый, не понятый людьми, между тем как он отдается каждому встречному с самым искренним увлечением, радушием и любовью... не должно ли было все это привлечь к нему общее расположение? Всегда опасаясь быть в тягость другим, он становится в тягость лишь собственной чувствительности! Я полагаю, что оп теперь с вами, окруженный любезными родными.

Кто бы сказал полгода тому назад, что я кончу тем, что буду завидовать даже злополучной его звезде! Ах! ежели чье-либо несчастье может облегчить другого несчастного, то передайте ему, что теперь я в тягость самому себе и одинок среди людей, к которым совершенно равнодушен; еще несколько дней, и я покидаю этот город, оставляю здесь скуку и разочарование, которые меня преследуют здесь и которые, быть может, я обрету и в другом месте.

Убедите вашего брата, чтобы покорился судьбе и смотрел на наши страдания как на испытания, из которых мы выйдем менее пылкими, более хладнокровными, с грузом душевной твердости, которая у людей неопытных возбудит почтение, и, верно, им покажется, будто мы всю жизнь нашу благоденствовали, и если судьба отдалит конец дней наших, — причудливая дряхлость, сухой кашель и вечное повторение уроков молодости — вот убежище, к которому после всего пристанет каждый из нас — и я, и Вильгельм, и все счастливцы сих дней. Виноват, милостивая государыня, что вставил в это письмо печальные излияния, от которых мог бы вас избавить. Взявшись за перо, единственное мое намерение было облегчить себя искренним признанием, что виноват перед вами.

Примите уверсние в чувствах совершенного к вам уважения.

Грибоедов".

Устинька долго сидела над письмом Александра, и Слезы стояли у нее на глазах. Странное дело, ей было даже более жаль Александра, чем Вильгельма. Боже, один, далеко, среди чужих полудикарей. Какое несчастье над ними всеми тяготеет!

Ей хотелось сию же минуту увидеть Александра, втолковать ему, что он молод, что не нужно, не нужно так (что "не нужно" — Устинька сама толком не понимала). Ах, если бы их успокоить, утешить всех — и Александра, и Вильгельма, и несчастного Пушкина. Что это сделалось с ними со всеми, безумие какое-то. Все бездомные, одичалые.

В комнату вошел Вильгельм.

Устинька быстро спрятала письмо на груди. Она не имела сил сейчас его показывать, боясь расплакаться,

V

Нужно было уезжать. Вскоре с Вильгельмом произошло одно событие, вследствие которого отъезд его из деревни стал похож на бегство. Проезжая раз мимо соседнего имения, Вильгельм заметил странную картину. У забора стояло что-то черное, блестящее на солнце. Мухи кружились около этого места. Рядом стоял человек в зеленом сюртуке, с нагайкой в руке.

Подъехав поближе, Вильгельм увидел, что черная масса привязана к забору веревками, и услышал стон. Человек в сюртуке спокойно на него смотрел. Вильгельм остановил коня. Черная масса зашевелилась и сказала хрипло:

— Воды, Христа ради. Вильгельм вздрогнул.

— Что это такое? — спросил он, не понимая. Человек в зеленом сюртуке ухмыльнулся:

— Не что, а кто, милостивый государь. А позвольте ранее узнать, с кем имею честь?

Вильгельм назвал себя, ничего не понимая.

— А я сосед ваш, помещик Духовщинского уезда, — сказал не без приятности человек и назвался. Ему было лет пятьдесят, он был толстый, с здоровым розовым лицом, гладко выбритым. — Погоды нынче стоят у нас прекрасные. Кататься изволите?

Снова стон. Вильгельм вышел из оцепенения.

— Откуда здесь арап? — спросил он. — Почему он привязан?

— Да помилуйте, — хихикнул помещик, — какой же это арап? Это Ванька. Но только он за провинность здесь подвергнут взысканию, как видите. Дегтком, дегтком... Это хорошо действует. — Глаза помещика забегали, потом налились кровью, и он сжал нагайку.

Вильгельм вдруг понял. Он подъехал к забору и спешился. Молча он достал из кармана нож и разрезал веревки.

— Помилуйте! Это что же такое будет? — сказал помещик, насторожившись. — По какому праву?

В руке у Вильгельма был тонкий металлический хлыст,

очень тяжелый. Не чувствуя земли, он шагнул к помещику. Черный человек медленно пополз по траве. Вильгельм высоко поднял хлыст и со всей силы ударил в гладко выбритое лицо.

— По праву? — протяжно бормотал он, — по праву? — И он ударил еще раз и еще раз.

Помещик закричал дико — и тотчас послышался топот, гиканье, лай собак.

— Ату! Ату его! Вильгельм вскочил на коня.

Через два дня Григория Андреевича посетил предводитель дворянства. Он поставил на вид Григорию Андреевичу, что обиженный дворянин дела так не оставит, что у него высокая рука в С.-Петербурге, что как ему, предводителю, ни жаль, но и он, со своей стороны, должен не только осудить недворянский поступок господина Кюхельбекера, но принять свои меры.

— А не сообщите ли вы мне, — холодно сказал Глинка, — какие вы меры предпринять желаете против истязания людей, мазанных дегтем? Надеюсь, что и это поступки недворянские?

Предводитель развел руками:

— Мое дело сделано, Григорий Андреевич. Только для вас заехал предупредить. И разрешите дать совет господину Кюхельбекеру, для него же лучше будет, если он теперь, хоть на время, покинет нашу губернию. Потому что могут выйти крупнейшие неприятности, и это не мое только, но и губернатора мнение.

— Об этом разрешите господину Кюхельбекеру и мне суждение иметь.

Но Вильгельм, узнав про этот разговор, решил, что больше испытывать гостеприимство Григория Андреевича не нужно.

Он на следующий день собрался и уехал. Да и пора было налаживать жизнь, которая упорно никак не хотела наладиться. Вместе с ним поехал Семен.

СЫНЫ ОТЕЧЕСТВА

I

Как это случилось, что он не поступил на службу, не выдвинулся в литературе, не создал себе нигде прочного положения и, наконец, докатился до черной журнальной работы у Греча и Булгарина?

Да так же, как происходило все в жизни Вильгельма, — само собою. Альманах его, в который он душу свою вложил, не токмо талант, принес с собой только журнальную брань, долги и убеждение, что литературой жить нельзя. Вильгельм даже неясно понимал, как и чем он жил эти полтора года. Первые полгода после деревни он прожил в Москве. Из-за Дуни. Свидания с Дуней были краткие, немного грустные: мать с теткой сразу разгадали намерения опасного молодого человека, у которого ничего не было, кроме смешной наружности и дурной репутации. Они вели себя с Вильгельмом весьма учтиво, но следили, и довольно счастливо, за тем, чтобы не оставлять с ним Дуню наедине. А устроиться в Москве ему не удавалось. Ходил в гости к князю Петру Андреевичу Вяземскому, поражал его резкостью мнений, и Вяземский умными глазами смотрел на чудака, хлопотал о нем, хотел устроить ему издание журнала, но потом махнул рукой и говорил знакомым:

— В Москве делать ему нечего: надобно есть, а здесь хлеба в рот не кладут людям его наружности и несчастного свойства — мнительного, пугливого.

И прибавлял с сожалением:

— В нем нет ничего любезного, но есть многое, достойное уважения и сострадательности.

И Вильгельм переехал в Петербург.

Поселился он с Семеном у Миши в офицерской казарме Гвардейского экипажа. Больше негде было. Брат Миша, молчаливый, суровый, с нежностью смотрел на Вильгельма. Он ни в чем его не винил, он сам знал, что жить нелегко. Приходили к брату моряки, и Вильгельм часто с ними разговаривал, что жить так становится невозможно. Суровый, с красным обветренным лицом Арбузов говорил Вильгельму кратко:

— Подождите. Как у Лудовика Каглиостро завелся, так лекарь Гильотэн свою махину придумал. У нас заместо

Каглиостро — десяток монахов и одна Криднерша, — так будет же у нас и десяток Гильотэнов.

Вильгельм слушал его с удовольствием. Часто бывали у Миши старшие матросы, Дорофеев и Куроптев; один лукавый и разбитной, другой приземистый, точный в речи и самодовольный. С ними Вильгельм говорил о деревне, вспоминал Закуп — Куроптев был смоленский; оба матроса, ходившие в дальние плавания, никак не могли забыть деревню.

Дуня писала ему коротенькие веселые письма, не падала духом. А денег не было, положения не было и не предвиделось. Хотел было он пробраться к Пушкину в Одессу; добрая Вера Вяземская, жена князя Петра Андреевича, жалела Вильгельма по-бабьи и обивала из-за пего в Одессе пороги, но на нее махали руками:

— Что вы, что вы, этот самый, который был за границей и у Ермолова там с кем-то дрался! Хватит с нас и Пушкина.

Нищета угрожала Вильгельму. Устинья Яковлевна приезжала изредка к сыну, долго гладила шелковой старушечьей рукой Вилину голову и ни о чем не расспрашивала. Вильгельм знал, что вот опять она наденет свое старомодное платье и поедет к Барклаю де Толли, и опять будет говорить о своем сыне, а кругом опять будут молчать.

И он уставал. Иногда опять мелькала мысль о Греции, но все это казалось ему далеким, как будто хотел туда когда-то бежать какой-то другой человек, не он, а его младший брат или друг. Это уже казалось так трудно.

В апреле 24-го года умер в Миссолонгах Байрон, а с ним молодость Вильгельма и Пушкина. Вильгельм написал на его смерть оду. В этой оде вспоминал он о Пушкине и вызывал его откликнуться стихами.

И кто же в сей священный час
Один не мыслит о покое?
Один в безмолвие ночное,
В прозрачный сумрак погружась,
Над морем и под звездным хором
Блуждает вдохновенным взором?

Певец, любимец Россиян,
В стране Назонова изгнанья,
Немым восторгом обуян,
С очами, полными мечтанья,
Сидит на крутизне один;
У ног его шумит Евксин.

Пушкин в это время уезжал из южной ссылки в новое заточение: псковскую свою деревню. Он прощался с морем и тоже поминал стихами певца, в котором был означен образ моря и их молодости.

Вильгельм часто думал о Пушкине. Встречаясь с Дельвигом, они вспоминали Лицей.

Дельвиг был теперь влюблен в Софи, писал ей сонеты. Он был весел, когда она была с ним ласкова, а если Вильгельм заставал его грустным, это означало, что он повздорил с Софи. Он много говорил с Вильгельмом о Софи по старой привычке, как с наперсником.

Вильгельм больше не бывал у Софи, не видался с ней, даже о ней не думал, но все же не мог отделаться от неясной досады при Дельвиговых рассказах. Он сам не постигал, на что, собственно, досадует, но, когда Дельвиг уходил, Вильгельм подолгу сиживал за столом, и табачный пепел все рос на его рукописях.

Однажды Семен подал Вильгельму черный конверт. В траурном письме извещалось о смерти Софьи Дмитриевны Пономаревой, как некогда.

И опять, как в тот раз, когда Софи над ним подшутила, оп оделся во все черное и пошел к ней. Опять, как тогда, нарядный гроб стоял посреди комнаты на возвышении, а Софи лежала в нем; но лицо ее было восковое, вокруг стоял ладанный дым, и священник молился о рабе Софии. Как все это было далеко и давно. В гробу лежала незнакомая женщина. Рядом с Вильгельмом стоял розовый Панаев, усердно всхлипывал, а Гнедич, прямой, как истукан, смотрел, как печальная хищная птица, своим единственным глазом на мертвую. Кто-то рядом застонал. Вильгельм увидел Дельвига. Он плакал, всхлипывал, потом останавливался, снимал очки, протирал их, вытирал глаза — и снова начинал плакать. Вильгельм обнял его и тихо увел. Дельвиг рассеянно взглянул на него и сказал, зачем-то улыбаясь:

— Ну что, Вильгельм? Прошла, пропала жизнь. Забавно!

II

Тут-то и настигли его Николай Иванович Греч и Фаддей Венедиктович Булгарин. С тех пор как они начали вместе издавать журнал, они стали неразлучны. Они всюду появлялись вместе — осторожный и маленький, сухой, с желтоватым лицом Греч и красный, плотный, с пухлыми губами Булгарин. Друг другу они не доверяли. Булгарин откровенно боялся Греча и говорил, склонив голову набок и прижимая руку к сердцу:

— Ох, язва, язва Николай Иванович. Продаст меня за понюшку табаку.

Греч же, когда случались неприятности по журналу, говаривал, таинственно взяв за пуговицу своего собеседника:

— Это все Фаддей. Разве он при невежестве своем может тонкости литературные понимать? Но что прикажете делать — работаем вместе. Я отец семейства.

Глаза Греча смотрели остро из-за очков. Отец семейства хорошо понимал людей. Он сразу видел человека и либо совершенно просто расставался с ним, либо начинал за ним ухаживать, — и через некоторое время человек оказывался ему чем-то обязанным. А Николай Иванович говорил, с благородством разводя руками:

— Помилуйте, это такой пустяк.

Пустяк, однако, никак не бывал забываем. Через год нужный человек был в долгу как в шелку перед Николаем Ивановичем, а такой человек имел, по наблюдениям Николая Ивановича, способность работать день и ночь.

Николай Иванович был либерал отчаянный. Часто говорил он Вильгельму, глядя таинственно сквозь свои роговые очки:

— Разве "Сын отечества" такой журнал, какой нынче нужен? Я очень понимаю, дорогой Вильгельм Карлович, что не то нынче надобно. Но когда все изменится, — Николай Иванович понижал таинственно голос, — и цензуры не будет, "Сын отечества" будет таким, как должно.

Знакомства у Николая Ивановича были важные, но не обо всех он любил рассказывать. Так, он умалчивал из скромности о своей дружбе с почтеннейшим Максимом Яковлевичем фон Фоком. А между тем Максим Яковлевич ведь был директор особенной канцелярии министерства внутренних дел, которая только называлась отделением, а по существу была тайной полицией. Максим Яковлевич был сейчас в немилости, секретные дела велись главным шпионом Милорадовича, военного генерал-губернатора, Фогелем. Это все были происки Аракчеева. Но Максим Яковлевич выжидал и не сдавался. Дел он не прекращал. Фогель был человеком простым, без широких горизонтов. Максим Яковлевич ждал своего часа, он аккуратно вел дела, добровольно, на всякий случай.

Максим Яковлевич очень ценил русскую литературу. Русские литераторы были превосходные, в сущности, люди. А

Николай Иванович Греч был, помимо всего прочего, еще блестящим собеседником. Часто государственный человек запирался в кабинете с обольстительным Николаем Ивановичем и терял время в разговорах с ним. Главное свойство, которое добродушный Максим Яковлевич ценил в желчном Николае Ивановиче, была тонкость литературных наблюдений. Сколько любопытнейших, носящихся в воздухе нитей получали осязаемость в разговоре друзей. И после ухода Николая Ивановича Максим Яковлевич долго еще сидел задумавшись, а в аккуратных папках его прибавлялась новая справка, за особливым нумером. Коллежский асессор Вильгельм Карлович Кюхельбекер не был забыт среди этих справок.

Но "Сын отечества" не мог бы существовать без Фаддея Венедиктовича. Николай Иванович был слишком желчен, Фаддей Венедиктович был добродушен. Он был даже искренен. Красный, хрипящий, непрестанно утирающий пот со лба, Фаддей был рубахой-парнем. Он так забавно жаловался на свою "танту", знаменитую тещу, что не было сил удержаться от хохота. Он хлопал собеседника по коленке, хихикал, хрипел и говорил без умолку. Он подвирал в рассказах и сам в этом признавался, но он столько врал, что сплошь да рядом случалось ему соврать правду. В одних Булгарин возбуждал чувство брезгливости почти телесной, как будто человек наткнулся на какую-то слизь, на липкую морскую медузу. Таких Булгарин боялся, косил на них голубыми влажными глазами и как-то особенно перед ними лебезил. Так было с Пушкиным. Но других тянуло к Булгарину. Этот неопрятный, толстый человек, который был когда-то изменником (Булгарин служил в армии Наполеона), который нищенствовал в молодости (Булгарин сам рассказывал, как стоял с протянутой рукою на бульварах), тянул к себе людей, как тянет сонного где-нибудь на постоялом дворе большой старый, обтрепанный диван, кишащий клопами, но мягкий. Всего в нем было перемешано наполовину: искренность и ложь, полное отсутствие достоинства и добродушие, но главною его чертою было легкомыслие. Легкомыслие Булгарина было безграничное. Предать друга и обокрасть его для пего ничего не стоило, потому что он через час совершенно искренне забывал об этом. Из одного легкомыслия случалось ему иногда делать добрые дела. Его добродушие тянуло к нему Грибоедова и Рылеева, его легкомыслие — Вильгельма.

И странное дело, Вильгельм был бретер, смерть его не страшила, он слыл бешеным и много раз доказал это;

малейшее, даже кажущееся оскорбление приводило его в ярость, но тайная слабость охватывала его, когда Греч вонзал в него маленькие глазки и улыбался или Булгарин, брызгаясь слюной, начинал его похлопывать по коленке. Он был беззащитен перед ними.

Греч появился у Вильгельма, когда тот дошел до пределов нищеты. Он пожурил его за то, что Вильгельм ничего не говорил о своем положении друзьям, обещал достать работу, уроки, и действительно достал. От благодарности скромно отнекивался. Булгарин хлопал Вильгельма по коленке, хрипел, смеялся, и как-то так незаметно случилось, что денег у Вильгельма по-прежнему было мало, а на журнал Греча и Булгарина работать приходилось много. Целыми днями сидел Вильгельм за рецензиями, корректурами, правкой. Наконец Николай Иванович предложил Вильгельму совсем переселиться к нему. Вильгельм подумал, осмотрел свою неприглядную келью, как он называл свою комнату (Греч называл ее берлогой), посоветовался с Семеном и согласился. Он переехал к Гречу на Большую Морскую.

Николай Иванович называл свою квартиру семейным ковчегом. Ковчег этот был отделан, пожалуй, и роскошно, но задние комнаты, в которых главным образом и ютились семь пар чистых, были неопрятны, а расположение их неудобно. Была у Николая Ивановича страсть к роскоши, но квартира его была все же похожа на среднюю чиновничью. Была у Николая Ивановича, пожалуй, и страсть к деньгам, но пользоваться деньгами он не умел. А семья его походила более на чиновничью, чем на литераторскую: две дочки — старшая, Софочка, с холодными глазками, колкая, себе на уме и смешливая, и младшая, Сусанночка, посмирнее, тощенькая.

Сусанночка дичилась Вильгельма и испуганно смотрела на него, когда он по рассеянности, заговорившись, пытался зачерпнуть суп вилкой и резать мясо ложкой. Софочка же наблюдала за этим с замиранием сердца: она наслаждалась. Если Вильгельм задумывался за чаем, она незаметно вместо масла придвигала ему горчицу, и близорукий Вильгельм мазал себе этой горчицей хлеб. Вильгельм сердился, Софочке делали замечание, и она уходила к себе в комнату. Там, уткнувшись лицом в подушки, она долго заливалась неслышным смехом. Вечером она доставала свою тетрадочку, она вела дневник. Записи обычно начинались благочестивыми размышлениями о протекшем дне, вслед за ними шло строгое осуждение подруг, сведения о ссорах папа с маман и очень меткие наблюдения над странным жильцом.

III

Не было денег, не было положения, но, главное, не было воздуха. Все жили в каком-то безвоздушном пространстве и чего-то ждали. Россией правили безграмотные монахи, которые грызлись друг с другом, цензура не пропускала стихов к женщинам, если улыбки их в стихах называли небесными. Аракчеев белесыми глазами высматривал: кто нарушает порядок? Нельзя ли выпрямить улицы, вырубить сады? Нельзя ли из неопрятного, с развальцей ходящего экономического мужика сделать солдата, по форме одетого и марширующего точно? Военные поселения были той новой опричниной, которая, по мысли Аракчеева, должна была заменить старую гвардию: на гвардию, после семеновского бунта, полагаться было более нельзя. А пока что этих новых опричников засекали до смерти, заставляли маршировать до упаду и кормили впроголодь. Нигде не слышно было другого разговора, кроме разговора о крагах, ремнях и учебном шаге. Строго было определено число шагов в минуту: не менее ста пяти и не более ста десяти при церемониальном марше. Был введен идеальный порядок наказаний.

Раз Вильгельм, проходя мимо плаца, утром видел экзекуцию. Наказывали за какой-то проступок человек двадцать солдат.

Главное в этой экзекуции был порядок.

Два полубатальона солдат по семисот человек были построены параллельно, шеренгами, лицом к лицу. Каждый солдат держал в левой руке ружье у ноги, а в правой шпицрутен; шпицрутен был гладкий и гибкий лозовый прут, длиной в сажень. Сажень длины, ни больше, ни меньше. Неподвижные шеренги с шпицрутенами в руках казались серым камнем, на котором росла молодая и голая ивовая роща. В середине стоял офицер, держал в руках бумагу и выкликал имена — он говорил, сколько кому пройти кругов. Голос в утреннем воздухе был деревянный. Первым пяти осужденным скинули рубашки до пояса, головы их были открыты. Их поставили гуськом одного за другим; руки каждого из осужденных были привязаны к примкнутому штыку; штык приходился против живота, и вперед осужденный бежать не мог; за приклад спереди тащили его два унтер-офицера, и он не мог податься назад.

Раздался резкий стук барабана и вслед за тем звучный и ясный голос флейты. Вильгельм почувствовал, что силы оставляют его. Флейта в нечеловеческой тишине, где слышен только стук барабана.

И, как автоматы под властью магнетизма, которые Вильгельм видел в Лейпцигской кунсткамере, осужденные начали двигаться. Они подвигались по кругу, один за другим, под стук барабана и ясный голос флейты. Каждый солдат из шеренги делал правой ногой шаг вперед — шпицрутен взлетал и ложился на спину — солдат делал шаг назад. Все движения были точны и размеренны, как будто из машины выделялся какой-то рычаг и снова в нее уходил. С обеих сторон в такт музыке свистели мелодически шпицрутены и одновременно ложились на спины. Только голос флейты и голос шпицрутенов да стук барабана. Да еще пять человек, которые двигались по зеленой улице, кричали перед каждым ударом:

— Братцы, помилосердуйте, братцы, помилосердуйте! Офицер опять начал выкликать имена. ...Вильгельм очнулся. Он полулежал под деревом на

краю улицы. Барабаны еще били. Над ним склонился черный маленький человек, худой, желтый, с хищным носом, — итальянец? грек? швейцарец? Вильгельму бросился в глаза грязный ворот его рубашки. Таких людей сотни — при аукционах, в театрах, в трактирах, на бульварах.

Он кинул воды в лицо Вильгельму и сказал хрипло, по-французски с немецким акцентом:

— Теперь все в порядке. Пройдет. Это пустяки.

И исчез.

Когда Вильгельм протер глаза, его уже не было. И он сразу же забыл о нем. Таких лиц сотни — в театрах, трактирах, на бульварах. Вспоминая позже экзекуцию, он забывал о черном человеке. Вспомнил он о нем только впоследствии, много времени спустя, и то всего на один миг.

Что поразило Вильгельма в экзекуции — это порядок, красота, расчет каждого движения.

Думая об этом, Вильгельм вскрикивал, как от физической боли.

Помещика, который вымазал дегтем человека, Вильгельм не мог ненавидеть — он мог только избить его или убить.

Но красивые, гибкие лозы, звучный свист флейты и мерные движения он ненавидел, — потому что боялся их до дрожи в ногах, до омерзения.

IV

Успокаивали Вильгельма, умели разгонять spleen двое: Рылеев и Саша Одоевский. Каждый по-своему.

Саша Одоевский был родственник Грибоедова, молоденький лейб-гвардеец, румяный, с синими глазами. Ходил он в щегольском мундире, любил хорошо одеваться. Все в нем кипело. Он минуты на месте не сидел. Мысли его, как у ребенка, носились в полном беспорядке. Хохотал он тоже как ребенок, раскрыв рот, показывая белые зубы, — и на щеках появлялись у него при смехе ямки.

Он любовался решительно всем: хорошей погодой, хорошими стихами (и сам их писал), красивыми женщинами и благородными мыслями. Он ласкался к Вильгельму, как теленок.

Бренча шпорами, он вбегал к Гречу, торопливо здоровался с хозяином, который не любил излишнего шума и смеха, и начинал тормошить Вильгельма.

Он посвящал Вильгельма в свои тайны любовные, довольно веселые тайны. Женщины его любили.

— И родители мне не откажут, — говорил он Вильгельму (на каждой девушке, за которой Саша волочился, он собирался жениться). — Я к родным поеду, наговорю много, много, шпорами буду звякать — милый, они противиться не будут.

Саша шалил — и сам знал, что шалил: через неделю он забывал о намерении сделать предложение и говорил Вильгельму о планах литературных.

Голова у него была ясная, ухо верное. Он чувствовал стихи, как женщин, и так же любил их. И, слушая стихи Пушкина, становился вдруг тих и грустен.

Вильгельму он приносил с собой в комнату несколько охапок свежего воздуха.

У Рылеева Вильгельм бывал часто. Рылеев жил у Синего моста, в доме Российско-Американской торговой компании, секретарем которой он был. Раз Вильгельм застал у него купца Прокофьева, директора компании. Прокофьев был уже немолодой, важный человек, более похож на чиновника, чем на купца. Глядя на Вильгельма своими быстрыми, бегающими глазами, Прокофьев говорил:

— Эх, пора, пора России-матушке с Америки пример брать. Отстали мы на сто лет, обленились. А отчего — не угодно ли поглядеть, — он кивнул на окно.

Вильгельм посмотрел в окно. По Синему мосту

маршировали солдаты. Шаг был точен, размерен, движения механические.

— Вот от этого, — сказал Прокофьев. — Вместе этой махины надо бы нам американские махины заводить.

Рылеев переминался с ноги на ногу, чем-то недовольный. Прокофьев быстро взглянул на него и, видимо, смутился.

— Прощения просим, — сказал он по-купечески. Вильгельм посмотрел на Рылеева с недоумением.

— Вот как нынче купцы заговорили.

Но Рылеев тотчас начал говорить о литературе, о своем альманахе — "Полярной звезде". Он занят был вместе с Александром Бестужевым изданием альманахов. Альманахи его имели большой успех. Все кипело и спорилось в его руках.

— Ты пойми, Кюхельбекер, — говорил Рылеев, — альманахи наши — предприятие коммерческое. Ты у Греча работаешь и Греча богатишь. Надобно литераторам вместе соединиться и выгоды торговые от трудов своих самим получать.

Вильгельм разводил руками, у него не было никаких способностей торговых, его альманах "Мнемозина" принес ему только убыток, долги. Издал он его неуклюже, картинки приложил варварские, наполнил философскими статьями, а публика любила карманные форматы, стихи легкие и занимательные, повести с быстрыми интригами. Нет, где уж ему издавать альманахи.

Рылеев любил Вильгельма. Может быть, за то, что Бестужев относился к нему свысока, за сумасбродство, за отчаянность, за бездомность, за то, что Вильгельм был беспомощен. Рылеев любил людей, которым некуда было деться.

Нетерпеливый с людьми спокойными, он был спокоен и ласков с Вильгельмом.

У Рылеева бывали разные люди. Приходил Александр Бестужев, черноусый, с тяжелыми пламенными глазами офицер и писатель; он был адъютант герцога Вюртембергского. Щегольской форменный сюртук сидел на нем особенно небрежно, он расстегивал его, сидя в дружеском обществе. Был молчалив и внимателен, а потом шумно и резко острил.

Бывали Греч, Булгарин, Пущин.

Раз Рылеев повел Вильгельма к Плетневу, робкому литератору, с которым дружил Пушкин. В этот вечер Левушка Пушкин должен был читать новую поэму Александра "Цыганы". Левушку любили друзья Александра, потому что в отсутствие Александра он им его напоминал. Но рядом сходство исчезало, разве что отрывистый хохот, да белые зубы, да курчавые волосы были те же у обоих братьев.

Читал Левушка прекрасно, выразительно, хотя и без "декламации", не подвывая, как Грибоедов, и без "пения", как читал Пушкин. Чтобы уговорить его почитать, нужно было шампанское; недаром Левушку Пушкина звали друзья: Блёв. Пьяница он был отчаянный.

Распив бутылку шампанского, Левушка обвел глазами присутствующих и начал читать. Все молчали. Левушка прочел первую песнь. Пущин улыбался: стихи Александра приносили ему, даже и помимо смысла, наслаждение почти физическое. Вильгельм сидел, приложив руку к уху, и слушал жадно. Перед второй главой Левушка еще попил шампанского.

> *И ваши сени кочевые*
> *В пустыне не спаслись от бед.*
> *И всюду страсти роковые,*
> *И от судеб защиты нет.*

Вильгельм, плача и смеясь, подскочил неловко к Левушке и обнял его.

— Милый, — бормотал он, — ты и понятия не имеешь, что ты такое сейчас прочел.

Рылеев засмеялся и быстро сказал:

— Разумеется, вещь достойная Пушкина. Но почему Пушкин такого высокого героя, как Алеко, заставил водить медведя и денег за это просить, ума не приложу. Черта низкая и героя недостойная. Характер героя его унижен. Лучше бы уже сделать Алеко кузнецом — в ударах молота все же есть нечто поэтическое.

— Но ведь здесь герой не Алеко, а старый цыган, — усмехнувшись, важно сказал Бестужев. — Но стихи, стихи какие! И какова сцена убийства!

— Стихи великолепные, но начало несколько небрежно, — возразил Рылеев.

Вильгельм был вне себя:

— Что вы рассуждаете! Самое простое и самое высокое создание, которое Александр когда-либо написал.

Он со слезами на глазах стоял посредине комнаты, неловкий, растерянный, с подергивающейся губой, и повторял:

> *И всюду страсти роковые,*
> *И от судеб защиты нет.*

Глядя на него, Рылеев снова засмеялся, тихо и ласково:

— Что за прелесть, Вильгельм Карлович, как ты молод и свеж!

Кюхля подскочил к нему и внезапно обнял его. Булгарин торопливо записал что-то в тетрадку, поочередно смотря на Рылеева, Бестужева и Кюхельбекера.

V

ЖУРНАЛ СОФОЧКИ ГРЕЧ
(Отрывки, относящиеся к Вильгельму)

7/IV 1825 г.

Константин Павлович[26] ужасть как смешон, щиплет за щеку. Кривцов повеса страшной и комплиментщик. Подговаривает бежать, видно, что смеется. Папенька намедни очень долго запирался в кабинете. Вечером приходили разные люди, литературщики. Все очень громко говорят. Рылеев из них главный, так в разговоре кипятился, что прямо невозможно сделалось слушать. Урод[27] как вскочил с кресел, так кресла на пол повалились. Шум сделался, все смеются, а он вылупил глаза и кричит, не замечает ничего.

8/IV 1825 г.

Урод стихи свои читал. Папенька страшные глаза нам делал, он ничего не видит, читает. Папенька мало его слушал, а когда кончил, сказал: "Ах, это бесподобно у вас вышло". Тот обрадовался, а папенька вовсе и не слушал. За обедом задумался, я ему и говорю: "Monsieur Kьchelbecker, отчего вы сегодня рассеянны?" — он отвечает: "Merci, madame, я совершенно сыт". Я со смеху умерла...

10/VII 1825 г.

Перебрались на дачу. Очень весело, будет музыка каждый день. Урод со своим человеком перетащился. Бегает как бешеной по аллеям, набрал букет листьев с клена, поставил в воду. Целый день бродил по парку, сам с собой разговаривая, махал руками. Папенька из окна на него глядел, любовался. Не понимаю, зачем он у нас живет. Папенька говорит, что человек нужный.

---

[26] По-видимому, К. П. Безак, двоюродный брат Греча, в будущем муж Софочки Греч. Впоследствии начальник отделения в министерстве иностранных дел. (Прим. Ю. Тынянова.)

[27] Так Софочка всюду называет Вильгельма. (Прим. Ю. Тынянова.)

15/VI1 1825 г.

Урод в С.-Петербург уехал на неделю по делам с человеком своим. Была у него в комнате, невестины письма читала; очень есть интересные.

17/VII 1825 г.

Серж стал слишком дерзок. Пусть не думает, пожалуйста, что я его не понимаю. Я решилась ему показать полное невнимание. Урод сделал скандал в доме. Константину Павловичу сказал, что в лучшем случае чиновники взятки берут. К. П. спрашивает: "А в худшем?" —

——

190

"А в худшем — и берут и человека продают". — К. П. обиделся, встал из-за стола. А тот как ни в чем не бывало. Папенька из-за журнала все общество отобьет. Несносно!

18/VII 1825 г.

К уроду занятные гости приезжали: Дельвиг, барон, и Одоевский — такой прелестный, что сил нет. Говорили, говорили, конца не было. Насилу гулять собрались. Как Одоевский смеется! Я, кажется, влюблена в него сегодня. Ах, Alexandre, Alexandre!

20/VII 1825 г.

Урод, оказывается, меня до сих пор не знает. Вчера меня назвал Сусанной, — а ей десять лет! Сегодня встретил в парке, спросил, давно ли из Петербурга. Я говорю: "Давно". — "Странно, — говорит, — что до сих пор с вами, Мария Александровна, не встречались". — Раскланялся и зашагал. Невежа бешеной! Интересно, какая Мария Александровна?

15/VIII 1825 г.

Хотим перебираться в город. Погоды несносные, и дождь все время. Наконец-то папенька с уродом разругался! Вышло из-за литературы. Говорили о Катенине и о Грибоедове. Папенька их очень раскритиковал. Урод побледнел и затрясся, сказал, что папенька в литературе дальше Карамзина и грамматики ничего не понимает. Папенька обиделся и сказал, что, может быть, он дальше Карамзина и не понимает, но что урод дальше Державина еще не пошел. Урод сказал, что большей хвалы и не желает, но папенька очень обиделся и сегодня сказал, что с уродом дел вести дальше нельзя и что он человек даже опасный. Тант Элиз говорила, что папенька наживет себе бед с такими людьми, как урод; ей давеча говорили, что за уродом из ПБ следят по приказанию. Страшно, какие дела у нас в доме!

18/VIII 1925 г.

Урод весь день вчера читал нам Гофмана "Песочный человек". Очень страшно. Он хорошо читает, хоть запинается и голос протяжный. Всю ночь не могла заснуть от страха. Когда урод добрый, он весь дом занимает, много из путешествий рассказывал сегодня. Тант Элиз даже сегодня сказала, что он, кажется, хороший человек, хоть сумасброд.

20/VIII 1825 г.

Скоро перебираемся. Погоды плохие, у папеньки в городе дел много. Урод насмешил ужасно. Купил громадный букет цветов, мне поднес и комплиментов наговорил. Был очень учтив со мной и добр. Даже жалко его стало...

27/VIII 1825 г.

Скандал за скандалом. Тант Элиз заявила папеньке, что жить больше в доме не будет, если будет так продолжаться. Все из-за урода. Скандалит с Фаддеем Венедиктовичем. Фаддей ужас какой забавный, хотя и mauvais genre[28] [. Все время сидит за портером, пыхтит чубуком и отпускает шуточки. Вздумалось ему подшутить над уродом. А тот преобидчивый. Он говорит уроду: "Вы, Вильгельм Карлович, уже десять лет как не изменяетесь, ругали меня в прошлом году, а нынче опять ругаете. Юношеский пыл у вас играет". И похлопал его по коленке. Урод вылупил на него глаза и говорит: "И изменяться и изменять — не мое ремесло". Фаддей даже чубук уронил и хрипит ему: "На что вы намекаете?" А тот покраснел да и говорит: "Не намекаю, а прямо говорю, что измена и мнениям и людям — ремесло дурное". Фаддей даже заплакал, слезы у него показались, и говорит: "Неужели вы, В. К., меня изменником считаете?" Уроду как будто жалко его стало, и он говорит: "Я говорю об измене мнениям, а нс отечеству". А тот еще хуже обиделся, вскочил, стал весь красный и говорит: "Ну, не забудьте своих слов, В. К., как-нибудь сочтсмся. Забыли мои одолжения". А тот опять рассердился и говорит: "Я ничего не забываю, Ф. В., даже о вас в обзоре литературы упомянул". Когда урод ушел, Фаддей говорил папеньке: "Как хочешь, Николай Иванович, я этого дурака бешеного в журнал не пущу больше". Папенька и так и сяк, насилу уговорил.

---

[28] Дурного тона (франц.).

VI

После дождливого лета наступила осень, очень ясная. Вильгельму надоело жить у Греча, он снова носился с планом журнала. Раз, на Невском, встретил он Сашу Одоевского, Саша предложил ему с места в карьер:

— Вильгельм, ты одинок, и я одинок. Сердце сердцу весть подает, давай жить вместе. Что тебе делать у этого грамматика Греча? И хоть бы Греч только, а там ведь и Гречиха и Гречата. Спасайся.

Он засмеялся звонко.

— Перебирайся ко мне. Место у меня хорошее. Две комнаты пустуют. И вот что, — Саша в полном восторге схватил Вильгельма за руку, — мы сейчас же все это и проделаем. Завтра и переезжай. Вещей, полагаю, у тебя немного.

Вильгельм опомниться не успел, как извозчик мчал их к Гречу, а потом Саша распоряжался укладкой его вещей. Назавтра Вильгельм переехал.

Комнаты Сашины были светлые, просторные, хотя и обставлены небогато. Жил он на углу Почтамтской и Исаакиевской площади. Площадь была видна как на ладони. Ее портили леса, материалы, камни, нагроможденные беспорядочной кучей: строили Исаакиевскую церковь.

Саша дома сидел мало, был, по обыкновению, в кого-то влюблен и разъезжал по гостям. Возвращаясь ночью, он поднимал с постели Вильгельма и рассказывал, рассуждал без конца, с таким видом, как будто если бы подождал до утра, то мировой порядок от этого пострадал бы. Ему едва минуло двадцать два года, а запаса жизни было лет на двести. Он был поэт и писал стихи звучные и легкие, давались ему они очень легко, не так, как Вильгельму, который иной раз по целым ночам за ними просиживал. Саша задумывался, глаза его темнели, он начинал шагать из угла в угол, плавно дирижировал правой рукой, потом присаживался, сидел с полчаса и бежал к Вильгельму читать новые стихи. Сближала Вильгельма с Сашей и любовь к Грибоедову. Грибоедов приходился родственником Саше, и Саша с детских лет его любил и побаивался.

— Ты понимаешь, — говорил он Вильгельму, — дерзость в нем необычайная. Он раз при мне чуть не идиотом обозвал в театре полицеймейстера. Так тот ни слова в ответ ему сказать не мог — так изящно все было выражено.

Вильгельм с огорчением, но снисходительно говорил ему:
— Ты его судишь, милый, поверхностно.

160

Собирались часто у Саши друзья, гвардейцы. Саша был хороший товарищ. Его в полку любили. Появлялись жженка, пунш, аи, было шумно. Саша любил песни, у него много пели. Начинали с "Соловья":

Соловей мой, соловей,
Голосистый соловей!
Ты куда, куда летишь?
Где всю ночку пропоешь?

Вильгельм любил эту песню — слова были Дельвига. Дельвиг написал эти стихи, думая о Пушкине. Голосистый соловей был Пушкин. Вильгельм подтягивал, хотя и фальшивил. Потом переходили на более веселые:

Слуги все жандармы,
Школы все казармы...

И Саша притопывал ногой:

Князь Волконский баба
Начальником штаба.

Появлялись карты, но играл Саша не всерьез, ему скоро надоедало, и усатый Щепин-Ростовский, игрок суровый, испытанный, говорил ему с досадой:
— Эк, братец, что ж ты мечешь направо, коли нужно налево. Играть с тобой нет сил.
Под утро уставали, мрачнели, и Саша, серьезный, бледный, затягивал гимн, наподобие марсельского, тот самый, за сочинение которого уже четыре года сидел в своей деревенской ссылке Катенин:

Отечество наше страдает
Под игом твоим, о злодей!
Коль нас деспотизм угнетает,
То свергнем мы трон и царей,

И все под конец гремели дружно, а пуще всех старался Вильгельм:

Свобода! Свобода!
Ты царствуй над нами.
Ах! лучше смерть, чем жить рабами, —
Вот клятва каждого из нас.

161

У Саши жилось веселее, чем у Греча.

VII

Денег у Вильгельма не было, он даже обносился и иногда по ночам вздыхал долго. Саша знал, отчего Вильгельм вздыхает, это совпадало по времени с получкой писем из Москвы: у Вильгельма была невеста, которую он не хотел обрекать на нищету. У Саши деньги водились, но Вильгельм у него не занимал и уже раз серьезно из-за этого с ним повздорил. А между тем в последнее время отношения у Вильгельма с Гречем попортились. Булгарин же его прямо из журнала выживал и печатал только по настоянию друзей, и Вильгельм сидел без карманных денег, на сухарях. Положение было отчаянное.

Раз утром Вильгельм с Сашей сидели за чаем. Колокольчик прозвонил. Семен доложил:

— Вильгельм Карлович, вас человек один спрашивает. Вошел пожилой слуга, поклонился, спросил, здесь ли живет коллежский асессор Вильгельм Карлович Кюхельбекер, и подал пакет.

— От Петра Васильевича Григорьева.

— От кого? — переспросил Вильгельм. Человек повторил.

— Не слыхал, — удивился Вильгельм и вскрыл пакет. Из пакета выпала кучка ассигнаций. Вильгельм разиня рот смотрел на них.

Он стал читать, и изумление изобразилось на его лице. — Что такое? — спросил Саша.

— Ничего не понимаю, — повернул к нему вылупленные глаза Вильгельм. — Прочти.

Письмо, написанное старинным почерком, дрожащей, по-видимому старческой рукой, было такого содержания:

"Милостивый Государь

Вильгельм Карлович!

Ваш покойный батюшка был мне благодетель. Я оставался ему должен тысячу рублей долгое время: обстоятельства лишили меня возможности заплатить сей долг; теперь же препровождаю к вам сию тысячу рублей и покорнейше прошу принять вас уверения в истинном почтении, с которым честь имею быть ваш, милостивый государь

Вильгельм Карлович!

всепокорнейший слуга Петр Григорьев.

162

С.-Петербург, сентября 20 дня 1825 г."

— Ну что же, — весело сказал Саша, — очень благородный поступок!

Вильгельм пожал плечами:

— Да я никакого Григорьева не знаю.

— Что ж, что не знаешь, твой отец его, верно, знал.

— Я никогда такого имени у нас в семье не слыхал. Вильгельм подумал, посмотрел подозрительно на слугу

и сказал ему:

— Я этих денег принять не могу. Я Петра Васильевича не имею чести знать.

Слуга спокойно возразил:

— Велено оставить. Ничего не могу знать. Вильгельм беспокойно огляделся и задумался.

— Нет, нет, — сказал он подозрительно, — здесь, может быть, недоразумение какое-нибудь.

— Какое же здесь может быть недоразумение, — возразил Саша, — когда твое имя здесь довольно ясно написано.

— Не понимаю, — пробормотал Вильгельм.

— Мой совет, Вильгельм, — сказал Саша, смотря на него ясными глазами, — не обижать человека, совершившего благородный поступок, отказом, а принять.

Вильгельм посмотрел на него внимательно:

— Это верно, Саша, спасибо. Он, конечно, обиделся бы. Но я его посещу и объяснюсь лично.

— Где твой барин живет? — спросил он слугу.

— На Серпуховской улице, в доме Чихачева, — сказал слуга, смотря вбок.

— А когда его можно дома застать?

— Они дома бывают каждое утро до девяти часов, — отвечал слуга, подумав.

— Поблагодари же, любезный, барина, — сказал Вильгельм, — и передай, что посещу его завтра же.

Слуга низко поклонился и ушел.

Назавтра же Вильгельм собрался к Григорьеву.

Домой он вернулся поздно, совершенно озадаченный.

— Не нашел, — сказал он Саше растерянно.

— Неужто? — удивился Саша.

— Всю Серпуховскую улицу обошел, — махнул Вильгельм отчаянно рукой, — там даже и дома Чихачева нет. Взял квартального надзирателя, обошел с ним всю часть, и Измайловскую часть обошел, — нет и нет.

— Да вот поди ж ты, — сказал что-то такое Саша, слегка недоумевая,

Вильгельм помолчал и пожал плечами:

— Черт знает, какая история. Не знаю, как быть с деньгами. Я их считать своими не могу. Я публикацию решил в "Ведомостях" сделать.

Через два дня появилась в "С.-Петербургских ведомостях" публикация от коллежского асессора Вильгельма Карловича Кюхельбекера, в которой подробно описывалась загадочная история с тысячею рублей ассигнациями, поступок господина Григорьева назывался честным и благородным, но вместе с тем господин Григорьев ставился в известность, что если Григорьев хочет, чтобы присланные им деньги он, Кюхельбекер, считал точно своими, то должен незамедлительно известить его о своем местопребывании и объясниться с ним.

И Петр Васильевич явился.

Был он чем-то вроде подьячего, с лисьей физиономией, с бесцветными глазами, и Вильгельму даже показалось, что как будто немного отдает от него водкой, — но он тотчас отогнал эту недостойную мысль от себя.

Петр Васильевич называл его с умилением благодетелем и сыном благодетеля и немного удивил Вильгельма тем, что порывался лобызнуть его в плечо.

Он был мелкопоместный дворянин, и угрожала ему, тому назад тридцать лет, неминуемая тяжкая кара за одно легкомысленное деяние, совершенное им по крайней младости, — Петр Васильевич прослезился, — а Карл Карлович, благодетель покойный, — Петр Васильевич воздел ладони, — его выручил. Тридцать лет носил он сей долг священный и только сей год возмог его возвратить.

Вильгельм был растроган.

— Только не Карл Карлович, а Карл Иванович, — поправил он старика. — Отчего же вы, Петр Васильевич, не сообщили адреса своего верного? — спросил он мягко.

— Единственно из стеснительности, — сказал Петр Васильевич, прижимая руку к сердцу, — единственно из того, дабы не прийти мне в совершенное расстройство от воспоминания о благодетеле и протекшей младости. — И Петр Васильевич опять прослезился.

Саша беззаботно сказал Вильгельму:

— Как кончишь разговор, Вильгельм, скажу тебе одну важную новость.

Петр Васильевич откланялся. Вильгельм проводил его до дверей и пожал руку с чувством.

— Какое старинное благородство, — сказал он Саше,

вернувшись. На глазах его были слезы. — Какая у тебя новость, Саша?

Новость Саши оказалась, однако, сущим пустяком.

Вильгельм сшил себе темно-оливковую шинель с бобровым воротником и серебряной застежкой, приодел Семена и стал доверчивее относиться к жизни: можно было еще жить на свете, пока были такие честные люди, как этот забавный старик, старец Петр Васильевич.

Он так до конца жизни и не узнал, что Петр Васильевич был вовсе не Петр Васильевич, а просто Степан Яковлевич, старый приказный; что никаких денег Карл Иванович ему не одалживал, да и не знал его вовсе Карл Иванович, да и не присылал вовсе Степан Яковлевич денег Вильгельму. А слезлив был Степан Яковлевич до причине склонности к горячительным напиткам, и нанял его всего за два рубля Саша сыграть небольшую роль, которую тот и провел с успехом. Да и слуга был вовсе не Григорьева слуга, а брата Пущина, Миши. Настоящего Петра Васильевича Григорьева составили три лица: Саша, Пущин и Дельвиг, которые были в восторге от всей романтической фарсы и долго хохотали, когда Саша изображал, как "Петр Васильевич" стремился лобызнуть Вильгельма в плечо.

Саша раз спросил Вильгельма:

— Кстати, ты здесь у врага Александра не бываешь? — У какого врага?

— У Якубовича, — важно ответил Саша. — Они ведь там стрелялись, ты знаешь. Впрочем, он враг и другого Александра (Саша говорил о царе). Человек страшный.

Саша любил и уважал все страшное.

— А разве Якубович здесь? — оживился Вильгельм. — Я полагал, что он на Кавказе.

— Да он и должен бы быть на Кавказе, но здесь задержался. У него прелюбопытные люди бывают и всегда весело. Едем сегодня.

Якубович жил у Красного моста на углу Мойки в просторной, роскошной квартире. Мебель была мягкая, столы широкие, диваны покойные.

Он был все тот же, высокий, с мрачным выражением на смуглом лице, с сросшимися бровями и огромными усами. Улыбка блуждала на его губах — сардоническая. Лоб его был закрыт черной повязкой, кавказская пуля сидела там. Принял Вильгельма он прекрасно, да и все сидящие в диванной ему обрадовались. Кругом сидели Рылеев, Бестужев, еще несколько гвардейских офицеров, среди них высокий, с красным лицом,

Щепин-Ростовский, да еще Вася и Петя Каратыгины, ученики Катенина, из которых Вася был уже восходящим светилом Большого театра, а Петя, с его быстрой сметкой и смешливостью, обещал быть некогда недурным водевилистом, если не характерным актером. Здесь же сидели Греч и Булгарин. Настроение у всех было повышенное. На столе стояли вино и фрукты. Бестужев и Щепин сидели в расстегнутых мундирах и курили из длинных трубок. Рылеев попросил Васю и Петю Каратыгиных продекламировать из какой-либо трагедии.

Вася встал, принял позу трагического актера и начал читать монолог Вителлии из "Титова милосердия" Княжнина. Петя встал напротив — в такой же позе. Читал певучим голосом, повышая его к концу строк и жестикулируя в конце периодов:

Друзья! участники Вителлиина мщенья
И прекратители всеобща униженья!
Расторгнем узы сограждан!
Скажите, римляне, на то ль живот вам дан,
Чтобы, возвышенным в теченье многих веков
Трудом богам подобных человеков,
Вне римских стен царей себе рабами зреть,
А в Риме пред своим властителем робеть?

Тотчас же Петя, мрачно скрестив руки на груди, ответил монологом Лентула:

Пускай рабы его целуют руку.
Но в ком хоть искра есть
Души благорожденной,
И кем хоть мало правит честь,
Тот, гневом воспаленный,
Не могши ига несть,
От ярости трепещет
И в сердце гром на Тита мещет.

Вдруг он схватил стоявшую в углу Сашину шпагу и, ловко извлекши ее из ножен, протянул вперед:

Се меч — вина свободы сограждан!
Отечества спаситель!
Тиранов истребитель!
Коль есть еще меж вас, кому дух робкий дан,

Кто, сердцем трепеща, от страха унывает
И к понесению преславных толь бремен
Довольно сил в себе не ощущает,
В сей час от нас да будет удален,
И, ко стопам повергшися владыки,
Изменник гнусный все явит,
Чем мы стремимся быть велики.

Рылеев с удовлетворением смотрел на юношей. Якубович пыхтел чубуком, мрачно насупившись. Саша, приоткрыв рот, прислушивался к высоким голосам. Петя кончил, понизив голос до яростного шепота:

А тот, кто рабство с гневом зрит
И кто к тиранству полн гнушеньем,
Кто хочет с нами славы в храм, —
Тот нашим да явит глазам
Меча свирепым изверженьем
Ужасный свой тирану дух.

Все захлопали. Вася и Петя, внезапно оробев, уселись на диван и неловко приподнялись, кланяясь на хлопки. Рылеев прошелся по комнате и провел рукой по волосам.

— Пускай рабы его целуют руку, — повторил он. Булгарин вдруг сказал, оттопырив губы:

— Варвара мне тетка, а правда сестра. Вкусу здесь я не нахожу, ясновельможные, "свирепое извержение" — что за выражение.

Рылеев подошел к нему и сказал вдруг, краснея:

— А ты, Фаддей, в последнее время находишь вкус в другом — целовать руку. Подожди, если революция совершится, мы тебе на твоей "Северной пчеле" голову отрубим.

Булгарина покоробило. Он засмеялся хрипло:

— Робеспьер Федорович, об одном молю, поднеси мне в смертный час портерную кружку.

Кругом засмеялись. Рылеев забыл о Булгарине, прохаживался быстро по комнате, о чем-то думая. Потом он сказал, обращаясь к Бестужеву:

— Пора оставлять пение певцам. Жуковский и сам справится. Должно писать нам песни шуточные, пусть ходят в народе: для нас трагедия, для народа шутки — не до шуток доведут. Время легкой поэзии миновало.

— Да, — процедил Бестужев с сигарой в руках. — Жуковского из дворца калачом не выманишь. Занимается; там с фрейлинами романтизмом дворцовым. Хотите, скажу вам нечто?

Он стал в позу, шпоры его брякнули. Он начал декламировать, подражая Жуковскому, слегка подвывая и подняв кверху глаза:

Из савана оделся он в ливрею,
На пудру променял свой лавровый венец,
С указкой втерся во дворец,
И там, пред знатными сгибая шею,
Он руку жмет камер-лакею...
Бедный певец!

Греч засмеялся и захлопал в ладоши:

— Браво, браво. Ведь вот напечатать такое. А то Хвостова печатай — разрешается, а чуть дело — нельзя.

— Вы еще долго пробудете здесь, Александр Иванович? — спросил Вильгельм Якубовича.

Якубович мрачно пожал плечами:

— Я не волен в своей судьбе, Вильгельм Карлович. Вошел слуга и подал какой-то пакет Якубовичу. Якубович вскинул черные брови, распечатал, пробежал глазами бумагу и побагровел.

— Не угодно ли! Запрос официальный, почему не уезжаю к месту службы на Кавказ. А им отлично известно, что я здесь от раны лечусь. — Он притронулся рукой к черной повязке своей. — Для службы тирана подставлял я свой лоб, и наградою мне гонение и позор.

Он вытащил из бокового кармана полуистлевшую бумагу. Это был приказ о переводе его из гвардии.

— Только Александр Павлович да холоп его Аракчеев полагают, что карбонарии зарождаются самопроизвольно. Царь сам их создает. Вот такими пилюлями.

Рылеев подошел к Вильгельму.

— Вильгельм Карлович, по "Полярной звезде" дела есть. Нужно завтра увидеться. Стихов нет ли? Стихи нужны.

ДЕКАБРЬ

I

Александр I умер в Таганроге 19 ноября 1825 года.

Лейб-медик Тарасов вскрыл тело, опростал его, наполнил бальзамическими травами и ароматическими спиртами, положил в свинцовый гроб в особых подушечках лед, натянул на труп парадный мундир, на руки белые перчатки. В таком виде император мог сохраниться недели две, а то и месяц.

Уже несколько недель, как из Таганрога от Дибича и князя Волконского летели фельдъегери с эстафетами в Варшаву и в Петербург. В Варшаве сидели Константин и Михаил, в Петербурге — старая царица и Николай.

Уже девять лет, как Константин сидел безвыездно в Варшаве, он был наместником Царства Польского. В Варшаву упрятали Константина недаром. Он был страхом и поношением всей семьи. Александр еще десять лет назад с ужасом думал о том, как престол перейдет к Константину. Чуть не на глазах у всех совершилось убийство одной красивой француженки. За ней прискакала карета, человек выпрыгнул из кареты и сказал ей, что ее подруга умирает. Француженка села в карету, и ее умчали в Мраморный дворец — дворец Константина. Ее втащили по лестницам. Гвардейцы охраняли входы. Через три часа та же глухая карета примчала француженку к ее дому. Ее вынесли на руках два гайдука. Муж выбежал навстречу. Карета умчалась. Француженка сказала мужу: "Я обесчещена. Я умираю". Она была окровавлена. Она умерла тут же, на улице. Собрался народ. Назавтра французский консул посетил министра иностранных дел. Был арестован адъютант князя Константина, человек заведомо невинный. Александр рвал на себе волосы. Этот мешковатый, согбенный, с широким розовым лицом, со вздернутым отцовским носом Константин, цесаревич, наследник императорского престола, был явным убийцей.

Однажды у окна дворца императрицы Елизаветы был найден зарезанный молодой гвардейский полковник: пронеслись глухие слухи, что полковник был любовником Елизаветы и что убил его тот же Константин. Все от него отступились. Александр с отвращением и страхом разговаривал с братом. И Константина услали в Варшаву. Мать называла его в письмах "любезный Константин Павлович". Вскоре он начал

169

дело о разводе — скандал, дотоле неслыханный в императорском доме. Мать долго не соглашалась. Наконец она согласилась на развод с тем, чтобы любезный Константин Павлович женился на одной из немецких принцесс. Константин сидел в Варшаве, посвистывал и сочинил непристойную песню, где приравнивал свой брак с немецкой принцессой пожару и наводнению. Он открыто издевался над семьей, к которой принадлежал. И у этого страшного человека был юмор. Он все-таки добился развода и тотчас же женился на Жанетте Грудзинской, польке. Он сел с ней в открытый кабриолет, взял вожжи в руки и, похлестывая бичом лошадей, проехал с ней сначала в православную церковь, а потом в костел. Скандал был снова публичный.

Годы шли. Он немного притих, взгляд его стал пустым и неуверенным, он еще больше сгорбился. В Варшаве он жил в будирующем одиночестве блудного сына. Бестужев и Рылеев прозвали его "чудодеем". Мария Федоровна и Александр были даже рады его браку. Это был предлог лишить престола убийцу, на которого все смотрели со страхом. Константин согласился отречься. Он хорошо помнил смерть отца. "Хорошая это была каша", — говаривал он об этой смерти. Но отречение его и распоряжение Александра о престолонаследии не было обнародовано. Подлинник царь отдал митрополиту Филарету, Филарет положил его в ковчежец московского Успенского собора, а три копии, довольно небрежные, лежали в Государственном совете, Сенате и Синоде. Когда Александра спрашивали о наследнике престола, он разводил руками и поднимал глаза к небу. Он не опубликовывал манифеста. Бумага об отречении Константина была завещанием царя. Он завещал Россию младшему, Николаю, как всякий помещик мог завещать свое имение второму брату, минуя старшего. Почему он медлил с опубликованием? Никто не знал. Быть может, потому, что Николая не любили еще больше, чем Константина.

Два года провел Николай в походах за границей, в третьем проскакал всю Европу и Россию и, возвратясь, начал командовать Измайловским полком. Он был необщителен, холоден и строг. Лицо его было белое, безотчетно суровое. В детстве он был трусоват, боялся выстрелов: когда кавалер учил его стрелять, прятался в беседку. Всюду стремился одолеть другого, быть первым в строю, в игре на бильярде, в каламбурах и фарсах. Александр, который всем говорил, что тяготится троном, боялся соперников. Он заставлял Николая играть жалкую и пустую роль бригадного и дивизионного командира; но Николай исполнял ее с необыкновенным усердием. Он был придирчивым командиром, невыносимым начальником бригады. Военный строй единственно был для него приятный строй жизни. В ранней молодости задали ему написать сочинение: "Доказать, что военная служба не есть единственная служба дворянина, но есть и другие занятия, для него столь же почтенные и полезные". Николай ничего не написал и подал кавалеру белый листок. На смотрах и парадах он отдыхал. "Здесь порядок, строгая и безусловная законность. Никакого всезнайства и противоречья", — говорил он. На всю жизнь запомнилось ему, как однажды какой-то офицер попался ему в статской одежде под военным плащом, — это было для Николая поступком невероятным. Все статское было подозрительно для него. Иногда, стоя на поле, он брал в руки ружье и делал ружейные приемы так хорошо, что вряд ли лучший ефрейтор мог с ним сравняться. Он показывал барабанщикам, как им надлежит бить в барабан. И все же он втайне завидовал брату Михаилу, он говорил, что в сравнении с Мишелем он ничего не знает. "Каков же должен быть сей?" — спрашивали офицеры друг друга.

Мишель, самый младший, иначе относился к строю и к остротам. Он любил играть в слова и в солдатики; каламбуры его имели успех. Он вовсе не стремился, как Николай, быть везде первым, но просто любил фарсы и фронт. Ровный фронт марширующих солдат приводил его в радостное исступление. Самое высокое понятие имел он о военном чине. Звание начальника полка, бригады, а тем паче корпуса, гораздо больше льстило его самолюбию, чем великокняжеский сан. Он не постигал, как все в России не идут на военную службу. Он был настоящим гвардейцем. Перед фронтом был беспощаден, одним своим видом наводил страх, но вне службы любил быть нараспашку, говорил каламбуры и ухаживал за фрейлинами. Николай, которому глубочайшие познания Мишеля относительно артикула и его каламбуры не давали спокойно спать, постепенно от него отдалялся. Константин же откровенно ненавидел Николая и издевался над ним. При проездах Николая через Варшаву он оказывал ему царские почести. Когда тот, выходя из себя, указывал ему на неприличие этого, Константин, хохоча, говорил: "Да это все оттого, что ты — Николай, царь Мирликийский". Остроты и каламбуры, "фарсы" были в ходу у всех трех братьев.

Об отречении Константина и о том, что наследником назначил Александр Николая, — Николай знал еще в 1819 году, а Михаил узнал в 21-м.

Теперь Мишель жил в Варшаве у Константина в

171

Бельведере. Покои его отделялись от покоев хозяев одной только комнатой. Уже несколько недель с Константином творилось что-то неладное. Он задумывался, серые щеки его вспыхивали, и часами он ходил, сгорбясь, по комнатам. Потом, точно отогнав навязчивую муху, он вскакивал, ерошил волосы и быстро уходил. Он даже часто не выходил к столу. Мишель иногда спрашивал:

— Что с тобой?

Константин отвечал неохотно, отрывисто:

— Нездоровится.

Потом Мишель начал замечать, что к брату все время приезжают фельдъегери из Таганрога.

— Что это значит? — спрашивал он брата озадаченный.

— Ничего важного, — отвечал Константин равнодушно. — Царь утвердил награды, которые я выпросил разным тут дворцовым чиновникам.

Константин Александра всегда называл в разговоре царем.

25 ноября, под вечер, Константин заперся у себя в комнате с только что приехавшим фельдъегерем. Потом дверь быстро, со стуком отворилась, и он закричал хриплым голосом:

— Мишель!

Мишель быстро накинул сюртук и побежал к брату. Тот стоял посреди комнаты сгорбившись, с мутными глазами. На лице его был серый румянец.

— Maman? — спросил Мишель, думая, что мать умерла.

— Нет, слава богу, — сказал, приходя в себя, Константин, — царь умер.

Братья заперлись.

Константин, ходя по комнате широкими, угловатыми шагами, говорил отрывисто и смотрел на брата сурово.

Он свыкся с мыслью о том, что ему не быть на престоле, по в последнюю минуту ему было все-таки жаль от него отказаться. Власть пугала его и вместе манила.

Смотря пристально и осторожно на Мишеля мутными глазами, Константин говорил тихо:

— Все-таки надобно отказаться. Меня не любят. В гвардии брожение. Вот у меня рапорта лежат. Со мной отцовская история повторится. Лучше в Варшаве сидеть, по крайности спокойнее. Матушка притом же всегда была против меня.

Мишель сказал осторожно, прищурясь:

— А с отречением давнишним как обстоит? Константин круто остановился перед ним.

— Ничего официального, — быстро и грубо сказал он. — Манифест не опубликован.

Тогда Мишель задумался.

— Отчего ты думаешь, что тебя не любят? — сил он. — От тебя уже отвыкли в Петербурге.

Константин ходил по комнате. Потом, как бы очнувшись, он сказал со вздохом, не глядя на Мишеля, заученные слова:

— Нет, нет, я отрекся от престола, в намерениях моих ничего не переменилось. Воля моя — отречься от престола.

Мишель взвешивал, думал, соображал. Так прошла ночь. Было пять часов. Константин сел писать письма матери и Николаю. Два официальных и два простых, частных: матери длинное, Николаю короткая записка. Он писал, зачеркивал, придумывая наиболее осторожные слова и выражения. Мишель помогал ему. Над официальным письмом Николаю Константин надписал: "Его императорскому величеству". Письмо было уклончивое. Константин просил оставить его при прежде занимаемом месте и звании. А оставаться в звании генерал-инспектора всей кавалерии (таково было звание Константина) можно было, будучи и царем. Потом, поглядев на Мишеля, Константин сказал:

— Все-таки ты сам поезжай с этими письмами. Готовься сегодня же ехать.

Он вскинул на брата глаза.

— Ты посмотри там, — сказал он что-то неясно. — Ты отдай письма, — поправился он.

Наступило утро. Утром нужно было объявить о смерти царя. Константин сказал Мишелю нерешительно:

— О происшедшем знать в народе не должны. Свите сообщить должно.

Он созвал самых близких своих подчиненных. Они, впрочем, давно уже знали, в чем дело. Хитрый Новосильцев сказал деловито и как бы обмолвившись:

— Ваше величество, мы явились.

Константин притворился, что не слышит. Не глядя на свиту, сгорбленный, с румянцем на щеках от бессонной ночи, он начал говорить, запинаясь:

— Государь скончался. Я потерял в нем друга и благодетеля. Россия — отца своего.

Константин никогда не говорил об Александре: брат. Потом он увлекся. Он начал выкрикивать одну за другой фразы, как бы не понимая слов:

— Кто нас поведет теперь к победам? Никто. Россия пропала! Россия пропала! — Последнюю фразу он заладил и повторил механически несколько раз.

Один свитский генерал задумал выслужиться.

Он выступил вперед и сказал с глубоким поклоном:

— Ваше императорское величество, Россия не пропала, а напротив, приветствует...

Константин затрясся и побагровел. Он испугался необычайно. Он бросился на остолбеневшего генерала, схватил его за грудь и закричал бешено:

— Да замолчите ли вы!.. Как вы осмелились выговорить эти слова!! Кто вам дал право предрешать дела, до вас не касающиеся?

И, отступив на шаг, он схватился за голову и начал бормотать:

— Вы знаете ли, чему вы подвергаетесь? Знаете ли, что за это в Сибирь, в кандалы сажают?! — И уже несколько отдышавшись: — Извольте идти под арест и отдайте вашу шпагу.

Мишель посмотрел выразительно на брата. Константин пристально вдруг всех оглядел и, согнув голову, прошел в свой кабинет. Мишель последовал за ним.

Граф Курута, хитрый грек, самый близкий к Константину придворный, сказал растерянному генералу:

— Да какое вам, мон сер, дело до этого. Россия пропала, ну Христос с ней. Пусть пропала! На словах все можно сказать, но к чему тут было возражать!

Кругом расхохотались.

В тот же день Мишель выехал в Петербург,

II

Рылеев лежал в постели бледный и сумрачный, с компрессом на горле. Он только что проснулся. К нему вбежал Якубович. Якубович не был похож на себя, брови его были сдвинуты, глаза дики.

— А, — закричал он, — ты еще спишь? Что ж, радуйся — царь умер. Это вы его вырвали у меня!

Рылеев вскочил с постели и спросил тихо: — Кто сказал тебе?

— Бестужев, он знает от принца.

Якубович вытащил из бокового кармана полуистлевший приказ о нем по гвардии,

— Восемь лет носил я это на груди, восемь лет жаждал мщения. Все бесполезно. Он умер.

Он изорвал бумагу и убежал.

Рылеев заходил по комнате.

Все планы рушились.

12 марта 1826 года должен был быть двадцатипятилетний юбилей царствования Александра. К этому дню уже начинали готовиться, на этот день ожидался высочайший смотр войск третьего корпуса. В третий корпус Александр перебросил в двадцатом году семеновцев. Третий корпус был весь в руках у Пестеля. Александр должен был быть убит в день смотра. Были уже заготовлены две прокламации — одна к войску, другая к народу. Третий корпус должен был двинуться на Киев и на Москву. По пути к нему примкнут все войска, в которых кипел дух возмущения. В Москве восставшие войска потребуют от Сената преобразования государства. Остальная часть южного корпуса займет Киев и в нем утвердится. Он, Рылеев, с Трубецким в то время поднимут гвардию и флот, покончат со всей царской фамилией и предъявят вместе g третьим корпусом то же требование петербургскому Сенату. Смерть Александра все переворачивала вверх дном.

В дверь осторожно постучались.

Вошел Трубецкой, вкрадчиво и медлительно.

Он был тих и осторожен — два качества, которых не хватало Рылееву, и поэтому он казался Рылееву сильным.

— Ну, все кончено, государь не существует. Только что пропели херувимскую, начальник гвардейского штаба подошел к Николаю, шепнул ему что-то на ухо; Николай потихоньку вышел, и все за ним поехали во дворец. Теперь присягают Константину. Присяга пока что идет гладко.

Рылеев все еще прохаживался по комнате, приложив руку ко лбу.

Он ничего не говорил.

— Впрочем, это не беда, — медленно говорил Трубецкой, — вся сила у южных членов. Они подымутся, каждый день должно ожидать этого. По всему видите, что обстоятельства чрезвычайные и для наших видов решительные. Должно быть наготове.

Он быстро уехал.

Рылеев сидел на постели, облокотясь на колени и положив голову между рук.

Опять стук в дверь. Вошел Николай Бестужев. Быстро, захлебываясь, Бестужев сказал Рылееву:

— Ну что ж, царь умер, а ты ничего не знаешь.

— Я знаю, — сказал с усилием Рылеев, — у меня только что Якубович и Трубецкой были.

Бестужев ходил по комнате, ломая руки.

— Хорош, да и мы все хороши. Царь умер, а мы это чуть не из манифеста узнаем. — Он схватился за голову: — Полная бездеятельность! Никто ничего не знает, никто ни о чем не заботится.

Рылеев все еще молчал. Потом он сказал медленно, раскачиваясь как бы от физической боли:

— Да, это обстоятельство дает нам понятие о нашем бессилии. Я обманулся сам. Ни установленного плана, ни мер никаких не принято, членов в Петербурге мало.

Потом, закусив губу и сморщив лоб, он начал соображать.

Наконец он встал и выпрямился.

— Мы должны действовать. Такого случая пропустить невозможно. Я еду собирать сведения.

Он провел рукой по лбу и пристально, почти спокойно посмотрел на Бестужева.

— Поезжайте немедленно в свои части. Уверьтесь в расположении умов в войске и народе.

Снова стук в дверь. Вошел Александр Бестужев.

— Прокламации, прокламации войскам писать, — сказал он, запыхавшись, едва кивнув всем и ни с кем не здороваясь.

Сели писать прокламации.

В тот же день Трубецкой был избран диктатором. С этого утра дверь квартиры Рылеева не затворялась. В ней был главный штаб восстания.

III

Милорадович, генерал-губернатор С.-Петербурга, был серб, коренастый, седеющий, с быстрыми черными глазками, с хриплой, армейской скороговоркой. В эти дни двое распоряжались царским престолом: Мария Федоровна и он. С того дня, как задушили Павла, Мария Федоровна считала себя распорядительницею царского престола. Она по-прежнему отвергала Константина и считала, что общее мнение — Россия по праву принадлежит второму сыну ее, Николаю. Это было дело домашнее. Россия отходила по завещанию к тому, кого для этого считала подходящим семья. Милорадович думал иначе. Он явился к Николаю и заявил, спокойно глядя ему в лицо:

— Ваше высочество, гвардия вас не любит. Если вы станете императором, я ни за что не ручаюсь.

Николай побледнел:

— А вам известно распоряжение покойного государя? Милорадович ответил спокойно:

— Распоряжение государя — дело домашнее. Россию нельзя завещать. Гвардии уже отдано распоряжение присягать законному наследнику престола.

В два часа дня 27 ноября собралось чрезвычайное заседание Государственного совета. Князь Голицын потребовал, чтобы завещание Александра было исполнено. Он настаивал. Он знал, что, если завещание Александра не будет исполнено, всех приближенных покойного царя ждет сомнительная участь. Поэтому он говорил, что неисполнение воли царской есть преступление государственное. Князь Лобанов-Ростовский сказал надменно:

— Les morts n'ont point volonte[29] [.

Адмирал Шишков, глядя воспаленными глазами на собравшихся и тряся от старости огромной головой с шалашом седых волос, прошамкал:

— Немедля присягать. Империя ни одного мгновения не может быть без императора.

Тогда Милорадович встал и закричал хрипло:

— Николай Павлович торжественно отрекся от права, которое ему завещание дает. Государь русский не может располагать наследством престола по духовной.

Все замолчали. С человеком, у которого было шестьдесят тысяч штыков в кармане, нельзя было разговаривать.

Николай присягнул. Присягнуло правительство. С этого времени Милорадович был неотлучно при Николае. Он ходил за ним следом. Николай глядел на него с ненавистью, но Милорадович вел себя как всегда: пошучивал, хрипло хохотал и от его высочества не отставал. В эти дни он был оторван от своей любовницы, танцовщицы, и был невероятно рассеян. Он слишком полагался на шестьдесят тысяч штыков. Они, пожалуй, вовсе не были в его кармане. Тайная полиция его бездействовала. Секретными делами его заведовал очень дельный человек, Федор Глинка. Целый день сидел он, согнувшись над секретными распоряжениями, а к вечеру уходил на знакомую квартиру у Синего моста — в дом Российско-Американской торговой компании...

---

[29] У мертвых нет воли (франц.)

IV

Михаил скакал бешено. Он промчался, не останавливаясь, через Ковно и Шавли. До Митавы никто не знал о смерти Александра. В Олаа, пока перепрягали лошадей, адъютант сказал ему:

— Ваше высочество, здесь какой-то приезжий из Петербурга рассказывал, что его высочество Николай Павлович, все войска, правительство и город принесли присягу Константину.

Мишель раскрыл рот. Он машинально сжал в руках портфель с письмами Константина: "Что же теперь будет, если нужна будет вторая присяга второму лицу?"

Мишель проделал весь путь в четыре дня.

Первого декабря в шесть часов утра он был уже во дворце. Он прошел торопливо к матери. Николай уже знал о приезде брата и выбежал навстречу, но двери в покой матери закрылись перед самым его носом. Он стиснул зубы и стал ждать — в передней.

— Хорошо же, mon cher frere.

Мишель вышел не скоро: лицо его было озабочено. Братья наскоро обнялись, и Николай повел его в свой кабинет. За ними двинулся неизменный Милорадович.

Перед ними шпалерами склонялись придворные, взгляды, которые они бросали на Мишеля, были быстры и пронзительны — по выражению его лица хотели угадать, что он такое привез. Мишель сделал каменное лицо.

— Здоров ли государь император? — спросил его вкрадчиво барон Альбедиль.

— Брат здоров, — сказал быстро Мишель.

— Скоро ли можно ожидать его величество? — заглянул ему в лицо Бенкендорф.

— О поездке ничего не слыхал, — отпарировал, не глядя на него, Мишель.

— Где теперь находится его величество? — пролепетал, любезно сюсюкая, граф Блудов.

— Оставил брата в Варшаве, — сухо сказал Мишель, Они прошли в кабинет. Вместе с ними прошел Милорадович и уселся, звякнув шпорами, в кресла.

Мишель тоже уселся, пожал плечами и нахмурился:

— В какое ты меня положение поставил? Все говорят о Константине как об императоре. Что тут делать? Не понимаю.

Он посмотрел исподлобья на Милорадовича, достал, все

еще хмурясь, из портфеля письмо Константина и подал Николаю.

Увидев надпись: "Его императорскому величеству", Николай побледнел. Он молча стал ходить по комнате. Потом он остановился перед Мишелем и спросил без выражения:

— Как поживает Константин?

Мишель искоса взглянул на Милорадовича.

— Он печален, но тверд, — сказал он, напирая на последнее слово.

— В чем тверд, ваше высочество? — спросил Милорадович, откинув голову назад.

— В своей воле, — ответил уклончиво Мишель.

В это время в комнату просунул голову Милорадовичев адъютант.

— Ваше превосходительство, — сказал он Милорадовичу, — в строениях Невского монастыря пожар большой, грозит перекинуться.

Милорадович с досадой крякнул, звякнул перед братьями шпорами и вышел.

Мишель посмотрел на Николая.

— Я тебя не понимаю. Существуют акты или не существуют?

— Существуют, — медленно ответил Николай.

— Но тогда, подчинившись гвардии, ты, mon cher frnre, произвел формальный coup d'etat[30]. Да, да, без всякого сомнения.

Николай усмехнулся и помолчал.

Потом он обратился к Мишелю, понизив голос:

— Константин твердо решил отречься? Он серыми глазами щупал лицо брата. Мишель ответил вопросом:

— А разве, по-твоему, Константин мог бы, несмотря на все эти акты, взойти па престол?

Николай ничего не отвечал и, сощурившись, смотрел в окно. Снег падал за окнами, кружился по площади, налипал на окна. Было очень спокойное, ленивое зимнее утро.

— Что же теперь будет при второй присяге, при отмене прежней? Чем это все кончится? — говорил Мишель и, разводя руками, недоумевал: — Когда производят штабс-капитана в капитаны — это в порядке вещей и никого не удивляет; но совсем иное дело, — Мишель поднял внушительно палец, — перешагнуть через чин и произвести в капитаны поручика.

---

[30] Государственный переворот (франц.)

В переводе на военный язык факт казался для него более ясным и значительным.

Николай зорко смотрел на брата:

— Так ты все же уверен, что Константин серьезно не желает?

Мишель пожал плечами:

— Его не любят.

Николай сказал нерешительно, не глядя на брата:

— Отчего тебя так вторая присяга пугает? В конце концов, это не так страшно. В сущности, все это сделка семейная.

Мишель развел руками деловито:

— Да вот поди ж ты, растолкуй каждому, в черни и в войске, что это сделка семейная и почему сделалось так, а не иначе.

Николай задумался.

— Все дело в этом, — сказал он тихо, — все дело в этом. Гвардия меня не любит.

— Канальство, — пробормотал Мишель, — любят — не любят. Они никого не любят.

Николай опять спросил, глядя в упор на Мишеля, по-французски (когда братья хотели быть откровенными, они говорили по-французски; русский язык был для них язык официальный):

— Ты полагаешь, Константин думает отречься серьезно?

Мишель, глядя в сторону, сделал какой-то жест рукой.

— Почем я знаю, он мне ничего не говорил. Видишь сам по письмам.

— Я ничего не вижу по письмам, — сказал, вздохнув и нахмурясь, Николай.

Мишель посидел, барабаня пальцами, потом подумал о себе и заговорил злобно:

— Черт возьми, в какое же ты меня положение поставил? Присягать Константину не могу, тебе тоже, отовсюду расспросы. Черт знает что такое!

Николай ему не ответил. Он сидел и писал письмо Константину.

Прошел день.

Придворные действительно начинали шептаться: ни Мишель, ни его свитские Константину не присягали. В этом было что-то неладное, что-то зловещее даже. От свиты Мишеля полз шепот к придворным, от придворных — из дворца во дворец. Он грозил перейти из дворцов на площади.

Фельдъегерь давно уже скакал в Варшаву к Константину с письмом Николая.

Николай умолял его императорское величество государя Константина приехать в Петербург. Мать писала его императорскому величеству несколько иначе: просила официального манифеста либо о вступлении на престол, либо об отречении. А ответа от Константина не было.

Утром 5 декабря Николай сказал Мишелю озабоченно (он только что имел разговор с Бенкендорфом) :

— Твое пребывание здесь становится действительно неудобным. Константин молчит. Дольше ждать ни минуты нельзя, не то произойдет несчастье. Maman просит тебя ехать к Константину. Да или нет — либо пускай приезжает царствовать немедля, либо — официальный манифест об отречении. Этак дальше невозможно. Поезжай сегодня же. Останавливай по дороге курьеров и распечатывай депеши — чтобы не разъехаться с ответом. А теперь maman к себе просит.

Мишель поморщился и отправился к матери. Секретарь Марии Федоровны выдал ему удостоверение:

"Предъявитель сего открытого предписания его императорское высочество государь великий князь Михаил Павлович, любезнейший мой сын, уполномочен мной принимать моим именем и распечатывать все письма, пакеты и прочее, от государя императора Константина Павловича ко мне адресованные.

Мария".

Мать долго говорила с Мишелем. Потом она обняла его и сказала настойчиво, подняв указательный палец:

— Quand vous verrez Constantin, dites et repetez lui bien, que si l'on en a agi ainsi c'est parce qu'autrement le sang aurait coule[31].

Мишель хмуро повел плечами и пробормотал:

— Il n'a pas coule encore, mais il coulera[32].

В тот же день он скакал обратно. Перед самой заставой он вдруг остановил коляску, велел остановиться двум свитским генералам, которые ехали с ним. Он соображал:

"Не вернуться ли?"

Потом махнул рукой и поехал.

---

[31] Когда вы увидите Константина, скажите ему и растолкуйте, что если так поступили, то это потому, что иначе пролилась бы кровь (франц.).
[32] Она еще не пролилась, но она прольется (франц.).

V

Когда Вильгельм ушел от Рылеева, он почувствовал радость. Сердце билось по-другому, другой снег был под ногами. Навстречу шли люди, бежали извозчичьи кареты. Солнце лилось на снег. Проиграли куранты на Адмиралтействе — двенадцать часов. Полчаса назад Рылеев принял его в общество.

У окон книжного магазина Смирдина толпился народ. Вильгельм подошел к окнам. В одном окне висело два портрета: один изображал человека с горбатым носом и глубокими черными глазами, другой — юношу с откинутой назад головой.

"Риэго, Квирога, — с удивлением прошептал Вильгельм. — Что за странное совпадение". А в другом окне, главным образом привлекавшем внимание публики, был выставлен большой портрет Константина. Румяное лицо, широкое, скуластое, с крутыми белокурыми бачками, с непонятными светлыми глазами, смотрело с портрета непристойно весело. На портрете была надпись: "Его императорское величество самодержец всероссийский государь император Константин I".

— На папеньку будет похож, — говорил мещанин в синей поддевке. — Носик у них курносый, в небо смотрит.

— Вы, дяденька, на нос не смотрите, — сказал молодой купец. — И без носа люди могут управлять. Тут не нос, дяденька, нужен.

Офицер в меховой шинели покосился на них и улыбнулся.

— Для начала недурные разговоры, не правда ли? — спросил он быстро по-французски Вильгельма.

Вильгельм засмеялся, вздохнув полною грудью, и пошел дальше. Все было странным в этот день.

Прошел высокий гвардеец, бряцая шпорами, укутавшись в шинель. Он что-то быстро говорил человеку в бобрах. "Может быть, и они?" — Вильгельм улыбнулся блаженно.

Ему захотелось повидать Грибоедова сейчас же.

— Ах, Александр, Александр, — проговорил он вслух, не замечая, что слезы текут у него по лицу.

Почему здесь, на Невском, нет в этот час ни Грибоедова, ни Пушкина, ни Дуни?

Вильгельм взял извозчика и поехал к брату Мише. Только что он узнал от Рылеева, что Миша в обществе давно.

Он увидел его, пасмурного, молчаливого, деловитого,

вспомнил на секунду отдаленно отца, сбросил шинель, подбежал, путаясь ногами, обнял брата и заплакал.

— Миша, брат, мы вместе до конца, — бормотал он. Миша взглянул на него и застенчиво улыбнулся. Ему

было чего-то стыдно, он избегал взгляда брата и спросил у него коротко, не договаривая, как бывало в детстве:

— Ты давно?

— Только что, — сказал, бессмысленно улыбаясь, Вильгельм.

Они помолчали. Говорить было трудно и, кажется, не нужно. Было весело, немного стыдно. Миша спросил брата, улыбаясь:

— Хочешь завтракать?

Они высоко подняли стаканы и молча чокнулись.

— Я к тебе по поручению, — вспомнил Вильгельм. — Меня Рылеев прислал спросить, как дела идут.

Миша стал деловит.

— На Экипаж можно надеяться твердо. Сейчас ко мне должны прийти Дорофеев и Куроптев. Они все знают, поговори с ними.

Дорофеев и Куроптев были главными агитаторами среди матросов. Они были старыми знакомыми Вильгельма. Скоро они пришли. Миша спросил их весело:

— Ну что, как дела идут?

Дорофеев переминался с ноги на ногу, Куроптев посмотрел исподлобья.

— Можете все говорить, — сказал Миша, — брат знает.

Дорофеев улыбнулся широко.

— А ей-богу, ваше благородие, — сказал он Вильгельму, — как я посмотрю, весь народ нынче обижается. Про нас что говорить. Сами знаете, про нас как говорится: я отечества защита, а спина всегда избита; я отечеству ограда — в тычках-пинках вся награда; кто матроса больше бьет, и чины тот достает. (Дорофеев сказал песенку скороговоркой и был доволен, что это так, между прочим, удалось.) Вот матросы, известное дело, обижаются. А и остальным жителям, видать, не сладко. Всем другого хочется.

Вильгельм бросился к нему и пожал его руку. Дорофеев сконфузился и руку подал как дерево. Рука была мозолистая, жесткая.

Куроптев говорил Мише с самодовольством старого матроса:

— Будьте покойны. Я наш батальон как свои пять пальцев знаю. Все как есть в случае чего выйдем. Только придите и скомандуйте: так и так, братцы, на площадь шагом марш. Все пойдут в лучшем виде.

VI

Вернувшись к себе, Вильгельм застал Левушку Пушкина. Блёв мирно спал на диване, свернувшись калачиком. Саши дома не было. Вильгельм растолкал его и засмеялся сонному его виду.

— Левушка, друг дорогой, — он поцеловал Левушку. Какой человек прекрасный Левушка!

Левушка с удивлением осмотрелся — он ждал Вильгельма, кутил вчера и заснул на диване.

Потом вспомнил, зачем пришел, и равнодушно достал из кармана бумагу.

— Вильгельм Карлович, Александр прислал стихи — тут есть и до вас относящиеся. Просил вам передать.

Месяца полтора назад отпраздновал Вильгельм с Яковлевым, Дельвигом, Илличевским, Комовским и Корфом лицейскую годовщину, и все пили за здоровье Александра.

Паяс 200 номеров вспомнил старые свои проказы и паясничал — было весело.

Бумага, которую передал теперь Вильгельму Левушка, были стихи Александра на лицейскую годовщину. Левушка уже давно ушел, а Вильгельм все сидел над листком.

Он прочитал протяжным голосом, тихо:

> *Служенье муз не терпит суеты;*
> *Прекрасное должно быть величаво;*
> *Но юность нам советует лукаво,*
> *И шумные нас радуют мечты...*
> *Опомнимся — но поздно! и уныло*
> *Глядим назад, следов не видя там.*
> *Скажи, Вильгельм, не то ль и с нами было,*
> *Мой брат родной по музе, по судьбам?*

Он замечал, как голос его переходил в шепот, а губы кривились; читал он с трудом и уже почти не понимая слов:

> *Пора, пора! душевных наших мук*
> *Не стоит мир; оставим заблужденья!*
> *Сокроем жизнь под сень уединенья!*
> *Я жду тебя, мой запоздалый друг...*

184

Он заплакал быстро, как ребенок, сразу утер слезы и заходил по комнате. Нет, нет, и это уже прошло. Не будет уединенья, не будет отдыха. Кончены расчеты с молодостью, прошла, пропала, разлетелась, один Пушкин от нее остался. Но его Вильгельм не забудет. Кончено.

Наступил вечер. Вошел Семен, зажег свечи.

VII

ПИСЬМО ВИЛЬГЕЛЬМА ДУНЕ

Моя любимая.

Вы пишите, что собираетесь к Рождеству в Закуп, Как Вы меня обрадовали. О, чего бы я не отдал, чтобы снова побыть с Вами, гулять в роще и кататься мимо Загусина. Но довольно. Судьба гнала меня до последнего времени, только теперь наступает для меня решительный срок.

Мы будем счастливы. Голова моя седеет, сердце полно Вами, и у каждого в жизни есть срок, когда он должен сказать словами старого Лютера: здесь стою я и не могу иначе.

Я так близок от счастья, как никогда. Вы — моя радость.

Ваш Вильгельм.

Что было до Вас, было только одно заблуждение.

VIII

Николай Иванович очень удивился, застав Вильгельма в неурочный час в своей типографии. Увидев Николая Ивановича, Вильгельм быстро спрятал какую-то корректуру в боковой карман. У метранпажа был смущенный вид.

Вильгельм пробормотал:

— Странное дело, Николай Иванович, затерял статью свою, прошлогоднюю, теперь понадобилось, корректуру ищу.

Николай Иванович пожал плечами:

— А разве не была напечатана?

— Нет, нет, не была напечатана, — быстро сказал Вильгельм.

Николай Иванович покосился на метранпажа, на Вильгельма, отвел Вильгельма в сторону и сказал шепотком:

— Ничего не видел, ничего не знаю, ни о чем не догадываюсь.

Вильгельм помотал головой и побежал вон.

Николай Иванович посмотрел пронзительными глазами ему вслед. В кармане Вильгельма лежала не корректура статьи, а прокламация. Греч спугнул его, и он не успел сговориться с метранпажем.

Вильгельм проводил теперь странные ночи. Рылеев, Александр и Николай Бестужевы рассказали как-то ему свой план: ночью говорить с солдатами, поднимать их, Они уже три ночи ходили по городу. Они останавливали каждого встречного солдата, разговаривали с каждым часовым. Вильгельм стал делать то же. Первую ночь он был робок, не потому, что боялся попасть на доносчика, а потому, что трудно было останавливать незнакомых людей и еще труднее говорить с ними.

Первым попался ему рослый гвардеец, судя по форме, Московского полка. Вильгельм остановил его:

— Куда, голубчик, идешь?

Они шли по Измайловской части.

— К Семеновскому мосту, в казармы, запоздал маленько, — сказал озабоченно солдат. — Как бы под штраф не угодить.

— Вот и отлично, нам по пути, — сказал Вильгельм, — вместе и пойдем. Как живется?

Солдат заглянул в лицо Вильгельму.

— Не сладко, — он покачал головой и вздохнул. — Может, теперь легче будет, при новом императоре.

Вильгельм отрицательно покачал головой:

— Не будет.

— Почем знаете? — спросил гвардеец и посмотрел на Вильгельма искоса.

— Нового императора не хотят в Петербург пускать. Завещание покойного царя скрывают. А в завещании вашей службе срок на десять лет сбавлен.

Солдат жадно слушал.

— Все может быть, — сказал он. Они прошли минут пять молча.

— Так даром не сойдет, — сказал солдат, вдруг остановившись. — Мыслимое ли дело от солдат такую бумагу прятать?

Он был красен как кумач.

— Вот своим и расскажи, — сказал Вильгельм. — Может, скоро правда обнаружится.

— Ну, спасибо, — сказал солдат. — Надо дело делать по справедливости. Нельзя от солдат бумагу прятать. — Он постоял некоторое время и быстро зашагал в темноту.

Они проходили мимо цейхгауза. Вильгельм подождал,

пока солдат скрылся, потом подошел к часовому, попросил огня и тоже поговорил.

Так три зимние ночи солдаты то тут, то там встречали странных господ, один из них был высокий, нескладный и даже как будто по виду юродивый, но все они знали какую-то правду, которую другие от солдат прятали.

IX

Воскресенье, 13 декабря, полночь.

В Таганроге лейб-медик Тарасов с помощью двух караульных гвардейцев приподнимает тяжелую крышку свинцового гроба. Он внимательно смотрит на пустой труп. Он глядит на желтое лицо с посиневшими глазами и черными губами.

— Черт возьми, опять пятно! Дольше двух недель не ручаюсь.

Он берет губку, смачивает ароматической эссенцией и осторожно прикладывает к виску, на котором выступило черное пятнышко. Потом он заботливо смотрит на перчатки.

— Опять пожелтели!

Он стягивает с мертвых рук желтоватые, с какой-то пыльцой перчатки и медленно, не торопясь, напяливает на каменные пальцы белую лайку. Рука падает в гроб с деревянным стуком.

Мертвец спокоен, он может ждать еще две недели и три. Он подождет.

В двенадцать часов ночи Мишель с генералом Толем, свитой и задержанными им посланцами Николая скачут по пути от станции Неннааль к Петербургу.

На станции Неннааль, убогой, глухой, бревенчатой, Мишель просидел неделю. Он перехватывал фельдъегерей, распечатывал эстафеты и отправлял их под конвоем в Петербург. Но решительной эстафеты от Константина не было. Не обскакал ли его фельдъегерь?

Вместо фельдъегеря от Константина приезжали на станцию Неннааль петербургские и московские посланцы, их отсылал назад Константин. Ни с чем. Девятого числа приехал адъютант военного министра. Константин не принял бумаг, адресованных "его величеству"; он сказал, что адъютант не по тому адресу попал, он не государь.

В ночь с 11-го на 12-е с тем же приехал посол принца

Вюртембергского. Константин выходил к послам, мутным взглядом окидывал их и отделывался шуткой. Демидову, отъявленному игроку, которого прислал к нему князь Голицын, Константин сказал, прищурясь: "А вы чего пожаловали? Я уже давно в крепс не играю".

Всех их задерживал Мишель на станции Неннааль. Он, генерал Толь и адъютанты много ели и пили из походного погребца. В конце концов, почему бы и не отсидеться в этом эстонском местечке от обоих братьев, от расспросов придворных и невыносимо пустых петербургских площадей?

13 декабря перед обедом прискакал фельдъегерь из Петербурга и привез запоздалый приказ: явиться немедленно, к восьми часам вечера, на заседание Государственного совета, которое провозгласит императором Николая. Николай писал брату:

"Наконец все решено, и я должен принять на себя бремя государя. Брат наш Константин Павлович пишет ко мне письмо самое дружеское. Поспеши с генералом Толем прибыть сюда, все смирно, спокойно".

"Дружеское письмо" — стало быть, Константин так и не отрекся.

От Петербурга до Неннааля было 270 верст, фельдъегерь выехал накануне после шести часов, дорога была дурная, и приказ запоздал. Сели обедать. Мишель поговорил немного с генералом Толем. Толь был серьезен и холоден. Глядя на Мишеля чуть ли не с участием, он сказал:

— Поздравляю с важным для династии днем.

— Важным или тяжелым, Карл Федорович? — спросил Мишель. Они говорили по-французски.

Толь пожал плечами:

— Был один законный выход. Константина Павловича государем объявил Сенат. Государь должен был приехать в Петербург, формальным актом объявить, что Сенат поступил неправо, прочесть духовную покойного государя и объявить государем Николая Павловича. А то — никто ничего понять не в состоянии. Государь не отрекается, Сенат молчит.

Оба в медвежьих шинелях, укутанные с головой, сели в сани. Тройка зазвенела бубенцами, и кони рванулись. Мишель прятал зябкое лицо от морозного воздуха, он поеживался; отсидеться не удалось. Константин поступил умнее всех — сидит у себя в Бельведере, и горя ему мало. И зачем черт понес его везти Константиново письмо в Петербург. Что он за фельдъегерь для братьев!

Мишель соображал:

"Не удалось отсидеться, надо отыграться".

Он старался задремать, но дорога была дурная, их трясло, и заснуть он не мог.

В двенадцать часов ночи Аничковский дворец в Петербурге полон людьми. Никто не спит. Если пройти во внутренние покои, получится впечатление домашнего бивака. В кабинете у Николая на диване, подложив под голову подушку и укутавшись шалью, дремлет старая императрица. Рядом с нею, в креслах, сидит неподвижно, вытянувшись, как солдат, в пышном белом шелковом платье, Александра Федоровна, жена Николая, — через полчаса она будет императрицей. В соседней комнате дремлют, бродят, сидят в одиночку и тихо разговаривают кучки придворных: Альбедиль, Самарин, Новосильцев, Фридерици, доктор Рюль, Вилламов. Точно так ведут себя родственники и знакомые, когда ожидают в соседней комнате смерти больного, который болен давно и умирает трудно. Николай — в Государственном совете, который в это время, должно быть, уже провозгласил его императором. В три четверти первого он возвращается. Он затянут в парадный мундир, который делает его выше ростом, с лентой через плечо. Лицо его неживое, серое. Вчера прискакал фельдъегерь от Дибича и привез донос, поданный еще Александру: в России есть могущественное тайное общество; оно не упустит случая выступить в день его восшествия на престол. Гвардия заражена. А сегодня к нему явился один офицер, по фамилии Ростовцев, и подал письмо, в котором предупреждал Николая о том, что завтра будет восстание. И у Николая два чувства в эту ночь: одно — чувство генерала, который завтра даст решительное сражение врагу. Или он будет император, или — без дыхания. А другое чувство — странной неловкости и боязни, как перед смотром. Поэтому он стянут, неловок в движениях и больше всего следит за тем, чтобы не дрогнул ни один мускул на лице, чтобы был застегнут мундир, чтобы было все в порядке. Через несколько минут он выходит к придворным с женой. Впереди идет мать, старая императрица. Неестественно прямые стоят они перед низко склоняющимися седыми, лысыми, гладко припомаженными и завитыми головами.

Начинаются поздравления и приветствия.

Отвечает мать. Николай стоит, как бы забыв, кто он. Наконец он с усилием обводит всех глазами.

— Меня не с чем поздравлять, — говорит он деревянно, — обо мне сожалеть надо.

В двенадцать часов ночи в доме Американской компании на Мойке тоже не спят.

Густой дым стоит в комнате. Лица в свете ламп неверны, голоса охрипли, мундиры и сюртуки расстегнуты. Все говорят сразу, одни приходят, другие уходят.

Рылеев страшен, взгляда его черных глаз не выносит даже Якубович. Он сдвигает брови, когда Рылеев к нему обращается. От одной кучки к другой переходит быстро легкой, чужой походкой Рылеев. Он дает поручения, расспрашивает или просто жмет руку, говорит несколько слов. Лицо его мелькает, как луна среди черных волн, то тут, то там. С только что вошедшими Вильгельмом и Сашей никто не здоровается. Здесь приходят и уходят, не замечая друг друга, не обращая друг на друга внимания.

Вильгельм слышит, как Евгений Оболенский говорит, глядя на Александра Бестужева откровенными голубыми глазами:

— В случае неудачи не все потеряно, мы отведем войска на поселения. Все военные поселенцы к нам примкнут. А потом опять на Петербург.

Рылеев проходит мимо Вильгельма, который, ничего не видя вокруг себя, держит за руку Сашу Одоевского, и, мимоходом, тихо касается его руки. Вильгельм мгновенно содрогается от этой ласки. Рылеев жмет руки Мише Бестужеву, который молча стоит в стороне с молоденьким гвардейским поручиком Сутгофом:

— Мир вам, люди дела, а не слова.

Миша Бестужев, штабс-капитан, серьезный и хмурый, говорит Рылееву:

— Мне Якубович не нравится. Он должен прийти с артиллерией и измайловцами ко мне, а потом уже вместе пойдем на площадь. Приведет ли?

Рылеев отвечает вопросом:

— На сколько рот ты считаешь?

Миша важно пожимает плечами, он чувствует себя перед первым делом.

— Солдаты рвутся в бой, а ротные командиры дали мне честное слово солдат не останавливать.

— А что у вас? — спрашивает Рылеев у Сутгофа, быстро наклоняясь корпусом вперед.

— За свою роту ручаюсь, — отвечает почтительно поручик, — возможно, что и другие пойдут.

Трубецкой чрезмерно возбужден, потирает руки, хрустит пальцами, слушает, что говорит ему Якубович, смотрящий куда-то поверх его и поверх всех, и говорит, собирая свои мысли:

— Значит, вы беретесь с Арбузовым занять дворец? Якубович прерывает его жестом. Он кричит хрипло Трубецкому:

— Жребий, мечите жребий, кому убивать тирана.

— На плаху их! — кричит, багровея, Щепин.

Тогда Рылеев бросается к Каховскому и порывисто его обнимает.

— Любезный друг, — говорит он и смотрит с непонятной тоской в спокойное желтое лицо Каховского. — Ты сир на земле, ты должен пожертвовать собою для общества.

Все понимают, что это значит, и бросаются к Каховскому. Вильгельм пожимает руку, которая завтра должна убить Николая. Он окидывает взглядом всех. Сквозь табачный дым, при мерцающем свете, на него смотрят глаза, только глаза. Лиц он не видит. И он поднимает руку: — Я! Я тоже. Вот моя рука!

Кто-то кладет ему руку на плечо. Он оборачивается: Пущин, раскрасневшийся, смотрит на него строгими глазами.

Он только 8-го числа приехал из Москвы. Рылеев принял Вильгельма без него.

— Да, Жанно, — говорит Вильгельм тихо, — я тоже. Саша смотрит на них обоих. В его глазах слезы. Он улыбается, и ямки обозначаются на его щеках.

Пущин сердито пожал плечами. Он прислушивается к разговору за столом.

— На кого же мы можем рассчитывать? — спрашивает второй раз с усилием Трубецкой, неизвестно от кого добиваясь ответа.

Корнилович, который только что приехал с юга, машет на него руками:

— В первой армии готово сто тысяч человек. Пущин оборачивается к Трубецкому:

— Москва тотчас же присоединится.

Александр Бестужев громко хохочет в другом углу. В дверь входят Арбузов и еще три незнакомых Вильгельму офицера.

— План Зимнего дворца? — смеется Бестужев. — Царская фамилия не иголка, не спрячется, когда дело дойдет до ареста.

Рылеев ищет глазами Штейнгеля и видит, что Штейнгель сидит, обняв голову руками, и молчит.

Рылеев притрагивается рукой к его плечу. Штейнгель поднимает немолодое, измученное лицо и говорит глухо Рылееву:

— Боже, у нас ведь совсем нет сил. Неужели вы думаете действовать?

Все слушают и затихают.

— Действовать, непременно действовать, — отвечает Рылеев, и ноздри его раздуваются.

К Рылееву тянутся блуждающие зеленоватые глаза, глаза Трубецкого, у него дрожат губы.

— Может быть, подождать? Ведь у них артиллерия, ведь палить будут.

Рылеев становится белым и говорит медленно, смотря в упор в бегающие глаза:

— Мы на смерть обречены. Непременно действовать. Он берет со стола бумагу — это копия с доноса Ростовцева — и говорит Трубецкому, раздув ноздри:

— Вы забыли, что нам изменили? Двор уже многое знает, но не все, а мы еще довольно сильны.

Он останавливается взглядом на спокойном Мише Бестужеве и говорит с внезапным спокойствием, твердо, почти тихо:

— Ножны изломаны. Сабли спрятать нельзя, умирать все равно. Завтра — к Сенату: он в семь часов для присяги собирается. Мы заставим его подчиниться.

Все сказано.

Время разойтись — до завтра.

Вильгельм и Саша тихо бредут домой. Прежде чем пройти к себе на Почтамтскую, они идут на Петровскую площадь, проходят мимо Сената к набережной. Беспокойное чувство влечет их на эту площадь.

Сенат белеет колоннами, мутнеет окнами, молчит. Площадь пуста. Черной, плоской, вырезанной картинкой кажется в темном воздухе памятник Петра. В ночном небе вдали еле обозначается игла Петропавловской крепости.

Ночь тепла. Снег подтаял.

Чугун спит, камни спят. Спокойно лежат в Петропавловской крепости ремонтные балки, из которых десять любых плотников могут стесать в одну ночь помост.

ПЕТРОВСКАЯ ПЛОЩАДЬ

I

Петербург никогда не боялся пустоты. Москва росла по домам, которые естественно сцеплялись друг с другом, обрастали домишками, и так возникали московские улицы. Московские площади не всегда можно отличить от улиц, с которыми они разнствуют только шириною, а не духом пространства; также и небольшие кривые московские речки под стать улицам. Основная единица Москвы — дом, поэтому в Москве много тупиков и переулков.

В Петербурге совсем нет тупиков, а каждый переулок стремится быть проспектом. В нем есть такие улицы, о которых доподлинно неизвестно, проспект ли это или переулок. Таков Греческий проспект, который москвичи упорно называют переулком. Улицы в Петербурге образованы ранее домов, и дома только восполнили их линии. Площади же образованы ранее улиц. Поэтому они совершенно самостоятельны, независимы от домов и улиц, их образующих. Единица Петербурга — площадь.

Река в нем течет сама по себе, как независимый проспект воды. Петербургские жители теперь так же, как столетие назад, не знают других рек, кроме Невы, хотя в Петербурге есть еще и невские притоки. Притоки эти слывут под тем же именем Невы. Независимость реки побуждает ее хоть раз в столетие к восстанию.

Петербургские революции совершались на площадях; декабрьская 1825 года и Февральская 1917 года произошли на двух площадях. И в декабре 1825 года и в октябре 1917 года Нева участвовала в восстаниях: в декабре восставшие бежали по льду, в октябре крейсер "Аврора" с Невы грозил дворцу.

Для Петербурга естествен союз реки с площадями, всякая же война внутри его неминуемо должна обращаться в войну площадей.

К декабрю 1825 года этот союз был следующим.

Петровская площадь (тогда еще не Сенатская), Исаакиевская, Адмиралтейская (где теперь деревья Александровского сада), Разводная (тогда еще не Дворцовая) — и Нева.

Екатерина поставила на площадь Сената Фальконетов памятник Петра, отсюда площадь получила название

Петровской. Другой предназначавшийся для площади памятник, Растреллиев Петр, был забракован, и Павел вернул его, как возвращал сосланных матерью людей из ссылки, но место уже было занято, и он поставил его перед своим замком, в почетную ссылку.

Вокруг Адмиралтейства, вдоль Адмиралтейской площади и вдоль Петровской и Разводной площадей тянулся широкий бульвар. Там, где бульвар, называвшийся до Октября Конногвардейским, был тогда канал, именовавшийся Адмиралтейским, а через канал мост.

Исаакиевская площадь так называлась по церкви, которая все строилась и не могла достроиться. Стройку начала Екатерина в то же время, что и Мраморный дворец, и тоже из мрамора. Когда церковь довели до половины, она "не показалась" Екатерине, и та приказала ее "так оставить". Павел, как вступил на престол, распорядился докончить ее немедля кирпичом, и на церковь тогда написали такие вольные стихи:

Сей храм — двум царствам столь приличный,
Основа — мрамор, верх — кирпичный.

Александру церковь не понравилась, и он велел ее ломать и строить новую. Поэтому материал, привозимый для стройки из чужих краев, лежал на набережной Петровской площади, а самая стройка загромоздила всю Исаакиевскую, так что щебень, плитняк, мрамор, доски лежали далеко за лесами, по ту сторону их. И уже на церковь написали другие стихи:

Сей храм — трех царств изображенье:
Гранит, кирпич и разрушенье.

Так Петровская площадь, являвшая мощь самодержавия, лежала близ Исаакиевской, знаменовавшей его слабость.

Восстание 14 декабря было войной площадей.

По каналам улиц тек на Адмиралтейскую и Исаакиевскую площади народ, по ним же шли полки, сначала восставшие, а затем правительственные.

С Разводной (Дворцовой) ездил на Адмиралтейскую и доезжал до львов Лобановского дома Николай.

Разводная и Исаакиевская, где стояли правительственные полки, молча давили Адмиралтейскую, где волновался народ, и Петровскую, где были революционеры. Они заперли Петровскую с трех сторон и скинули революционеров в реку, а часть втолкнули в ворота узкой Галерной улицы.

День 14 декабря, собственно, и заключался в этом кровообращении города: по уличным артериям народ и восставшие полки текли в сосуды площадей, а потом артерии были закупорены и полки одним толчком были выброшены из сосудов. Но это было разрывом сердца для города, и при этом лилась настоящая кровь.

Отдельные герои этого дня только бегали по улицам, пригоняя кровь города и России — полки — к площадям, а по большей части даже топтались на одном месте. Весь день был томительным колебанием площадей, которые стояли, как чашки на весах, пока грубый толчок николаевской артиллерии не вывел их из равновесия. Решили площади, а не улицы, и в этот день не было героев. Рылеев, который мог бы им быть, лучше всех понял колебание площадей и ушел в непонятной тоске неизвестно куда. Трубецкой и вовсе протоптался где-то у Главного штаба.

Они не могли прекратить грозного, оцепенелого стояния площадей, которое было взвешиванием.

Взвешивалось старое самодержавие, битый Павлов кирпич. Если бы с Петровской площадью, где ветер носил горючий песок дворянской интеллигенции, слилась бы Адмиралтейская — с молодой глиной черни, — они бы перевесили.

Перевесил кирпич и притворился гранитом.

II

Мишель пробирался от заставы к Разводной площади.

Бледный, заспанный, он въехал через заставу в восемь часов. Не совсем рассвело, утро было сумрачное. Он проехал мимо пригородных лавок, с любопытством заглядывая в окна. В окнах еще горели свечи; в одной лавке копошился у конторки толстый чухонец в очках: что-то записывал, припоминал, почесывал нос.

Мишель заглядывал в окна с неясной тревогой — не то ему хотелось смотреть на людей и отвлечься от тяжести и страха (в своем страхе он сам себе ни за что не признавался), не то он хотел убедиться, что все стоит на месте.

Все стояло на месте. Лавки открывались. По улицам шли редкие прохожие, улицы были тихи и темны. Так он проехал пустую Театральную площадь. В будке, мимо которой он проезжал, спал старый будочник, прислонив к стене свою алебарду. Мишель хотел было окликнуть его и дать нагоняй, но раздумал. Через Поцелуев мост он выехал на Большую Морскую. Уж рассвело, но народа на улицах почти не было. Это начало пугать Мишеля.

Что значит это спокойствие, эта тишина?

Неужели и впрямь все благополучно и тревожиться нечего? Неуверенность страшила его еще больше, чем явная опасность. Он с недоверием смотрел на молчаливые дома, ровные тротуары.

— Посмотрим, что будет далее, — пробормотал он.

В Зимнем дворце он еле продрался через толпу придворных. Сановники в мундирах с золотым шитьем, кавалеры, фрейлины, генералы облепили его, как патока, поздравления, пожелания, приветствия посыпались мелким французским горохом. Мишель отвечал отрывисто, почти грубо, мужчинам и принужденно кланялся дамам. Наконец он прошел к Николаю.

Николай обнял его и прикоснулся холодной щекой.

— Ну, ты видишь — все идет благополучно. Войска присягают, и нет никаких беспорядков.

Он говорил с братом немного свысока, не так, как в первый приезд, потому что Мишель просидел в Неннаале без дела и без цели всю эту страшную неделю, и он более ни в чем не полагался на него: эти три дня приучили его к одиночеству. К тому же он обманывал себя неясной надеждой: может быть, ничего и не случится; брат напомнил ему всю возню с Константином и был поэтому неприятен. Мишель это почувствовал и процедил сквозь зубы:

— Дай бог, но день еще не кончился.

Ему почти хотелось теперь, чтобы что-нибудь произошло.

Вид Николая раздражал его.

Вдруг под окном раздался треск барабанов.

Николай быстро подбежал к окну. Он вгляделся пристально, и Мишель с удовольствием отметил, что Николай побледнел. Только тогда он опомнился и тоже подбежал к окну. Шла рота солдат, несла знамя, барабаны били под знамена.

Николай глубоко вздохнул.

— Это от Семеновского полка, — сказал он небрежно, не глядя на брата, — там присягали, знамя возвращается. Да, — он как бы вспомнил, — я забыл распорядиться. — И вышел.

Мишель постоял у окна, посмотрел на площадь, на удаляющееся знамя и усмехнулся:

— Не нуждаешься во мне, дружок, и отлично, как-нибудь проживем.

В коридоре он столкнулся с Николаем. Лицо у Николая было серое, как у мертвеца, а тонкие губы светло-коричневые. Он схватил Мишеля цепкой рукой:

— В гвардейской конной артиллерии не хотят присягать — поезжай туда.

III

С самого утра легкое и свободное безумие вошло в Вильгельма. Голова его была тяжелой, ноги легкими и пустыми, и каждый мускул был частью какого-то целого, центр которого был вне Вильгельма. Он двигался как бы по произволу какой-то страшной и сладостной власти, и каждый шаг, каждое движение его, которые со стороны казались смешными и странными, были не его движениями, он за них не отвечал. Все шло, как должно было идти.

Семен зажег свечу: Вильгельм в первый раз за много месяцев заметил его.

— Ну что, Семен, надо жить? — сказал он, улыбаясь тревожно.

Семен тряхнул головой:

— Беспременно жить надо, Вильгельм Карлович. Проживем до самой смерти, за милую душу. А потом и помирать можно.

— Александр Иванович не приходил еще?

— Нет, они по понедельникам раньше десяти никогда не приходят.

Вильгельм быстро оделся.

Надо было кончить какие-то расчеты, распорядиться рукописями. Еще пропадут в случае... (и он не захотел додумывать — в каком случае). Поехать разве к Дельвигу, свезти все?

Надел чистое белье, черный фрак, накинул на плечи новую темно-оливковую шинель с бобровым воротником и щегольской серебряной застежкой и взял в руки круглую шляпу.

— Вильгельм Карлович, вас рылеевский человек спрашивает.

Вильгельм сразу забыл о рукописях. На пороге он остановился.

— Семен, ты сегодня меня не жди. Ты, в случае если что обо

197

мне услышишь, не пугайся. — Он помолчал. — Ты к Устинье Карловне поезжай в случае чего.

Семен смотрел на него понимающими глазами. Увидев его глаза, Вильгельм вдруг шагнул к нему и обнял. Семен сказал тихо:

— Я вас ждать, барин, буду. Авось либо. Вдвоем все веселее.

Вильгельм сбежал, по лестнице, сел на извозчика и погнал к Синему мосту. Подъезжая к дому Американской компании, его извозчик почти столкнулся с другим — в санях сидел Каховской, с желтым от бессонницы лицом. Он посмотрел на Вильгельма черными, тусклыми, как маслины, глазами и не узнал его.

У Рылеева были уже Пущин и Штейнгель. Еще ничего не началось, и этот час перед боем был страшнее всего, потому что никто не знал, как это и с чего начнется. Нити бунта, которые ночью еще, казалось, были в горячей руке Рылеева, теперь ускользали, приобретали независимую от воли его и Пущина и всех силу. Они были в казармах, где сейчас вооружаются, на площадях, пока еще молчаливых, и люди, собиравшиеся этим утром в рылеевской комнате, походили на путешественников, которым осталось всего каких-нибудь пять минут до отбытия в неизвестную страну, из нее же вряд ли есть возврат. Каждый справлялся с этим часом по-своему.

Штейнгель ходил из угла в угол, угрюмый и сосредоточенный; страх, который напал на него ночью, постепенно рассеивался. Пущин, как моряк над чертежами, сидел за столом и что-то помечал в плане города. Но Рылеев стоял у окна и смотрел на черную ограду канала, как тот капитан, который чутьем в этом молчании уже определил исход.

— Многие не присягают, — говорил Штейнгель с удовлетворением, видимо желая себя в чем-то уверить, — но кто именно и сколько, пока еще неизвестно.

Пущин сказал Вильгельму деловито:

— Достань тотчас же манифест, там отречение Константина давнишнее, нужно показывать солдатам, говорить, что оно вынужденное, поддельное. У меня один только экземпляр. Достанешь у Греча, у него наверное есть. А потом на площадь. Когда войска придут, — говори с солдатами, кричи ура конституции.

— Но прежде всего, — возразил Штейнгель, — ездить по казармам. В конной артиллерии мы рассчитываем на двух офицеров. И потом Гвардейский экипаж, мы пока из Экипажа вестей не имеем.

198

Молчаливо вошел Каховской и кивнул всем. Руки он никому не подал, вошел как чужой.

Тогда Рылеев оторвался от окна и махнул рукой: — Поезжай в Экипаж.

А площадь была пуста, как всегда по утрам. Прошел торопливо, упрятав нос в воротник, пожилой чиновник в худой шинели, завернул на Галерную, шаркая по обледенелому снегу сапогами, прошло двое мастеровых, салопница. Никого, ничего. Даже двери Сената закрыты и не стоит в дверях швейцар.

Неужели на эту пустынную площадь, столь мирную и обычную, через час-другой хлынут войска и на ней именно все совершится? Это казалось почти невозможным. На безобразных лесах Исаакиевской площади уже стучали молотки и кирки, каменщики, медленно и плавно выступая, тащили вверх на носилках известь, какой-то плотник тесал доски и переругивался с другим — шла обыденная работа. Он прошел к Гречу.

У Греча было нечто вроде семейного собрания — день был чрезвычайный: присяга новому царю. За столом уже сидели гости и пили чай: Булгарин в венгерке, сосавший чубук, какой-то поручик, маклер и домашние.

Вильгельм вошел бледный, размахивая руками. Булгарин толкнул в бок поручика и сказал вполголоса:

— Театральный бандит первый сорт.

Николай Иванович, важный, сдвинув брови и поблескивая очками, читал вслух какую-то бумагу.

Вильгельм, ни с кем не здороваясь, спросил у него:

— Qu'est ce que vous lisez la? Je crois que c'est le manifeste?[33]

— Oui, c'est le manifeste[34], — отвечал с некоторым неудовольствием Николай Иванович и продолжал чтение.

Вильгельм снова перебил:

— А позвольте узнать, от которого числа отречение Константина Павловича?

Греч внимательно на него посмотрел:

— От двадцать шестого ноября.

— От двадцать шестого, — Вильгельм улыбнулся. — Очень хорошо, три недели.

Греч переглянулся с Булгариным.

— Да-с, — сказал Николай Иванович, — три недели молчали, как-то теперь заговорят.

---

[33] Что вы тут такое читаете? Вероятно, это манифест? (франц.).

[34] Да, это манифест (франц.).

Он подмигнул Вильгельму:

— Полагаю, что теперь слово уже будет не за ними.

— Позвольте у вас манифест взять на полчаса, — сказал Вильгельм Гречу, выдернув у него из рук бумагу, и побежал вон из комнаты. Булгарин побежал за ним.

— Да здравствуйте же, Вильгельм Карлович! — Он схватил его за руку. — Эк какой, разговаривать не хочет. Что тут сегодня такое готовится?

— Здравствуйте и прощайте, — отвечал Вильгельм, оттолкнул его и выбежал.

— Что это с ним сделалось? — спросил остолбеневший Фаддей. — Он вконец рехнулся?

Николай Иванович посмотрел на компаньона и сощурился:

— Нет, здесь не тем пахнет.

Выходя от Греча, Вильгельм столкнулся с Сашей. Веселый, нарядный, с румяными от мороза щеками, Саша шел с дворцового караула — продежурил ночь во дворце.

За поясом под шинелью торчали у него два пистолета.

Они обнялись, как братья, и ни о чем друг друга не спросили. Вильгельм только кивнул на пистолеты:

— Дай мне один, — и Саша протянул ему с готовностью длинный караульный пистолет с шомполом, обвитым зеленым сукном. Вильгельм сунул его в карман, рукоять из кармана высовывалась.

И он помчался в Экипаж, в офицерские казармы, к Мише, а Саша пошел к Рылееву. В Гвардейском экипаже Миша сказал ему, что уже идет большой бунт среди московцев, что у них генерала Шеншина убили и еще двоих — батальонного и полкового командира, — и тотчас послал брата к московцам — узнать, выступили ли они. Как только Московский полк выступит, Миша и Арбузов скомандуют выступление Экипажу.

Быстро сходя с крыльца офицерской казармы, Вильгельм видит, как бежит через двор казармы Каховской, путаясь в шинели. Бежит он ровным, слепым шагом, за ним гонятся какие-то унтер-офицеры. Они хватают его за шинель. Каховской, не оглядываясь, скидывает с себя шинель и бежит дальше. Он бежит как во сне, и Вильгельму начинает казаться, что и он в бреду и сейчас все может рассыпаться, вывалиться из рук.

— Ваше сиятельство, прикажете подать? — слышит он за собой.

Вильгельм садится на извозчика:

— Скорей, скорей!

Извозчик трогает. Он еще не старый, белокурый, с курчавой бородой, сани у пего плохонькие, клещатые, ковер драный, а лошадь — кляча.

Проезжая мимо площади, Вильгельм опять смотрит с неясным страхом в ее сторону. Площадь пуста.

— Голубчик, подгони, подхлестни.

Извозчик поворачивает к Вильгельму лукавое лицо:

— Дорога дурная, ваше сиятельство, да и живот-от не молодой, если правду говорить. Мы и помаленьку доедем.

— Гони! гони! — кричит диким голосом Вильгельм. — Вовсю гони!

Извозчик и кляча пугаются. Извозчик хлещет кнутом, кляча мчится, нелепо подбрыкивая задними ногами, оседая крупом. Худой, сгорбленный Вильгельм, с горящими глазами, взлетает на каждом ухабе. На Вознесенской улице, у самого Синего моста, кляча делает отчаянный прыжок в сторону и вываливает седока в сугроб. Снег залепляет на миг рот и глаза — холодный, быстро тающий. Вильгельм слышит над собой озабоченный голос:

— Эх, оказия! Живот, главное дело, немолодой, говорил я — ходу в нем нет.

На сугробе чернеет пистолет. В ствол забился снег. Вильгельм пытается его вытряхнуть, но снег набился плотно. Тогда Вильгельм садится, извозчик, покачивая толовой, задергивает невозможно драный ковер, и облезлая кляча мчится дальше.

— Гони, гони во всю мочь!

IV

У Московского полка шум, движение, солдаты строятся, одни разбирают боевые патроны, другие заряжают ружья, тащат знамена. Среди солдат Щепин-Ростовский, а в стороне незнакомый офицер. Кругом заваруха, говор, крик, а во дворе, кажется, идет настоящая свалка.

"Ага, начинается, вот оно!"

Вильгельм вылезает из саней, путаясь ногами, бежит к незнакомому офицеру и бормочет необыкновенно быстро:

— Что вы хотите, чтоб я сказал вашим братьям из Гвардейского экипажа?

Офицер молчит. Вильгельм, думая, что он принимает его

за шпиона, называет себя. Но офицер молча указывает на солдат и пожимает плечами. Он, видимо, не желает разговаривать.

В это время Щепин видит Вильгельма и кричит надорванным голосом:

— Сейчас выступаем! Бестужев Михаил уже пошел с ротой. Экипаж выступил?

— Нет еще.

— Скачите туда, мы через десять минут на площади.

Кляча несет Вильгельма по тем же улицам в Гвардейский экипаж. Извозчик молча ее нахлестывает, потом оборачивается:

— Барин, что я вам скажу — как бы беды не вышло. Вы военный али какой? Видите сами, тут такое деется.

— Я тебя у Гвардейского экипажа отпущу. Извозчик мгновенно веселеет, он дергает вожжами покладисто.

— Понятно, по разным делам господа разъезжают, кому что.

Улицы, по которым они едут, неспокойны. Собираются кучки, на панелях застыли робкие одиночки. Куда-то во всю прыть бегут трое мастеровых, они не успели еще скинуть фартуки.

— Сень, ты куда? — кричит встречный мастеровой, узнав приятеля.

— На площадь, с царем воевать, — отвечает другой, веселый, и свищет.

— Ну ты молчи, пащенок, — говорит ему вслед пожилой картуз, — мало тебя драли дома.

Вдали слышен звук, значения которого Вильгельм сначала не понимает, похожий на звук отлива, когда волна, вбирая береговой гравий, уходит от берега, или на бойкую болтовню тысячи маленьких молотков. Он догадывается: скачет где-то конница.

В это время мимо проносится в прекрасных санях с сетью какой-то статский советник с белым плюмажем и, вглядевшись в Вильгельма, низко ему кланяется. Вильгельм не узнает его, но на поклон отвечает учтиво.

Так в этот день мчатся в своих беговых санях, скачут на бедных извозчичьих клячах, в служебных повозках, бегут пешком, задыхаясь, многие, И Сашу, и Бестужева, и вот этого незнакомого статского советника несет тот же ледяной ветер из каналов улиц к площади.

И этот ветер уже катит туда кровь города — войска, с тем

чтобы площади наполнялись до краев этой кровью, которая застоялась за последние годы, а теперь идет к сосудам.

Вильгельма же этот ветер кружит по улицам.

V

В Гвардейский экипаж не пропускали.

Во дворе слышался топот, как будто кто-то в тысячу ног утаптывал землю. Щелкали затворы, и резкий голос командовал:

— Строй-ся!

Часовой загородил путь штыком: — Не велено пускать.

— А что там такое?

Часовой молчал. Потом, вскинув на Вильгельма дикие глаза, крикнул:

— Заколю!

И Вильгельму начинает казаться, что он какой-то мяч, которым перебрасываются, — проскакал от Экипажа к московцам, от московцев к Экипажу и вот отскочил: ворота заперты. Толпа любопытных мальчишек окружила его. У часового бегают глаза, он тоже, кажется, ничего не понимает; пройти в ворота, во всяком случае, невозможно.

— Як брату, голубчик, нельзя ли пройти, — просит Вильгельм. Часовой молчит. Вильгельм вдруг полез в низкую калитку, нагнув голову.

Двор. Черные люди тащат оружие, бегают. Одна рота построилась.

Вильгельм почти не видит людей. Он взбирается на какой-то ящик. Он кричит пронзительным голосом:

— Братцы!

Кругом черные люди, ружья, трепыхается знамя.

— Московцы выступили! Через десять минут!.. — кричит Вильгельм.

Люди кричат ему что-то, поднимают ружья вверх,

— Ура! — кричат они.

— На площадь! — кричит Вильгельм и качается на разлезающемся ящике. Его подхватывают на руки. Кто-то его целует. Он оглядывается.

Миша.

— Иди, иди отсюда, — говорит тихо Миша и тяжело дышит. — Мы выступаем.

Он подталкивает Вильгельма.

И Вильгельм покорно выбегает за ворота. Он бежит к саням.

Теперь куда же? На площадь? Но его уже закружило по улицам.

— В Финляндский полк.

"Финляндский полк" выскочило случайно, потому что он вспомнил чью-то фразу: "В Финляндском полку у нас Розен и Цебриков".

У ворот полка его окликают. В санях сидит офицер. Он красен, возбужден, куда-то собирается и кричит другому, который стоит без шинели, в одном мундире:

— Enflammez! Enflammez!³⁵

Заметя Вильгельма, он окликает его. Это Цебриков.

— Подвезу вас, — говорит он, глядя блуждающими глазами. — Канальство, пути никакого, лошади падают.

— Как ваши финляндцы?

— Черт знает. — Цебриков хватает за застежки Вильгельма. — Да поймите же вы, что не так нужно действовать. Я ему говорю: вы просто выведите людей, разберите патроны. Он мне отвечает: не могу вести без ясного объяснения (слова у Цебрикова путаются). Садитесь, подвезу. Вы на площадь? — Он не дожидается ответа.

— Иван! — кричит он отчаянно солдату на козлах. — К Сенату! Гони, черт возьми!

Вильгельм смотрит с тревогой на Цебрикова.

— Просто сам тесак возьму и пойду резать, — говорит Цебриков несвязно. — Я не могу понять, как так можно.

У Вильгельма стучит сердце — он не туда попал — точно во сие — боже, для чего он поехал к финляндцам? Все рассыпается, валится из рук. На площадь скорее, ведь так может весь день пройти!

У Синего моста Цебриков снимает свою шинель. Он бормочет:

— Возьмите шинель. Военная. Вам удобнее. Вильгельм ничего не понимает.

— Мне жарко, — говорит Цебриков, бросая шинель на снег.

Вильгельм молча вылезает из саней и бежит.

С Цебриковым неладно.

На Синем мосту его окликают — Вася Каратыгин.

— Куда вы, бог с вами! На площади бунт, ужас что делается.

"Ага, на площади бунт! То-то".

---

³⁵ Разжигайте! Разжигайте! (франц.)

И Вильгельм кричит ему на ходу, улыбаясь бессмысленно и радостно:

— Знаю! Это наше дело!

На площади чернеет народ. На лесах Исаакиевской церкви каменщики и мастеровые отрывают для чего-то доски. У Сената, лицом к памятнику Петра, — густая, беспорядочная толпа московцев, их окружает народ. Вильгельм проходит между толпой и солдатами. У солдат спокойные лица, и он слышит, как один старый седой гвардеец говорит молодому, который прилаживает ружье к плечу:

— Ты ружье к ноге составь, будет время целиться. Перед московцами расхаживают Якубович в черной повязке и Александр Бестужев, раскрасневшийся, подтянувшийся, как на параде. Якубович не смотрит на Вильгельма, на ходу рассеянно с ним здоровается, потом морщится, прикладывает руку к повязке:

— Черт, голова болит. Бестужев командует:

— На пле-чо!

Вильгельм радостно повторяет за ним:

— На пле-чо!

Бестужев поворачивается, красный от злости, видит Вильгельма и говорит ему сурово:

— Не мешайте.

Саша пробегает мимо, машет ему рукой:

— Еду к конно-пионерам. Генерала Фридрикса убили, слышал?

Он не ждет ответа, убегает.

Высокий, легкий Каховской, в одном фраке, пробежал с пистолетом в руках издали и замешался в толпу у памятника.

Вильгельм пробирается туда же. У самого памятника Рылеев, Пущин и тот неподвижный и огромный статский советник с белым плюмажем, который давеча поклонился Вильгельму.

Рылеев торопливо застегивает на себе солдатский ремень, перекидывает сумку через плечо. Он неотступно смотрит вперед, на Исаакиевскую площадь, поверх людей.

— Когда придет Экипаж?

— В Экипаже восстание, но ворота заперты. Пущин пожимает плечами и поворачивается к Рылееву:

— Дальше так продолжаться не может, где же, наконец, Трубецкой? Без диктатора действовать нельзя.

К ним подходит Якубович, с тусклым взглядом, держась за повязку. Он говорит Рылееву мрачно и коротко:

— Иду на дело.

И скрывается в толпе.

Вильгельм смотрит как завороженный на неподвижного человека с белым плюмажем. Человек вдруг скидывает шинель и широкими механическими шагами идет в толпу, белый плюмаж замешивается среди картузов и шапок; он начинает распоряжаться в толпе, и толпа теснится вокруг него. Все время мастеровые и работники перебегают к складу материалов, и у них в руках мелькают поленья, осколки плит.

От них бежит на площадь маленький черный человек. Ворот рубахи его грязен. Он быстр и верток в движениях, нос у него хищный, беспокойные глаза бегают. Где Вильгельм встречал его? Таких лиц сотни на аукционах, на бульварах, в театрах. Маленький быстро говорит о чем-то с солдатами и перебегает обратно в толпу. Он стоит рядом с человеком с белым плюмажем. Вильгельм вынимает из кармана пистолет, опять прячет его и снова вынимает.

— Где же Трубецкой?

Вильгельм смотрит на Пущина, хватается за голову и опрометью бежит к набережной, где в доме Лаваля живет Трубецкой. По пути он спотыкается. Пущин глядит ему вслед и кричит:

— Да пистолет-то спрячь!

Он смотрит на длинного Кюхлю, размахивающего пистолетом, на секунду вспоминает Лицей и улыбается.

VI

Бритый швейцар впускает тяжело дышащего, с сумасшедшими глазами человека, смотрит на него недоверчиво, потом угрюмо снимает с него шинель. Вильгельм вспоминает: у него в руке пистолет, и сует его в карман. Витая лестница с белыми мраморными статуями на площадках, с зелеными растениями. Далеко где-то гул, хотя дом в двух шагах от площади. Старый барский дом живет своей жизнью и не желает прислушиваться к уличным крикам и каким-то выстрелам с площади. У него крепкие стены.

— Как прикажете доложить?

Вильгельм на минуту не понимает: что доложить?

Зимний дворец может быть занят солдатами. Сенат может быть разрушен, но, пока будет существовать этот дом, лакей должен докладывать о госте хозяину, хотя бы этот гость пожаловал из ада и пришел к хозяину с известием, что его требуют на Страшный суд.

Вильгельм роется в карманах, достает карандаш и пишет на бумажке:

"Guillaume Kьchelbecker. Примите немедленно",

Лакей возвращается не скоро.

— Княгиня просит вас.

Залы спокойные, с фарфором на мраморных столах, картины старых мастеров. Вильгельм проходит мимо картины, на которой изображена полуобнаженная девушка с виноградной веткой, смотрит на нее с недоумением и сжимает в кармане пистолет. Этот старый дом с его чистотой и порядком начинает его пугать. Подлинно, в самом ли деле на площади бунт? Вот сейчас выйдет Трубецкой, посмотрит на него удивленно, пожмет плечами, улыбнется и скажет, что все это одно воображение.

Вышла княгиня. И Вильгельм вздохнул облегченно: лицо княгини бледно, губы дрожат. Нет, есть на площади бунт, есть там солдаты, и будет там, черт возьми, литься кровь.

— Его нет дома, — говорит любезно княгиня и смотрит широкими от ужаса глазами на руку Вильгельма.

Тут только Вильгельм замечает, что пистолет опять в руке у него. Он смущается и прячет его в карман.

— Где князь? — спрашивает Вильгельм. — Его ждут, княгиня.

— Я не знаю, — говорит княгиня совсем тихо, — он очень рано ушел из дому.

Вильгельм смотрит на нее и спрашивает удивленно:

— Как ушел? Его на площади нет.

Княгиня опускает голову. Вильгельм все понимает, срывается с места и, не оглядываясь, бежит, путаясь ногами, по широкой прохладной лестнице.

"Трубецкой на площадь не придет, он либо изменник, либо трус".

VII

У Адмиралтейского канала уже стоит черным плотным каре рядом с московцами Гвардейский экипаж. Впереди — цепь стрелков, ею командует Миша. Экипаж и московцев разделяет небольшой проулок — Сенатские ворота, оставляющие вход в

Галерную свободным. Московцы тоже построились в каре. Сами — ими никто не командует.

Вильгельм никогда не видал столько народа. Народ везде — даже между колонн Сената стоят черными рядами люди, даже на крышах соседних домов. Вокруг памятника и дальше на Адмиралтейской черным-черно.

Двое мастеровых схватили в толпе какого-то офицера и держат его крепко.

— Ты что, разойтись уговариваешь? Обманывают народ, говоришь? А ну-ка, скажи еще раз, скажи.

Вильгельм вмешивается и говорит умоляюще:

— Отпустите его.

В это время он замечает сзади, за офицером, неподвижные глаза Каховского. Каховской спокоен, правая рука заложена за борт фрака. Он выхватывает кинжал и тяжело ударяет офицера в голову. Офицер глухо охает и приседает. У розового уха появляется струйка крови, ползет, расплывается, заливает голову, глаза. Офицер шарит по земле руками и что-то бормочет, потом он падает.

— Так и надо, бей, братцы, бей, голубчики!

Легко и быстро перебегает тонкий Каховской дальше.

— Уговорщиков и шпионов стрелять! — Это кричит Пущин у памятника.

А веселый мастеровой отнял палаш у жандарма и бьет его плашмя по голове:

— Куды прешь? Куды прешь, сволота?

И Вильгельм делает невольное движение (он не выносит, когда человека бьют). Мастеровой смотрит на него, подмигивает, улыбаясь:

— Ваше благородие, что же вы с пистолетиком одним разгуливаете? Палаш возьмите, пригодится, — и сует ему в руки палаш.

К ним подходит странный маленький человек, в поношенной темной одежде, со смуглым лицом и хищным носом. Таких лиц сотни — в театрах, трактирах, на бульварах. Говорит он хрипло, по-французски, с немецким акцентом:

— Я предводитель толпы народной, нам нужно объединиться. Нужно организовать толпу, раздать оружие.

— Кто вы? — спрашивает тихо Вильгельм, силясь припомнить, где он видел маленького человека.

— Ротмистр Раутенфельд, в отставке. Кавалерии капитан. У меня, если хотите, достаточно сабель и всего, что нужно. Кто предводитель у вас? Толпа хочет присоединиться.

Вдруг Вильгельму вспоминается раннее утро, обнаженные

208

спины солдат, звучный голос флейты и свист шпицрутенов. Он растерянно глядит на маленького человека и тут же о нем забывает, потому что перед ним знакомая курчавая голова и озорная улыбка.

— Ба, Левушка.

Левушка Пушкин тоже пришел поглазеть на площадь. Вильгельм берет его за руки, радостно сует ему свой палаш и тащит, позабыв о Раутенфельде, или Розентале, или, может быть, Розенберге, к памятнику. Он подводит Левушку к Пущину.

— Возьмем этого молодого солдата. И тотчас же убегает вдоль площади.

Левушка постоял и тихо положил палаш наземь. Потом он замешался в толпу и исчез.

VIII

В это время странная карета въезжает в проулок между каре московцев и каре Экипажа. Лошади цугом, форейтор впереди. В карете сидит молодой человек, сильно напудренный, в чулках, в парадном бархатном камзоле, на носу у него очки. Он беспечно смотрит на солдат, на бегающих людей, на шумящие толпы народа. Высунувшееся из окна кареты лицо его выражает любопытство и удовольствие. Проезжая мимо каре Экипажа, он замечает Вильгельма, несколько секунд смотрит на него, поправляет очки и потом кричит весело:

— Кюхельбекер, это вы?

Вильгельм резко оборачивается, видит диковинную карету, молодого человека в ней и мгновенно перестает понимать, где он находится. Он подходит к карете и вглядывается в молодого человека:

— Горчаков?

Молодой человек в напудренном парике — лицейский товарищ Вильгельма, князь Горчаков. Он только что приехал из Лондона и спешит во дворец для принесения присяги.

— Как у вас нынче людно, — говорит он рассеянно,— совсем как в Лондоне. Я, знаешь ли, привык в Лондоне к скоплению народа, но здесь более людно.

Он обводит рассеянным взглядом московцев и Экипаж и снисходительно добавляет:

— Уже и войска собираются. Я, знаешь ли, опоздал.

Он, прищурясь, близоруко всматривается в Вильгельма, кивает ему снисходительно и вдруг замечает в руке Вильгельма длинный пистолет.

— Что это такое? — он поправляет очки.

— Это? — переспрашивает Вильгельм, тоже рассеянно, и смотрит на свою руку. — Пистолет.

Горчаков задумывается, смотрит по сторонам и говорит форейтору:

Трогай, голубчик.

Он вежливо раскланивается с Вильгельмом и, ничего не понимая, проезжает дальше.

IX

В атаку на мятежников ведет конногвардейцев эскадронами генерал Орлов. Приказ: врезаться и изрубить на месте.

Не подкованные на острые шипы лошади скользят по обледенелой-мостовой, падают. Перебегают в толпе темные фигуры к складу материалов и обратно, нагибаются за каменьями, и, размахивая руками, командует толпой человек в белом плюмаже и тот, маленький, черный. Московцы палят. Из толпы летят в конногвардейцев поленья и камни. У конногвардейцев не отпущены палаши. Вильгельм видит, как хватается дивизионный командир рукой за грудь. Он ранен. Звук шаркающих по льду подков, тяжелый и глухой стук падающих конских тел, и конногвардейцы поворачивают лошадей. Молодой конногвардеец смешно, как вешалка, летит головой вниз. Вдали крики, ругань, мелкий, раздельный в каждом звуке шум удаляющихся копыт.

— Братцы, в людей не стреляйте, цельте в лошадей! — это кричит Саша.

— Да, да, — кивает головой Вильгельм, — цельте, братцы, лошадям в морды — жалко людей. — Он улыбается.

— Мыслимое ли это дело, — ворчит старый седой гвардеец, — зря патроны тратить. Лошадям в морду, С лошадями не воевать.

Атака отбита.

И начинается безмолвное стояние — стояние, несмотря на беготню, безмолвное, хотя в воздухе крики и редкая команда. Потому что теперь решают морозные, обледенелые площади, а не воля отдельных людей.

210

X

Николай без свиты, в одном мундире, с лентой через плечо, не замечая холода, выбежал из дворца.

Толпа шумела, но Николай не знал, что народ на Разводной площади — это только брызги от человеческой реки, которая безостановочно течет на Адмиралтейскую, Исаакиевскую и Петровскую.

Лицо у Николая было серое, может быть от холода. Он выпячивал грудь и зорко глядел по сторонам. Смотр начался. Он прислушался. В одной кучке кричали:

— Константина сюда!

Николай повернулся и посмотрел с тоской на двух придворных, которые стояли близ него; Бенкендорф протянул ему какую-то бумагу, и он понял: надо прочесть манифест. Он сделал знак рукой и начал читать тихим, протяжным голосом.

Стоявшие вблизи стихли и стали было прислушиваться, но Николай читал монотонно, манифест был длинный, площадь продолжала гудеть, и его никто не слышал.

Пьяный подьячий к нему протеснился и пытался лобызнуть руку. Положение становилось затруднительным.

Так прошло с четверть часа. Николай стоял и смотрел на толпу, а толпа смотрела на него. Она к нему постепенно привыкала, и он начинал чувствовать себя, как надоевший актер, который знает, что надоел. Бенкендорф склонился к нему:

— Ваше величество, прикажите разойтись. Николай пожал плечами. Издали сквозь гудение толпы шел с Миллионной отрывистый и броский шум марширующего войска.

Он посмотрел на толпу, потом на Бенкендорфа.

— Разойдитесь, — сказал он негромко, скорее в кучу придворных, чем в толпу.

Никто его не слушал. Пьяный подьячий, умиленно сложив руки, лепетал:

— Как же можно? Мы, слава богу, ваше величество, понимаем... Ручку извольте...

В это время Николай увидел — по Большой Миллионной идет батальон, и приосанился. Преображенцы подошли к дворцу и выстроились.

— Здорово, молодцы! — сказал он не очень уверенно ("ответят или не ответят?").

— Здравия желаем, ваше величество, — негромко ответили преображенцы, и Николай заметил, что отвечают не все.

Он приказал командиру:

— Левым плечом вперед.

Подбежал Милорадович. Ворот шинели его был наполовину оторван, мундир полурасстегнут, под глазами синяк, а горбатый нос распух.

Милорадович спокойно завтракал у своей танцовщицы, когда прибежали доложить ему о восстании. Для генерал-губернатора столицы такое сообщение не оказалось чрезмерно поздним, ибо он и совсем мог пропустить все восстание, сидя у хорошенькой Телешовой. Он поскакал на Петровскую площадь, где толпилась чернь, и грозно закричал:

— По домам!

Его стащили с лошади, избили, а двое солдат проволокли генерала за ворот до угла Главного штаба и там бросили. Увидев Николая, он подбежал к нему. Он скинул перед царем изорванную шинель и остался в одном мундире, с синей лентой через плечо. Он закричал Николаю:

— Нужно сейчас же стрелять!

Поглядел на свой полурасстегнутый мундир, торопливо, трясущимися по-стариковски пальцами застегнулся и пробормотал жалобно:

— Посмотрите, ваше величество, в какое состояние они меня привели.

Николай, стиснув зубы, смотрел на него. Вот кто хотел лишить его престола. Вот он как теперь говорит, диктатор, у которого шестьдесят тысяч солдат в кармане. Он шагнул к Милорадовичу:

— Вы, как генерал-губернатор столицы, за все мне сполна ответите. Идите на площадь.

Милорадович опустил голову.

— Живо, — сказал Николай, глядя с омерзением в разбитое лицо.

Милорадович растерянно отдал честь и, пошатываясь, пошел прочь.

Рота двинулась, тесня медленно расступающуюся толпу, солдаты шли нахмурясь. Так они обогнули угол Главного штаба. У самого угла Николай заметил странного человека в мундире Генерального штаба, который стоял в стороне от толпы, а завидя Николая, круто повернулся. По сутулой спине Николай признал его.

"Полковник Трубецкой... Странно".

Встречный адъютант, увидя царя пешком, соскочил с седла и подвел ему лошадь. У Николая была теперь рота преображенцев и лошадь. А у мятежников Московский полк.

212

Миновав Гороховую, он остановил роту на углу у крыльца Лобановского дома, у львов. Дальше идти рискованно — по прямой диагонали через улицу и площадь стоят московцы. Кругом кишит пестрая, непочтительная, едва ли не враждебная толпа. Он уловил косые взгляды, притворно-равнодушные. На лесах Исаакиевской церкви тоже чернь, мастеровые там отдирают для чего-то драницы от лесов и тащат каменья. Значит, и чернь взбунтовалась. Впереди, на площади, крики: — Ура!

— Константин!

Выстрел, другой, третий. Ему внезапно становится холодно. Он замечает, что на нем нет шинели.

В это время подходит к нему очень высокий офицер, с черной повязкой на лбу, неприятными глазами, черноусый. Руку он держит за бортом сюртука. Николай всматривается: по форме офицер — Нижегородского драгунского полка.

— Что вам угодно? — Николай смотрит выжидательно на изжелта-смуглое лицо.

— Я был с ними, — глухо говорит офицер, — но, услышав, что они за Константина, бросил их и явился к вам.

Николай протягивает ему руку:

— Спасибо, вы ваш долг знаете.

Черные глаза на него неприятно действуют, и ему хочется задобрить этого офицера.

— Государь, предлагаю вести переговоры с Московским полком. — И офицер снова закладывает руку за борт сюртука.

Николай делает вежливое лицо:

— Буду благодарен. Пора действительно прекратить недоразумение.

А рука за бортом сюртука дрожит. Николай, замечая это, слегка осаживает лошадь. И Якубович круто поворачивается и исчезает. Какой подозрительный человек, как все кругом неверно! А к ногам лошади падает кирпич, и лошадь встает на дыбы: молодой каменщик стоит на лесах, еще подавшись корпусом вперед. Николай пригибается к седлу, дергает сильно за повод и скачет к Адмиралтейской площади. Его догоняет адъютант:

— Ваше величество, генерал Милорадович убит. Генерала Воинова чернь избила поленьями.

Николай пожимает плечами и поворачивает коня. Он подзывает Адлерберга и говорит ему тихо:

— Что делать, генерал, с дворцом? Дворец без прикрытия.

— Я приготовил, государь, загородные экипажи и в

крайности препровожу их величества под прикрытием кавалергардов в Царское Село.

С площади опять доносится пальба. Подъезжает Толь, только что прибывший из Неннааля. (Мишель обогнал его.) Толь держится в седле крепко и хмурится:

— Государь, вторая кавалерийская атака отбита. Я послал за артиллерией.

Видя пустые глаза Николая, он с секунду думает и потом решается:

— Государь, дозвольте распорядиться артиллерией.

Николай кивает, не вслушиваясь.

Что с дворцом?

Адлерберг подсказывает ему на ухо:

— Ваше величество, идите с ротою ко дворцу.

И он послушно командует. У Главного штаба он слышит необычайный шум с Разводной площади. Тревожно приподымаясь в седле, вглядывается: к самому дворцу от Миллионной бежит густая, беспорядочная толпа лейб-гренадеров с ружьями наперевес. Впереди всех молодой кривоногий офицер с обнаженной шпагой. Вот их пропускают в дворцовый двор. Вот они скрываются во дворе. Сердце у Николая бьется гулко под тонким мундиром. Заняли дворец, кончено. Так проходит несколько минут. Но толпа гренадеров опять показывается в воротах. Гренадеры приближаются. Впереди всех кривоногий маленький офицер. Николай видит первые ряды, различает седую щетину на небритых щеках старых солдат, расстегнутую амуницию, отчетливо видит теперь красное, возбужденное лицо маленького офицера и ничего не понимает. Куда они идут? Почему они бросили дворец?

Гренадеры поравнялись с Николаем.

— Здорово! Молчание.

— Стой! Молчание.

Молодой веселый офицер проходит мимо, не отдавая чести.

— Куда вы, поручик?

— Мы к московцам, — отвечает весело поручик. Николай теряется и вдруг с ужасом сам слышит, как механически говорит поручику:

— Тогда вам на Петровскую площадь, — и машет рукой к Сенату.

Поручик смеется:

— Мы туда и идем.

(Позор, позор, сейчас же врезаться в гренадеров.) А

гренадеров уже пропускают его солдаты. Несколько солдат задевают, проходя мимо, его шпоры, Николай принимает непроницаемый вид и командует своим сбитым с толку солдатам:

— Пропустить.

Четыре восставшие роты лейб-гренадеров идут на Петровскую площадь.

XI

Медленно стягиваются войска Николая, исподволь запирают они Петровскую площадь.

Прошла конная гвардия — из казарм, что на Адмиралтейской площади.

Мишель, который, подобно Вильгельму, трясся в санях по скованным гололедицей улицам от артиллерийских казарм в Таврическом дворце к преображенцам и далее к тем же московцам, — привел остальные три роты московцев, и их построили против Адмиралтейства. Подходят семеновцы, и Мишеля высылают к ним навстречу. Семеновцев ставят по левую сторону Исаакиевской церкви, прямо против Гвардейского экипажа, на кучи мраморного щебня.

Второй батальон преображенцев и три роты первого соединяются на правом фланге с конными лейб-гвардейцами и стоят лицом к Сенату.

Павловский полк занимает Галерную улицу.

А московцы стреляют, и стоит черным плотным каре Гвардейский экипаж. И лейб-гренадеры у бунтовщиков на правом фланге. Но кто понимает что-нибудь в этом странном, колеблющемся стоянии площадей?

Рылеев — он не мог вынести шума, потому что за шумом услышал тишину весов, на которых стоят две чашки, и ушел с площади, опустив голову.

Генерал Толь, который послал за артиллерией, — он не знает никаких чашек и никаких весов, а только хорошо понимает, что от пушечных выстрелов люди падают.

Ничего верного в соотношении сил (это отлично знает генерал Толь). От преображенцев отделяются солдаты и быстро замешиваются в толпу. Николай делает вид, что этого не замечает, но и он знает, что это парламентеры от солдат. И поэтому он предпочитает посылать своих парламентеров. Воинова приняли в поленья — может быть, митрополиту

215

повезет. Он, кстати, дряхл, беспомощен и вполне поэтому подходит к роли парламентера.

XII

И вот к Гвардейскому экипажу подъезжают сани. В санях дряхлый митрополит в митре, рядом тучный и бледный поп. С трудом, путаясь в рясе, вылезает митрополит из саней, поп его поддерживает за руку. Митрополит что-то говорит тонкими старческими губами. Вильгельм видит, как Миша, который с цепью стрелков стоит впереди Экипажа, что-то бистро шепчет ближайшим солдатам, и тотчас несколько молодых унтер-офицеров окружают митрополита. Митрополит говорит дребезжащим голосом:

— Его высочество Константин Павлович жив, слава богу.

Вильгельм кричит:

— Тогда подавайте его нам сюда!

Несколько солдат повторяют за ним: "Подавайте сюда Константина". Но митрополит, как бы не слыша, продолжает:

— Его высочество жив, слава богу!

Поп, стоящий рядом с митрополитом, начинает сладостным голосом:

— Братья любезные, вспомните завет господа нашего.

Тогда Миша подходит мерным, солдатским шагом к попам. Он наклоняется к дряхлому митрополиту и кричит:

— Батюшка, убирайтесь, здесь вам не место!

Митрополит трясет головой, смотрит белыми старческими глазами на молодого офицера и торопливо запахивает полы рясы. Тучный поп усаживает его в сани.

Миша громко кричит оробевшему митрополиту:

— Пришлите для переговоров Михаила! Стрелять не будем.

Просвистал выстрел.

Митрополит вздрогнул, вцепился руками в попа, и извозчик помчал их обратно.

Вильгельм с ужасом посмотрел на Мишу:

— Зачем ты позвал Михаила? Зачем ручался за безопасность? Кто тебе дал приказ?

Миша упрямо дергает головой и улыбается недобро, Он знает, что делает, и старший брат ему не указчик. Сзади раздается голос:

— Случай прекрасный, пренебрегать нельзя.

Вильгельм оборачивается и видит тусклые глаза Каховского.

Саша инстинктивно хватает за руку Вильгельма:

— Не волнуйся так.

А Пущин говорит тихо и насмешливо:

— В добрый час, ваше высочество.

Они стоят в середине живого проулка — между каре московцев и каре Экипажа. В руках Вильгельма все тот же пистолет, отличный пистолет, который дал ему сегодня утром Саша и который по милости извозчика пролежал в снегу у Синего моста никак не менее двух минут. Такие пистолеты прекрасно стреляют, особенно если порох, насыпанный на полку, сух.

XIII

Там, где стоит Николай, неладно: мастеровые, мещане и работники швыряются камнями с лесов Исаакиевской церкви, пули московцев тоже долетают до Николая — они знают, где он стоит. Надо перебираться в другое место, под прикрытие к Мишелю; нагибая голову, Николай проезжает к семеновцам.

Мишель вполне чувствует свое значение. Он ощущает прилив военного самодовольства.

— Разреши, я с ними сам переговорю. Мне передавали, что офицеры Экипажа хотят со мной переговорить.

Николай косится на брата. Самодовольство Мишеля ему неприятно.

— Сколько уже парламентариев посылали, — говорит он и машет рукой. — Митрополит, и тот не помог.

— Да, но мне через митрополита передавали, — возражает Мишель.

Как в детстве, братья состязаются друг с другом. Мишель никак не хочет уступить Николаю.

— Делай как знаешь, — сухо отвечает Николай. Мишель проезжает к Гвардейскому экипажу; рядом

с ним свитский генерал. Черный султан Мишеля прыгает; он сдерживает лошадь. Уже перед самым фасом каре он вдруг понимает, что ехать на переговоры действительно не следовало. Передние ряды притихли; несколько седых солдат смотрят на него исподлобья. На солдат, по-видимому, надежда плохая, и нужно разговаривать с офицерами.

Он любезно спрашивает у Миши:

— Можно мне говорить с войском? Миша дожимает плечами.

— Вот что, братцы, — Мишель говорит громко, от чего слова теряют всякую выразительность, — брат Константин отрекся от престола. Вам теперь нет никакой причины отказываться от присяги Николаю Павловичу.

Мишель прикладывает руку к груди:

— Умоляю вас возвратиться в казармы.

— Подавайте его сюда, Константина! — крикнул приземистый матрос (это был Куроптев, он стоял на проулке, вместе с Дорофеевым, рядом с Вильгельмом).

— Подавайте его сюда! — закричали в рядах.

В самой середине, в проулке, идет тихий разговор, там совершается тихо какое-то движение. Мишель начинает следить украдкой за этими людьми.

Худой и длинный человек скидывает с себя шинель и роняет ее на снег, как бы не замечая этого. Он в черном фраке, а в руках у него пистолет. Рядом с ним человек в бекеше, плотный, русый, со спокойными, ясными глазами, с румянцем во всю щеку.

Мишель пытается что-то крикнуть солдатам, но в это время солдаты начинают кричать:

— Ура конституции!

И покрывают его голос.

И в это же время Пущин говорит несколько смущенно Вильгельму:

— Voulez vous faire descendre Michel?[36]

Он слегка потупил взгляд, не смотрит на Вильгельма, косит в сторону.

И Вильгельм отвечает еле слышно!

— Oui, Jeannot[37]

Он незаметно выдвигается вперед.

Взгляд Мишеля опять падает на худого, долговязого человека. Как будто он раньше где-то видел этого урода, лицо какое-то знакомое.

Саша Одоевский говорит Вильгельму:

— Есть ли у тебя довольно пороху на полке?

Он смотрит на свой длинный пистолет, который крепко зажат в длинных пальцах Вильгельма.

— Есть довольно, — отвечает беззвучно Вильгельм.

("Что за черт, длинный целится. В генерала рядом,

---

[36] Хочешь ссадить Мишеля? (франц.)
[37] Да, Жанно (франц.).

Ускакать, ускакать сейчас же". — Мишель делает знак генералу и с ужасом видит, как черное дуло пистолета ползет вправо и смотрит ему в глаза.) В проулке тихий разговор:

— Я близорук. Который Мишель?

— С черным султаном, — отвечает Александр Бестужев.

Дорофеев, который стоит слева, трогает осторожно за рукав Вильгельма и качает головой:

— Пожалейте себя, барин.

Вильгельм улыбается Дорофееву, не глядя на него, и отвечает шепотом, так что тот не слышит:

— Милый, всем умирать. И целится в черный султан.

Курок спущен, но вместо выстрела — какой-то щелкающий звук. Лошади Мишеля и генерала танцуют на месте, поворачиваются, скачут прочь. Вильгельм растерянно смотрит на пистолет, потом на удаляющийся черный султан. Он стреляет вниз.

Щелканье.

— Что за проклятие?

Он поднимает глаза на Пущина. Он не понимает. У него чувство почти физической боли, — как будто он замахнулся камнем, а камень сорвался, упал и руке больно от размаха.

Кто-то накидывает на него сзади шинель — Дорофеев. Ему жарко, рыдания душат его. Он скидывает шинель. Он прикладывает левую ледяную руку к огневому лбу. (В правой крепко зажат пистолет.) Пущин говорит Дорофееву и Куроптеву с сожалением:

— Эх, ребята, скорее бы дело кончили.

И туман, туман перед глазами. Он, качаясь, смотрит в землю, достает из кармана платок левой рукой (правая как неживая, в ней пистолет) и прикладывает платок к голове. Эх, обвязать бы голову. И Вильгельм вскидывает глаза. Перед фасом каре белый султан.

Кругом голоса:

— Воинов, генерал Воинов.

(Воинов пробрался-таки поговорить с Экипажем.)

— Который Воинов? — с усилием спрашивает Вильгельм.

— В белом султане, — отвечает ему чей-то странный в тумане голос, — в генеральском мундире.

Другой спокойный голос рядом говорит:

— Давайте пистолет, порох насыпать нужно, у вас порох смок.

Вильгельм видит, как Каховской сыплет ему на полку пистолета порох, и говорит учтиво:

— Merci.

С трудом сознавая себя, он выходит из рядов и целит в белый султан, который отчетливее выступает в наступающих сумерках, чем черный Мишелев.

Порох на полке вспыхивает, но выстрела нет. Осечка.

С ужасом — судьба! судьба! — он стреляет, не чувствуя пальцев, еще раз.

Осечка.

Он шатается; его берут под руки — он не видит кто. На него набрасывают шинель и выводят из рядов Экипажа. Шинель тяжелая, и он сбрасывает ее; становится на минуту холодно. И опять кто-то набрасывает на него шинель. И опять он роняет ее на снег.

Он оборачивается.

Сзади стоят Пущин, Саша, Каховской.

— Эх, — говорит Пущин брезгливо, — три раза осекся.

Саша смотрит на Вильгельма с сожалением, и Вильгельм улыбается на миг бледной улыбкой. Все, все решительно на него смотрят с укоризной.

"Ну что ж, пусть". — Вильгельм проходит несколько шагов.

А перед Вильгельмом странная фигура. Якубович вытянулся, высоко подняв обнаженную шпагу. На шпаге болтается привязанный носовой платок. Якубович застыл со своей шпагой перед Вильгельмом. Потом быстро, как бы опомнившись, он опускает шпагу, срывает носовой платок и густо краснеет.

— Это маскарад, — бормочет он. — Я вызвался быть парламентером.

Вильгельм смотрит на него почти спокойно.

— Держитесь, — говорит хрипло Якубович и сдвигает значительно брови. — Вас жестоко боятся.

И он уходит прямыми шагами с площади, держа в руке обнаженную шпагу.

Медленно проходит наваждение. В горле сухо. Он берет левой рукой горсть снега и жадно ест его. Как приятно и как холодно. Он снова ест снег. И туман проясняется немного. Он оглядывается. Он видит, как мчится от московцев какой-то генерал, свист и крик летят генералу вдогонку. На скаку генерал вынимает из шляпы свой султан и машет им для чего-то в воздухе. Вильгельм протирает глаза. Все опять ясно, ноги опять легкие, каждый мускул снова часть целого, центр которого вне Вильгельма. И первое, что он снова ясно и отчетливо видит: правительственные полки, стоящие напротив, расступились на две стороны и между ними с разверстыми зевами орудий, тускло освещаемых сумерками, стоит батарея.

И наступает на миг тишина, серая, прозрачная.

XIV

Батарею гвардейской артиллерийской бригады привел на площадь генерал Сухозанет. Ее поставили поперек Адмиралтейской площади; правый фланг батареи дулами обращен к Сенату, левый — к Невскому — два орудия могут палить вдоль проспекта.

Зарядов же для пушек нет, их не взяли.

Еще мчится адъютант хоть за несколькими зарядами в лабораторию, а Сухозанет уж командует:

— Батарея! Орудия заряжай, с зарядом — жай!

Он пугает толпу. Но толпа стоит неподвижно и смеется. Московцы стреляют, кроют батальонным огнем, и стоят, как в землю вросшие, лейб-гренадеры и Экипаж.

А зарядов нет.

Генерал Сухозанет догоняет Николая, бесцельно разъезжающего, и говорит:

— Ваше высочество, прикажите пушкам очистить Петровскую площадь.

Ему отчаянно хочется выслужиться: его перегнали в этот день. Он запоздал. Николай, может быть, не знает, что зарядов нет. Заряды ведь скоро подвезут.

Но Николай останавливает коня, смотрит свирепо на генерала широко раскрытыми глазами, зубы его величества выбивают мелкую дробь, и, не сказав ни слова, оп отъезжает от генерала влево.

В порыве служебного усердия генерал Сухозанет забылся и назвал его "ваше высочество".

Генерал в отчаянии. Он хватается за голову, медленно едет за царем. Выжидает, ловит его. Падают сумерки.

Четвертый час на исходе.

А московцы стреляют, и стоит черным плотным каре Гвардейский экипаж. А четыре кавалерийские атаки отбиты с уроном, и лейб-гренадеры у бунтовщиков на правом фланге. И Николай видит: чернь одиночками, кучками, толпами перебегает на Петровскую площадь — к бунтовщикам.

Если дело затянется до ночи — победа сомнительна.

Кто знает, что выйдет, если вся чернь примкнет к

бунтовщикам? Кто разберет, что на уме — хотя бы у тех же измайловцев? В Финляндском полку волнения. Он остановился на мосту, на Васильевском острове. Ночью дело темное.

К Николаю подъезжает генерал Толь:

— Государь, я думаю положить конец этому беспорядку, пустив в ход пушки.

Николай хмуро кивает головой Толю, как и в первый раз.

Ночью дело темное, ночью дело сомнительное. Генералу Сухозанету хочется отличиться. А зарядов привезли немного, раз, два и обчелся.

Генерал не теряет надежды выслужиться. Он слышит, что говорит Толь, подъезжает к Николаю и, понизив голос, наклоняется к нему:

— Государь (так вернее), сумерки близки, силы бунтовщиков увеличиваются, темнота в этом положении опасна.

Николай молчит.

— А вы в своей артиллерии уверены? — спрашивает он хмуро и, не дожидаясь ответа: — Попробуйте еще раз переговорить.

Генерал Сухозанет едет к фронту московцев и кричит:

— Ребята, положите ружья, буду стрелять картечью. Свист и хохот летят ему в лицо.

Александр Бестужев кричит:

— Сухозанет, ты б кого-нибудь почище прислал! В генерала прицеливается молодой гвардеец. Сзади гвардейцу кричат:

— Не тронь этого холуя, он не стоит пули! И крик идет по площади:

— Ура, Константин!

— Ура, конституция!

Сухозанет, багровый от гнева, поворачивает коня. Вдогонку свист, улюлюканье. Все на него сегодня плюют — и эта солдатская сволочь и царь.

На скаку он выдергивает из своей шляпы султан и машет им в воздухе. (Это-то и было первым, что увидел Вильгельм, когда вышел из своего столбняка.) Это сигнал — первый залп.

Первый залп холостыми орудиями.

Московцы стоят, стоит экипаж лейб-гренадеров, толпа все гуще сжимается вокруг войск.

Генерал Сухозанет получил от генерала Толя приказ: пальба орудиями по порядку.

XV

Первый выстрел.

Картечь поет визгливо — пи-у — и грохот: рассыпается; одни пули ударяют в мостовую и поднимают рикошетами снежный прах, другие с визгом проносятся над головами и попадают в людей, облепивших колонны Сената и крыши соседних домов, — шальные пули, — третьи — третьи косят фронт. Рассеивается пыль, в воздухе крики и стоны. Один крик в особенности страшен — похож на вой животного.

Войска стоят.

Ясный голос Оболенского:

— Пли!

И в ответ тонкому пению картечи — сухой разговор ружей.

И опять тонкое пение — пи-у — и опять грохот — разбитые оконницы Сената звенят, пули уходят в камень, и штукатурка сыплется под ними.

Люди валятся кучами. Они падают, как снопы, и остаются лежать.

И все-таки войска стоят, а в ответ пению шрапнели сухой ружейный разговор; но он уже отрывист — ружья заикаются — пальба неровная.

И в третий раз — тонкое пение и треск, и в ответ — отдельные сухие вскрики ружей: тра-та-та, как похоронный стук барабана.

И в четвертый раз — ружья замолкают.

Со страшной, пронзительной ясностью Вильгельм видит все: как дрогнула передняя колонна и заметались матросы, как бросает старый матрос с изрытым оспой лицом ружье, как падает, точно поскользнувшись на льду, и остается лежать молодой матрос, — и вот главный толчок — и Вильгельма, тесня, проносит вперед бегущая толпа — мимо манежа, — а ноги спотыкаются о трупы и раненых. Вильгельм ощущает раз треск костей под ногами — и отдается толпе. На бегу он видит, как два солдата прячутся между выступами цоколя у манежа. Толпа проносит его мимо Саши — Саша стоит и снимает белый султан с шляпы — сейчас и его захлестнет.

— Саша! Саша!

Но Саша не слышит.

Картечь поет.

И Вильгельма охватывает ярость. Его толкают, его что-то несет на себе, как пылинку, а эта поющая дура-картечь расстреливает всех, как баранов. Унижение, унижение и злость, страха нет и в помине. Он крепко сжимает закостеневшей рукой пистолет.

— Стой! — кричит он диким голосом.

Визг картечи кроет его крик.

Толпа метнула его в узкий двор — рядом с манежем.

Все та же бешеная, ясная злость владеет Вильгельмом. Он ясно все сознает, он примечает малейшие мелочи — место, количество людей, есть ли у них оружие. Последний всплеск толпы вбрасывает во двор Мишу, брата. Он без шинели, ворот его мундира расстегнут, а брови сдвинуты с выражением недоумения. Вильгельм не рад брату — ему все равно.

Он кричит:

— Стой!

И все покорно выпрямляются. Вильгельм командует в полутьме.

— Стройся!

И этот худой, высокий человек с перекошенным лицом, сжимающий в руке длинный пистолет, приобретает власть над людьми. Его голоса слушаются. Он строит людей в шеренги, и солдаты, нахмуря лица, идут за ним.

Подходит Миша и говорит Вильгельму:

— Уходи. — Больше не может и только шевелит губами, с ужасом смотря на брата.

Вильгельм властно отстраняет его рукой. Час Вильгельма пробил — и он хозяин этого часа. Потом он расплатится.

— В штыки!

Он выводит людей из ворот на улицу, он поведет их в штыки — на врагов, на картечь.

— Нельзя, — говорит ему спокойно приземистый матрос, — куда людей ведете? Ведь в нас пушками жарят.

Вильгельм узнает Куроптева.

И в ответ пение картечи, ненавистный тонкий визг, и через мгновение трещащий разрыв пуль.

Вильгельм стоит опустив голову, сжимая в руке пистолет. Все легли. Он один стоит.

Куроптев ему снизу шепчет: "Ложитесь", — и Вильгельм послушно ложится.

Они проползают несколько шагов, и Куроптев говорит ему:

— Теперь на середину ползем.

Исаакиевская площадь во мраке. И Вильгельм слушается Куроптева. Они доползают до середины площади.

И в это время с Вильгельмом происходит непонятная перемена — острота сознания остается, но злости уже нет, а есть только тонкая осторожность, сумасшедшая хитрость преследуемого зверя. Сейчас надо пройти мимо семеновцев. Он все примечает по-прежнему. Он осознает в один миг, что он без шинели, в одном фраке, и что в руке его по-прежнему зажат пистолет, а они должны лицом к лицу пройти сейчас мимо семеновцев. И он, наклоняясь, беззвучно роняет пистолет в снег. Рука онемела и неохотно его выпускает: за день пистолет сросся с рукой. И они проходят мимо семеновцев.

В полумраке два солдата провожают его взглядами исподлобья. Вильгельм идет прямо, не сгибаясь.

Последнее, что он видит в полутьме, — это как офицеры Гвардейского экипажа подходят один за другим к командиру и сдаются ему.

Потом он идет легко, бодро, тело его пусто, и в пустой груди механически бьется разряженное до конца сердце.

У Синего моста чья-то легкая фигура. Вильгельм догоняет Каховского. Они идут рядом. Вильгельм спрашивает его тихо:

— Где Одоевский, Рылеев, Пущин?

Каховской смотрит на него сбоку спокойными, неживыми глазами и не отвечает.

И они расходятся в темноте.

Через полчаса — вечер. Зимний вечер 14 декабря, густой, темный, морозный. Вечер — ночь.

На площади — огни, дым, оклики часовых, пушки, обращенные жерлами во все стороны, кордонные цепи, патрули, ряды казацких копий, тусклый блеск обнаженных кавалергардских палашей, красный треск горящих дров, у которых греются солдаты, ружья, сложенные в пирамиды.

Ночь.

Простреленные стены, выбитые рамы во всей Галерной улице, шепот и тихая возня в первых этажах окрестных домов, приклады, бьющие по телу, тихий, проглоченный стон арестуемых.

Ночь.

Забрызганные веерообразно кровью стены Сената, трупы. Кучи, одиночки, черные и окровавленные. Возы, покрытые рогожами, с которых каплет кровь. На Неве — от Исаакиевского моста до Академии художеств — тихая возня: в узкие проруби спускают трупы. Слышны иногда среди трупов стоны — вместе с трупами толкают в узкие проруби раненых. Тихая возня и шарканье; полицейские раздевают мертвецов и раненых, срывают с них перстни, шарят в карманах.

Мертвецы и раненые прирастут ко льду. Зимой будут рубить здесь лед, и в прозрачных, синеватых льдинах будут находить человеческие головы, руки и ноги.

Так до весны.

Весной лед уйдет к морю.

И вода унесет мертвецов в море.

Петровская площадь как поле, взбороненное, вспаханное и брошенное. На ней бродят чужие люди, как темные птицы.

ПОБЕГ

I

Николай Иванович провел тревожный день. Кто победит? Если Рылеев, — придется Николаю Ивановичу рассчитываться за дружбу с Максимом Яковлевичем фон Фоком. Если царь, — ох, может попасть Николаю Ивановичу за его отчаянный либерализм: какие он речи на собраниях произносил, что в его типографии в декабре печаталось!

— Пришли, Николай Иванович, пришли драгуны, жандармы.

Николай Иванович вышел в гостиную.

В гостиной стоял Шульгин, санкт-петербургский полицеймейстер, человек огромного роста, с пышными бакенбардами; с ним был целый отряд квартальных, жандармов, драгун — вся Санта-Хермандада была в гостиной Николая Ивановича.

Николай Иванович расшаркался. Шульгин сказал:

— Отвечайте на вопросы.

Он подал Николаю Ивановичу бумагу. На бумаге было написано косым, четким почерком, карандашом: "Где живет Кюхельбекер? Где живет Каховской?" Возле имени Каховского было написано в скобках другим, дрожащим почерком: "У Вознесенского моста, в гостинице "Неаполь", в доме Мюсара".

Николай Иванович отлично знал, где живет Вильгельм. Но он наморщил лоб, цицероновским жестом поднес правую руку к подбородку, подумал с минуту и отвечал медленно и задумчиво:

— Сколько я знаю, Кюхельбекер живет неподалеку отсюда, в доме Булатова. У Каховского адрес показан, но верно ли, мне неизвестно.

— Точно ли так? — спросил Шульгин.

— Точно.

Шульгин приблизился к Николаю Ивановичу:

— Ну, смотрите, вы знаете, кто это написал? Сам государь. Вы за правильность сведений головой отвечаете.

Николай Иванович поклонился почтительно:

— Правильность сведений подтверждаю безусловно.

— В дом Булатова, — сказал Шульгин жандармам. Жандармы вышли. Николай Иванович медленно вернулся в свою опочивальню.

К концу дня Фаддей Венедиктович совсем растерялся. Он взял извозчика и начал разъезжать по знакомым. Извозчик попался Фаддею Венедиктовичу неразговорчивый. Город был безлюден и тих. Вдали, на Эрмитажном мосту, чернело войско. Фаддей Венедиктович спросил у извозчика неожиданно для самого себя:

— А скажи, братец ты мой, нельзя ли нам на Петровскую площадь?

Сказал и прикусил язык. Извозчик покачал головой:

— Никак нельзя, барин, там теперь мытье да катанье, кругом пушки да солдаты.

Фаддей хихикнул бессмысленно:

— Какое мытье?

— Вестимо дело, замывают кровь, посыпают снегом и укатывают.

— А крови много было? — спросил дрожащим голосом Фаддей.

Извозчик помолчал.

— Значит, много, коли под лед людей спускают. Фаддей огляделся.

— Поезжай, братец, к Синему мосту, — сказал он просительно, как будто извозчик мог ему отказать.

У дома Российско-Американской компании он слез, расплатился кое-как с извозчиком и вбежал рысцой по знакомой лестнице.

"Войти или не войти? — подумал он. — Боже сохрани, и думать нечего, назад; скорей назад. И зачем я только сюда приехал?"

Он дернул за колокольчик.

Дверь отворил слуга, бледный, с испуганными глазами.

Мелкими шажками, потирая для чего-то руки, вошел Фаддей в столовую. За столом сидели Рылеев, Штейн-гель, еще человека три. Они тихо разговаривали между собой, пили чай. Фаддей, быстро кивая головой и виновато улыбаясь, подошел к столу. Он не поздоровался ни с кем, но уже высмотрел свободный стул и приготовился сесть на краешек.

Тогда Рылеев встал лениво, вышел из-за стола, подошел к Фаддею и взял его за руку повыше локтя.

— Тебе, Фаддей, делать здесь нечего, — сказал он протяжно. Он посмотрел на Фаддея и усмехнулся. — Ты будешь цел.

Потом, все так же держа его за руку, он вывел его из комнаты и закрыл дверь.

Очутившись на улице, Фаддей подумал тоскливо:

"Пропаду. Ей-богу, пропаду".

Он побежал по улице, потом остановился.

"Нет, бежать не годится. Домой скорей".

Кое-как добрался он до дому, укутался в халат, лег, угрелся и задремал.

В два часа ночи Фаддея все еще спал. Проснувшись, он увидел над собой незнакомую усатую голову.

— Булгарин, журналист?

Фаддей сел на постели. Перед ним стоял жандарм. В дверях виднелась теща — "танта", — величественно смотревшая на Фаддея: своим поведением он наконец добился достойного конца.

"Начинается", — подумал Фаддей.

— Одевайтесь немедля, поедете со мной к полицеймейстеру.

— Я сейчас, — бормотал Фаддей. — Я мигом. Сию же минуточку с вами и поеду.

Руки его дрожали.

Полицеймейстер Шульгин сидел за столом в расстегнутом мундире. Перед ним стояли два жандармских офицера, которым он отдавал предписания.

Фаддей ему почтительнейше поклонился. Шульгин не ответил.

"Плохо дело", — подумал Фаддей.

Отпустив офицеров, Шульгин пристально вгляделся в Фаддея. Потом он усмехнулся.

— Садитесь, — сказал он ему, кивнув на стул. — Вы чего перетревожились? — Он засмеялся. Фаддей заметил, что он слегка пьян.

— Я ничего, ваше превосходительство, — сказал он, осмелев несколько.

— Коллежского асессора Вильгельма Карловича Кюхельбекера знать изволите? — посмотрел вдруг в упор на него Шульгин.

— Кюхельбекера? Я? — лепетнул Фаддей ("пропал", — быстро подумал он), — по литературе, единственно по литературе. Ни в каких других отношениях с этой личностью не состоял, да и отношения у нас самые, можно сказать, враждебные.

— По литературе так по литературе, — сказал Шульгин, — но в лицо его вы знаете?

Фаддей начал догадываться, в чем дело.

— В лицо знаю.

— Наружность описать можете?

— Могу-с.

— Пишите. — Шульгин придвинул Фаддею перо, чернила и лист бумаги. — Пишите подробные его приметы.

"Кюхельбекер Вильгельм Карлов, коллежский асессор, — писал Фаддей, — росту высокого, сухощав, глаза навыкате, волосы коричневые. — Фаддей задумался, он вспомнил, как говорил сегодня утром у Греча Вильгельм. — Рот при разговорах кривится. — Фаддей посмотрел на пышные бакенбарды Шульгина. — Бакенбарды не растут, борода мало зарастает, сутуловат и ходит немного искривившись. — Фаддей вспомнил протяжный голос Вильгельма. — Говорит протяжно, горяч, вспыльчив и нрав имеет необузданный".

Он подал листок Шульгину.

Шульгин посмотрел листок, дочитал до конца внимательно и под конец усмехнулся:

— "Горяч, вспыльчив" — это до примет не относится. А лет ему сколько?

— Около тридцати, — сказал Фаддей, — не больше тридцати. — Он говорил довольно уверенно.

Шульгин записал.

— За правильность сообщенных примет вы головой отвечаете, — сказал он хрипло, выкатив на Фаддея глаза.

Фаддей приложил руку к сердцу.

— Ваше превосходительство, — сказал он почти весело, — не беспокойтесь: по этим приметам вы его в сотне людей различите. Это описание — прямо сказать, литературное произведение.

— Можете идти.

Фаддей приподнялся. Чувствуя прилив какой-то особенной, верноподданнической радости, он спросил, неожиданно для самого себя:

— А скажите, пожалуйста, как здоровье его императорского величества?

Шульгин с удивлением на него поглядел.

— Здоров, — кивнул головой. — Можете идти. Фаддей вышел и высунул от радости самому себе язык. "А Хлебопекарь-то, — подумал он потом с каким-то тоже удовольствием, — видно, сбежал, что приметы спрашивают".

III

Издали доносилось какое-то громыхание, дробное и ровное, как будто пересыпали горох из мешка в мешок, — не спеша возвращалась конница. Вильгельм уходил все дальше от площади. Потом он остановился, поглядел и на минуту задумался. Он повернул назад — заметил, что прошел Екатерининский институт. И позвонил в колокольчик. Привратница отперла калитку и осмотрела с удивлением Вильгельма. Потом она узнала его. Вильгельм прошел к тетке Брейткопф. Грязный, в оборванном фраке, он стоял посреди комнаты, и с него стекала вода. Тетка стояла у стола неподвижно, как монумент, лицо ее было бледнее обыкновенного. Потом она взяла за руку Вильгельма и повела умываться. Вильгельм шел за ней послушно. Когда он снова вошел в столовую, тетка была спокойна. Она поставила перед ним кофе, придвинула сливки и не отрываясь смотрела на него, подперев голову руками. Вильгельм молчал. Он выпил горячий кофе, согрелся и встал спокойный, почти бодрый. Он попрощался с теткой. Тетка сказала тихо:

— Виля, бедный мальчик.

Она прижала Вильгельма к своей величественной груди и заплакала. Потом она проводила его до ворот.

Вильгельм, крадучись, шел по улицам. Улицы молчали. Не доходя Синего моста, он остановился на мгновенье.

Ему показалось, что в окнах Рылеева свет. Вдруг он услышал громыханье сабель, и несколько жандармов прошли мимо.

Вильгельм пошел прямыми, быстрыми шагами, не оглядываясь. Вдали, на площади, горели костры. Он быстро свернул в переулок и поднялся по лестнице к себе.

Семен отворил ему.

— Александра Ивановича нет дома? — спросил Вильгельм.

— Не приходили, — отвечал Семен хрипло. Вильгельм сел за стол и подумал с минуту. Он рассеянно

глядел на свой стол, смотрел в окно. И стол, и окно, и стул, на котором он сидел, были чужие. Его комната была уже не его. Что делать? Сидеть и ждать? Ожидание было хуже всего. Вильгельм почти хотел, чтобы сейчас открылась дверь и вошли жандармы. Только бы поскорей. Так он просидел за столом минут пять, — ему показалось — с час. Не приходили. Тогда он встал из-за стола.

— Семен, — сказал он нерешительно, — сложи вещи. Семен, ничего не говоря и не глядя на Вильгельма,

полез в шкап и начал укладываться.

— Ах, нет, нет, — вдруг быстро сказал Вильгельм. — Какие там вещи. Дай мне две рубашки.

Он взял сверток, посмотрел вокруг, увидел свои рукописи, книги, наткнулся глазами на Семена и кивнул ему рассеянно:

— Прощай, сегодня же уходи с квартиры. Поезжай в Закуп. Денег займешь где-нибудь. Ничего никому не говори.

Он надел старый тулупчик, накинул поверх бекешку и двинулся к двери.

Тут Семен схватил его за руку:

— Куда вы, Вильгельм Карлович, одни поедете? Вместе жили, вместе и поедем.

Вильгельм посмотрел на Семена, потом обнял его, подумал секунду и быстро сказал:

— Ну, собирайся живо. Возьми себе две рубашки. Они пошли пешком до Синего моста. Вильгельм шел,

спрятав лицо в воротник. Он в последний раз посмотрел на дом Российско-Американской торговой компании, потом они взяли извозчика и поехали к Обуховскому мосту.

У Обуховского моста Вильгельм с Семеном слезли. Отвернув лицо, Вильгельм расплатился, и они пошли вперед по тусклой улице.

Недалеко от заставы, в темном переулке, Вильгельм вдруг остановился, сорвал белую пуховую шляпу и провел по лбу.

"Рукописи... Что же с рукописями, с трудами будет? Пропадет все. — Он всплеснул руками. — Не возвратиться ли? Заодно и Сашу повидать — нельзя ведь так просто уйти от всех, от всего".

Семен стоял и ждал; фонарь мерцал на застывшей луже.

"Нет, и это кончено. Прошло, пропало и не вернется. Вперед идти".

— Вильгельм Карлович, — сказал вдруг Семен, — а как же это мы квартиру бросили. Ведь все вещи безо всякого присмотра остались. Разграбят, поди.

— Молчи, — сказал ему Вильгельм. — Голова дороже имения.

Они обошли заставу и вышли на большую дорогу, ведущую к Царскому Селу. Они прошли пять верст. Дорога была тихая, темная. Изредка погромыхивал на телеге запоздалый чухонец и шел опасливый пешеход с палкой, оглядываясь на двух молчаливых людей.

В немецкой деревне они наняли немца, который за пять

рублей провез их мимо Царского Села в Рожествино. Проезжая мимо Царского, Вильгельм посмотрел в темноту, стараясь определить место, где стоит Лицей, но в темноте ничего не было видно. Тогда он закрыл глаза и задремал, больше не думая, не чувствуя и не помня ни о чем.

IV

Секретно
Его Высокопревосходительству
Генерал-инспектору всей Кавалерии
Главнокомандующему Литовским Отдельным Корпусом
Наместнику Царства Польского
Его Императорскому Высочеству Цесаревичу.
От Военного министра.

Государь Император высочайше повелеть соизволил сделать повсеместное объявление, чтобы взяты были все меры к отысканию коллежского асессора Кюхельбекера, а если где окажется кто-либо скрывающий, с тем поступлено будет по всей строгости законов против скрывающих государственных преступников. О сей Высочайшей воле честь имею донесть Вашему Императорскому Высочеству и присовокупить, что Кюхельбекер росту высокого, худощав, глаза навыкате, волосы коричневые, рот при разговорах кривится, бакенбарды не растут, борода мало зарастает, сутуловат и ходит немного искривившись, говорит протяжно, ему около 30 лет.
Военный министр гр. А. И. Татищев.
Генваря 4 дня 1826 г. No 76.

Секретно
Его Высокопревосходительству
Господину Военному министру.
От Рижского Генерал-губернатора.

Получив почтенное отношение Вашего Высокопревосходительства от 4-го сего генваря о принятии мер к отысканию коллежского асессора Кюхельбекера, долгом поставляю ответствовать на оное, что я, узнав о скрывательстве помянутого Кюхельбекера, тогда же сделал распоряжение о задержании, коль скоро где-либо в губерниях, главному управлению моему вверенных, появится; а после того г. С.-Петербургский Военный Генерал-губернатор сообщил мне Высочайшую Его Императорского Величества волю касательно отыскания того Кюхельбекера; почему и не оставил я подтвердить подведомственным мне гражданским губернаторам о точном исполнении состоявшегося по сему предмету Высочайшего повеления. При уведомлении о сем позвольте мне удостоверить Ваше Высокопревосходительство, что я обращаю всегда должное внимание и сам строго наблюдаю как за принятием деятельных мер к отысканию важных государственных преступников, так и вообще за безотлагательным и точным исполнением Высочайшей воли.

Генерал-губернатор Генерал Маркиз Паулуччи.
Генваря 12 дня 1826 г. No 22.

Секретно
Начальнику 25-й Пехотной Дивизии Господину Генерал-лейтенанту
и Кавалеру Гогелю 2-му,
От Генерал-инспектора всей Кавалерии
Главнокомандующего Литовским Отдельным Корпусом
Наместника Царства Польского Его Императорского Высочества Цесаревича.

Г. Военный министр Генерал от инфантерии Татищев от 4-го генваря уведомил меня, что Государь Император высочайше повелеть соизволили сделать повсеместное объявление, чтобы взяты были меры к отысканию коллежского асессора Кюхельбекера, и если где окажется кто-либо, его скрывающий, с тем поступлено будет по всей строгости законов против скрывающих государственных преступников; присовокупляя при том, что Кюхельбекер росту высокого, сухощав, глаза навыкате, волосы коричневые, рот при разговоре кривится, сутуловат и ходит немного искривившись, говорит протяжно, ему около 30 лет. Во исполнение таковой Высочайшей Его Императорского Величества воли, предлагаю Вашему Превосходительству, объявив об оном по Высочайше вверенной Вам дивизии, принять строгие меры к разысканию, не находится ли означенный Кюхельбекер где-либо в расположении войск оной дивизии, и ежели окажется, то тотчас, задержав его, под строжайшим арестом мне с нарочным донести.

Генерал-инспектор всей Кавалерии
Константин.
Варшава
Генваря 11 дня 1826 г. No 77
Надписано:

От 14 генваря предписано бригадным и полковым командирам о принятии строжайших мер к отысканию.

Генерал-лейтенант Гогель 2-й.

V

Высокий сухощавый человек с выпуклыми глазами сидел в загородном трактире за отдельным столом. Он смотрел по сторонам и бормотал:

— Что же будет со мной, что же теперь со мной будет?

Потом он положил голову на руки и зарыдал. В трактире было шумно и весело, цыганка пела, и сумрачный цыган с большими черными усами дергал гитару. За соседним столом появился неслышно небольшой, очень прилично одетый человек в форме отставного полковника. Он долго смотрел на длинного, потом быстро выхватил из кармана бумагу и пробежал ее глазами. Прочитав ее, он тихо свистнул. Потом подозвал слугу, расплатился и вышел. Через полчаса вышел и высокий худощавый молодой человек, пошатываясь. Его сразу же схватили двое каких-то людей, бросили в сани и помчали. Высокий закричал пронзительным голосом:

— Грабят!

Тогда один из молчаливых людей, который его крепко держал за руки, быстро окрутил ему рот платком, а другой столь же быстро связал ему веревкой руки. Высокий вытаращенными глазами смотрел на них.

Его привезли. Трое дежурных полицейских ввели его в комнату, бросили и крепко заперли на ключ. Люди, которые привезли высокого, устало разминали руки.

— Поймали, — сказал с удовлетворением один. Тотчас же вышел, покачиваясь, полицеймейстер

Шульгин. Он велел развязать высокому руки и начал допрос:

— Ваше имя, отчество, звание?

— Протасов Иван Александрович, — пробормотал высокий.

— Не запирайтесь, — сказал Шульгин строго. — Вы Кюхельбекер.

Высокий молчал.

— Кто? — переспросил он.

— Кюхельбекер Вильгельм Карлов, мятежник, коллежский асессор, — громко сказал Шульгин, — а никакой не Протасов.

— Что вам от меня угодно? — пробормотал высокий.

— Вы признаете, что вы и есть разыскиваемый государственный преступник Кюхельбекер?

— Почему Кюхельбекер? — удивился высокий. — Я ничего не понимаю. Я от Анны Ивановны формальный отказ получил, а потом меня схватили, а вы говорите Кюхельбекер. К чему все это?

— Не притворяйтесь, — сказал Шульгин. — Приметы сходятся.

Он вынул лист и начал бормотать:

— Рост высокий, глаза навыкате, волосы коричневые, гм, волосы коричневые, — повторил он.

У высокого были черные как смоль волосы.

— Что за оказия? — спросил Шульгин, озадаченный.

Высокий задремал, сидя в креслах.

— "Бакенбарды не растут".

Шульгин опять посмотрел на высокого. Бакенбард у высокого — точно — не было.

— А! — хлопнул он себя по лбу. — Понял. Выкрасился! Голову перекрасил!

Он позвал жандармов.

— Мыть голову этому человеку, — сказал он строго, — да хорошенько, покамест коричневым не сделается. Он перекрашенный Кюхельбекер.

Высокого разбудили и отвели в камеру. Там его мыли, терли щетками целый час. Волосы были черные. У Шульгина были нафабренные бакенбарды, и дома у него был спирт, который дал ему немец-аптекарь; спирт этот краску превосходно смывал. Когда старая краска начинала линять на бакенбардах, Шульгин мыл им бакенбарды, и краска сходила. Он написал жене записку:

"Mon ange, пришли немедля с сим человеком спирт, который у меня в шкапчике стоит. Очень важно, душа моя, не ошибись. Он во флакончике, граненом".

Высокому мыли голову спиртом.

— Полиняет, — говорил Шульгин, — от спирта непременно полиняет.

Высокий не линял.

Тогда Шульгин, несколько озадаченный, послал жандарма за Николаем Ивановичем Гречем. Николай Иванович становился специалистом по Кюхельбекеру.

Когда он вошел к полицеймейстеру, полицеймейстер, хватив полный стаканчик рому, сказал ему довольно учтиво:

— Прошу у вас объяснения по одному делу, а вы должны сказать сущую правду по долгу чести и присяги.

236

— Ваше превосходительство услышит от меня только сущую правду, — сказал Николай Иванович, слегка поклонившись.

— Знаете ли вы Кюхельбекера?

— Увы, — вздохнул Николай Иванович, — по литературным делам приходилось сталкиваться.

— Так. А вы его наружность помните?

— Как же, помню, ваше превосходительство. Шульгин повел Николая Ивановича в другую комнату.

На софе лежал высокий молодой человек и смотрел в потолок диким взглядом. Шульгин с сожалением посмотрел на его черную голову.

— Мыли, мыли, не отходит, — пробормотал он.

— Что мыли? — удивился несколько Николай Иванович.

Шульгин махнул рукой.

— Кюхельбекер ли это?

— Нет!

— А кто это?

— Не знаю.

Тогда молодой человек вскочил и закричал жалобным голосом:

— Николай Иванович, я ведь Протасов; вы ведь меня у Василия Андреевича Жуковского встречали.

Греч вгляделся.

— А, Иван Александрович, — сказал он с неудовольствием.

Шульгин с омерзением посмотрел на высокого:

— Что же вы сразу не сказали, что вы не Кюхельбекер?

Он махнул рукой и пошел допивать свой ром.

В ту же ночь было арестовано еще пять Кюхельбекеров: управитель и официант Нарышкина, сын статского советника Исленев и два молодых немца-булочника.

Голов им не мыли, а Шульгин прямо посылал за Николаем Ивановичем, который к этому делу за неделю привык.

VI

В Валуевском кабаке сидел маленький мужик и пил чай, чашку за чашкой. Огромную овчинную шапку с черным верхом он положил на стол. Пот лился с него, он пил уже третий чайник, но по-прежнему кусал сахар, дул в блюдечко, а между тем подмигивал толстой девке в пестрядинном сарафане, которая бегала между столами. В кабаке было мало народу, и мужику было скучно. В углу сидели проезжающие: высокий, худощавый, в белой пуховой шляпе человек и другой — молодой, белобрысый. Пили и ели с жадностью. Мужик с любопытством смотрел на высокого.

"Не то из бар, не то дворовый. Из управляющих, видно", — решил он.

Высокий проезжий тоже смотрел на мужика внимательно, не столько на него самого, сколько на его шапку. Мужик это заметил, взял шапку со стола и, смутившись чего-то, надел ее на голову. В шапке сидеть было неудобно, и он скоро опять положил ее на стол. Высокий толкнул локтем белобрысого и кивнул ему на мужика. Он отдал белобрысому свою белую шляпу. Тот подошел к мужику.

— Эй, дядя, — сказал он весело. Мужик поставил чашку на стол.

— Дядя, меняй шапку. Я тебе белую дам, ты мне черную.

Мужик посмотрел на белую шляпу с недоверием.

— А для чего мне менять, — сказал он спокойно, — чем моя шапка худа? Мне твоей не надо.

— Не чуди, дядя, — сказал белобрысый. — Шляпа дорогая, городская, в деревне по праздникам носить будешь...

— По праздникам, — сказал мужик, колеблясь. — А куда ж ее в будень? Засмеют меня.

— Не засмеют, — сказал уверенно белобрысый, взял со стола овчинную мужикову шапку и отнес ее высокому.

Высокий надел ее, улыбнувшись, потрогал ее на себе рукой, расплатился, и оба они вышли.

Проезжие давно летели по ухабам в лубяном возке, а мужик все еще примерял белую шляпу, рассматривал, клал на стол и старался понять, для чего это высокому понадобилось менять алтын на грош — белую пуховую шляпу на черную мужицкую овчину.

VII

Под Новый год Вильгельм подъехал к Закупу. Дорога была все та же, по которой он катался когда-то с Дуней, но теперь она лежала под снегом, вокруг были пустынные поля. До Закупа оставалось версты две-три, надо было проехать большую деревню Загусино. Все Загусино знало Вильгельма. Здесь жил его старый приятель Иван Летошников. Вильгельм остановился в Загусине немного отдохнуть, попить чаю, спросить, что слышно в Закупе.

Огромный седой старик, староста Фома Лукьянов, встретил его у своей избы, поклонился низко и пристально посмотрел на Вильгельма умными серыми глазами. И сразу же Вильгельм почувствовал, что дело неладно. Он спрыгнул с возка и пошел в избу. Фома неторопливо пошел за ним. В избе возилась старуха у печи; замешивала в дежу тесто. Фома суровым жестом отослал ее вон.

— Просим милости, барин, — сказал он, указывая Вильгельму на скамью под образами.

— Как все здоровы? — спросил Вильгельм, не глядя на старосту.

— Слава богу, — сказал староста, поглаживая бороду, — и сестрица ваша, и маменька здесь, и Авдотья Тимофеевна в гостях. Все как есть благополучно.

Вильгельм провел рукой по лбу: Дуня здесь и мать. Он сразу позабыл все свои опасения.

— Ну, спасибо, Фома, — он вскочил. — Поеду к нашим. Где Семен запропастился? — И он двинулся из избы.

Фома на него посмотрел исподлобья.

— Куда торопитесь, барин? Присядь-ка. Послушай, что я вам скажу.

Вильгельм остановился.

— За тобой кульер из Петербурга был приехавши с двумя солдатами. Там и сидели в Закупе, почитай что три дня сидели. Только третьего дня уехали.

Вильгельм побледнел и быстро прошелся по избе.

— Не дождались, видно, — говорил староста, посматривая на Вильгельма, — а нам барыня заказала: если приедет Вильгсльм Карлович, скажите, что кульер за ним приезжал.

— Уехал? — спросил Вильгельм. — Совсем уехал?

— Да вот говорили ребята, что тебя в Духовщине дожидаются.

Вильгельм поглядел кругом, как загнанный зверь. Духовщина была придорожная деревня, через которую он должен был ехать дальше по тракту.

— Вот что, барин, — сказал ему Фома, — ты тулуп сними, с нами покушай, да Семена позовем, полно ему с лошадьми возиться, а потом подумаем. Я уж мальчишку своего спосылал в Закуп. Там он скажет.

В избу вошел лысый старик с круглой бородой. Вильгельм вгляделся: Иван Летошников. Иван был по обыкновению пьян немного. Тулупчик на нем был рваный.

— С приездом, ваша милость, — сказал он Вильгельму. — Что это ты отощал больно? — Он посмотрел в лицо Вильгельму.

Потом он увидел Вильгельмов тулуп, мужицкую шапку на нем и удивился на мгновение.

— Все русскую одежу любишь, — сказал он, покачивая головой.

Он помнил, как Вильгельм три года тому назад ходил в Закупе в русской одежде. Вильгельм улыбнулся:

— Как живешь, Иван?

— Не живу, а, как сказать, доживаю, — сказал Иван. — Ни я житель на этом свете, ни умиратель. А у вас там, в Питере, слышно, жарко было? — Он подмигнул Вильгельму.

— Да-да, жарко, — протянул Вильгельм рассеянно и сказал, обращаясь не то к Фоме, не то к Ивану: — Как бы мне матушку повидать? (Он думал о Дуне.)

Фома сказал уверенно:

— Обладим. Они в рощу поедут покататься, и вы поедете. Там и встретитесь. Поезжайте хоть с Иваном. Только вот что, барин, свою одежу скидай, надевай крестьянскую.

Он крикнул в избу старуху и строго приказал:

— Собери барину одежу, какая есть: подавай тулуп, лапти, рубаху, порты. Поворачивайся, — сказал он, глядя на недоумевающее старухино лицо.

Вильгельм переоделся.

Через пять минут они с Иваном ехали в рощу по глухой боковой дороге.

— Милый; — говорил Иван, — этой дороги не то что люди, вояки не знают. Будь покоен. Цел останешься. Мы кульеру во какой нос натянем. (Фома ему проболтался.)

В роще уже дожидались Дуня и Устинька. Мать решили не тревожить и оставили дома. Дуня просто, не скрываясь, обняла Вильгельма и прикоснулась холодными с мороза губами к его губам.

Устинька, ломая руки, смотрела на брата. Потом она зашептала тревожно:

— Паспорт есть ли у тебя? Вильгельм очнулся.

— Паспорт? — переспросил он. — Паспорта никакого нет.

— Семен с тобой? — спросила Устинька.

— Со мной, не хотел одного отпускать.

— Молодец, — быстро сказала Устинька, и слеза побежала у нее по щеке. Она этого не заметила. Потом поправила шаль на голове и сказала торопливо: — Вы здесь подождите с Дуней. Я тебе паспорт привезу. И на дорогу соберу кой-чего. Не можешь ведь ты так налегке ехать.

— Ничего не собирай, ради бога, — сказал быстро Вильгельм, — куда мне? — Он улыбнулся сестре.

Устинька уехала. Они остались с Дуней вдвоем. Через полчаса Устинька вернулась с паспортом для Вильгельма и с отпускной для Семена.

— Ты в Варшаву иди, — шепнула она, — оттуда до границы близко. И запомни, Вильгельм, имя: барон Моренгейм. Это маменькин кузен. Он живет в Варшаве. Он человек влиятельный и тебя не оставит. Запомнил?

— Барон Моренгейм, — покорно повторил Вильгельм. Дуня, улыбаясь, смотрела на него, но слезы текли у нее по щекам.

Такой он запомнил ее навсегда, румяной от мороза, с холодными губами, смеющейся и плачущей.

— Барин, а барин, — сказал Иван, когда они возвращались, — ты послушай, что тебе скажу: твой Семен штучка городская. Он здешних дорог нипочем не знает. Я извозчик знаменитый. От Смоленска до Варшавы, почитай, двадцать годов ездил. Ты меня возьми с собой.

— Нет уж, Иван, — сказал Вильгельм и улыбнулся устало, — где тебе на старости лет в такой извоз ходить.

VIII

Белая дорога с верстовыми столбами однообразна.

Вильгельм спал, забившись в угол лубяной повозки, вытянув длинные ноги. Семен подолгу смотрел на снежные поля, клевал носом, время от времени оборачивался с облучка и заглядывал под навес возка: там моталось неподвижное лицо Вильгельма. Семен покачивал головой, напевал тихо себе под нос и похлестывал лошадей. Лошадей Устинья Карловна дала хороших. Чалка, с лысиной на лбу, была смирная и крепкая, вторая, серая, поленивей. Семен нахлестывал серую. Утром 6 января, одуревшие от дороги, они добрались до городского шлагбаума, за которым начинались уже окрестности Минска.

Вильгельм, съежившись, вошел в сторожевой домик и тотчас сбросил с себя шубу. Сторожевой солдат с трудом читал за столом затрепанные бумаги, водя пальцем. Рядом сидел еще один человек, невысокого роста, в форменной шинели, с маленьким сухим ртом и желчными глазами, не то жандармский унтер-офицер, не то городской пристав. Вильгельм бросил на стол свой паспорт и отпускную Семена и сел на лавку. Он вытянул ноги и стал ждать. Во всем теле была усталость, плечи ныли. Хотелось спать, и было почти безразлично, что вот сейчас солдат будет читать паспорт, спрашивать его и придется опять что-то говорить несуразное, называть какое-то чужое имя. "Семен все с лошадью возится, — подумал он, — наверное, голоден".

Он внезапно открыл глаза и увидел, что невысокий военный стоит за плечами сторожевого солдата и внимательно, с усилием вглядываясь, читает паспорт, шевеля губами. Солдат записывал в книгу для проезжающих Вильгельмов паспорт и бормотал под нос каждое слово.

— Служивший в Кексгольмском мушкатерском полку рядовым... Матвей Прокофьев сын Закревский... Белорусской губернии... из дворян, — бормотал солдат.

— Закревский, — прошептал, шевеля губами, военный и быстро оглядел Вильгельма. Вильгельм почувствовал, что он так глядел на него не в первый раз. Сердце вдруг заколотилось у него так, что он испугался, как бы этот стук не выдал его. Он опустил веки в ту самую минуту, когда военный должен был встретиться с его глазами, и сразу же убедился: все мелочи его лица и одежды ощупаны, проверены, учтены.

— Сколько лет? — тихо спросил военный у солдата. Солдат начал перелистывать паспорт.

— "Пашпорт сей дан в Санкт-Петербурге ноября 4-го дня 1812 года... от роду ему 26 лет".

— Двадцать шесть лет, — пробормотал военный, — в тысяча восемьсот двенадцатом году. — Он подумал немного. — Тридцать девять лет, — сказал он и взглянул искоса на Вильгельма. Вильгельм закрыл глаза и притворился, что дремлет. За годы он не беспокоился, в двадцать восемь лет его голова седела.

Солдат записал наконец имя и звание бывшего рядового Кексгольмского мушкатерского полка, который в походах, отпусках и штрафах не бывал, и сказал Вильгельму:

— Готово.

Вильгельм сунул паспорт за пазуху и встал. Маленький военный писал что-то у стола, заглядывая время от времени в окно, где Семен возился, подправляя чеку в возке. Вильгельм вышел и, согнувшись, все еще чувствуя на себе шарящие глаза, влез в повозку. Сторожевой солдат поднял шлагбаум.

— Гони, — сказал тихо Вильгельм Семену. Сторожевой солдат посмотрел им вслед и пошел к дому. На пороге ждал его маленький военный.

— Подавай лошадь! — закричал он и бешено взмахнул

маленькой желтой рукой. — Подавай сейчас же! — крикнул он, полез в боковой карман и пробежал глазами исписанную со всех сторон бумагу.

Через пять минут военный гнал к городу. Он вез бумагу, в которой были записаны приметы проезжающего.

IX

В тот же день к вечеру Вильгельма, дремавшего тяжелой дремотой в возке, разбудил Семен громким шепотом:

— Вильгельм Карлович, проснитесь, дело неладно, верховые за нами.

Вильгельм не сразу проснулся. Ему снились какие-то обрывки, несвязные движения, лица, маленький черный человек с хищным носом, ротмистр Раутенфельд или Розенберг, говорил о чем-то человеку с белым плюмажем. Вильгельм понял, что это они о нем говорят.

— Верховые, — говорил ротмистр, — проснитесь! Повозка подпрыгнула на ухабе, Вильгельм привскочил и проснулся.

— Где? — спросил он, все еще не сознавая хорошенько, в чем дело.

Семен указал кнутом назад влево. Вильгельм высунул голову из возка и очнулся окончательно. На повороте, вдали летели по дороге трое каких-то всадников. Они были еще далеко, лица и одежда их были не видны.

— Гони, — сказал Вильгельм тихо, — вовсю.

Семен закричал, загикал, хлестнул по лошадям, и повозка, подпрыгивая на ухабах, понеслась. Мелькнула опушка леса, какая-то придорожная изба. Лошади мчались.

Осенью 1825 года начали чинить Минский тракт. Старая дорога от Минска к Вильно давно уже не годилась: грунт был подмыт и по самой середине дороги образовалось болото. Дорогу временно отвели сажен на сто в сторону. Но тут подошла зима, работы были брошены. В этом месте Минский тракт раздваивался, дорога шла в двух направлениях. Одна дорога была непроезжая — вела в болото.

Вильгельм высунулся из возка:

— Что же ты стал, гони, Семен!

— Куда гнать-то, — сказал Семен, не оборачиваясь, — налево или направо?

Вильгельм оглянулся: верховых не было видно, они исчезли за поворотом дороги. "Налево? Направо? Как тут узнать, куда свернет погоня?"

— Налево! — прокричал он.

Повозка покатилась налево. Впереди было болото.

Не прошло и десяти минут, как трое верховых добрались до того места, где Минский тракт расходился в разные стороны.

— Куда же теперь ехать? — спросил один, плотный, в полицейской форме, неловко державшийся в седле. — Да, впрочем, не может быть того, чтобы они на старую дорогу поехали.

— Как знать, — сухо отвечал маленький военный с тонким ртом и желчными глазами. Он подумал немного. — Зыкин! — закричал он, придерживая горячившуюся лошадь. Молодой солдат вытянулся перед ним на лошади. — Зыкин, поезжай налево, оружие есть?

— Слушаю, ваше благородие, — весело ответил солдат и повернул лошадь.

X

Дорога кончилась. Впереди было непроезжее, покрытое тонким льдом болото. Лошади, загнанные, тяжело храпели, шли шагом и только вздрагивали от кнута. — Хоть бы за деревья загнать, — сказал Семен сурово.

— Какие деревья? — спросил Вильгельм, повернул голову и увидел: в стороне, по правую руку от пути, которым ехала повозка, стояли двумя шпалерами черные, голые деревья.

Он выскочил из повозки. Семен слез с облучка, повел лошадей на поводу, а Вильгельм подталкивал повозку сзади. Кое-как добрались до деревьев, выбрали место погуще, повалили повозку и стали ждать. Деревья были шагах в двухстах от того места, где исчезали всякие признаки дороги.

Через минут десять послышался топот, и показался молодой солдат на коне. Он со вниманием посмотрел на следы повозки и спешился. Вильгельм ясно видел его лицо, худощавое, с голубыми глазами. Солдат остановился, вытащил из кармана кисет с табаком и стал закуривать. Закурив, он еще раз посмотрел вдаль, на порушенный снег, как будто недоумевал, что ему с этим делать. Вильгельм лежал, притаившись за повозкой. Он слышал рядом с собой громкое дыхание Семена.

"Господи, хоть бы лошади не заржали", — подумал он. Лошади стояли смирно. Семен смотрел поверх возка на солдата.

Солдат все еще стоял на том же месте, не решаясь ни идти дальше по неизвестной дороге, ни поворотить назад.

Наконец он оглянулся вокруг себя, лениво махнул рукой, выплюнул докуренную цигарку, затоптал в снег и сплюнул. Потом сел на коня и шагом поплелся обратно.

XI

От Литовского Военного Губернатора,
Генерала от инфантерии Римского-Корсакова.
К Его Высокопревосходительству
Господину Военному министру.

Вследствие отношения ко мне Вашего Высокопревосходительства от 4-го сего генваря, No 78, по Высочайшему Его Императорского Величества повелению последовавшего, я предписал 12-го числа сего месяца Виленскому и Гродненскому гражданским губернаторам о учинении по губернии строжайшего розыскания к отысканию и поимке по приложенным при том отношении описаниям примет скрывшегося мятежника коллежского асессора Кюхельбекера, участвовавшего в происшествии, случившемся в С.-Петербурге в 14 день декабря 1825 года, и сделать повсеместное объявление, что, если где окажется кто-либо его скрывающий, с тем поступлено будет по всей строгости законов против скрывающих государственных преступников. Вчерашнего же 16 генваря, в 6 часов вечера, я получил с нарочным от Минского г. гражданского губернатора отношение от 15 генваря, No 466, в котором прописывает: что два человека, весьма по близким сходствам примет Кюхельбекера, проехали недавно мимо Минска по Вилснскому тракту, — и по сему он, губернатор, отправил в погонь за ними минского частного пристава Бобровича к Вильне и далее, где надобность востребует; а ко мне, препровождая описание тех двух человек насчет одежды, обуви, лошадей и повозки, просит моего распоряжения — об оказании тому чиновнику пособия. Упомянутый частный пристав Бобрович, по прибытии в Вильно, подал мне рапорт, что он не мог почерпнуть никакого следа направления тех людей по тракту из Минска в Вильно. Почему от Виленского гражданского губернатора предписано 16 генваря с нарочным земским исправником по всем от Вильны к границе трактам — о поимке тех двух людей, — если бы они где-либо оказались или были настигнуты; о чем сообщено от него начальнику Ковенского Таможенного Округа, а от меня, того же 16 числа, послано по эстафете Гродненскому гражданскому губернатору описание их повозки, пары лошадей, одежды и обуви (сообщенное мне от Минского губернатора) и предписано, дабы тотчас с нарочным велел всем земским исправникам, в особенности пограничных уездов, и к Брестскому городничему, дабы в случае появления где-либо в уезде или на границе в Гродненской губернии сказанных двух человек по описанным проясним и новым приметам тотчас были они схвачены и взяты под стражу окованные; если же получится сведение о направлении их в Волынскую губернию, то в ту же минуту отправиться исправнику за ними в погоню и, захватив их, содержать окованных под стражей. А о равномерном по сему действии на границе и по таможенной части сделаны начальником Ковенского и Гродненского таможенных округов отзывы. Сего же числа Виленский полицеймейстер подал ко мне записку, в подлиннике при сем прилагаемую, по которой ныне же послан в местечко Поланген полицейский чиновник, а по возвращении его буду иметь честь Ваше Высокопревосходительство о последствиях уведомить.

Генерал от инфантерии Римский-Корсаков.

Вильно

17 генваря 1826 г. No 146.

По сведениям о сыскивающемся по Высочайшему повелению мятежнике коллежском асессоре Кюхельбекере известно, что сестра его в замужестве есть за смоленским помещиком Глинкою, у которого он, Кюхельбекер, был и, взяв там пару лошадей и одного человека, отправился к Минску; 6 или 7 генваря проезжал станцию Юхновку, по тракту от Смоленска к Минску; а 10-го числа подобных примет два человека замечены были проезжающими в город Минск; и тут уже потерян их след. Но как полагать должно, что преступник сей имеет намерение пробраться за границу, то весьма быть может, что он взял свое направление на Поланген, где может иметь удобность проехать границу, по начальству над оною родственника сестры своей Глинки. Приметы, под коими скрывается сей преступник, есть следующие: лошади две крестьянские, одна из них рыже-чалая, с лысиной на лбу, другая — серая. В возке, обитом лубом, с одним отбоем, а с другой стороны без оного; люди: 1-й (который должен быть Кюхельбекер) — росту большого, худощав, глаза навыкате, волоса коричневые, рот при разговоре кривится, бакенбарды не растут, борода мало зарастает, сутуловат и ходит немного искривившись; говорит протяжно, от роду ему 30 лет, в одежде под низом — простая крестьянская короткая шуба, наверх оной надевает тулуп, покрытый рипсом или чем другим — цвету желто-зеленого, обвязывается платком большим желтого цвета; шапка крестьянская, черной овчины, круглая, с верхом черным; 2-й — росту среднего, одежда на нем: шубенка худая под низом, наверх надевает шинель синего сукна; шапка светло-серая с козырьком. Оба они ходят иногда в сапогах, а иногда в лаптях.

Виленский полицеймейстер Шлыков.

XII

Из Минска в Слоним, из Слонима в Венгров, из Венгрова в Ливо, из Ливо в Окунев, мимо шумных городишек, еврейских местечек, литовских сел тряслась обитая лубом повозка, запряженная парой лошадей: одной чалой, с белой лысиной на лбу, другой — серой.

Серая в пути притомилась, в Ружанах Вильгельм ее продал цыгану-барышнику. У Цехановиц ночевали в деревне, на постоялом дворе. Только что легли спать, раздался осторожный стук в окно. Вильгельм вскочил и сел на лавку.

— Стучат, — тихо сказал он Семену. Мимо прошел хозяин.

— Не лякайтесь, не лякайтесь, панове, — сказал он спокойно.

В горницу вошли три молодых еврея. За ними шел еврей постарше. Они расположились на лавке и тихо заговорили между собой. Вильгельм понимал их разговор. К удивлению его, они говорили певуче на диалекте, близком к старому верхненемецкому языку. Это были контрабандисты. Вильгельм осторожно подошел к ним и сказал по-немецки, стараясь произносить как можно ближе к диалекту, ими употребляемому:

— Не можете ли вы меня переправить за границу?

Контрабандисты внимательно на него взглянули, посмотрели друг на друга, и старший сказал:

— Будет стоить две тысячи злотых.

Вильгельм отошел и сел на лавку. У него было только двести рублей, которые дала ему Устинька. Они дождались утра и поехали дальше.

Опять корчма. Сидя в корчме, Вильгельм призадумался.

Дальше ехать вдвоем с Семеном в лубяном возке нельзя было. Нужно было пробираться одному. Вильгельм посмотрел на Семена и сказал ему:

— Ну, будет, Семен, поездили.

Он страшно устал за этот день, и Семен подумал, что Вильгельм хочет заночевать в корчме.

— Все равно, можно и подождать. До ночи недалеко, — сказал он.

— Нет, не то, — сказал Вильгельм. — А поезжай домой. Будет тебе со мной возиться. Дальше вдвоем никак невозможно.

Вильгельм спросил у хозяина бумаги, чернил, сел за стол и начал писать Устиньке письмо. Он прощался с нею, просил молиться за него и дать вольную другу его Семену Балашеву. Семен сидел и исподлобья на него поглядывал.

— Как же так, все вместе, а теперь врозь? — спросил он вдруг у Вильгельма, как бы осердившись

Вильгельм засмеялся невесело.

— Да так и все, любезный, — сказал он Семену. — Сначала вместе, а потом врозь. Вот что, — вспомнил он, — бумага-то твоя при тебе?

Семен пошарил за пазухой.

— Нету, — сказал он растерянно, — нету бумаги, никак обронил где-то?

Вильгельм всплеснул руками:

— Как же ты теперь домой поедешь?

Он подумал, потом вытащил свой паспорт и протянул его Семену.

— Бери мой паспорт. Все равно, как-нибудь дойду. Семен взял паспорт, начал его с мрачным видом перелистывать и потом сказал нерешительно:

— Здесь по паспорту тридцать девять годов, а мне по виду барышни только что двадцать дают. Вам пашпорт самим нужен.

Семену было двадцать пять лет, но он был моложав.

— Тогда брось его, — сказал Вильгельм равнодушно. — Пожалуй, и впрямь не годится паспорт: его у нас все равно тогда списали в точности, теперь, наверное, все знают. Ну, с богом, собирайся, — сказал он Семену. — Дома поклон всем передай, письмо не оброни. Устинье Карловне отдашь.

Он проводил Семена на двор. Семен сел в возок, потом, всхлипнув, выскочил, обнял крепко Вильгельма и хлестнул чалку.

XIII

Семен доехал до Ружан. В Ружанах была ярмарка. Он пошел бродить по ярмарке. Денег у него не было, и он решил продать чалку с возком. Два цыгана остановились перед ним. Они долго торговались, смотрели коню в зубы, хлопали по ногам, щупали повозку. Наконец сошлись и вручили Семену двадцать карбованцев. Но когда Семен хотел расплатиться на постоялом дворе, хозяин попробовал карбованец на зуб и сказал равнодушно:

— Фальшивый, не возьму.

Семен свету не взвидел. Он бросился назад на ярмарку, отыскал цыган и начал кричать, чтобы они либо отдали ему лошадь с повозкой, либо дали настоящие деньги. Молодой цыган закричал пронзительно:

— Фальшивые деньги дает!

Семен ударил его в висок. Три цыгана обхватили его за руки, и началась драка, потом драка утихла, цыгане бросили его. Семен протер глаза и увидел перед собой двух жандармов.

XIV

19 января Вильгельм вошел в Варшаву. Он прошел по окраине Пражского предместья и стал искать харчевни. Перед одной харчевней толпился народ — читал какое-то объявление.

— "По-че-му по-ста-вля-ет-ся, — тянул по слогам толстый человек в синей поддевке, по-видимому лавочник, — ...ставляется", — дальше оп прочесть не мог. — "В непременную", — прочел он наконец сразу и крякнул с удовлетворением.

— Что ж, читать не умеешь? — сказал ему мещанин с острой бородкой. — "В непременную обязанность всем хозяевам".

Лабазник угрюмо покосился на мещанина.

— Тоже грамотей, — сказал он и отошел. Мещанин складно и торжественно прочел объявление:

— "Декабря 30 дня 1825 года. Санкт-петербургский обер-полициймейстер Шульгин первый", — закончил он, любуясь порядком официального языка.

Вильгельм издали видел их. Втянув голову в плечи, он зашел за угол харчевни и подождал, пока все разойдутся. Тогда он подошел к столбу и стал читать:

Объявление

По распоряжению Полиции отыскивается здесь Коллежский Асессор Кюхельбекер, который приметами: росту высокаго, сухощав, глаза навыкате, волосы коричневые, рот при разговоре кривится, бакенбарды не растут; борода мало заростает, сутуловат и ходит немного искривившись; говорит протяжно, от роду ему около 30-ти лет. — Почему поставляется в непременную обязанность всем хозяевам домов и управляющим оными, что естьли таких примет человек у кого окажется проживающим или явится к кому-либо на ночлег, тот час представить его в Полицию; в противном случае с укрывателями поступлено будет по всей строгости законов. Декабря 30 дня 1825 года.

С.-Петербургский Обер-Полициймейстер

Шульгин 1-й.

Вильгельм смотрел на афишу. Его имя, напечатанное четко на сероватой бумаге, показалось ему чужим, и только по стуку сердца он понял, что его, его, Вильгельма, разыскивают, ловят сейчас.

И он пошел по предместью.

Он знал, что ему нужно делать, — нужно было пойти сейчас отыскать Есакова, его лицейского друга, или барона Моренгейма, о котором говорила ему Устинька. Сделать это было не так трудно. Но странное чувство охватило Вильгельма. Все представилось ему необычайно сложным. Он проделал с Семеном тысячи верст, и вот теперь, когда оставалось всего пятнадцать, он начал колебаться. Он не боялся того, что о нем висит объявление и его могут арестовать, — подъезжая к любой деревушке или постоялому двору, он каждый раз был заранее готов, что вот-вот его схватят, — дело было не в этом, а он робел своей мысли о том, что через два-три часа он может быть свободен навсегда. Когда его преследовали, — он убегал и прятался. Сейчас погоня расплылась, она была в самом воздухе, вот в этих объявлениях, расклеенных на столбах. Он не знал, что ему делать с этим, как шахматный игрок, перед которым вдруг открылось слишком широкое поле.

И опять — на стене дома — объявление.

Дом мирный, окна в занавесках. В одном окне мальчик играет с ленивым котом, щекочет его; кот лег на спину, зажмурил глаза и изредка, для приличия, цапает лапкой мальчика. Вильгельм загляделся на них.

Какая чепуха эти шутовские приметы, как бессмысленно рядом с его именем — чужое имя какого-то полицейского. "Шульгин 1-й" — он пожал плечами.

Механически он уходил все дальше от этих двух объявлений, как будто в них, в этих сероватых листках, были последние, отставшие догонщики.

А через полчаса он потерял нить. Предместье с нерусскими улицами и домами начало казаться ему уже заграничным городом. Он израсходовал запас страха во время пути. С любопытством он присматривался к редким прохожим, читал вывески. Он думал теперь как бы издалека, о том, что ему угрожало, вспомнил, как близок был от пропасти, но пропасть была уже далеко позади, все это давно миновало. "Вильгельм Кюхельбекер" на афише было только имя, а не он сам, так же как только именем был этот Шульгин. Изредка он опоминался, принуждая себя к страху, заставляя себя сообразить, что он еще в России, границы еще не перешел, что ее еще только предстоит перейти. Он заставлял себя думать об этом, думал, но понять этого не мог. Мысль заленилась. — Всякий грамотный человек мог получить благодарность Шульгина 1-го при одном взгляде на худощавого, высокого, с выпуклыми глазами и задумчивым взглядом человека, который бродил без цели по Пражскому предместью.

Не доходя Гроховского въезда, на площади, он встретил двух военных. Один из них, коренастый, рыжеусый, с веснушками, был, судя по погонам, унтер-офицер гвардейского полка, другой был простой солдат. Унтер-офицер нес с собой папку с делами. Увидев Вильгельма, он зорко посмотрел на него.

"Уйти, уйти", — подумал Вильгельм. И подошел к унтер-офицеру.

— Будьте любезны, — сказал он, слегка ему поклонившись, — сообщите мне, здесь ли квартирует гвардейская конная артиллерия.

Рыжеусый унтер-офицер смотрел на него внимательно. Человек, одетый в тулуп, крытый китайкою, из-под которого виднелся простой нагольный тулуп, в кушаке и русской шапке, выражался необыкновенно учтиво.

— Нет, — сказал унтер-офицер, вглядываясь в Вильгельма, — конная артиллерия в городе стоит, а тут Прага. А вам на какой предмет?

— Мне тут необходимо зайти к одному офицеру. Он артиллерийской ротой командует. Его зовут Есаков, — сказал Вильгельм и сам удивился своей словоохотливости.

— Можно проводить, — сказал, сдвинув брови, унтер-офицер.

— Благодарю покорно, — ответил Вильгельм, глядя в маленькие серые глаза.

"Бежать, уйти сейчас же".

Он быстрыми шагами пошел прочь.

"Не оглядываться, только не оглядываться". И он оглянулся.

Рыжеусый унтер стоял еще с солдатом на месте и смотрел пристально, как Вильгельм, сутулясь, переходил площадь. Потом он быстро сказал несколько слов солдату и, увидев взгляд Вильгельма, закричал:

— Подождите!

Вильгельм быстро шел по улице предместья. Унтер, отдав папку солдату, побежал за ним. Он схватил за руку Вильгельма.

— Стой, — сказал он Вильгельму строго. — Ты кто такой?

Вильгельм остановился. Он посмотрел на унтера и спокойно, почти скучно, ответил первое попавшееся на язык:

— Крепостной барона Моренгейма.

— Ты говоришь, тебе в конную артиллерию нужно? — сказал унтер, приблизив веснушчатое лицо к лицу Вильгельма. — Пойдем-ка, я тебя сейчас провожу в конную артиллерию.

Вильгельм посмотрел на унтера и усмехнулся.

— Стоит ли вам беспокоиться по пустякам, — сказал он, — я сам найду дорогу в город.

Он сказал это и тотчас услышал собственный голос: голос был глухой, протяжный.

— Никакого беспокойства, — строго сказал унтер, и Вильгельм увидел, как он знаками подзывает солдата.

Он не чувствовал страха, только скуку, тягость, в теле была тоска да, пожалуй, втайне желание, чтобы все поскорее кончилось. Так часто ему случалось думать о поимке, что все, что происходило, казалось каким-то повторением, и повторение было неудачное, грубое.

Он пошел прочь, прямыми шагами, зная, что так надо.

— Стой! — заорал унтер и схватил его за руку.

— Что вам нужно? — спросил Вильгельм тихо, чувствуя гадливость от прикосновения чужой, жесткой руки. — Уходите прочь.

— Рот кривит! — кричал унтер, вытаскивая тесак из ножен.

— Прочь руки! — сказал в бешенстве Вильгельм, сам того не замечая, по-французски.

— Васька, держи его, — сказал деловито унтер солдату, — это о нем давеча в полку объявляли.

Вильгельм смотрел бессмысленными глазами на веснушчатое лицо, сбоку.

"Как просто и как скоро".

Через полчаса он сидел в глухом, голом каземате; дверь открылась — пришли его заковывать в кандалы.

КРЕПОСТЬ

I

Путешествия у Кюхли бывали разные.

Он путешествовал в каретах, на кораблях, в гондоле, в тряской мужичьей телеге.

Он путешествовал из Петербурга в Берлин и в Веймар, и в Лион, и в Марсель, и в Париж, и в Ниццу — и обратно в Петербург. Он путешествовал из Петербурга в Усвят, Витебск, Оршу, Минск, Слоним, Венгров, Ливо, Варшаву — и обратно в Петербург. Последнее свое обратное путешествие он совершил не один: тесно прижавшись к нему, сидели конвойные; и хоть путешествие с Семеном было не очень удобно, но теперь было неудобнее во сто крат: ручные и ножные кандалы были страшной тяжести, стирали кожу, разъедали мясо и при каждом шаге гремели.

И наступили предпоследние странствия Кюхли: Петропавловская крепость — Шлиссельбург — Динабургская крепость — Ревельская цитадель — Свеаборг. Самые для него радостные.

Потому что, когда человек путешествует по своей воле, это значит, что в любое время, если есть деньги и желание, он может сесть на корабль, в карету, в гондолу — и ехать в Берлин, и в Веймар, и в Лион. И, когда человек путешествует не по своей воле, но для того, чтобы избегнуть воли чужой, — он надеется ее избежать.

И тогда он не смотрит на небо, на солнце, на тучи, на бегущие версты, на запыленные зеленые листья придорожных дерев — или смотрит бегло. Это оттого, что оп стремится вдаль, стремится покинуть именно вот эти тучи, и придорожные дерева, и бегущие версты.

Но когда человек сидит под номером шестнадцатым — и ширины в комнате три шага, а длины — пять с половиной, а лет впереди в этой комнате двадцать, и окошко маленькое, мутное, высоко над землей, — тогда путешествие радостно само по себе.

В самом деле, не все ли равно, куда тебя везут, в какой каменный гроб, немного лучше или немного хуже, сырее или суше? Главное — стремиться решительно некуда, ждать решительно нечего, и поэтому ты можешь предаваться радости по пути — ты смотришь на тучи, на солнце, на запыленные зеленые листья придорожных дерев и ничего более не хочешь — они тебе дороги сами по себе.

А если ты несколько месяцев кряду видишь всего-навсего два-три человеческих лица, и то сквозь четырехугольник, прорезанный в двери, из-за приподнимающейся темной занавески, а лицо это — лицо часового или надсмотрщика, с пристальными глазами, — то к деревьям и тучам и даже придорожным верстам ты начинаешь относиться как к людям — каждое дерево имеет свою странную, неповторимую физиономию, иногда даже сочувственную тебе.

И ты пьешь полной грудью воздух, хоть он и не всегда живительный воздух полей, а чаще воздух, наполненный пылью, которую поднимает твоя гремящая кибитка. Потому что в камере твоей воздух еще хуже.

И если даже нет кругом ни дороги, ни деревьев, ни тонкого запаха навоза сквозь дорожную пыль, если ты сидишь в плавно качающейся каюте тюремного корабля, душной и темной, немногим отличающейся от простого дощатого гроба, то все же ты испытываешь радость, — потому что гроб твой плавучий, потому что ты чувствуешь движение и изредка слышишь крики команды наверху, — в особенности если тебя везут из Петропавловской крепости, в особенности же если только двенадцать дней назад на твоих глазах повесили двоих твоих друзей и троих единомышленников.

Ты можешь закрыть глаза, ты можешь отдаться движению корабля, успокаивающему нас, ибо оно всегда в лад с движением нашей крови. Ты можешь постараться задремать — хоть на полчаса, хоть на десять минут — и не видеть, как срывается с виселицы полутруп в мешке и кричит голосом твоего друга — высокого поэта и друга, который когда-то гладил твою руку:

— Вы, генерал, вероятно, приехали посмотреть, как мы умираем в мучениях.

И ты можешь на полчаса — или на десять минут — забыть грубый крик:

— Вешайте скорее снова!

Все это ты можешь забыть под глухие, как бы подземные толчки безостановочного движения корабля.

И, если тебе удастся заснуть, ты сможешь позабыть лицо своей невесты, и матери, и друзей; а заснуть ты должен и должен забыть, потому что ты был осужден на смерть, а теперь осужден на жизнь, — и впереди десятки лет одиночной тюрьмы, которую даровали тебе из милости.

И твоя каюта лучше, чем камера в три шага ширины и пять

с половиной шагов длины, если даже тебя сонного с постели взяли и завязали тебе глаза и так посадили в этот темный плавучий гроб, и если ты даже не знаешь, куда тебя везут, — и если ты даже знаешь, что везут тебя в Шлиссельбург. Потому что — под тобою движение и слабый плеск воды, бьющей в бока корабля, журчащей безостановочно, — движение, которое в лад с твоей движущейся в жилах кровью!

II

В Закупе, все в том же помещичьем доме, жили две вдовы: Устинья Яковлевна и Устинья Карловна. Устинья Яковлевна была уж очень стара, но держалась бодро. Устинька тоже заметно состарилась.

Дети росли. Митенька был способный мальчик, но характером несколько напоминал Устинье Яковлевне дядю Вилли. Устинья Яковлевна об этом не говорила Устиньке, а Митеньку тайком баловала.

В деревне было все то же. Только Иван Летошников, старый Вильгельмов приятель, умер: замерз пьяный на дороге.

Приходил иногда на праздниках Семен, который жил теперь по вольной в городе; он остался все тем же весельчаком и забавником, от которого фыркала девичья, но стал немного прихрамывать — кандалы разъели ему левую ногу: два года просидел Семен в Гродненской крепости. С Семеном Устинья Яковлевна разговаривала по целым дням — не было ни Вильгельма, ни Мишеньки, и Семен ей рассказывал о них. Покачивая старушечьим лицом в очках, Устинья Яковлевна слушала о проказах Вильгельма Карловича и улыбалась. Потом она отпускала Семена и садилась писать письма "мальчикам" — письма ее были огромные, и писала она мелким, узеньким почерком.

Приходили письма от "мальчиков" — от Вильгельма и Мишеньки. Мишенька на каторге, в Сибири, — Вильгельм... ни мать, ни сестра не знают, где Вильгельм. На его письмах каждый раз тщательно кем-то бывало вымарано обозначение места и густой краской замазан штемпель.

Тогда обе вдовы запирались на целый день — от детей, Дети бегали, прыгали, шалили. Митенька подолгу простаивал у дверей и старался услышать, о чем говорят бабка и мать. Но они говорили тихо; и стоять у дверей ему скоро надоедало.

Где Вильгельм?

Никто не знает. Обо всех других известно, где они и что с ними, — и только о Вильгельме да еще об одном — Батенкове — никто ничего не знает.

Его письма приходили как бы с морского дна.

Устинья Яковлевна была у "самой", у Марии Федоровны, но Мария Федоровна и разговаривать с ней не стала о Вильгельме — она просто молчала в ответ, а потом, в конце аудиенции, сказала холодно:

— Сожалею вас глубоко, ma chère Justine, что у вас такой сын.

И больше Устинья Яковлевна у Марии Федоровны не бывала.

Уезжала и Устинька в Петербург — хлопотать.

В эти дни Устинья Яковлевна была особенно спокойна и приветлива; детей не бранила, читала какую-то книгу. Она знала, что если ее Устинька хочет чего-нибудь добиться, то непременно добьется. Устинька была неугомонная хлопотунья, а для Вильгельма ей ничего не было трудно.

Устинька пробыла в Петербурге с месяц, и все это время Устинья Яковлевна была спокойна и ровна. Устинька приехала. Мать посмотрела на ее лицо, ничего не спросила и ушла в свою комнату. Там она сидела до сумерек, а потом вышла как ни в чем не бывало и, как будто Устинька и не уезжала, стала говорить с ней о делах.

Мать знала, что друзья не оставляют Вильгельма, что Саша Грибоедов, который занимает очень важный пост на Востоке, хлопочет уже давно о том, чтобы Вильгельма перевели на Кавказ, что Саша Пушкин, который теперь при дворе, хочет говорить с царем о Вильгельме и только ждет удобного случая, и охотно верила каждому слуху, что вот-вот Вильгельма переведут на Кавказ — или даже сюда, в деревню.

Раз она даже начала убирать комнату, в которой раньше жил Вильгельм, что-то переставляла в ней, приводила в порядок книги.

Но дочери она ничего при этом не сказала, а та не спрашивала.

Однажды приехала в Закуп Дуня.

И мать и дочь знали, что Дуня любит Вильгельма. Она уже не была, как раньше, веселой и молоденькой девушкой, но быстрая и уверенная походка была у ней все та же, и так же быстры и легки были ее решения. С ней было необыкновенно все просто и ясно.

Она прогостила в Закупе дня два, и в последний день и мать и дочь о чем-то говорили с ней тихо и сторожась от детей

— дети знали, что, когда мать и бабка говорят между собой тихо, дело идет о дядьях.

Потом Дуня крепко расцеловала детей, уехала, и обе вдовы стали ждать.

Дуня поехала к царю — просить разрешения отправиться к Вильгельму и с ним обвенчаться.

У нее были высокие связи, сам Бенкендорф обещал, что царь ее примет.

И царь принял ее.

Дуня склонилась перед ним в глубоком реверансе.

Николай вежливо встал с кресла и пригласил жестом сесть.

— Я к вашим услугам, — сказал он, скользя холодными глазами по ее лицу, груди, стану, рукам.

Дуня покраснела, но сказала спокойно:

— Ваше величество, у меня к вам просьба, исполнение которой может сделать меня счастливой на всю жизнь, а неисполнение несчастной.

— Служить счастию женщин — долг столь же лестный, сколь и неблагодарный, — улыбнулся одними губами Николай, не переставая скользить взглядом по девушке.

— У меня есть жених, ваше величество, — сказала тихо Дуня, — и от вас зависит, смогу ли я с ним соединиться.

— Хотя исполнение вашего желания и требует известной доли самопожертвования, — посмотрел в глаза Дуне Николай, — но я вас слушаю: чем могу быть полезен?

— Имя моего жениха Вильгельм Кюхельбекер, — ска-сала Дуня тихо, выдерживая взгляд царя.

Губы Николая брезгливо сморщились, и он откинулся в креслах, потом усмехнулся:

— Сожалею о вас.

— Ваше величество, — сказала Дуня умоляюще, — я готова последовать за моим женихом всюду, куда будет нужно.

— Это невозможно, — возразил Николай холодно, не переставая смотреть на нее.

— Ваше величество, я готова идти на каторгу, в Сибирь, всюду, — повторила Дуня.

— Что же вас ждет там? Не лучше ли отказаться от такого жениха? — Николай снова поморщился.

Дуня сложила руки:

— Вы заставили бы смотреть на вас как на избавителя, если бы согласились на это.

Николай встал. Дуня поспешно поднялась. Он слегка улыбнулся :

— Это невозможно.

— Почему, ваше величество? Николая покоробило.

— Когда я говорю, что это невозможно, — излишне спрашивать о причинах. Но если вы желаете знать причины, — прибавил он, опять улыбаясь, — извольте: ваш жених в крепости, а жениться, находясь в одиночном заключении, неудобно.

III

Вильгельм писал матери, что здоров и спокоен.

И это была правда, по крайней мере наполовину. Он успокоился.

Полковник сам запер за ним дверь. Ключ был большой, тяжелый, похожий на тот, которым в Закупе сторож запирал на ночь ворота.

У Греча была своя типография, у Булгарина был журнал, у Устиньки — дом и двор, у полковника — ключи.

Только у Вильгельма никогда ничего не было.

Его сажал за корректуры Греч, ему платил деньги Булгарин, а теперь этот старый полковник с висячими усами запер его на ключ.

Это все были люди порядка. Вильгельм никогда не понимал людей порядка, он подозревал чудеса, хитрую механику в самом простом деле, он ломал голову над тем, как это человек платит деньги, или имеет дом, или имеет власть. И никогда у него не было ни дома, ни денег, ни власти. У него было только ремесло литератора, которое принесло насмешки, брань и долги. Он всегда чувствовал — настанет день, и люди порядка обратят на него свое внимание, они его сократят, они его пристроят к месту.

Все его друзья, собственно, заботились о том, чтобы как-нибудь его пристроить к месту. И ничего не удавалось — отовсюду его выталкивало, и каждое дело, которое, казалось, вот-вот удастся, в самый последний миг срывалось: не удался даже выстрел.

И вот теперь люди порядка водворили его на место, и место это было покойное. Для большего спокойствия ему не давали первые годы ни чернил, ни бумаги, ни перьев. Вильгельм ходил по камере, сочинял стихи и потом учил их на память.

Память ему изменяла — и стихи через несколько месяцев куда-то проваливались.

Когда-то, когда он жил у Греча и работал у Булгарина,

Вильгельм чувствовал себя Гулливером у лилипутов. Теперь он сам стал лилипутом, а вещи вокруг — Гулливерами. Огромное поле для наблюдений — окошко наверху, в частых решетках. Праздник, когда мартовский кот случайно забредет на это окошко.

О, если бы он замяукал! И выгнул бы спинку!

Топографию камеры Вильгельм изучал постепенно, чтобы не слишком быстро ее исчерпать. На сегодня — осмотр одной стены, — несколько вершков, разумеется, — на завтра другой.

На стенах надписи, профили, женские по большей части, стихи.

"Брат, я решился на самоубийство. Прощайте, родные мои". (Гвоздиком, длинные буквы, неровные, но глубокие — уцелели от скребки.) "Hier stehe ich. Ich kann nicht anders. F. S."[38] (Чрезвычайно ровные, аккуратные буквы, по законченности букв — вероятно, ногтем.) "Осталось 8 лет 10 месяцев. Болен". (Широкие буквы — может быть, шляпкой гвоздя.)

———————————————

Одна надпись напугала Вильгельма:

"Мучители, душу вашу распять. Наполеон, император всероссийский". (Очень глубокие буквы, но по тому, что штукатурка по краешкам не издергана, — вероятно, ногтем.) Кто-то сошел здесь с ума.

И Вильгельм распоряжается своими воспоминаниями. Нужно быть скупым на воспоминания, когда сидишь в крепости. Это все, что осталось. А Вильгельму было всего тридцать лет.

Засыпая, он назначал на завтра, что вспоминать.

Лицей, Пушкина и Дельвига. — Александра (Грибоедова). — Мать и сестру. — Париж. — Брата. — И только иногда: Дуню.

Только иногда. Потому что если с утра узник No 16 начинает вспоминать о Дуне, шаги часового у камеры No 16 учащаются.

В четырехугольное оконце смотрит человеческий глаз, и человеческий голос говорит:

— Бегать по камере нельзя.

Проходят два часа — и снова глаз, и снова голос:

— Разговаривать воспрещается.

А два раза случилось слышать Вильгельму странные какие-то запрещения:

— Бить головой о стенку не полагается.

---

[38] На том стою я. Я не могу иначе (фраза, принадлежащая Лютеру).

— Неужели не полагается? — спросил рассеянно Вильгельм.

И голос добавил, почти добродушно:

— И плакать громко тоже нельзя.

— Ну? — удивился Вильгельм и испугался своего тонкого, скрипучего голоса. — Тогда я не буду.

Поэтому Вильгельм только изредка назначал Дуню.

И как когда-то он построил людей, чтобы вести их в штыки против картечи, так теперь ему удавалось строить свои воспоминания: один, Видя, Кюхля — был бедный, бедный человек; ему ничего никогда не удавалось до конца; и вот теперь этот бедный человек прыгал по клетке и считал своп годы, которые ему осталось провести в ней, даже не зная, собственно, хорошенько, на сколько лет его осудили: ему было присуждено двадцать лет каторги, а он сидел в одиночной тюрьме.

А другой человек, старший, распоряжался им с утра до ночи, ходил по камере, сочинял стихи и назначал Виле и Кюхле воспоминания и праздники.

У Вильгельма бывали и праздники: именины друзей, лицейские годовщины.

В особенности день Александра — 30 августа: именины Пушкина, Грибоедова, Саши Одоевского. Кюхля вел с ними целый день воображаемые разговоры.

— Ну что ж, Александр? — говорил он Грибоедову. — Ты видишь — я жив наперекор всему и всем. Милый, что ты теперь пишешь? Ты ведь преобразуешь весь русский театр. Александр, ты русскую речь на улице берешь, не в гостиных. Ты да Крылов. Как теперь Алексей Петрович поживает? Спорите ли по-прежнему? Сердце как? Неужели так углем и осталось? Скажи, милый.

Голоса Вильгельм припомнить не мог, но жесты остались: Грибоедов пожимал плечами, кивал медленно головой, а на вопрос о сердце — растерянно поднимал кверху, в сторону тонкие пальцы.

— Поздравляю, Саша, — прикладывался щекой Вильгельм к Пушкину, — голубчик мой, радость, пришли мне все, все, что написал; вообрази, я твоих "Цыган" от доски до доски помню:

> *И всюду страсти роковые,*
> *И от судеб защиты нет.*

Как ты это сказал, Саша, — хоть иду своим путем в поэзии и

Державина величайшим поэтом считаю, но в твоих стихах и мое сердце есть.

Пушкин улыбался во тьме и начинал тормошить Вильгельма смущенно.

И так проходил день.

Не раз поднималась занавеска в этот день над камерой No 16, и тревожный голос с хохлацким акцентом говорил:

— Та ж запрещено говорить у камери.

Но по ночам старший Вильгельм исчезал, и в камере оставался один Вильгельм — прежний. И снами своими узник No 16 распоряжаться не умел. Он просыпался, дергаясь всем телом, от воображаемого стука (их будили в Петропавловской крепости резким стуком по нескольку раз в ночь — чтобы они не спали). Он снова стоял в очной ставке с Jeannot, с Пущиным, старым другом, и, плача, кланяясь, говорил, что это Пущин сказал ему:

— Ссади Мишеля.

И снова Пущин, с сожалением глядя на сумасшедшее лицо Кюхли, качал отрицательно головой.

И опять он писал, писал без конца и без смысла не своим, а каким-то небывалым, чужим почерком показания — и с ужасом чувствовал, что пишет не то, что хочет, — и писал, писал дальше.

И раз — только раз — приснилось ему утро конфирмации — и это было счастьем, что больше конфирмация ему не снилась.

Грохнула дверь — где-то сбоку — и бряцание цепей. И он услышал протяжный голос Рылеева: "Простите, простите, братцы" — и мерно, звеня цепями, Рылеев проходит мимо его камеры, а Вильгельм не может пошевельнуть ни рукой, ни языком, чтобы попрощаться.

Гремят цепи, и, кажется, гремит музыка. Она гремит сладостно и мерно.

На кронверке Петропавловской крепости военная музыка, в тонком утреннем воздухе трубы отдаются круглым, выпуклым звуком — прекрасная, спокойная музыка.

Двери, в дверях щелканье ключа.

Его вывели и впихнули в каре.

Он обнимает Пущина, Сашу.

Легко очень дышать.

— Тише. (Кто-то, кажется, командует: тише.)

В самом деле — как он не заметил — там пять качелей, узких, новеньких.

А, — вот их ведут качаться.

Пятерых.

Пятеро.

Руки у них скручены на спине ремнями — и ремнями ноги — они делают маленькие-маленькие шаги. Рылеев.

Лицо! Лицо!

Спокойное!

Он кивает Вильгельму. — Он мотает головой, смотрит на него.

Лицо!

Их ведут качаться. Музыка. Детские качели.

А Вильгельма вдруг тащат. Ему тошно. С него срывают фрак, бросают в огонь.

Дым душный, давит дыхание.

Треск над головой — кажется, шпагу сломали.

Лицо!

А перед ним чучело: в огромной шляпе, с огромным грязным султаном, в больших ботфортах — и полуголый. Из-под арестантского полосатого халата икры торчат.

Вильгельм понимает, что это так Якубовича нарядили, и визгливо, тонко хохочет.

Лицо!

Вильгельм хохочет.

С высокой белой лошади генерал Бенкендорф смотрит гадливо ясными глазами на Вильгельма.

А он хохочет — дальше и дальше, все тоньше.

Лицо!

Вой несся из камеры No 16, удушливый, сумасшедший вой и лай.

IV

Как друг, обнявший молча друга
Перед изгнанием его.

Небольшая станция между Новоржевом и Лугою — Боровичи. Каждый, кто сюда попал и ждет, пока станционный смотритель, смотря на него пристально и соображая его чин и звание, отпустит ему лошадей, — поневоле начнет бродить у стен, осматривать старые картины и портреты, знакомые — толстой Анны Ивановны, курносого Павла, или незнакомые — генералов с сердитыми глазами. И, конечно, висит здесь "история блудного сына".

Если на дворе осень и косит мелкий дождик, ждать особенно тягостно.

Проезжающий, который завяз на станции Боровичи 14 октября 1827 года, проснулся часов в десять. Бессмысленно поглядел на пеструю занавеску кровати, горшки с бальзаминами, на смотрителя, который сидел за столом, вспомнил, где он, сообразил, что времени много, — и остался лежать. Он был сед, тучен, глаза у него были быстрые и маленькие.

В дверь со звоном шпор вошел какой-то гусар и бросил на стол подорожную. Смотритель встал и сказал, запинаясь:

— Часа два подождать придется.

Гусар вспыхнул, начал браниться, но смотритель равнодушно разводил руками, клялся, что лошадей нет, — и гусару скоро надоело с ним спорить.

Он сбросил шинель и огляделся.

Толстяк смотрел на него приветливо и добродушно.

Гусар молча с ним раскланялся.

Потом ему надоело сидеть и молчать, он кликнул смотрителя, спросил чаю. Толстяк сделал то же. За чаем они разговорились.

Толстяк назвался порховским помещиком, он ехал в Петербург по делам. Через четверть часа завязался банчок. Лежа в постели и повертываясь всем тучным корпусом при каждом выигрыше, толстяк играл, проигрывал, кряхтел.

Гусар разошелся. Он сгреб кучку золота, прибавил к ней на глаз столько же — и поставил на карту. Толстяк бил карту с оника.

В это время вошел небольшой быстрый человек. Он был не в духе, ругался со смотрителем, накричал на него так, что смотритель обещал ему через час лошадей, потом сел в кресла, стал грызть ногти и приказал подавать обед. Он раскланялся отрывисто с игроками, взглянул в окно, начал что-то насвистывать, потом заинтересовался игрой и стал следить.

Ему подали обед и бутылку рома.

Толстяк опять проигрывал.

Попивая ром, обедающий поглядывал на игроков.

Кончив обедать, он кликнул смотрителя и расплатился.

Смотритель взглянул на деньги и сказал робко:

— Пяти рублей, ваша милость, недостает. За ром. У проезжего не было мелочи.

Тогда, взяв у смотрителя с рук пять рублей, он подошел к игрокам и, улыбнувшись, сказал:

— Позволите?

И поставил на карту.

Толстяк карту бил.

Тогда проезжающий быстро полез в карман, вытащил империал и поставил. Империал был бит.

Проезжающий нахмурил брови, придвинул кресла и стал играть.

Через два часа лошади были поданы.

Он велел подождать.

Еще через час он поднялся, заплатил толстяку 420 рублей, а на 200 написал записку: "По сему обязуюсь уплатить в любой срок 200 рублей. Александр Пушкин". Вышел он со станции, злясь на дождь и на самого себя, завернулся в плащ и до следующей станции ехал молча.

Следующая станция была Залазы.

— Вот уж подлинно Залазы, — пробормотал он, вошел в станцию и стал с нетерпением ждать лошадей. В ожидании он разговорился с хозяйкой. Хозяйка была еще молода, в широком ситцевом платье, и от неподвижной жизни раздобрела.

— Скучно вам на одном месте? — спросил он ее, улыбаясь.

— Нет, чего скучно, то туда, то сюда — не заметишь, как день пройдет.

"А сама с места не сходит", — подумал Пушкин. — И давно вы здесь?

— Да лет уж с десять.

"Десять лет на этой станции! Умереть со скуки можно. Помилуй бог, да ведь с окончания Лицея всего десять лет (через четыре дня в Петербурге праздновать. Яковлев уж, верно, там готовится)".

Десять лет. Сколько перемен!

Дельвиг обрюзг, рогат, пьет; Корф — важная персона (подхалим), Вильгельма и Пущина можно считать мертвыми. Да и его жизнь не клеится. Невесело — видит бог, невесело.

На столе лежал томик. Он заглянул и удивился. Это был "Духовидец" Шиллера. Он начал перелистывать книжку и зачитался.

"Нет, Вильгельм неправ, — подумал он, — что разбранил Шиллера недозрелым".

Раздался звон бубенцов — и сразу четыре тройки остановились у подъезда.

Впереди ехал фельдъегерь.

Фельдъегерь быстро соскочил с тележки, вошел в комнату и бросил на стол подорожную.

— Верно, поляки, — сказал тихо Пушкин хозяйке.

— Да, наверное, — сказала хозяйка, — их нынче отвозят.

Фельдъегерь покосился на них, но ничего не сказал.

Пушкин вышел взглянуть на арестантов.

У облупившейся станционной колонны стоял, опершись, арестант в фризовой шинели — высокий, седой, сгорбленный, с тусклым взглядом.

Он устало повел глазами на Пушкина и почему-то посмотрел на свою руку, на ногти.

Поодаль стояли три тройки; с них еще слезали жандармы и арестанты.

Маленький, полный арестант с пышными усами, поляк, вынимал из телеги скудные свои пожитки.

Пушкин оглядел арестанта с интересом.

Арестант развязал котомку, достал хлеб, аккуратно отломил ломоть, посыпал солью, уселся на камень и стал завтракать.

Его неторопливые, деловитые движения показались Пушкину занимательными.

К высокому старику у колонны подошел такой же высокий и сгорбленный, но молодой арестант, тоже во фризовой шинели и в какой-то нелепой высокой медвежьей шапке.

Пушкин с неприятным чувством на него поглядел. Арестант был черен, худ, с длинной черной бородой.

"Кого он напоминает?" — подумал Пушкин.

"Ах да, Фогеля. Черт знает что такое".

Фогель был главный шпион покойного Милорадовича, который и теперь шпионил в Петербурге. Весь Петербург знал его.

"Шпион, — подумал Пушкин, — для доносов или объяснений везут".

Он брезгливо поморщился и повернулся опять к поляку с пышными усами.

Между тем высокий молодой с живостью взглянул на Пушкина. Почувствовав на себе взгляд, Пушкин сердито обернулся.

Так они смотрели друг на друга.

— Александр, — сказал глухо шпион.

Пушкин остолбенел, — а шпион бросился к нему на грудь, целовал и плакал:

— Не узнаешь? Милый, милый! Пушкин содрогнулся и залепетал:

— Вильгельм, брат, ты ли это, голубчик, куда тебя везут?

И он быстро заговорил:

— Как здоровье? Твои здоровы, видел недавно, все тебя помнят, хлопочем — авось удастся. Каких книг тебе прислать? Тебе ведь разрешают книги?

Два дюжих жандарма схватили Вильгельма за плечи и оттащили его.

Третий прикоснулся к груди Пушкина, отстраняя его. Арестанты стояли, сбившись в кучу, затаив дыхание.

— Руки прочь, — сказал тихо Пушкин, глядя с бешенством на жандарма.

— Запрещается разговаривать с заключенными, господин, — сказал жандарм, но руку отвел.

Фельдъегерь выскочил на порог.

Он схватил за руку Пушкина и крикнул:

— Вы чего нарушаете правила? Будете отвечать по закону.

И, держа его за руку, кивнул головой жандармам на Вильгельма.

Пушкин не слушал фельдъегеря, не чувствовал, что тот держит его за руку. Он смотрел на Вильгельма.

Вильгельма потащили к телеге. Ему было дурно. Лицо его было бледно, глаза закатились, голова свесилась на грудь. Его усадили. Жандарм зачерпнул жестяной кружкой воды и подал ему. Он отпил глоток, посмотрел на Пушкина и произнес неслышно:

— Александр.

Пушкин выдернул руку и побежал к нему. Он хотел проститься. Но фельдъегерь крикнул:

— Не допущать разговоров! Жандарм молча отстранил Пушкина рукой. Пушкин подбежал к фельдъегерю и попросил:

— Послушайте — это мой друг, дайте же, наконец, проститься, вот тут у меня двести рублей денег, разрешите дать ему.

Фельдъегерь крикнул, глядя мимо него:

— Деньги преступникам держать не разрешается. Он подошел к Вильгельму и спросил строго:

— Какое право имеете с посторонними разговаривать? С кем говорил?

Вильгельм взглянул на него, усмехнулся и сказал:

— Это Пушкин. Неужели вы не знаете? Тот, который сочиняет.

— Я ничего не знаю, — сказал фельдъегерь, сдвинув брови. — Не возражать.

Он крикнул:

— Трогай! На полуверсте ждать.

Тележка тронулась. Вильгельм молча, повернув лицо, смотрел из-за плеча жандарма на Пушкина. Два жандарма держали его крепко за руки. Тележка унеслась, грохоча и разбрасывая грязь.

Тогда Пушкин подбежал к фельдъегерю. Его глаза налились кровью. Он закричал:

— А вы так и не пустили меня попрощаться с другом, не дали денег ему взять! Как ваше имя, голубчик? Я о вас буду иметь разговор в Петербурге!

Фельдъегерь слегка оробел и молчал.

— Имя! Имя! — кричал Пушкин, и лицо его было багрово.

— Имя мое Подгорный, — отвечал отрывисто фельдъегерь.

— Отлично, — сказал, задыхаясь, Пушкин.

— Как арестант есть посаженный в крепость, то ему денег нельзя иметь, — угрюмо сказал фельдъегерь, смотря исподлобья на Пушкина.

— Плевать на твою крепость, — заорал Пушкин, — плевать я хотел на тебя и на твою крепость! Я сам в ссылке сидел — небось выпустили. Ты как меня за руку смел тащить? Говори!

Фельдъегерь попятился, посмотрел на Пушкина, ничего ему не ответил и ушел в станционную комнату писать подорожную. Пушкин двинулся за ним. Губы его дрожали. На ходу он быстро спросил у старика, стоящего у колонны:

— Куда вас везут? Тот пожал плечами:

— Не знаем. Арестанты молчали.

Поляк с пышными усами проводил взглядом фельдъегеря и Пушкина и снова принялся за завтрак.

16 октября 1827 года Вильгельма привезли в Динабургскую крепость.

V

Узник No 25 Динабургской крепости за примерно тихое поведение получил чернила, перья, бумагу и книги.

Книги попадали к Вильгельму в странном порядке: "Вестник Европы" за 1805 год, "Письмовник" Курганова, "Благонамеренный" с его собственными старыми стихами. И, как встарь, он был журналистом. Как в те годы, когда работал у Греча и Булгарина и сам издавал альманах, — так и теперь с утра садился он писать статьи, размышления, разборы. Он писал и о "Вестнике Европы" 1805 года, и о "Письмовнике" Курганова, и теперешняя его журнальная деятельность отличалась от прошлой только тем, что не было журнала, который бы его печатал, да не приходилось править корректур. То, что не нужно было держать корректур, было даже приятно Вильгельму: он терпеть этого не мог.

Росли груды рукописей — комедии, поэмы, драмы, статьи, и в конце месяца являлся комендант, полковник Криштофович, и отбирал у него новый запас.

— Многонько нынче! — говорил он, покачивая головой с удивлением.

Он прошнуровывал тетради, припечатывал на последней чистой странице сургучом и писал четырехугольным старинным почерком: "В сей тетради нумерованных... листов. Крепость Динабург... числа... года. Комендант инженер полковник Егор Криштофович".

Криштофович был старый боевой полковник, коротко остриженный, с мясистым багровым носом.

Дочь его, зрелая девица лет тридцати, скучавшая и толстевшая в комендантском доме за горшками с бальзаминами, обратила раз внимание на высокого узника, которого вели по тюремному двору. (Вильгельм был болен, его вели в больницу.) Из окон комендантского дома был виден плац. Дочка спросила о высоком узнике папашу и заявила, что человек с такими глазами не может быть вредным преступником.

— Рассказывай, — буркнул полковник, — когда он опасный государственный убийца.

— Может быть, опасный, но не вредный, — возразила дочка мечтательно.

Полковник это дочкино изречение запомнил. Потом он как-то незаметно для себя самого с этим освоился: опасный, но безвредный.

Он начал давать узнику книги. (Первая и была "Письмовник" Курганова — книга, которую полковник почитал наиболее занимательной и подходящей для случая.)

Раз он вошел в камеру и сказал коротко:

— Гулять.

И с этого дня Вильгельм каждый день гуляет по плацу. Плац был мощеный, голый, с полосатой будкой и открывавшимся на решетчатые окна видом. Но в первый раз от радости и от слабости Вильгельм, пройдя круг по плацу, свалился.

Письма приходили редко — от матери, от сестры, других не пропускали. Вскоре Вильгельм нашел возможность изредка пересылать и свои письма. Один часовой слишком часто начал посматривать в окошечко. Это раздражало Вильгельма. Но глаза у солдата были живые, коричневые, веселые. И Вильгельм спросил у него как-то раз:

— Какая погода?

Обычный ответ бывал: "не могу знать" или: "разговаривать запрещается". А этот часовой сказал, подумав, вполголоса:

— Тепло.

И Вильгельм стал с ним изредка разговаривать, скупо, разумеется, а потом попросил у него послать записку двум друзьям. Часовой подумал и согласился.

Вильгельм писал Пушкину и Грибоедову:

"Динабург. 10 июля 1828 г.

Любезные друзья и братья Поэты Александры.

Пишу к вам с тем, чтобы вас друг другу сосводничать. Я здоров и, благодаря подарку матери моей — Природы, легкомыслия, не несчастлив. Живу, пишу. Свидания с тобою, Пушкин, ввек не забуду.

Простите. Целую вас.

В. Кюхельбекер".

И через два месяца к Пушкину пришел скромный чиновничек и, оглядываясь, говоря шепотом, подал письмо от Кюхли. Пушкин долго жал ему руку, проводил до дверей, а потом сидел в кабинете над желтым листком, перечитывал его, кусал ногти, хмурился и вздыхал.

VI

Завелся у Вильгельма прелюбопытный сосед. Уже давно соседняя камера пустовала. И вот однажды Вильгельм услышал звук ключа в соседней двери и какую-то возню. Кого-то заперли. Вслед за тем мужской голос запел в соседней камере очень громко.

Слов Вильгельм не слыхал, но по мелодии тотчас признал романс; узник пел "Черную шаль".

Гляжу как безумный на черную шаль, И хладную душу терзает печаль.

Вильгельм невольно улыбнулся такому необыкновенному началу тюремной жизни. Вслед за тем раздалось сердитое бормотанье часового, и романс прекратился.

Узник заинтересовал Вильгельма.

Назавтра утром он тихо постучал в стену, желая начать разговор перестукиванием. Результат получился неожиданный. Ему отвечали из соседней камеры неистовым стуком — узник колотил в стену руками и ногами. Вильгельм оторопел и не пытался более объяснять узнику стуковую грамоту. Приходилось изыскивать новые пути.

Вильгельм попросил "своего" (то есть доброго) часового перенести записку. Тот согласился. Вильгельм спрашивал в записке, кто таков узник, за что сидит и надолго ли осужден. Ответ он получил скоро, к вечеру: ответ был обстоятельный, нацарапан он был угольком или обожженной палочкой на его же, Вильгельма, записке. (Стало быть, соседу не давали ни чернил, ни бумаги, ни перьев.)

Узник писал:

"Дарагой сасед завут меня княсь Сергей Абаленской я штап-ротмистр гусарскаво полка сижу черт один знает за што бутто за картеж и рулетку а главнейшее што побил командира а начальнику дивизии барону будбергу написал афицияльное письмо што он холуй царской, сидел в Свияборги уже год целой, сколько продержат в этой яме бох знает".

Сосед был, видимо, веселый. Скоро на плацформе они свиделись. Сергей Оболенский был молодой гусар, совсем почти мальчик, с розовым девичьим лицом, черными глазами и небольшими усиками, и внешним видом нимало не напоминал скандалиста. Но он так озорно и ухарски подмигнул на гулянье Вильгельму, что тот сразу его полюбил и подумал с нежностью: "Пропадет, милый".

Часовой переносил записки. "Письма" князя, написанные необычайным языком, приносили Вильгельму радость и как-то напоминали детство или Лицей. Князь, кроме того, оказался родственником Евгения Оболенского, с которым когда-то вместе был Вильгельм на Петровской площади. Неоднократно Вильгельм пытался ему разъяснить стуковую азбуку, которой научился еще в Петропавловской крепости от Миши Бестужева, но князь ей никак не мог научиться. Начинал он старательно, но с третьей же буквы неистово барабанил в стену — только окрик часового его усмирял.

Князя продержали в яме за его официальное письмо начальнику дивизии барону Будбергу полтора года, из них полгода в Динабурге.

Выпустили его из Динабургской крепости в 1829 году, в апреле. Его отправили в Грузию, в Нижегородский драгунский полк. Прощание было нежное.

Князь написал Вильгельму:

"Дарагой мой друг. Не забуду тебя ни за што холуев и тиранов завсегда презираю што держат такую душу как ты милой в яме. Што нужно передать друзьям и родным все исполню. Эх душа моя, хоть день бы с тобой на воле провели, я

271

б тебя живо растармашил бы. Агарчаюсь што не знаю свижусь ли я с тобой, дружок бесценной. Имею честь быть

Твой верный штап-ротмистр Абаленской".

И Вильгельм передал ему через часового письмо для Александра, потому что князь ехал в Грузию.

Утром зазвучал ключ в соседней комнате, мимо камеры протопали бодрые шаги, и голос князя сказал за дверями:

— Прощай, друг.

Князь выехал в великолепном настроении. Его отправляли в Грузию, а он слыхал, что в Грузии такие женщины, равных которым в мире нет. Одна пушкинская черкешенка чего стоит! Нет-с, если князь попадет, черт возьми, в плен к черкесам, он черкешенку, будьте удостоверены, в какой-то речонке не оставит! Мешал князю только урядник, который ехал рядом, — толстый, с красным бабьим лицом и по фамилии Аксюк. Аксюк его нарочно толкал, чтобы показать власть, а на остановках смотрел на него такими глазами, точно князь дикая коза и сейчас же в лес сбежит. Князь пробовал с ним заговорить по-человечески, но Аксюк просто-напросто ему не отвечал. Ни слова. Князь надулся. Все раздражало его в Аксюке — и то, что у него бабье лицо, и то, что у него зонтик, как у бабы, и то, что вечером Аксюк храпел, а просыпаясь, испуганно хватал князя за руку — не убежал ли. Раза два просил у князя взаймы, но у того ни гроша не было, может быть поэтому Аксюк и толкал его. Впрочем, в Орле князь забыл об Аксюке. Четыре его друга — гусары — прослышали как-то, что князя везут, и устроили ему настоящую, черт возьми, встречу. Шампанского было выпито много, а слез пролито без счету.

Князь ехал и дремал. Так проехали они деревню Куликовку. Остановились у целовальника Ляхова, деревенского богатея, на постоялом дворе. Выезжая из Куликовки, князь не без злорадства заметил, что из телеги выпал Аксюков зонтик. Разумеется, он об этом Аксюку не сказал. Они отъехали уже верст с десять, когда Аксюк засуетился. Зонтика не было.

Он остановил телегу, толкнул князя, велел ему сойти, обыскал и перерыл все — зонтика не было.

Тогда князь, слегка покачиваясь на ногах, сказал, глядя на оторопелого от пропажи зонтика Аксюка:

— Зонтик-то тю-тю. Гуляет. В Куликовке обронили. Аксюк повел на него глазами и прохрипел:

— Нешто видели?

— А как же, — сказал князь, — понятно, видел.

— Что же не сказали? — Аксюк посмотрел на него со злобой.

— Зонтик-то не мой, — сказал равнодушно князь.

— Сесть! — заорал Аксюк. Уселись.

— Гони обратно!

— Как обратно? — спросил князь. — Из-за твоего зонтика скверного десять верст обратно?

— Молчать! — прошипел Аксюк. — Шантрапа каторжная!

Князь уселся молча. Лицо его порозовело. Они проехали в Куликовку.

Тележку остановили опять у постоялого двора. Аксюк, растерявшийся от пропажи зонтика, побежал в избу — спрашивать хозяина. Саблю он забыл в повозке. Князь остался ждать.

Он посидел с минуту, увидел урядникову саблю и потянулся к ней. Потом вытащил ее из ножен и с обнаженной саблей побежал в избу.

Аксюк увидел его и задрожал.

— На место, — просипел он.

Князь ловко и быстро ударил его саблей в бок. Полицейский мундир рассекся под клинком, мелькнула рубашка. Аксюк ахнул, схватился за бок и побежал маленькими шажками в сени. Там он метнулся в чуланчик и засел в него.

Князь широкими, радостными шагами побежал за ним и атаковал чуланчик.

— Выходи! — кричал он. — В избе не трону. Аксюк начал переговоры:

— Ваше благородие, бросьте шутить.

— Разве я шучу? — сказал князь. — И какое я благородие, я шантрапа каторжная. Выходи, здесь не трону, а не выйдешь — зарублю.

Он приоткрыл дверь в чуланчик.

Аксюк маленькими шажками выбежал на улицу и закричал бабьим голосом:

— Режут, православные! И сел в куст у дороги.

Князь начал атаку против куста.

Тут прибежали целовальник с сыном — с постоялого двора. Они сзади крепко обхватили князя. Старый целовальник выбил из его рук саблю.

— Неси ремни. Князю скрутили руки. Князь сказал, усмехаясь:

— Целовальник да урядник. Все правительство налицо.

Князя повезли в Орел.

При обыске обнаружили у него чье-то письмо. На вопрос, от кого и кому письмо, — князь равнодушно ответил, что не помнит.

Его посадили в тюрьму и заковали. Его допрашивали, от кого он получил письмо. Князь делал вид, что вспоминает, жандармы ждали. Потом, улыбнувшись, говорил: "забыл" — и пожимал плечами.

III Отделение собственной его императорского величества канцелярии учинило розыск и пришло к заключению, что письмо, найденное при обыске, написано государственным преступником Вильгельмом Кюхельбекером, содержащимся в Динабургской крепости, статскому советнику Грибоедову.

Князь сидел в кандалах.

В 1830 году начальник III Отделения генерал-адъютант Бенкендорф сделал доклад царю. Царь отдал приказ за Оболенским строжайше присматривать, также и за государственным преступником Кюхельбекером. Начальник III Отделения генерал-адъютант Бенкендорф сообщил высочайшую волю главнокомандующему Кавказским корпусом графу Паскевичу-Эриванскому, в распоряжение коего был послан арестованный князь Оболенский, и динабургскому коменданту полковнику Криштофовичу, в распоряжении коего находился государственный преступник Кюхельбекер.

За князем Оболенским строжайше присматривали — его будили ночью стуком, не пускали гулять и держали в цепях.

У государственного преступника Кюхельбекера отобрали в это время в Динабурге чернила, бумагу, перья и тоже не пускали гулять.

Князь сидел.

Через полгода Бенкендорф представил царю особую докладную записку о результатах расследования.

Высочайшая резолюция гласила: "Поставить на вид динабургскому коменданту, что не должно было ему давать писать".

Так как за ним уже строжайше присматривали, — резолюция была излишняя.

Дело же преступника князя Сергея Оболенского аудиториатский департамент Главного штаба послал на заключение графа Паскевича-Эриванского, который в мнении своем собственноручно написал:

"Полагал бы, лиша Оболенского дворянского и княжеского достоинства, сослать в Сибирь в каторжную работу на шесть лет и по прошествии сего срока оставить там на поселении".

Князь сидел в кандалах, пел "Черную шаль", плакал, а грубому коменданту, который назвал его на "ты", говорил: "Я на тебя не обижаюсь. Ты как холуй царский за то деньги и получаешь, чтобы людей обижать".

Еще через два месяца состоялся окончательный доклад аудиториатского департамента его величеству государю всероссийскому:

"Признавая князя Сергея Сергеевича Оболенского виновным в причинении обнаженною саблею в бок раны уряднику Аксюку, в упорном сокрытии получения письма от государственного преступника В. Кюхельбекера для отдачи статскому советнику Грибоедову, а также в изъявлении ропота на правительство, его — Оболенского, лишив дворянства и княжеского достоинства, а также воинского звания, как вредного для службы и нетерпимого в обществе, сослать в Сибирь на вечное поселение".

И царь снова наложил резолюцию, собственноручно: "Быть по сему. Николай".

В конце 1830 года мещанина Сергея Сергеевича Оболенского мчали поспешно два фельдъегеря на вечное поселение в Сибирь.

А письмо государственного преступника Кюхельбекера к статскому советнику Грибоедову было такое:

"Я долго колебался, писать ли к тебе. Но, может быть, в жизни не представится уже такой случай уведомить тебя, что я еще не умер, что я люблю тебя по-прежнему, и не ты ли был лучшим моим другом? Хочу верить в человечество, не сомневаюсь, что ты тот же, что мое письмо будет тебе приятно; ответа не требую — к чему? Прошу тебя, мой друг, быть, если можешь, полезным вручителю: он был верным, добрым товарищем твоего В. в продолжение шести почти месяцев, он утешал меня, когда мне нужно было утешение. Он тебя уведомит, где я и в каких обстоятельствах. Прости! До свидания в том мире, в который ты первый вновь заставил меня веровать.

В. К.".

Было оно написано 20 апреля 1829 года. А статский советник Грибоедов был растерзан тегеранским населением, которое на него натравили шейхи и кадии, объявившие сему статскому советнику священную войну, — января 30-го дня 1829 года.

Письмо было написано мертвому человеку.

VII

ПИСЬМО ДУНИ,
не попавшее в руки Вильгельма

15 марта 1828 г.

Мой милый друг.

Вы всегда со мной. Что бы со мною ни приключилось, где бы я ни была, всегда я думаю о вас. Верьте, разлука мне не так тяжела, потому что я уверена, что в то мгновение, когда о вас думаю, вы также думаете обо мне. И мне достаточно знать, что вы живы, где-то, хоть на каком-то необитаемом острове, чтобы быть веселой. Какое счастье, Вильгельм, что вы остались живы. Я жду конца вашего заключения, которое ведь наступит же. Мы оба еще достаточно молоды. Я целую ваши глаза, мой друг.

17 марта

Дописываю не отправленное еще письмо. Только что вернулась от графини Лаваль, где Пушкин читал "Бориса Годунова". Вообразите, кого я встретила на чтении, — вашего Александра! Грибоедов был там. И что он сказал мне! Он хлопочет, чтобы перевели вас на Кавказ. О, это ему удастся! Он в большом почете, привез сюда мир, и его встречали пушками. Кажется, его назначают министром в Персию. Дорогой мой, ему удастся перевести вас на Кавказ. И не думайте об этом, не надейтесь, столько уже надежд погибло, но все-таки наступит день, и это исполнится. Знайте это! Александр не изменился, все те же морщины на лбу и для всех готовая шутка, которою отвечает на сердечное участие. Это немного обижает, но вы знаете, милый Вильгельм Карлович, что не любить его нет сил. Он слегка грустен, но не подумайте ничего тревожного — обычная гипохондрия. С какою добротой вспоминал он о вас. Он верный друг.

Вы были бы утешены, если бы видели его вместе с Пушкиным. Пушкин обворожен Александром, говорит, что он самый умный человек во всей России, но мне показалось, что он при Александре как-то жмется и не договаривает. Может быть, мне это только показалось. Пушкин сказал мне, когда увидел меня: "Как хорошо, что вы здесь. Вы — это вы да еще Вильгельм". Он вас помнит и любит по-прежнему. Много вспоминал о вас ваш давнишний ученик Мишель Глинка. Он теперь стал музыкант прекрасный, так пел у графини, что не было сил от слез удержаться, хотя голос совсем нехорош.

Итак, Кавказ! Мне легче дышать с тех пор, как я

поговорила с Александром. Простите, может быть, скоро скажу до свиданья!

Eud.

VIII

ПИСЬМО ДУНИ,
попавшее в руки Вильгельма

20 августа 1829 г.

Мой бесценный друг.

Письмо, которое вы сумели мне переслать, я получила и храню вместе с остальными четырьмя. Оно меня напугало. Вы узнали о смерти Александра и близки к отчаянию. Я читала со смертью в душе. Но поймите, милый друг, поймите раз и навсегда, что незачем так печалиться. О, вы уверены, конечно, что смерть Александра тяжела и мне. Я плакала, как девочка, и все время представляю его перед собою, воображаю его глаза и голос, с трудом верится, что его уже нет.

И, однако же, он умер. Умрете и вы, милый друг, умру и я, о нас забудут, даже наши письма истлеют, как сердца. Но нет ничего в этом печального. Никто не в силах отнять от нас нашего счастья: мы жили — и скажем вместе — любили. Не знаю, дошло ли до вас стихотворение, которое Пушкин посвятил товарищам вашим и вам. Посылаю его вам. Вы требуете подробностей о смерти Александра. Легче ли вам будет от них? Я расскажу вам слово в слово, что мне передавал генерал Арцруни, оттуда приехавший. Генерал говорил, что виновны в смерти его англичане: Александр слишком горячо стал оказывать влияние русское на Персию. Не снимал галош даже на том месте, которое почитается у персиян священным. Узнаете ли вы Александра? Он защищал грузинок и армянок от браков насильственных с персиянами. Сеиды и шейхи объявили Александру священную войну. День смерти его был заранее предрешен. Увидя толпу многотысячную, Александр выхватил обнаженную саблю и бросился с балкона на толпу, один. Остальное вы знаете. Вместе с ним погиб и слуга его — Александр, которого, верно, помните.

Вот вам холодный отчет о подробностях — иначе сил не хватило бы написать. Плачьте, друг мой, но и утешьтесь.

Не будем помнить его последних дней, пусть он останется для нас всегда молодым и живым. Целую вас.

Е.

КОНЕЦ

I

Из Петропавловской крепости в Шлиссельбург, из Шлиссельбурга в Динабург, из Динабурга в Ревельскую цитадель, из Ревельской в Свеаборгскую. Узник седеет, горбится, зрение его слабеет, здоровье начинает изменять.

И все-таки он молод; время для него остановилось. Он читает старые журналы, он пишет статьи, в которых сражается с литераторами, давно позабытыми, и хвалит начинающего поэта, который уже давно кончил. Время для него остановилось. Он может умереть от болезни, может ослепнуть, но умрет молодым. Все те же друзья перед ним, молодые, сильные. Все тот же Дельвиг в его глазах, ленивый и лукавый, все тот же быстро смеющийся Пушкин и та же веселая, легкая и чистая, как морской воздух, Дуня.

Он не знает, что Дельвиг постарел и обрюзг, запирается по неделям в своем кабинете, сидит там нечесаный и небритый и улыбается бессмысленно; что в тот миг, когда узник вспоминает беспечного поэта, — поэт этот встает, кряхтя, с кресел, идет к шкапчику, достает оттуда вино и трясущимися руками наливает стаканчик, говоря при этом старое свое словцо: "Забавно".

И только когда приходит краткая весть, что умер Дельвиг, узник плачет и начинает понимать, что время за стенами крепости бежит и что молодости больше нет. Но в мыслях своих он хоронит молодого Дельвига, а не того обрюзгшего и бледного поэта, который на самом деле умер.

И узник по-прежнему хочет свободы, но он вовсе не боится того, что за стенами крепости время бежит безостановочно и что, как только он переступит крепостной порог, все изменится.

Наступает наконец этот день, и узник получает свободу — жить в Сибири.

Начинаются последние странствования Кюхли: Баргузин, Акша, Курган, Тобольск.

II

Он приезжает в Баргузин. В глазах у него еще стены, глазок, плацформа, по которой он гулял, какие-то обрывки человеческих лиц и голосов. Он с усилием всматривается в бревенчатые домишки баргузинские. Идет, поскрипывая по снегу и качаясь под тяжестью коромысла, румяная баба к речке — колотить белье. Стоит пузатый лавочник на крыльце, смотрит вслед Вильгельму, заслоняясь от солнца рукой. Какой-то чиновник, по форме почтмейстер кажется, едет в розвальнях, а встречный мужик низко ему кланяется. Удивительный город, маленький, разбросанный, приземистый, будто не дома, а серые игрушки. Вильгельм рад. Нет стен — это самое главное. Ноги слабы от тюрьмы и от дороги. Это пройдет. Запахнувшись в шубу, он ждет с нетерпением, когда уж ямщик с заиндевелой бородой подвезет его к избе брата. Миша живет в Баргузине, на поселении. Ссыльным селиться в городе не позволяется, они живут за городом. Ямщик остановился у небольшой избы. Из трубы идет вверх столбом дым — к морозу. У избы стоит высокий, сухой человек в нагольном тулупе и сгребает снег. Лицо у него изможденное и суровое. Борода с проседью. Он смотрит недоброжелательно на Вильгельма из-за металлических очков, потом вдруг роняет лопату и говорит растерянно:

— Вильгельм? Высокий человек — Миша.

— Эх, борода у тебя седая, — говорит Миша, и в холодных глазах стоят слезы. Миша ведет брата в избу.

— Садись, чай пить будем. Слава богу, что приехал, сейчас жена придет.

Миша ни о чем брата не расспрашивает и только смотрит долго. Входит в избу женщина в темном платье, повязанная платком. Лицо у нее простое, русское, некрасивое, глаза добрые.

— Жена, — говорит Миша, — брат приехал. Мишина жена неловко кланяется Вильгельму, Вильгельм обнимает ее, тоже неловко.

— А дочки где? — спрашивает Миша.

— У соседей, Михаил Карлович, — говорит жена певучим голосом, хватает с полки самовар и уносит в сени.

— Добрая баба, — говорит Миша просто и прибавляет: — В нашем положении жениться глупо. Дочки у меня хорошие.

У Вильгельма странное чувство. Брат чужой. Строгий, деловой, неразговорчивый. Встреча выходит не такой, о которой мечтал Вильгельм.

— Ты у меня отдохнешь, — говорит Миша, нежно глядя на брата. — Поживем вместе. После осмотришься, избенку тебе сложим, я уже и место присмотрел.

Входит в дверь какой-то поселенец.

— Ваше благородие, Михаил Карлыч, — говорит он и мнет в руках картуз, — уважаю вас очень, зашел к вам постырить.

— Какое дело? — спрашивает Миша, не приглашая поселенца садиться.

— Недужаю очень.

— Так ты в больницу иди, — говорит Миша сухо, — приду, тогда потолкуем.

Поселенец мнется.

— Да и финаг, ваша милость, хотел у вас занять.

— Нету, — говорит Миша спокойно. — Ни копейки нету.

Вильгельм достает кошелек и подает поселенцу ассигнацию.

Тот удивленно хватает ее, благодарит, бормочет что-то и убегает.

Миша укоряет брата:

— Что же ты приучаешь их, начнут к тебе каждый день бегать.

III

Весной Вильгельм начинает складывать из бревен избу. И что-то странное начинает твориться с ним. Он думал, что увидит брата и Пущина и к нему приедет Дуня. Это представлялось самым главным в будущей жизни. А в этой жизни оказывается самым главным другое: мелочная лавка, которая перестает отпускать в долг, танцевальные вечера у почтмейстера, картеж по небольшой и вонькие омули. Он больше не думает о Дуне. С ужасом он убеждается, что здесь какой-то провал, и не может объяснить, в чем дело. В крепости образ Дуни был отчетлив и ясен, в Сибири он тает. Почему? Вильгельм не понимает и теряется.

Жизнь идет — баргузинская, дешевая. На вечерах у почтмейстера Артенова бывают важные люди: лавочник Малых, купец Лишкин, лекарь. С женами. Весело с седыми волосами прыгать польку под разбитый звук клавесина прошлого столетия, неизвестно как попавшего в Баргузин. Весело вертеться с дочкой почтмейстера, толстенькой Дронюшкой. У нее калмыцкий профиль, она пищит, веселая и румяная, Вильгельму с ней смешно.

ПИСЬМО ДУНИ

Дорогой мой друг.

Поговорим спокойно и, простите меня, немного грустно обо всем, что нам с вами сейчас важно. Ваши последние письма меня чем-то поразили, милый, бедный Вилли. Вы меня простите от души — я в них не вижу вас. Ваши крепостные письма были совсем другие. Я догадываюсь: не нужно скрывать от себя, вы отвыкли от меня, от мысли обо мне. Что делать, молодость прошла, ваша теперешняя жизнь и мелочные заботы, верно, не легче для вас, дорогой друг, чем жизнь в крепости. Я не сетую на вас. Решаюсь сказать вам откровенно, мой милый и бедный, — я решилась не ехать к вам. Сердце стареет. Целую ваши старые письма, люблю память о вас и ваш портрет, где вы молоды и улыбаетесь. Нам ведь уже сорок стукнуло. Я целую вас последний раз, дорогой друг, долго, долго. Я больше не буду писать к вам.

Вильгельм становится странно рассеян, забывчив, легко увлекается.

И в январе 1837 года у почтмейстера Артенова веселье, бал, кавалеры, потные и красные, вполпьяна, танцуют, гремят каблуками, сам почтмейстер надел новый мундир и нафабрил усы. Дронюшка нашла себе жениха, выходит замуж за Вильгельма Карловича Кюхельбекера. Вильгельм весел, пьян. Его поздравляют, а два канцеляриста пытаются качать. В углу поблескивает металлическими очками Миша. Вильгельм подходит к брату и с минуту молча на него смотрит.

— Ну что, Миша, брат? — Ничего, как-нибудь проживем.

Через месяц после свадьбы Вильгельм узнает, что какой-то гвардеец убил на дуэли Пушкина.

Нет друзей. В могиле Рылеев, в могиле Грибоедов, в могиле Дельвиг, Пушкин.

Время, которое радостно шагало по Петровской площади и стояло в крепости, бежит маленькими шажками.

IV

Вильгельм заметался.

Та самая тоска, которая гнала Грибоедова в Персию, а его кружила по Европе и Кавказу, завертела теперь его по Сибири.

Он стал просить о переводе в Акшу. Акша — маленькая крепостца на границе Китая. Живут там китайцы, русские промышленники, живут бедно, в фанзах, домишках. Климат там суровый, Нерчинский край.

У Вильгельма была уже семья, крикливая, шумная, чужая. Жена ходила в затрапезе, дети росли.

В Акше недолго прожили.

Раз Дросида Ивановна, смотря со злобой на бледное лицо Вильгельма, сказала:

— Ни полушки нет. Хоть бы удавиться, господи. С китайцами жить — в обносках ходить. Проси, чтобы перевели куда. Нет здесь житья.

И Вильгельм запросил перевода в Курган, Тобольской губернии. В самый Курган его жить не пустили, а разрешили поселиться в Смоленской слободе, за городом. Проезжая Ялуторовск, заехал он к Пущину. У Jeannot были висячие усы, мохнатые нависшие брови. При встрече они поплакали и посмеялись, но через день заметили, что отвыкли друг от друга. Пробыл он у Пущина три дня. После его отъезда Пущин писал Егору Антоновичу Энгельгардту, дряхлому старику, переживавшему одного за другим всех своих питомцев:

"21-го марта. Три дня прогостил у меня Вильгельм. Проехал на житье в Курган со своей Дросидой Ивановной, двумя крикливыми детьми и с ящиком литературных произведений. Обнял я его с прежним лицейским чувством. Это свидание напомнило мне живо старину: он тот же оригинал, только с проседью на голове. Зачитал меня стихами донельзя; по правилу гостеприимства я должен был слушать и вместо критики молчать, щадя постоянно развивающееся авторское самолюбие. Не могу сказать вам, чтоб его семейный быт убеждал в приятности супружества. По-моему, это новая задача провидения — устроить счастье существ, соединившихся без всяких данных на это земное благо. Признаюсь вам, я не раз задумывался, глядя на эту картину, слушая стихи, возгласы мужиковатой Дронюшки, как ее называет муженек, и беспрестанный визг детей. Выбор супружницы доказывает вкус и ловкость нашего чудака: и в Баргузине можно было найти что-нибудь хоть для глаз лучшее. Нрав ее необыкновенно тяжел, и симпатии между ними никакой. Странно то, что он в толстой своей бабе видит расстроенное здоровье и даже нервические припадки, боится ей противоречить и беспрестанно просит посредничества; а между тем баба беснуется на просторе; он же говорит: "Ты видишь, как она раздражительна". Все это в порядке вещей: жаль, да помочь нечем. Спасибо Вильгельму за постоянное его чувство, он, точно, привязан ко мне; но из этого ничего не выходит. Как-то странно смотрит на самые простые вещи, все просит совета и делает совершенно противное. Если б вам рассказать все проделки Вильгельма в день происшествия и в день объявления сентенции, то вы просто погибли бы от смеху, несмотря, что он тогда был на сцепе довольно трагической и довольно важной. Может быть, некоторые анекдоты до вас дошли стороной. Он хотел к вам писать с нового места жительства. Прочел я ему несколько ваших листков. Это его восхитило: он, бедный, не избалован дружбой и вниманием. Тяжелые годы имел в крепостях и в Сибири. Не знаю, каково будет теперь в Кургане".

V

Годы в Кургане.

Ну что ж? Наступил конец.

Правый глаз его наполовину покрылся бельмом, он видел смутно, издали различал только цвета, левое веко все тяжелело и опускалось. Вильгельм, когда хотел пристально всмотреться во что-ннбудь, должен был пальцами приподымать веко. Из Петербурга никто не писал. Мать умерла. Его забыли.

Дело было ясное — жизнь кончилась. Он уже только для приличия перед самим собой ходил на огород, который стоил ему столько трудов, — и правда, ему все труднее стало нагибаться — болела спина, и плечи гнули к земле. Потом он махнул рукой и на огород. Дросида Ивановна возилась, покрикивала на ребятишек, судачила с соседками. Он и на это махнул рукой. Все было ясно: ни к чему была женитьба, ни к чему эта чужая женщина, которая ходит в капотах, зевает под вечер и крестит рот рукой; ни к чему земля, огород, с которым он не мог справиться. Оставались его стихи, его драма, которая могла бы честь составить и европейскому театру, его переводы из Шекспира и Гёте, которого он первым четверть века назад ввел в литературу русскую. Что же — читать их дьячкову сыну, робкому юноше, который благоговел перед Вильгельмом, но, кажется, мало понимал? — играть по маленькой с Щепиным-Ростовским, тем самым, что когда-то вел московцев на Петровскую площадь, а теперь обрюзг, опустился и попивает?

Нет, довольно.

А однажды Вильгельм, приподнимая левое веко, перечитывал, вернее вглядывался и наизусть читал рукописи из своего сундука, он сотый раз читал драму, которая ставила его в ряд с писателями европейскими — Байроном и Гёте. И вдруг что-то новое кольнуло его: драма ему показалась неуклюжей, стих вялым до крайности, сравнения были натянуты. Он вскочил в ужасе. Последнее рушилось. Или он впрямь был Тредиаковским нового времени, недаром смеялись над ним до упаду все литературные наездники?

С этого дня начались настоящие мучения Вильгельма. Крадучись подходил он с утра к сундуку, рылся, разбирая тетради, листы, и вглядывался, читал. Кончал он свое чтение, когда перед глазами плыла вместо листов рябь с крапинками. Потом он сидел подолгу, ни о чем не думая. Дросида Ивановна к нему приставала:

— Что это ты, батюшка, извести себя захотел?

Она заботилась о нем, но голос у нее был крикливый, и Вильгельм отмахивался рукой.

— Ты ручкой-то не махай, — тянула Дросида Ивановна, не то обиженно, не то угрожая.

Тогда Вильгельм молча уходил — к Щепину или, может быть, просто за околицу.

Дросида Ивановна отступилась.

А потом он как-то сразу бросил свои рукописи. Закрыл сундук и больше не глядел на него.

Раз Вильгельм засиделся у Щепина. Они вспоминали молодость, Щепин говорил о Саше, об Александре и Мише Бестужевых, Вильгельм вспоминал Пушкина. Они говорили долго, бессвязно, пили вино в память товарищей, обнимались. Когда Вильгельм возвращался домой, его прохватило свежим ветром. Тотчас он почувствовал, как ноги его заныли, а сердце застучало.

— Дедушко, — окликнул его мальчик, который проезжал мимо на телеге.

Вильгельм посмотрел на него и ничего не ответил.

— Садись, дедушко, — сказал мальчик, — довезу тебя до дому. Я панфиловский.

Панфилов был крестьянин-сосед. Вильгельм сел. Он закрыл глаза. Его трясла лихорадка. "Дедушко", — подумал он и улыбнулся. Мальчик подвез его до дому. И дома Вильгельм почувствовал, что приходит конец. Высокий, сгорбленный, с острой седой бородой, он шагал по своей комнате, как зверь по логову. Что-то еще нужно было решить, с чем-то расчесться — может быть, устроить детей? Он сам хорошенько не знал. Надо было кончить какие-то счеты. Он соображал и делал жесты руками. Потом он остановился и прислонился к железной печке. Ноги его не держали. Ах да, письма. Нужно написать письма, сейчас же. Он сел писать письмо Устиньке; с трудом, припадая головой, разбрызгивая чернила и скрипя пером, он написал ей, что благословляет ее. Больше не хотелось. Он подписался. Потом почувствовал, что писем ему писать вовсе не хочется, и с удивлением отметил, что не к кому.

Назавтра он хотел подняться с постели и не смог. Дросида Ивановна встревоженно на него посмотрела и побежала к Щепину.

Щепин пришел, красный, обрюзгший, накричал на Вильгельма, что тот не хлопочет о переводе в Тобольск, сказал, что на днях приедет в Курган губернатор, и сел писать прошение. Вильгельм равнодушно его подписал.

И правда, дня через два губернатор приехал. Докладную записку о поселенце Кюхельбекере губернатор представил генерал-губернатору. Генерал-губернатор написал, что не встречает со своей стороны никаких препятствий для перевода больного в Тобольск, и представил записку графу Орлову. Граф Орлов не нашел возможным без предварительного освидетельствования разрешить поселенцу пребывание в Тобольске, а потому просил генерал-губернатора, по медицинском освидетельствовании больного, уведомить его о своем заключении.

Вильгельм относился к ходу прошения довольно раз-подушно. Он лежал в постели, беседовал с друзьями. Часто он звал к себе детей, разговаривал с ними, гладил их по головам. Он заметно слабел.

13 марта 1846 года он получил разрешение ехать в Тобольск, а на следующий день приехал в Курган Пущин. Увидев Вильгельма, он сморщился, нахмурил брови, быстро моргнул глазом и сурово сказал прыгающими губами:

— Старина, старина, что с тобой, братец? Вильгельм приподнял пальцами левое веко, вгляделся с минуту, что-то уловил в лице Пущина и улыбнулся:

— Ты постарел, Жанно. Вечером ко мне приходи. Поговорить надо.

Вечером Вильгельм выслал Дросиду Ивановну из комнаты, услал детей и попросил Пущина запереть дверь. Он продиктовал свое завещание: что печатать, в каком виде, полностью или в отрывках. Пущин перебрал все его рукописи, каждую обернул, как в саван, в чистый лист и, на каждой четко написав нумер, сложил в сундук. Вильгельм диктовал спокойно, ровным голосом. Потом сказал Пущину:

— Подойди.

Старик наклонился над другим стариком.

— Детей не оставь, — сказал Вильгельм сурово.

— Что ты, брат, — сказал Пущин хмурясь. — В Тобольске живо вылечишься.

Вильгельм спросил спокойно:

— Поклон передать?

— Кому? — удивился Пущин. Вильгельм не отвечал.

"Ослабел от диктовки, — подумал Пущин, — как в Тобольск его такого везти?"

Но Вильгельм сказал через две минуты твердо:

— Рылееву, Дельвигу, Саше.

VI

Дорогу Вильгельм перенес бодро. Он как будто даже поздоровел. Когда встречались нищие, упрямо останавливал повозку, развязывал кисет и, к ужасу Дросиды Ивановны, давал им несколько медяков. У самого Тобольска попалась им толпа нищих. Впереди всех кубарем вертелся какой-то пьяный, оборванный человек. Он выделывал ногами выкрутасы и кричал хриплым голосом:

— Шурьян-комрад, сам прокурат, трах-тарарах-тара-рах!

Завидев повозку, он подбежал, стащил скомканный картуз с головы и прохрипел:

— Подайте на пропитание мещанину князю Сергею Оболенскому. Пострадал за истину от холуев и тиранов.

Вильгельм дал ему медяк. Потом, отъехав верст пять, он задумался. Он вспомнил розовое лицо, гусарские усики и растревожился.

— Поворачивай назад, — сказал он ямщику. Дросида Ивановна с изумлением на него поглядела.

— Да что ты, батюшка, рехнулся? Поезжай, поезжай, — торопливо крикнула она ямщику, — чего там.

И в первый раз за время болезни Вильгельм заплакал.

В Тобольске он оправился. Стало легче груди, даже зрение как будто начало возвращаться. Вскоре он получил от Устиньки радостное письмо: Устинька хлопотала о разрешении приехать к Вильгельму. Осенью надеялась она выехать.

Вильгельм не поправился. Летом ему стало хуже.

VII

Раз пошел он пройтись и вернулся домой усталый, неживой. Он лег на лавку и закрыл глаза. Слабость и тайное довольство охватили его. Делать было больше нечего, все, по-видимому, уже было сделано. Оставалось лежать. Лежать было хорошо. Мешало только сердце, которое все куда-то падало вниз. Дросида Ивановна храпела в соседней боковушке.

Потом ему приснился сон.

Грибоедов сидел в зеленом архалуке, накинутом на тонкое белье, и в упор, исподлобья смотрел на Вильгельма пронзительным взглядом. Грибоедов сказал ему что-то такое, кажется, незначащее. Потом слезы брызнули у него из-под очков, и он, стесняясь, повернув голову вбок, стал снимать очки и вытирать платком слезы.

"Ну, что ты, брат, — сказал ему покровительственно Вильгельм и почувствовал радость. — Зачем, Александр, милый?"

Потом ему стало больно, он проснулся, тело было пустое, сердце жала холодная рука и медленно, палец за пальцем, его высвобождала. Отсюда шла боль. Он застонал, но как-то неуверенно. Дросида Ивановна спала крепко и не слыхала его.

...Русый, курчавый извозчик вывалил его у самого моста в снег. Надо было посмотреть, не набился ли снег в пистолет, но рука почему-то не двигалась, снег набился в рот и дышать трудно... "Разговаривать вслух запрещается, — сказал полковник с висячими усами, — и плакать тоже нельзя". — "Ну? — покорно удивился Вильгельм. — Значит, и плакать нельзя? Ну что же, и не буду".

И он впал в забытье.

Так он пролежал ночь и утро до полудня. Уже давно хлопотал около него доктор, за которым помчалась с утра Дросида Ивановна, и давно сидел у постели, кусая усы, Пущин.

Вильгельм открыл глаза. Он посмотрел плохим взглядом на Пущина, доктора и спросил:

— Какое сегодня число?

— Одиннадцатое, — быстро сказала Дросида Ивановна. — Полегчало, батюшка, немного?

Она была заплаканная, в новом платье. Вильгельм пошевелил губами и снова закрыл глаза. Доктор влил ему в рот камфору, и секунду у Вильгельма оставалось неприятное чувство во рту, он сразу же опять погрузился в забытье. Потом он раз проснулся от ощущения холода: положили на лоб холодный компресс. Наконец он очнулся. Осмотрелся кругом. Окно было медное от заката. Он посмотрел на свою руку. Над самой ладонью горел тонкий синий огонек. Он выронил огонек и понял: свечка.

В ногах стояли дети и смотрели на него с любопытством, широко раскрытыми глазами. Вильгельм их не видел. Дросида Ивановна торопливо сморкнулась, отерла глаза и наклонилась к нему.

— Дронюшка, — сказал Вильгельм с трудом и понял, что нужно скорее говорить, не то не успеет, — поезжай в Петербург, — он пошевелил губами, показал пальцем на угол, где стоял сундук с рукописями, и беззвучно досказал: — это издадут... там помогут... детей определить надо.

Дросида Ивановна торопливо качала головой. Вильгельм пальцем подозвал детей и положил громадную руку им на головы. Больше он ничего не говорил.

Он слушал какой-то звук, соловья или, может быть, ручей. Звук тек, как вода. Он лежал у самого ручья, под веткою. Прямо над ним была курчавая голова. Она смеялась, скалила зубы и, шутя, щекотала рыжеватыми кудрями его глаза. Кудри были тонкие, холодные.

— Надо торопиться, — сказал Пушкин быстро.

— Я стараюсь, — отвечал Вильгельм виновато, — видишь. Пора. Я собираюсь. Все некогда.

Сквозь разговор он услышал как бы женским плач.

— Кто это? Да, — вспомнил он, — Дуня.

Пушкин поцеловал его в губы. Легкий запах камфоры почудился ему.

— Брат, — сказал он Пушкину с радостью, — брат, я стараюсь.

Кругом стояли соседи, Пущин, Дросида Ивановна с детьми.

Вильгельм выпрямился, его лицо безобразно пожелтело, голова откинулась.

Он лежал прямой, со вздернутой седой бородой, острым носом, поднятым кверху, и закатившимися глазами.

www.ingramcontent.com/pod-product-compliance
Lightning Source LLC
Chambersburg PA
CBHW012205030726
47494CB00022B/2262